하루키의 삶과
작품세계

文學人生 半世紀

문학인생 반세기

하루키의 삶과 작품세계

조 주 희 지음

BOOK STAR

책머리에

무라카미 하루키를 처음 본 것은 2017년 4월 27일 신주쿠에서였다. 그날은 그의 작품 『무라카미 하루키 번역 전작업』 출간을 기념하는 토크 이벤트가 진행된 날이었고 운 좋게 15:1의 경쟁률을 뚫고 관람객으로 당첨되었기 때문이다. 지정석 자리가 무대 왼쪽이라 조금 마음에 들지 않았지만, 그래도 먼발치에서나마 볼 수 있다는 사실에 안도하며 그의 등장을 기다리던 긴장감이 아직도 기억난다. 토크쇼를 진행하는 하루키의 이미지는 저자가 원래 가지고 있던 이미지, 즉 융통성 없고 내성적인 작가가 아니라 유머러스하면서 달변이고, 목소리도 스타일도 꽤 젊었다.

흔히 하루키라고 하면 운 좋게 성공한 작가, 베스트셀러 작가라는 타이틀로 자주 수식되곤 하지만, 작가로서의 그의 삶을 살펴보면 그리 순탄하지만은 않았다. 그는 일본 내에서는 문인이면서도 문단과 거리를 두었고, 그러다 보니 신작을 발표할 때마다 문단의 비판을 받고 늘 논란의 중심에 서 있었다. 이것이 악재였는지 호재였는지 모르지만 아무튼 하루키는 일본 문단과 담을 쌓으며 자신만의 성을 공고히 구축해 왔고, 노력에 노력을 거듭하여 세계적인 작가가 되었다.

하루키에 대한 비판은 여러 가지이지만 대중문학 작가이며 노벨상을 의식하고 있다는 두 가지로 요약할 수 있을 것이다. 다른 나라에서는 그렇지 않지만 일본에서는 유독 순문학과 대중문학을 구분하는 경향이 강한데 하루키는 데뷔작인 『바람의 노래를 들어라』가 당시로서는 조금 생경한 스타일의 작품이었고 그가 카페 주인이었다는 이력도 작용하여, 잡지 같은 걸 즐겨보는 젊은 층이 읽는 가벼운 소설을 쓰는 작가라는 프레임이 씌었고 이러한 평가는 지금까지도 이어지고 있는 것이 사실이다.

그런 한편 하루키는 2006년부터 만년 노벨상 후보에 그치고 있는데 그가 이를 의식하여 일본의 역사 문제를 언급하고 있고, 이는 1994년에 노벨문학상을 받은 '오에 겐자부로 따라 하기'라는 비아냥 섞인 지적도 있다. 물론 하루키는 기회가 있을 때마다 노벨상에 관심이 없다고 이야기하고 있지만, 미디어는 계속해서 여기에 포커스를 맞추고 있다. 어쩌면 받을 시기를 놓친 것일 수도 있고 아니면 이런 논란을 잠식시키고 언젠가 받을 수도 있겠지만, 전 세계에 그를 사랑하는 수많은 독자가 있기에 굳이 상을 받지 못하더라도 충분히 그에 상응하는 보상은 받은 거라 생각한다.

2019년은 무라카미 하루키가 태어난 지 70년(1949년생), 작가로 데뷔한 지 40년(1979년 데뷔)이 되는 해였고 이를 기념하기 위해 저자는 그의 평전을 준비하고 있었다. 마침 2018년 10월에 강남시어터에서 개최했던 '무라카미 하루키 3음 콘서트'에 오셨던 광문각출판사

박정태 사장님께서 흔쾌히 출판해 주시겠다고 하여 원고를 썼는데, 운 나쁘게도 작년에는 코로나로 인한 출판 시장의 불황 때문에 출판하지 못했다.

하루키 평전은 국내에서 첫 출간은 아니다. 2012년에 야마구치 대학의 히라노 요시노부 교수님이 쓰신 『일본의 작가 100인, 사람과 문학 무라카미 하루키』(勉誠出版)를 저자가 번역 출간한 『하루키 하루키』(아르볼)가 있고, 이번에 출간하는 평전도 이 책의 자료를 많이 참고하였다. 히라노 교수님이 쓰신 책은 조금 더 전문가적인 평이 가미되어 있고, 저자의 책은 일반 대중들이 가볍게 읽을 수 있도록 쉽고 평이하게 쓰인 게 차이점이다.

책의 구성은 1부는 하루키의 탄생에서 70세까지의 인생을 살펴보았고, 2부는 그의 대표작 14편을 발췌하여 스토리를 자세하게 실었다. 하루키는 자기 정보를 노출시키지 않는 작가이다 보니 그가 쓴 에세이나 인터뷰를 자료로 많이 사용했고, 그 이외에도 연구자들의 논문과 인터넷 자료들도 참고하였다. 소설은 창작의 산물이지만 그와 동시에 작가의 삶이 투영된 것이기에 그를 알고 나면 작품을 이해하기가 좀 더 수월해질 것이라 생각한다. 그의 작품 너머에 숨겨진 녹록지 않았던 인생 여정이 작품으로 승화되기까지 그가 짊어진 삶의 무게와 완고하리만치 투철한 작가로서의 사명감이 느껴질 것이다.

2020년은 코로나로 힘든 시간이었는데, 2021년에는 봄소식과 함께 출간이라는 따뜻한 소식을 알리게 되어 기쁘다. 아울러 이 원고가 빛을 보는데 도와주신 박정태 회장님과 북콘서트 날 사장님과 귀한 인연을 맺게 해 주신 오상현 박사님, 편집을 맡아준 위가연 님께도 감사의 인사를 드리고 싶다.

2021년 6월

조주희

차 례

1부

하루키 7040

1

무라카미 집안 사람들

무라카미 하루키는 1949년 1월 12일에 교토(京都)의 후시미(伏見)에서 아버지 지아키(千秋)와 어머니 미유키(美幸) 사이에서 외동아들로 태어났다. 그런데 그가 태어나고 100일 정도 되었을 때 국어교사였던 아버지가 효고현(兵庫県)에 있는 고요가쿠인(甲陽学院) 중고등학교로 전근가게 되면서 이후 고등학교를 졸업할 때까지 효고현, 우리가 흔히 말하는 고베(神戸)에 살게 된다. 태어나서 100일 만에 고베로 이사를 갔기 때문에 교토에 관한 기억은 전혀 없어 하루키는 자신의 고향을 고베라고 이야기한다.

하루키가 누구인지 알기 위해 먼저 그의 집안에 대해 살펴보자. 그의 할아버지 무라카미 벤시키(村上弁識)는 1888년경 아이치현(愛知県)의 농가에서 태어났다. 당시만 해도 장남 이외의 남자아이들은 남의 집에 양자로 보내거나 절에 동자승으로 보내곤 했는데, 하루키의 할아버지는 우수한 학생이었는지 여기저기 절에서 동자승과 견습생으로 수행을 쌓은 후에 교토의 안요지(安養寺)라는 절의 주지가 되었다. 이 절은 782년에서 806년 사이에 지어진 정토종계의 사찰로 교토에서는 꽤 큰 절이고 이곳의 주지가 됐다는 것은 당시로

교토 안요지(安養寺)

는 출세했다고 할 수 있다.

할아버지의 성격은 자유분방하고 활달했으며 언변도 뛰어나고 호탕한 성격에 카리스마도 있었다. 특히 술을 좋아하고 마시면 꼭 취하는 것으로 유명했다. 우리나라의 상식으로는 승려가 술을 마신다는 것이 이해가 안 되지만, 일본의 경우는 종파마다 다르기는 해도 대부분 결혼과 육식과 음주가 허용된다. 그는 슬하에 아들만 여섯을 두었는데 1958년 8월 25일 아침 8시 50분경에 철도 건널목을 건너다가 전철에 치어 죽는다. 하필이면 철도 관리인이 없는 역이었던 데다가 그날은 마침 태풍 때문에 폭우가 쏟아졌고 우산을 들고 있던 할아버지는 그 우산 때문에 커브를 돌아서 들어오던 열차를 미처 발견하지 못했던 것이다.

할아버지의 사후에 가장 큰 문제는 누가 절을 이어받을 것인가 하는 것이었다. 아무래도 절의 주지이다 보니 할아버지는 자식들 모두 승려 자격을 갖는 교육을 받게 했는데, 하루키의 아버지만 하더라도 군대로 치면 소위 정도인 '소승도(少僧都)'라는 자격을 가지고 있었다. 하지만 모두가 가정과 직장을 가지고 있었고, 더구나 할아버지가 그렇게 빨리 돌아가시리라고는 상상도 못 했기 때문에 생전에 후계자를 정해 놓지 않았던 것이다. 장남은 오사카의 세무서에서 계장으로 근무하고 있었고, 차남인 하루키의 아버지는 고등학교 국어교사, 나머지 형제 중 두 명은 교사와 불교 계통 대학에 재학 중이었고, 나머지 둘은 남의 집에 양자로 가서 성이 달랐다. 결국 무라카미 성을 가진 네 명의 형제 중에서 절을 승계해야 하는 상황이었지만 아무도 본인이 맡겠다고 선뜻 나서지 않았다. 왜냐하면 교토의 큰 절을 이어받는다는 것은 상당한 부담이었기 때문이다. 그것은 비단 절을 승계하는 자식뿐만 아니라 그 가족 역시 부담을 같이 짊어지어야 하기 때문에 쉽사리 결정하기는 어려웠던 것이다,

하루키는 아버지가 할아버지 장례를 치르러 떠날 때 어머니가 울면서 "제발 절을 맡지는 마세요."라고 부탁하던 장면을 기억하고 있다. 어머니는 오사카(大阪)의 전통적인 상업지구로 유명한 센바(船場) 출신으로, 외할아버지는 오랫동안 이곳에서 장사를 해왔다. 어머니는 그런 집안의 장녀로 태어나 화려한 것을 좋아하는 사람이었고, 게다가 혼자 남은 할머니가 꽤 꼬장꼬장한 분이라 어머니가 할머니를 모시고 절에서 지낸다는 건 무리였을 것이라고 하루키는 추측한다.

하루키의 아버지는 성실하고 책임감이 강한 성격으로 집에서는 가끔 술을 먹으면 신경질적이고 어두워지기도 했지만, 유머 감각이 있고 사람들 앞에서 이야기를 아주 잘하는 편이었다. 아직 누가 후계자가 될지 결정되지도 않았는데 어머니가 울면서 부탁한 이유는 집안 분위기상 암묵적으로 아버지가 맡는 게 가장 자연스러워 보였고 아버지 스스로도 본인이 승려가 되는 것에 거부감이 없는 것 같았기 때문이다. 하지만 최종적으로는 장남인 하루키의 큰아버지가 절을 승계하게 되었고 어머니의 소원대로 다행히 하루키 가족은 원래의 일반 가정으로 살아가게 되었다.

하루키의 아버지는 할아버지 벤시키와 마찬가지로 어린 시절에 나라(奈良)에 있는 어느 절에 동자승으로 보내졌는데, 간지 얼마 안 있다가 다시 집으로 되돌아왔다. 아마도 어린 나이에 새로운 환경에 적응하기 어려웠던 모양이다. 그 후에는 다른 곳에 보내지는 일 없이 잘 자랐지만 자신이 '버림받았다'는 불행한 경험은 아버지의 마음에 평생 깊은 상처로 남게 된다.

하루키의 아버지는 1918년생이며, 어머니는 1923년생인 것 같다. 하루키의 아버지는 1947년 9월에 교토대학 대학원에 다니고 있었지만 1949년 1월에 하루키가 태어나면서 생활비를 벌어야 해서 학업을 중단하고 교편을 잡았다는 것으로 보아 하루키의 부모는 1948년경에 결혼한 것으로 보인다. 그 당시 하루키의 어머니에게는 음악 교사였던 결혼할 상대가 있었지만 전쟁으로 사망하고, 하루키의 외할아버지가 갖고 있던 센바의 가게는 미군 공습으로 완전히 불타 버렸다.

제2차 세계대전 당시 오사카는 미군에 의해 총 여덟 차례의 공습을 받는데 이 공습으로 총 1만 명 이상이 사망했다. 첫 번째 공격을 제외하고는 주로 패전 직전인 1945년 6월에서 8월에 집중되었는데 그때 하루키의 어머니는 미군 전투기에서 퍼붓는 기총소사를 피해 오사카 시내를 도망다녔던 기억을 꽤 오랫동안 가지고 있었고 그 일은 어머니의 인생을 바꾸어 놓는 큰 사건이 되었다. 어느 정도인가 하면 어린 시절 하루키가 B29 플라스틱 모형을 만들고 있었더니 어머니가 "그것만은 만들지 말아줘" 하고 말렸다니 그 트라우마가 얼마나 큰지 알 수 있을 것이다. 어머니는 오사카의 쇼인(樟蔭)여자

전문대학 국문과를 졸업하고 모교의 부속 여자고등학교에서 교편을 잡았지만 결혼 후 사직했고, 그 후에는 육아에 전념하며 남편과 아들의 뒷바라지만 한 전형적인 전업주부였다.

흥미로운 것은 하루키가 가족을 너무 공개하지 않다 보니 연구자들이 이런 저런 자료를 토대로 하루키의 부모님에 대해 추측하곤 하는데, 예를 들면 와세다대학 교수였던 가토 노리히로(加藤典洋) 씨는 『무라카미 하루키 엘로우 페이지2』라는 연구서에서 하루키의 작품 『해변의 카프카』에 나오는 중년 노부부가 하루키의 부모님이 아닐까 추정하면서, 히치콕 감독이 자기 영화에 슬며시 자기를 등장시키듯이 하루키도 그 수법을 차용하고 있는 것이라고 설명하고 있다. 본문을 살펴보자.

부인은 작고 통통한 체격에 도수가 높은 안경을 쓰고 있다. 남편 쪽은 마르고 뻣뻣한 머리카락을 철 브러시로 무리하게 눕힌 것 같은 머리 모양을 하고 있었다. (중략)

둘 다 도서관에 왔다기보다는 등산가는 복장이었다. (중략)

나쁜 사람들은 아닌 것 같다. 그 사람들이 내 부모라면 좋을 텐데 하고 생각하지는 않지만 투어에 참가한 것이 나 혼자가 아니라 조금 안심이 된다.

투어가 끝나자 오사카에서 온 부부는 사에키 씨에게 인사하고 돌아갔다. 부부 모두 관서지방의 단가(短歌) 서클에 들어가 있다고 한다. 부인 쪽은 그렇다 치고 이 남자는 도대체 어떤 단가를 읊을까? 맞장구와 끄덕거리는 것만으로는 시를 지을 수 없을 텐데. 그렇지 않으면 시를 읊을 때만은 이 사람은 어딘가에서 소중히 간직해 두었던 뭔가를 끌어오는 걸까?

뒤에서 자세히 설명하겠지만 하루키의 아버지는 학교에서 국어를 가르치는 한편 일본의 전통시인 하이쿠(俳句, 5.7.5의 3구, 17음의 짧은 시) 서클을 만들어 학생들과 시를 짓는 활동을 했다. 아울러 위에 묘사된 노부부의 모습 중 어머니의 실제 사진은 없어서 모르겠지만, 아버지는 2019년 6월호 「문예춘추」의 에세이 첫머리에 실린 사진이 있다. 하루키의 어린 시절에 아버지와 야구를 하는 s모습인데 머리 스타일을 보면 『해변의 카프카』의 노부부의 모습과 비교해 볼 수 있을 것이다.

「문예춘추」에 실린 하루키의 어린 시절

2
첫 번째 기억과 두 가지 공포

하루키는 100일 되었을 때 효고현에 있는 슈쿠가와(夙川)라는 강의 서쪽으로 이사 온다. 그의 자전적 에세이 『무라카미 하루키당』에는 이사에 관한 글이 4편 실려 있는데 어렸을 때 두 번밖에 이사하지 않았다는 불만이 쓰여 있다. 이노우에 요시오(井上義夫) 씨의 조사에 따르면 하루키는 만 네 살인 1953년까지 슈쿠가와 서쪽에서 살다가 1954년에 슈쿠가와 동쪽으로 옮겨가 1960년까지 살았고, 그 뒤에 아시야(芦屋)시의 아시야강 동쪽으로 이사 간 것으로 되어 있다.

즉 만 다섯 살 때와 열한 살 때 딱 두 차례 이사를 간 것인데 하루키의 부모님은 1995년 한신대지진으로 집이 무너지기 전까지 이 두 번째 거주지에 살았다.

하루키가 이사를 좋아하는 이유는 여러 가지가 있지만 전학생을 대단히 동경해서 누군가 전학을 가면 모두 '이별 문집'을 만들어 '에

슈쿠가와

미코, 멀리 가도 꼭 편지해 줘' 또는 '모래밭에서 넘어뜨려서 미안해' 같은 글을 써서 전달하는 게 좋았고, 새로 전학 온 학생이 아직 교과서를 준비하지 못해서 짝하고 같이 보거나 하는 모습들이 변질적으로 좋았다고 밝히고 있다. 아무튼 그렇게 이사를 좋아하는데 가지 못하고 전학을 가고 싶어도 가지 못한 데 대한 불만이 대학교 진학을 위해 도쿄로 상경해서는 '이사병'에 걸린 것처럼 엄청나게 옮겨 다니게 되는 원인이 되었을지도 모르겠다.

어린 시절의 하루키는 어떤 아이였을까? 일단 그가 기억하는 최초의 기억에 대해 살펴보자. 다음은 「소설 신초」에 실린 인터뷰이다.

– 당신의 최초의 기억에 대해서 –

무라카미: 최초의 기억이라… 음, 제가 두 살인지 세 살 때 강에 빠졌어요. 강에 빠져서 흘러가다가 조금만 더 가면 깊은 도랑으로 흘러 들어갈 뻔한 찰나에 구조되었는데 그 어둠이 기억나요. 그게 최초의 기억이에요. 불쾌한 기억이죠.

– 집 근처 강인가요? –

무라카미: 네. 집 앞에 강이 있었는데 거기에 떨어진 거예요. 시선이 기억나요. 강바닥이잖아요. 그래서 물이 저 위에 있고 그 위를 바라보던 기억이 있어요.

불과 두세 살 때 물에 빠져 죽을 뻔한 경험을 했고 그것이 기억난다고 하면 아마 평생 동안 큰 트라우마가 될 것이다. 1949년생인 하루키는 일본의 베이비붐 세대로 그 당시 외동아들은 흔치 않았다.

하루키의 부모가 무슨 이유에서 자식을 하나만 두었는지는 모르지만 상당히 애지중지하며 키웠을 것이다. 하루키가 떨어졌다는 강에 대해서 연구자들이 조사를 했지만, 하루키가 살던 집 근처에는 강이라고 할 만한 것은 없고 수심이 낮은 도랑만 있는데, 아마도 이 도랑이 당시에는 수심이 깊었던 모양이다. 왜 거기에 빠지게 되었는지 그에 관한 경위는 모르지만 하루키만큼이나 그 부모님들 또한 상당히 놀랐을 것이다.

비슷한 체험이 또 한 가지 있다. 하루키의 단편 「5월의 해안선」에는 다음과 같은 부분이 등장한다.

해안에는 일 년에 몇 번인가 익사체도 떠올랐다. (중략)

그중 하나는 내 친구였다. 아주 옛날 여섯 살 때 일이다. 그는 집중 호우로 물이 불어난 강에 휩쓸려 죽었다. 봄날 오후 그의 시체는 탁류와 함께 단숨에 앞바다로 쓸려갔고, 3일 후에 유목과 나란히 해안에 떠올랐다.

죽음의 냄새.

여섯 살 소년의 시체가 뜨거운 아궁이에서 태워지는 냄새.

4월의 흐린 하늘에 우뚝 솟은 화장터의 굴뚝, 그리고 회색 연기.

존재의 소멸.

앞에 언급했던 이노우에 씨는 하루키와 물과의 관련에 대해 여러 자료들을 조사했는데 그중에서 『니시노미야시(西宮)의 역사』와 「고베신문」을 토대로 여섯 살짜리 유치원생이 강에 빠져 익사한 사건을 찾아냈다. 그 아이는 하루키의 아버지의 직장 동료의 자식으로 하루키와는 친구 사이였다. 이노우에 씨는 어린 시절의 두 가지 체험, 즉 하루키 자신이 겪은 공포 체험과 친구의 죽음이 하루키의 작품에 자주 등장하는 '우물'의 모티프가 되었다고 지적한다.

3
/
고양이와 독서광

하루키는 1955년에 시립 하마와키(浜脇) 초등학교에 입학하여 3학년까지 다니다가 1957년 9월 1일에 근처에 개교한 시립 고로엔(香櫨園) 초등학교로 옮기게 된다. 학생의 수가 많아져서 교육 환경이 열악해지자 시 차원에서 분교를 결정한 것이다. 전학 대상은 3학년 이하 402명이었고 수업은 10월 2일부

초등학교 1학년 무렵 집 정원에서 (문예춘추)

터 시작되었다. 재미있는 것은 그해 12월 24일에 하마와키 초등학교에서 고로엔 초등학교로의 분교식이 거행되는데 이때 양 두 마리가 같이 식에 참가했다가 식이 끝난 후에는 학생들과 같이 새 학교로 전학 간다. 이 양은 학교 정원에서 키웠다고 하는데 하루키의 초기 작품에 자주 등장하는 등에 별 모양 반점이 있는 양이나, 양박사, 양남자 등은 하루키가 초등학교 시절부터 접했던 양이 모티브가 된 것인지도 모르겠다.

학교 분교식 후 양과 함께 이동하는 모습

고로엔 초등학교

　초등학교 시절의 에피소드로는 최근에 발표한 「문예춘추」에 아버지와 함께 고양이를 버리러 간 이야기가 나온다. 집에 정원도 있어서 고양이를 기를 공간은 충분했는데 무슨 이유인지는 모르지만 아무튼 어느 여름날에 아버지가 모는 자전거 뒷자리에 배부른 암고양이를 싣고 집 근처 고로엔항에 버리고 온다. 그런데 집에 돌아와 보니 그 고양이가 자신들보다도 빨리 도착해 있었고, 그 모습을 본 아버지는 기가 막혀 하다가 감동받은 표정을 짓다가 마지막에는 안심하는 표정으로 바뀌었고, 그 이후에는 줄곧 집에서 함께 지내게 됐다는 내용이다. 하루키는 이 글에서 왜 그때 고양이를 버려야 했는지, 그리고 자신은 왜 아버지에게 고양이를 버리면 안 된다고 이의를 제기하지 않았는지 지금도 커다란 수수께끼라고 이야기를 하고 있는데, 그보다 더 중요한 것은 왜 이 에세이의 제목이 「고양이를 버리다－아버지에 대해 말할 때 내가 하는 이야기」인가이다.

　하루키는 아버지가 돌아가시고 나서 그동안 몰랐던 아버지의 생애에 대해 조사함으로써 자신의 뿌리를 찾고자 노력했고 그 결과를 이 에세이에 쓴 것인데, 아버지와의 하고 많은 추억 중에 왜 하필 고양이를 버리러 가는 이야기가 자신의 아버지에 대해 말할 때 제일 먼저 떠오르는 건지 아이러니하다. 그는 소설에서 풀리지 않는 수수께끼를 독자들에게 제시하듯이 자신의 인생에 대해서도 우리들에게 풀어보라고 넌지시 문제를 건네는 건 아닌지 모르겠다.

하루키의 초등학교 시절은 1955년부터 1961년으로 일본이 패전한 후 10년 정도 뒤여서 집 근처에는 미군의 공습을 받아 폐허가 된 건물들이 아직 남아 있을 정도였고 아이들이 놀만한 공간은 많지 않았다. 하루키는 집 근처의 고로엔항으로 친구들과 자주 수영하러 다녔다. 휴일에는 아버지와 근처 영화관에 영화를 보러 가곤 했는데 그 대부분은 서부극이나 전쟁 영화였다. 또 고시엔(甲子園) 구장에 야구를 보러 갔는데 아버지는 죽을 때까지 한신 타이거스의 팬이었고 팀이 지면 아주 기분이 언짢아졌는데 하루키는 자신이 타이거스가 아니라 야구르트 팬이 된 것은 이런 아버지의 영향 때문이라고 말한다.

하루키가 다녔던 고로엔 초등학교는 어떤 학교였을까? 2012년에 저자가 방문해 본 바로는 지방 도시의 평범한 시립 초등학교로 이는 우리나라의 공립 초등학교와 비슷하다. 『꿈의 서프시티』라는 에세이에는 가을이 되면 학교 급식으로 송이버섯 우동이 나왔다는 글이 실려 있다. 꽤 커다란 송이버섯이 들어 있고 국물은 버섯 향기가 그득했다고 하는데 이 이야기를 도쿄 출신인 자기 부인에게 했더니 믿지 않더라는 내용이다. 이 부분을 두고 고로엔 초등학교가 꽤 부자 학교라는 평가도 있지만, 그 당시 송이버섯은 도쿄에서는 꽤 귀

한 음식이었지만 관서지방에서는 그다지 비싼 음식이 아니었다고
한다.

조금 특이한 것은 초등학생 때 근처 책방에서 외상으로 책을 사 볼
수 있었다는데『무라카미 아사히당』에는 다음과 같이 쓰여 있다.

우리 집은 아주 평범한 집이었는데 아버지가 책을 좋아하셔서 나는 근처
책방에서 외상으로 책을 살 수 있었다. 하지만 만화라든가 주간지 같은 것
은 안 되고 제대로 된 책만 가능했다. 그러나 어쨌든 외상으로 책을 살 수
있다는 건 아주 기쁜 일이었고 덕분에 남들 못지않은 독서 소년이 되었다.
지금 이런 이야기를 하면 모두 다 놀라는데 내가 자란 동네에서는 아이가
외상으로 책을 산다는 건 그다지 신기한 일은 아니었다. 당시 내 친구들 중
에도 몇 명인가가 그런 아이들이 있었는데 책방 카운터에서 "저, 미도기가
오카의 ○○인데 외상으로 달아 주세요" 하고 말했던 게 기억난다. 하지만
그런 특권을 가진 아이들이 모두 독서광이 되는 건 아니어서 그게 이상하
다. 이상하죠?

우리나라도 마찬가지지만 1950~1960년대에 하루키가 살던 동네
는 규모도 작고 이웃 간의 교류도 활발한 지역사회였다. 누가 누구
네 집 아이인지 잘 알고 있고, 게다가 아버지가 교사였기 때문에 동
네 사람들의 신뢰도가 높았을 것이다. 아무튼 책 좋아하는 아버지
덕분에 하루키도 독서를 좋아하는 소년이 되었다. 아울러 하루키의
아버지는 『세계문학전집』과 『세계의 역사』를 정기 구독했는데 이
런 책들을 읽으며 10대를 보낸 하루키는 자연스럽게 그 문학적 취

향이 외국 문학으로 기울게 된다.

　그렇다면 독서 소년 하루키는 언제부터 문학적 재능이 싹텄을까. 아마 아버지의 영향으로 초등학교 고학년 때부터는 두각을 나타내기 시작한 것 같다. 5학년 때 발행된 「고로엔 초등학교 문집」 창간호에는 하루키가 지은 와카(和歌, 5.7.5.7.7의 31음으로 이루어진 정형시)와 하이쿠(俳句, 5,7,5로 이루어진 정형시)가 실려 있다. 한국어로 번역을 하면서 음수율이 달라졌는데 원어는 음수율이 정확히 지켜져 있는 정형시이다.

　풍경 소리 울리지 않는 복도의 더위
　풍경 종이 떨어져 가을 깊어가네
　슈쿠가와 제방에 뿌리 내린 커다란 은행나무

　일본의 여름을 대표하는 것 중 하나는 각 가정의 처마에 달린 작은 풍경일 것이다. 더운 여름에 투명하게 울리는 풍경 소리는 듣는 이의 마음을 시원하게 해 주는 역할을 한다. 그런데 하루키가 겪었던 그해 여름은 얼마나 더웠는지 학교 복도에는 바람 한 점 불지 않아서 풍경마저 울리지 않고, 그 계절이 지나 가을이 오니 이번에는 풍경

고로엔 초등학교

에 매달린 종이가 떨어질 정도로 바람이 불기 시작했고, 집 근처 슈쿠가와에는 은행나무가 피어 있는 모습을 그림으로써 학교와 집 근처의 여름과 가을 모습을 대비시키며 노래하고 있다. 그런데 이상한 것은 슈쿠가와에는 봄에는 벚꽃, 가을에는 단풍이 보편적인 풍경이고 은행나무는 볼 수가 없는데, 하루키가 어린 시절에는 은행나무가 있었던 건지-일본에는 은행나무가 적은 편이다-, 아니면 상상으로 그린 모습인지는 잘 모르겠지만 아무튼 시적 감수성이 풍부한 소년이었던 것만은 확실해 보인다.

폭포 옆 작은 새 지저귀는 소리도 없이
폭포 떨어져 바위에 부딪히는 물보라

이 시는 아버지를 따라간 어딘가에서 본 폭포의 모습을 읊은 것 같다. 하루키의 아버지는 고요중고등학교의 국어 교사였는데, 1951년에 고요중학교를 졸업하고 고요고등학교에 입학한 제35회 졸업생들은 하루키의 아버지를 지도교사로 한 '꼭두서니 하이쿠회(あかね俳句会)'를 결성한다. 이 모임은 교직원과 학생 그리고 가족이 참가한 비교적 자유로운 동호회로, 주로 점심시간을 이용해 하루키의 아버지가 간단한 시 이론에 대해 설명을 했는데, 그것만으로는 시를 짓기 위한 연습 시간이 턱없이 부족했기 때문에 일요일과 공휴일, 방학을 이용해 교외로 나가 모임을 갖기도 했다. 하루키는 이런 교외 모임에 가끔 따라다닌 것 같은데 한 번은 일본 에도시대(江戸時代, 1603~1867)의 하이쿠 작가인 마쓰오 바쇼(松尾芭蕉)의 암자를 방문한 적

이 있다. 하루키는 아버지가 학생들과 공부를 하고 있는 사이에 툇마루에 앉아 경치를 둘러보다가 사람의 죽음에 대해 생각한다.

그리고 인간의 죽음에 대해 생각했다. (중략) 단지 그와 같은 격리되고 단절된 장소에 이끌려 오게 된 것은 처음이라, 그곳에 일찍이 고립되어 존재한 생이라는 것을 강하게 의식하게 되었다. 먼 옛날 여기에 하나의 생이 존재하고 그 생을 끊어 버린 죽음이 존재했다. 그러나 그 죽음은 순간적인 것이 아니라, 생이 소멸된 후에도 하나의 상황으로서 작은 그림자처럼 혹은 마치 손에 밴 진흙 냄새처럼 거기에 존속하고 있는 것처럼 생각되었다. (중략) 죽음은 존재한다, 하지만 두려워할 필요는 없다, 죽음이란 변형된 생에 불과한 것이니까.

이 글을 보면 하루키는 초등학생치고는 꽤 조숙했던 모양이다. 초등학교 때 할아버지가 돌아가셨으니 죽음에 대해 생각해 볼 기회는 있었겠지만, 그가 그때까지 느끼고 있던 죽음이란 막연하고 돌발적이며 불행한 사건 정도라고 생각했을 것이다. 그러나 '바쇼'의 암자에서 그는 확실히 죽음을 느끼고 자신도 언젠가는 죽음을 맞이하게 될 것이라는 것을 자각하게 된다. 즉 아주 오랫동안 아무도 살지 않는 깊은 산속의 고립무원의 장소, 그곳에는 이미 살고 있던 사람의 흔적이 지워진 지 오래이지만, 이전에 살았던 '생'은 존속해 오고 있다는 것이다. 흔적은 사라졌지만 혼은 살아 있다는, 그럼으로써 생과 사는 분리되어 있는 것이 아니라는 달관자적인 자세는 작가가 된 후의 하루키의 사고에 많은 영향을 끼쳐, '죽음은 삶의 대극(対極)

으로서가 아니라, 그 일부로서 존재하고 있다'는 그의 생사관의 모
티브가 되었다.

4
아버지의 기억과 라면

    앞의 에피소드들을 보면 하루키는 어린 시절 아버지와 많은 시간을 보내면서 부자 관계가 꽤 친밀했던 것으로 보이지만, 그렇지 않았다. 아마도 둘 사이의 갈등은 초등학교 저학년 때부터 시작되어 고학년 때는 그 폭이 매우 컸던 것 같다. 하루키의 아버지는 학교에서는 유머러스하고 학생들에게 칭찬과 격려를 아끼지 않는 교사였지만 집에서는 그렇지만은 않았던 모양이다. 그 이유에 대해 하루키는 아버지가 어렸을 때 절에 동자승으로 보내졌던 점, 다시 말해 부모에게 버림받았다는 심리적 상처와 전쟁에 참전하며 겪은 트라우마로 술을 먹으면 우울해지고 성격이 황폐해졌다는 것과 다른 하나는 우등생이었던 아버지가 자신에게 거는 기대가 컸는데 거기에 부응하지 못한 자신에 대해 실망했기 때문이라고 설명한다.

    아버지와의 일화 중에서 하루키에게는 성인이 되어서도 계속해서 커다란 충격으로 자리 잡은 에피소드가 하나 있는데 이에 대해서는 이안 부루마라는 네덜란드 저널리스트(현재는 미국 바드대학 교수)와 나눈 인터뷰 속에서 다음과 같이 밝히고 있다.

하루키는 자기 아버지에 대해 말하기 시작했다. 아버지와는 지금 소원한 사이로 거의 만나지 않는다고 한다. 그의 아버지는 전쟁 전에는 장래가 기대되는 교토대학 학생이었다. 재학 중에 징용되어 육군으로 중국에 갔다. 하루키는 어렸을 때 아버지가 중국에서 경험한 가슴 철렁한 이야기를 해주었던 것을 기억하고 있다. 그 이야기가 어떤 것이었는지는 기억나지 않는다. 목격담이었을지도 모르고 어쩌면 직접 한 걸지도 모른다. 어쨌든 대단히 슬펐던 걸로 기억한다. 그는 비밀 이야기를 털어놓는다는 식도 아니고 아무렇지도 않게 담담하게 말했다. "어쩌면 그거 때문에게 중국요리를 못 먹는지도 몰라요."

아버지에게 중국에 관한 일을 좀 더 물어보지 그랬냐고 말했다. "물어보고 싶지 않았다"고 그는 말했다. "아버지에게 있어서도 마음의 상처였음에 틀림없다. 그러니까 내게도 마음의 상처다. 아버지와는 사이가 좋지 않다. 아이를 갖지 않는 것은 그 탓일지도 모른다."

나는 잠자코 있었다. 그는 계속해서 말했다. "내 핏속에 아버지의 경험이 들어 있다고 생각한다. 그런 유전이 있을 수 있다고 믿고 있다."

그런데 재미있는 것은 하루키는 자신이 아버지에 대해 이렇게 상세하게 이야기한 것이 걱정이 되었는지 다음 날 이안 부루마에게 전화를 걸어서 아버지에 관한 것은 쓰지 말아달라고 부탁한다. 사정이 이렇게 되고 보니 인터뷰를 한 이안 부루마 입장에서는 도대체 아버지에 관해 하루키가 왜 이렇게 예민하게 구는 것인지 더 알고 싶어졌던 모양이다. 그래서 하루키의 부인과 하루키에게 아버지를 직접 만나서 인터뷰를 해도 되겠냐고 묻지만 둘 다 완강히 반대하여 결국 인터뷰는 성사되지 않는다. 그에 덧붙여 하루키는 자신은 사실을 더 알고 싶지 않다, 아버지의 상처가 꽤 슬픈 이야기였던 것을 기억하지만 그 내용이 무엇인지는 전혀 관심이 없고 오히려 상상을 통해 그 기억을 그려내고자 한다고 말한다. 이런 그의 태도는 사실보다는 상상의 세계를 그려나가는 작가로서의 태도를 견지하고 있는 듯이 보이지만, 그 이면에는 뭔가를 은폐하려고 하는, 아니 밝히기를 꺼리는 심리도 엿보인다.

아버지의 탓이라고만은 할 수 없지만 그는 정말로 아이를 갖지 않았고 작품에서도 개인의 이야기에 포커스를 맞춰 왔다. 1981년, 하루키 나이 서른두 살에 무라카미 류라는 작가와 인터뷰를 하면서 아이에 관한 이야기를 나누는데 아직 준비가 안 되어 있다고 할까, 그보다는 아예 아이 생각이 없는 것 같은 느낌이 든다. 당시의 대화 내용을 보자. 외동아들인 하루키가 대부분의 사람이 집에 들어가면 불이 켜져 있고 누군가 잘 다녀왔냐는 인사를 하고 차를 끓여 주는 게 행복하다고 느끼는데, 자신은 그보다는 집에 돌아가면 깜깜하고 우편함에 우편물이 잔뜩 쌓여 있고 스스로 불을 켜고 차를 끓여 먹는 걸 좋아한다는 이야기를 한 후에 다음과 같이 이야기한다.

하루키: (전략) 아 참, 아이가 태어나면 어때?

류: 이상하지, 작은 인간이 복사된다는 건데, 지금까지 해왔던 쾌락을 위한 섹스는 모두 헛발질이 아니었나 하는 톨스토이 같은 느낌이 들어.

하루키: 헛발질? (웃음) 우리도 슬슬 가질까 하고 생각하고 있는데 어떻게 될지. 그런데 아이를 갖는다는 건 아내가 집에서 기다리는 것보다도 더 이

상한 느낌이 들어. 이 이상 서로 얽히게 되는 인간을 늘리고 싶지 않다는 생각도 들고.

한편 제이루빈 전 하버드대학 교수와의 인터뷰에서는 다음과 같은 말도 한다.

세상이 좋아질 거라고 생각하지 않기 때문에 아이를 가져서는 안 된다고 생각해요. _(중략)
제 경우는 아이를 낳을 수 없습니다. 아이를 낳아도 된다는 확신이 없어서요. 우리 세대가 태어난 것은 1948, 49년인데 전쟁이 끝나고 세상이 곧 좋아질 거라는 생각이 부모들 사이에 있었던 게 아닐까 하는 생각이 들어요. 제게는 그런 확신이 전혀 없어요.

이 이야기에는 지금 우리나라의 젊은 세대들이 가지고 있는 감각과 공통되는 부분이 있다. 경제 상황이 불안정해서 아이를 갖지 않는 지금 세대와 마찬가지로 하루키도 그 당시의 일본 사회가 불안정하다는 이유를 들고 있지만 그와 더불어 부모로서의 자신감이랄까, 아이를 키울 자신이 없어 보인다. 구체적인 사정은 모르겠지만 아무튼 지금까지 하루키 부부에게는 자식은 없고 고양이와 같이 살고 있다.
그런데 하루키는 자신의 실생활뿐만 아니라 작품 속에서도 가족을 거의 등장시키지 않는데 그 이유에 대해서는 다음과 같이 이야기하고 있다.

나는 나 자신의 이야기를 발견하여 내 속에 들어가야 한다. 내 루트는 표현할 수 없다. 가족에 관한 것도 쓰고 싶지 않다. 원래 가족이란 것을 좋아하지 않는다. 아마 내가 아이를 갖지 않는 건 그 탓일지도 모른다. 루트는 갖지 않는다. 그러나 모두 그렇겠지만 내게도 마음의 상처는 있다. 그 상처가 어떤 것인지는 설명할 수 없지만 그렇기 때문에야말로 소설을 쓰는 거다.

아이에 관해서 극단적이라고 할 만큼 거부하듯이 음식에 있어서도 중국 음식을 전혀 먹지 않는다. 중국 음식을 안 먹는 게 뭐 그리 대단한 일일까 하고 생각하는 사람도 있겠지만, 일본에서 라면이나 교자(만두)를 안 먹는 사람은 극히 드물다. 라면이나 교자는 중국 음식이지만 일본 음식이라고 여겨질 만큼 국민들에게 친숙한 음식이고, 동네마다 유명한 가게가 한두 곳은 있을 정도이다. 비유가 조금 다르기는 하지만 한국 사람이 짜장면을 안 먹는 것과 비슷한 느낌이라고 할까? 이에 대해 하루키는 다음과 같이 설명한다.

나는 편식이 꽤 심한 인간이다. 생선하고 채소하고 술은 특별하게 좋고 싫은 게 없는데 고기는 소고기밖에 안 먹고 조개류는 굴밖에 안 먹는다. 그리고 중국요리는 전혀 못 먹는다. (중략) 어떤 경위를 거쳐 중국요리를 못 먹게 된 건지는 내게도 큰 수수께끼 중의 하나이다. 나는 중국이나 중국인에 대해 결코 나쁜 감정을 가지고 있지 않을뿐더러 오히려 어느 쪽인가 하면 굉장히 흥미를 가지고 있는 편이라고 생각한다. 친구 중에도 중국 사람이 있고 내 소설에도 중국인이 잔뜩 나온다. 그런데도 불구하고 중국요리라는 걸 내 위는 완강히 거부하는 것이다. 왜인지는 모르겠다. 유아 체험이란 그런 것일지도 모르겠다.

센다가야(千駄ヶ谷)에 살 때 우리 집 근처에 맛집으로 유명한 라면 가게가 두 집이나 나란히 있었는데 그 앞을 지나면 내가 싫어하는 라면 냄새가 풀풀 나서 나는 집에 가는 게 언제나 고역이었다. 내 친구는 그 앞을 지날 때마다 라면을 먹고 싶다는 강렬한 욕망을 억누르느라 대단히 힘들다고 한다. 그런 이야기를 들으면 라면에 대한 기호의 차이만으로 인생의 양상이 꽤 달라지는 거구나 하고 생각한다.

여기에서 그는 유아 체험이 구체적으로 무엇인지 밝히고 있지 않지만, 앞서 언급했던 「문예춘추」를 보면 그것이 아버지와 연결되어 있다는 것을 알 수 있다. 어린시절 그의 아버지는 자신이 속한 부대가 중국 전선에서 포로를 처형하는 장면을 담담하게 이야기해 주곤 했는데, 중국 병사는 자신이 죽는다는 걸 알면서도 소동도 부리지 않고 화도 내지 않고 그저 가만히 눈을 감고 조용히 앉아 있었는데 그 자세에 대해 아버지는 "실로 감탄할 만한 태도였다"고 평가했다고 한다. 그리고 하루키는 어렸을 때 보아왔던 아버지가 매일 아침 불단을 향해 기도하는 모습은 바로 전장에서 참살된 중국 병사들에 대한 경의의 표시로써 죽을 때까지 계속했던 것이라고 추측한다.

아버지의 중국 경험담이 배경이 된 것으로 생각되는 것에는 그의 작품 『태엽 감는 새 연대기』에 등장하는 포로와 스파이의 처형 장면이 있다. 패전에 임박하여 중국 전선에서 이루어진 포로들의 처형 장면은 총살이 아니라 총검으로 늑골 아래를 찔러 죽이거나 야구 방망이로 때려죽이거나 하는 것들이었고, 스파이로 의심되는 일본인에 대해 러시아 장교는 살아있는 채로 가죽을 벗기는 고문을 자행한다. 상당히 폭력적이고 잔인한 장면들인데 물론 작가적 상상력의 결과물이기는 하겠지만 이 중의 일부는 하루키가 어린 시절 아버지에게 들었던 이야기를 바탕으로 하고 있음이 추측된다.

만약 이 중의 어떤 장면을 초등학교 저학년 때 들었다면 아이 입장에서는 아마도 굉장히 충격적이었을 것이다. 이렇게 아버지의 경험에 따른 중국 병사, 중국 전쟁에 대한 충격적인 이미지는 라면 가게 앞을 지날 때 사방으로 풍기는 돼지고기나 닭고기 육수 냄새만 맡아도 중국 전선에서의 잔인한 장면을 떠오르게 한 것은 아닐까? 어린 하루키에게 있어 아버지의 전쟁 체험은 하나의 트라우마가 되어 대를 이어 상처로 남아 있는 것은 아닐까 싶다.

5

폭력에 대한 트라우마

하루키는 1961년 3월에 고로엔 초등학교를 졸업하고 4월에 아시야 시립 세도 (精道)중학교에 입학한다. 입학 전에 아시야시(芦屋市) 우치데(打出) 니시쿠라쵸(西蔵町)로 이사하는데 여기에서 중학교와 고등학교까지 다니

세도중학교 정문

게 된다. 중학교 시절의 에피소드로는 체벌에 관한 것이 『무라카미 아사히당은 어떻게 단련되었나』에 등장한다. 초등학교 때도 고등학교 때도 교사한테 맞은 기억이 없는데 중학교 때만은 꽤 맞았다고 한다. 그 이유가 담배나 술, 도벽과 같은 심각한 문제가 아니라 숙제를 잊어버리거나 교사의 비위에 거슬리거나 하는 아주 사소한 일로 뺨을 맞거나 머리를 맞는 등 일상적으로 맞았다고 하는데 그때의 기억이 얼마나 심했으면 성인이 된 후에도 다음과 같은 반응으로 나타나고 있다.

텔레비전 뉴스에서 내가 다니던 그 중학교를 두 번 정도 접하게 되었다. 한 번은 한신 대지진으로 돌아가신 분들의 유해가 교정에 늘어서 있는 것이었고, 다른 한 번은 텐트가 늘어선 교정에서 행해진 지진 직후의 졸업식 광경이었다. (중략) 하지만 내 머리에 우선 떠오른 것은 지진 희생자에 대한 동정 어린 생각보다는 '아, 나는 여기에서 선생님한테 꽤나 맞았지' 하는 숨막히는 쓰라린 기억이었다. 물론 지진 희생자분들의 일은 마음속으로 안됐다고 생각한다. (중략) 하지만 그럼에도 불구하고 모든 이론이나 비교를 초월하여 나는 아직 내 육체와 마음에 남아 있는 상처의 고통을 제일 먼저 퍼뜩 떠올렸다.

중학교 때 즐거운 추억 또한 꽤 있었을 텐데 그보다도 맞은 기억이 먼저 떠오르고 그로 인해 모교를 방문하고 싶은 생각조차 들지 않았을 뿐더러 이렇게 교사한테 일상적으로 맞음으로써 그 이후에 교사나 학교에 공포와 혐오감을 강하게 느끼게 되었다고 한다. 하루키가 성인이 되어서도 회사나 단체에 소속되지 않고 권력이나 폭력을 극도로 혐오하게 된 계기는 바로 중학교 시절에 비롯된 이러한 폭력 체험에 기인하고 있다고 할 수 있다. 개인에 따라서는 어쩌면 하나의 추억으로 기억할 수도 있겠지만 하루키에게는 도저히 그렇

한신 대지진으로 희생된 세도중학교 학생 추념비
(정문 입구)

게 될 수 없을 정도로 큰 상처였던 것이다.

위의 인용문에 등장하는 1995년에 일어난 한신 대지진은 2011년 3월 11일에 발생한 동일본대지진이 일어나기 전까지는 전후에 일어난 가장 큰 지진이었고 엄청난 사상자를 낸 사건이었다. 그러나 이런 재난을 접하고도 희생자에 대한 안타까움보다 자신의 상처가 먼저 떠올랐다고 고백하는 것을 보면 그 상처가 꽤나 큰 것이었고 한창 사춘기의 예민한 하루키에게는 지울 수 없는 커다란 트라우마가 됐음을 알 수 있다.

중학교 시절의 또 하나의 폭력 체험은 바로 아버지의 권위에 의한 것이었다. 앞에서도 언급했듯이 하루키의 아버지는 국어 교사였는데 매일 서양 문학만 접하고 있는 하루키를 보고는 일본의 고전문학에 대해서도 가르쳐야겠다고 생각한 모양이다.

중학교에 올라갔을 무렵부터 아버지는 고전을 가르치기 시작했는데 그것은 고등학교를 졸업할 때까지 6년간이나 계속됐다. 만요슈(万葉集, 일본에서 가장 오래된 시집)에서 사이카쿠(西鶴, 일본 에도시대의 작가)에 이르기까지 주요 작품은 전부였다. 그러나 사춘기 특유의 반발도 있어서 내게는 '고전을 읽는다'는 작업이 아무래도 좋아지질 않았다. 그리고 그 반동으로 이상하리만치 극단적으로 외국 소설에 기울어져 갔다. 몇 달이고 몇 달이고 영어 소설만 읽은 적도 있다. 신문조차―그게 일본어로 써 있다는 이유만으로―안 읽었다. 일본 소설 따윈 읽지 않을 거다. 대학에 들어가 혼자 자취를 시작하고 나서 그 경향은 한층 강해졌다. (중략) 그리고 20대 마지막 해에―이걸로 그럭저럭 먹고 살 수 있겠다고 생각했을 무렵에―나는 소설을 썼다. 다 쓰고 나서 왠지

묘한데 하는 생각이 들었다. 일본 소설 따위는 거의 읽지 않고 영어 소설만 읽은 인간이 일본어로 소설을 써버렸기 때문이다. 한 바퀴 휙 돌아 제자리에 돌아온 듯한 느낌이 들었다.

　하루키의 사춘기는 거의 아버지와의 에피소드로 점철되어 있는데 이번에도 역시 아버지의 영향으로 다소 엇나간 선택을 하게 된 하루키. 그러나 이 체험은 그가 서양 소설, 특히 미국 소설에 대해 깊은 흥미를 갖게 되고, 이로 인해 일본의 사소설(私小説, 일본 근대문학의 성격 중 하나로 작가 자신의 사적인 체험을 고백하거나 폭로하는 문학)적인 문학 풍토를 답습하지 않고 미국식 컬러를 갖는 이색적인 작가로 성장하게 된 최고의 요인이 되었다. 아버지가 국어 선생님 더구나 고전 선생님이라면 그 나라 문학의 원류가 되는 고전에 대한 읽기를 권유하는 것-물론 하루키는 강요로 느꼈지만-은 당연한 일일지도 모르겠다. 그런데 그것이 사춘기 특유의 반항심에서 아버지의 바람과는 정반대의 선택을 하게 되고, 초등학교 때부터 비롯된 아버지와의 소원한 관계는 이 사건으로 인해 되돌릴 수 없을 만큼 벌어지게 된다.

　그렇다면 하루키의 아버지에게 있어 외동아들인 하루키의 존재는 어떤 것이었을까. 하루키는 「문예춘추」 속에서 어머니의 이야기를 바탕으로 아버지의 생각에 대해 유추하고 있다. 그에 따르면 아버지는 원래 학문을 좋아하는 사람이라 공부하기를 좋아하고 그것을 삶의 보람으로 여기는 사람이었다. 집에는 언제나 책이 넘쳤고 하루키의 눈에 비친 아버지는 항상 책을 읽고 있었고 그 덕분에 하루키도 책을 좋아하는 독서광으로 자라게 된다. 하루키의 어머니는 자주 "너희 아버지는 머리가 좋은 사람이야."라고 말했고 아버지는 학창 시절 줄곧 상위권인 학생이었다. 하지만 그런 우등생 아버지에 비해 하루키는 공부에 관심이 없었고 그렇기 때문에 성적이 별로 좋지 않았다. 좋아하는 일에는 열심히 매달리지만 좋아하지 않는 일에는 관심을 갖지 않는 성격이었기 때문에 초등학교 때부터 고등학교 때까지 그저 그런 성적-중상 정도-이었다.

문제는 그런 하루키를 지켜보는 아버지는 적지 않은 '낙담'을 했던 것이다. 전쟁 세대인 하루키의 아버지 입장에서 보면 참으로 평화로운 세상에 아무 방해도 받지 않고 공부할 수 있는 환경인데도 왜 공부를 안 하는 걸까? 하는 안타까움과 한심한 생각이 교차했을 것이다. 그래도 직접 대놓고 공부하라고 혼을 내거나 잔소리를 하지는 않고 지켜보면서 면학 분위기만 조성해준 것 같다. 하지만 하루키는 이미 중학교 때 교사들에 의한 폭력을 경험하면서 학교 수업에 흥미를 잃었을 뿐 아니라 획일적이고 억압적인 교육 시스템이 마음에 들지 않았다. 그로 인해 이 부자는 아버지는 아들에 대해 만성적인 불만을, 아들은 아버지에 대해 만성적인 고통(무의식적인 분노가 담긴 고통)을 느끼게 되었고, 하루키가 서른 살에 작가로 데뷔했을 때에 아버지는 비로소 기뻐했지만 이미 둘 사이는 거의 의절한 상태에 가까웠기 때문에 의미가 없었다.

다시 말해 하루키의 아버지가 자식인 하루키를 인정한 것은 서른 살이 되고 나서였고 그 이전에는 언제나 자식에 대해 불만스러워했다. 이런 아버지의 태도가 하루키에게 있어 얼마나 큰 고통이었으면 지금도 가끔 학교에서 시험을 보는 꿈을 꾸는데 자신이 문제를 하나도 풀지 못하고 놀라서 깨어나 보면 언제나 땀으로 흥건한 상태라고 고백한다. 하루키는 책상에 진득하게 앉아서 공부하기보다는 좋아하는 음악을 듣고 밖에 나가 운동을 하고 아이들과 어울리기를 좋아하는, 그야말로 아버지가 바라는 이상적인 아들과는 정반대의 아들이었으니 둘의 갈등이 얼마나 심했을지 상상이 가고도 남지 않는가.

또한 하루키는 학교 교육 자체를 마음에 들어 하지 않았는데 『무라카미 아사히당은 어떻게 단련되었나』에서는 다음과 같이 이야기하고 있다.

하지만 나에 관해 말하자면 지금까지 학교에서 공부하는 것이 즐겁다고 생각한 적이 거의 없었다. 학교에 가는 것이 특별히 고통스러웠던 것은 아니지만 그건 거기에 가면 친구들을 만날 수 있기 때문이고 공부 쪽은 좋아하지 않았다. 그건 초등학교 때부터 대학까지 마찬가지였다. 하지만 공부를 하지 않아서 남는 건 싫어서 마지못해 중간 정도로 공부하고 그럭저럭 보통 성적을 받았다. 어쩔 수 없이 그렇게 했던 것 같다. 학교 교육에서 배운 가장 중요한 사실은 나는 학교 교육에는 맞지 않는다는 사실이었다고 생각한다.

인생이 점점 재미있어진 것은 학교를 졸업하고 나서부터다. 이제 더는 학교에 가지 않아도 된다. 내가 좋아하는 걸 맘껏 하면 된다. 그런 멋진 일은 세상에 없다고 나는 생각했다.

스포츠도 마찬가지여서 나는 학교에 다니는 동안에는 체육 수업이 너무 싫어서 미칠 지경이었다. 마음이 내키지 않는데도 선생님이 시켜서 억지로 운동하는 건 거의 고문에 가까웠다. (중략) 하지만 사회에 나와서 내가 하고 싶은 운동을 내가 좋아하는 속도로 할 수 있게 되고부터는 비로소 내가 얼마나 몸을 움직이기를 바랐는지를 알았다. 지금까지 꽤 많은 귀중한 시간을 무시해 온 인간이군 하고 나는 그때 생각했다.

　그런데 성적을 중간 정도로 유지했다는 하루키가 와세다대학에 들어간 것을 두고 혹자는 지나치게 겸손하게 자기 능력을 표현하고 있는 것이라고 비판하기도 하지만 아무튼 두각을 나타내는 학생은 아니었던 것 같다. 그래도 본인이 좋아하는 일에 매진하는 성격이라 팝송을 듣고 영어 소설을 읽고 하는 일들에는 열중했던 것이 대학 입시에 어느 정도 긍정적인 역할을 했다고 할 수 있을 것이다. 만약 이 시절에 학교 공부가 너무 좋아서 공부만 하는 학생이었다면 어쩌면 하루키라는 작가는 탄생하지 않았을지도 모르겠다.

6
신문 편집, 재즈 매니아

1964년에 하루키는 세도중학교를 졸업하고 고베(神戶)고등학교로 진학한다. 「누가 재즈를 죽였나」라는 에세이에서는 '나는 재즈를 좋아해서 열세 살 때부터 지금까지 줄곧 레코드를 모아왔다'고 이야기하고 있는데, 특히 고등학교에 입학할 무렵부터 재즈에 빠지기 시작해 콜트레인(John Coltrane)을 들으며 재즈 마니아가 되기 시작한다. 하루키의 작품과 행적에 대해 조사하여 책을 쓴 우라즈미 아키라(浦澄彬)의 『무라카미 하루키를 걷다』에 따르면 하루키는 2학년 때 신문위원회 위원장이 되었는데, 1학년 무렵부터 기사를 잘 썼다고 되어 있다. 다만 실제로 하루키가 썼다고 확인할 수 있는 기사는 「달리전을 보고」(1964. 12. 25), 「영화 소개 사운드 오브 뮤직」(1965. 7.20), 「감상석 베그(Sándor Végh) 현악 4중주단」(1965. 12. 25), 「감상석 영화 그리스인 조

고베고등학교

르바」(1966. 4. 11), 「감상석 세일즈맨의 죽음」(1966. 5. 2)의 다섯 편으로, 대부분 고베에서 열린 콘서트나 영화에 대한 비평이었다. 이 기사들에 대해 우라즈미 씨는 '조금 어설픈 데는 있지만, 훗날의 무라카미의 에세이 같은 데서 보이는 이야기의 특징이 나타나 있는 것을 알 수 있다. 글재주라는 점에서 보면 확실히 무라카미 하루키는 조숙했다고 할 수 있을 것이다'라고 쓰고 있다. 「감상석 영화 그리스인 조르바」의 일부를 소개해 보겠다.

나는 얼마 전에 시네라마의 「벌지(Bulge) 대전투」를 보았는데 그만큼의 물량을 들인 영화를 본 후에 달랠 길 없는 공허함을 느꼈다.

「그리스인 조르바」에는 그 영화에는 없었던 인간성이 흘러넘치고 있다. 모든 고뇌를 겪으며 삶에 대한 정열을 갖고, 활력이 넘치고 악에 분개하며 모든 인간에 대한 신뢰를 인생에서 배워 온 조르바. 우리 주변에도 실제로 이런 사람이 있을 것 같은 느낌이 든다. 도시에서 자라 상식적인 것에 물들어 있는 우리들에게 이 조르바라는 인간은 견딜 수 없이 매력적이다. 조르바 역을 맡은 앤소니 퀸은 정말이지 훌륭하다. 이렇게 백과 흑이 아름답다고 느낀 영화는 처음이다.

영화 「벌지 대전투」와 「그리스인 조르바」를 비교하면서 「그리스인 조르바」가 우수하다는 비평을 한 것인데 고등학생이 쓴 것으로서는 꽤 훌륭하지 않은가. 감상과 비평을 적절하게 쓴 완급의 조절이 탁월하다. 하루키 자신도 신문부 활동을 하면서 저널리스트를 꿈꾸기도 했으니 작가로서의 가능성은 이때부터 서서히 드러나고 있다고 할 수 있을 것이다.

앞에서 학교 공부에 거의 관심이 없었다고 했는데 고등학교 때도 공부는 거의 하지 않았고, 매일 같이 마작을 하거나 여자 아이들과 놀거나 재즈 카페에 틀어박혀 있거나 닥치는 대로 영화를 보거나 했다. 담배도 피우고 학교도 잘 빼먹었다. 그는 방과 후에 일단학교를 빠져나가 고베의 중심가인 산노미야(三宮)나 모토마치(元町)의고가 아래 상점에 들러 재즈 레코드를 뒤지고 다니다가 저녁이 되면 학교로 돌아와 신문위원회 일을 했다.

그 당시 신문위원회에는 사이가 좋았던 여자친구가 있었다. 하루키나 그녀나 둘 다 매우 어두운 이미지의 소유자였고, 그녀는 고베고등학교를 졸업한 후에 국제기독교대학(ICU)에 진학하는데 'ICU'는하루키의 작품 『양을 둘러싼 모험』에서 주인공 '나'가 '아무하고나자는 여자'와 산책하는 장소로 등장하기도 한다. 우라즈미 아키라씨는 그녀가 하루키의 작품 『노르웨이의 숲』에 나오는 나오코(直子)의 모델이고, 현재 부인인 요코 씨가 미도리의 모델이 아닐까 하고추측하는데, 이 부분이 그

이후에 마치 사실처럼 소문으로 퍼지게 되었다. 그리고 그런 의미에서 『노르웨이의 숲』이 하루키의 자전적 소설이라고까지 확대되었다. 그러나 하루키는 이부분을 인정하지 않고 독

국제기독교대학(ICU)

자들이 자신과 주인공 와타나베를 동일시하는 것에 대해 불쾌한 감정을 드러내기까지 한다. 더 중요한 것은 부인 요코가 미도리와 자신을 동일시하는 것에 대해 매우 불만스러워하는 모양이다. 하루키가 독자들에게 이메일을 받아서 답장을 해주는 사이트인 「무라카미 씨가 있는 곳」을 보면 어느 독자가 『노르웨이의 숲』의 미도리의 모델이 부인이 아니냐는 메일을 보내오는데 이에 대해 다음과 같이 쓰고 있다.

우리 마누라한테 당신 메일을 보여줬더니 "아니, 진짜 왜 내가 미도리의 모델이라는 거야." 하고 불같이 화를 냈습니다. 그렇게까지 화낼 일도 아닌데 말이에요. 하지만 "확실하게 오해를 바로 잡아줘" 하고 말을 했기 때문에 이렇게 답장을 드립니다. 우리 가정에 풍파를 일으키지 말아 주세요. 부탁드리겠습니다.

산노미야

고가 아래 상점

이야기는 이렇게 웃으며 마무리하고 있지만 사실은 이런 의혹을 제일 먼저 제기했던 우라즈미 아키라 씨는 하루키의 소속사에 허위 사실 유포로 고소를 당해 그 이름으로는 활동을 못 하게 되었다는 아주 무서운(?) 이야기까지 있을 정도이다.

앞에서 하루키와 인터뷰를 진행했던 이안 부루마는 하루키가 고등학교 때 친구들과 말이 통하지 않아 학교에서 거의 아무하고도 말하지 않았다고 하는데, 다음 일화를 보면 하루키가 꽤 현실 감각이 떨어진다는 느낌도 드는 게 사실이다. 영어 소설만 읽고 또래 친구들과의 교류가 없었다고 하니 당연한 일이겠지만.

예를 들면 고등학교 시절에 같은 반에 말이 잘 통하는 여자아이가 하나 있었는데 어느 날 그 반 친구가 그 여학생을 이상한 이름으로 부르는 것을 듣고 그게 그 여학생의 옛날 별명인가보다 하고 생각하여 교실 칠판에 그것을 크게 써놓는다. 그랬더니 그 여학생은 금방이라도 울 듯한 표정으로 교실을 나가버렸고 이 사건을 경계로 그 반의 모든 여학생들이 하루키에게서 얼굴을 돌린다. 약 1주일 정도 하루키는 영문도 모른 채 가시방석에 앉은 기분으로 지내는데, 어느 날 같은 반 여학생 두 명이 하루키가 그날 칠판에 쓴 것이 당시 고베에 있던 차별 부락을 부르는 속칭이었고 그 여학생이 그곳 출신이었다는 것을 알려준다. 차별 부락이란 사회적으로 차별을 받는 사람들이 거주하는 곳을 의미하는데, 부락은 원래 천민이 살던 곳을 말하고 그곳에 사는 사람들은 부락민이라고 하여 차별해 왔다. 2016년에 '부락 차별 해소 추진법'이 시행되게 되었지만 여전히 일부가 남아 있는 것이 현실인데, 부락 출신은 결혼이나 취업에서 불이익을 당하기 때문에 자신의 출신지를 숨기거나 한다. 그런데 하루키는 그때까지 '부락'이 존재한다는 사실 조차 몰랐고 그 때문에 의도치 않은 실수를 범하고 만 것이다.

나카가미 겐지(中上健次)라는 작가와의 대담에서 겐지가 "너 아시야나 고베 출신이면 그 근처에 차별 부락 잔뜩 있었지?" 하는 질문을 받고는 열일곱 살 때까지 몰랐다고 하니까 겐지가 "너 바보 아냐?" 하고 질렸다는 듯이 바라보았다는 일화가 나온다. 하루키는 고등학교 때까지 부모님이나 교사나 친구나 그 누구도 거기에 대해 이야기해 주지 않아서 전혀 몰랐다고 하는데 그만큼 중류 이상의 안정된 가정에서 세상 물정 모르고 자라온 것을 알 수 있다. 그는 이 사건으로 크게 두 가지에 대해 쇼크를 받았다고 고백하는데 첫째는 사람이 사람을 차별한다는 사실, 더 쇼킹한 것은 이 세상에서 사람은 누구나 무의식적으로 누군가에 대한 무의식적인 가해자가 될 수 있다는 가혹하고 냉혹한 사실이었다고 한다. 아마도 이 사건은 하루키가 세상을 보는 눈을 조금 넓혀주는 계기가 되지 않았을까 싶다.

얼마 전에는 하루키의 고등학교 시절 독서 카드가 유출되어 사회적인 문제가 되기도 했다. 독서에 대해 하루키 자신이 밝힌 것으로는 고등학교 2학년 때 페이퍼백으로 처음 읽은 것이 로스 맥도날드의 『My Name is Archer』이었고 커트 보니것의 『고양이 요람』을 읽고는 '와!' 하고 감탄했으며, 그밖에 에드 맥베인, 레이언드 챈들러, 스콧 피츠제럴드의 작품을 접했다고 한다.

이번 사건의 경위는 고베고등학교가 만
권이 넘는 고서(古書)를 고베도서관에 기증
을 했는데 2015년에 그중에 필요하지 않
은 천 권을 다시 돌려받는다. 그런데 고베
고등학교의 역사를 편찬 중이었던 어느
직원이 돌아온 책들을 정리하다가 조셉
케슬(Joseph Kessel)의 『행복 뒤에 오는 것(Le
Tour du malheur)』의 권말에 하루키의 이름이
적힌 독서 카드가 꽂혀 있던 것을 발견하

조셉 커셀
『행복 뒤에 오는 것』 제2권

고는 중요한 자료라고 생각하여 고베신문사에 연락을 한다. 그리고
「고베신문」은 '(전체 3권 중) 왜 제2권을 두 번 빌렸는지 명확하진 않지
만 고등학교 1학년 때 이런 대작을 읽은 것만은 틀림없다. 당시의
고등학생은 책 읽기를 좋아했지만 이 카드에 있는 다른 학생들은 2,
3학년이 많은데 무라카미 하루키 씨는 역시 각별하다'는 직원의 코
멘트와 함께 하루키의 이름이 적힌 독서 카드 사진을 게재한 것이
다. 이 기사가 나간 후 고베고등학교 측이 고서를 제대로 처분하지
않았다는 지적과 고베신문사 역시 적법하게 자료를 받았다고 해도
카드에 적힌 당사자의 동의 없이 공개한 것은 부적절하다는 비판을
받았다.

하루키 소속사에서는 이에 대해 어떤 조취를 취하지는 않았지만,
아무튼 이런 소동 속에서 하루키가 단순히 책을 좋아하는 독서 소
년이 아니라 독서 수준 또한 꽤 높은 것이었음을 알 수 있다.

7 /

관서 탈출과 반쪽을 찾아

하루키는 1967년 3월에 고베고등학교를 졸업한 뒤에 국립대학에 입학하기를 원하는 부모님-아마도 아버지-때문에 어쩔 수 없이 재수를 한다. 그 당시 일본의 사립대학의 입학은 문과의 경우 국어, 영어, 사회 세 과목만 시험을 치르면 됐지만, 국립대학의 경우는 수학과 과학 까지 다섯 과목을 치러야 했다. 하지만 하루키의 성격 자체가 워낙 강요받는 것을 싫어했던 데다가 문과 체질이라 이과 계통의 과목을 따라가는 게 어려워서 아시야 시립도서관에서 1년간을 의미 없이 보낸다. 그 기간 동안 혼자 고베항에서 페리를 타고 벳부(別府)까지 가서 버스로 아소(阿蘇)를 넘어가 그 동네에 있는 영화관에서 샘 페킨파 각본의 「영광의 녀석들(The Glory Guys)」을 본다. 짐 모리슨, 도어스의 음악을 처음 접하고, 스콧 피츠제럴드의 『위대한 캣츠비』를 읽고 '일류 작가이지만 시대의 흐름에 풍화되어 버린

와케이주쿠

풍속 작가'라는 인상을 받는다.

드디어 입시철이 다가왔지만 국립대학 입시에 실패한 하루키는 1968년에 사립대학인 와세다대학 제1문학부 영화연극과에 입학하여 메지로(目白)에 있는 와케이주쿠(和敬塾)라는 기숙사에서 생활하게 된다. 관서지방에도 사립학교는 많았는데 관동지방에 있는 와세다 대학을 선택한 이유에 대해서는 「무라카미 하루키 씨가 있는 곳」에서 다음과 같이 밝히고 있다,

영화연극과가 있었다는 게 가장 큰 이유입니다. 관서지방에 있는 대학에도 붙어서 거기로도 갈 수 있었고, 그렇게 했으면 좀 더 편안하고 여유 있는 대학 생활을 보낼 수 있었을 거라고 생각하지만 왠지 도쿄로 가고 싶어서 와세다대학을 선택했습니다.

아는 사람도 없고 가본 적도 없는 관동지방의 와세다대학을 선택한 가장 큰 이유는 물론 연극영화과에 진학하기 위해서이겠지만 심리적인 이유로는 부모님이 계시는 관서와 멀어지고 싶었기 때문은 아닐까? 고베에서 가까운 사립대학으로 진학하면 독립해서 사는 게 어려웠기 때문에 일부러 기숙사 생활을 해야 하는 와세다대학으로 진학한 것일지도 모르겠다. 하루키 자신도 등록 마감일 하루 전에 와세다대학으로 결정했다고 하니 학교를 선택하는 데 있어 꽤 고민한 것을 알 수 있다.

그런데 하루키가 대학에 입학한 1968년부터 1969년은 일본의 각 대학에서 전공투(全共闘)라는 학생운동이 일어났던 시기로 대학에서

수업이 거의 이루어지지 않았다. 하루키는 워낙 조용한 성격이었지만 젊은 혈기에 싸우기도 하고 어느 날인가는 우익 학생이 다 쓸어 버리겠다고 해서 베개 아래에 칼을 넣고 자기까지 한다. 태어나서 처음으로 혼자 자취를 하면서 매일의 생활이 아주 즐거웠고 저녁이 되면 대학 근처에서 코가 삐뚫어질 정도로 마시고 만취가 되면 누군가가 들것으로 기숙사까지 날라다 주었다. 이런 상황이다 보니 기숙사에 들어간 지 6개월 만에 소행 불량을 이유로 기숙사에서 강제 퇴거당한다.

그 당시 하루키의 모습은 어땠을까. 『직업으로서의 소설가』에 보면 대학 시절 공부는 하지 않고 머리도 기르고 수염도 기르고 지저분한 꼴로 빈들빈들 돌아다녔고 1주일에 한 번은 경찰에게 검문을 당했다고 한다. 기숙사에서 쫓겨난 하루키는 학교의 학생과에서 찾은 네리마(練馬)의 하숙집으로 옮기는데 이유는 집값이 가장 쌌기 때문이다. 세부신주쿠선 도리쓰가세이(都立家政)역에서 걸어서 15분 정도의 거리로 근처는 무밭밖에 없는 외딴 곳이고, 하루키 자신에게 있어 '좀 어두운 시기'였다. 학교에는 거의 가지 않고 신주쿠(新宿)에서 올나이트 아르바이트를 하고 그 중간 중간에 가부키초(歌舞伎町)의 재즈 카페에 틀어박혀 살았다. 설날이 되어도 고향집에 돌아가는 대신 특별수당을 받는 아르바이트를 택했는데, 아버지와 얼굴을 마주하고 새해 인사를 하거나 텔레비전을 보는 것보다 일하는 편이 좋았고, 특히 즐거운 것은 섣달 그믐날에 신주쿠의 올나이트 영화관에서 설날 아침까지 총 6편의 영화를 보고 가부키초의 도에이(東映) 영화관을 빠져나오면 희읍스름하게 날이 밝았는데 쿨하게 새해를 맞이하는 분위기가 더 없이 좋았다고 고백한다.

하루키는 네리마에서 반년 정도 살다가 1969년 봄에 도심에서 좀 벗어난 미타카(三鷹)의 아파트로 이사한다. 사방이 밭이고 볕이 좋은 곳이었는데 하루키는 이곳에서 2년 동안 산다. 대학 분쟁은 아직 끝나지 않았지만 매일 여자친구와 데이트도 하고 영화도 보고 꽤 즐겁게 지냈다고 되어 있는데, 아마 1970년경부터 이곳에서 부인 요코(高橋陽子)와 동거를 시작한 것 같다. 그녀는 하루키보다 한 살 연상으로-개월 수로 3개월 연상-1948년 10월생이다. 그러니 그 전에 혼자 외롭게 지내던 메지로나 네리마 시절에 비하면 훨씬 정신적으로 여유를 가질 수 있지 않았을까 싶다.

부인과의 만남은 자전적 소설인 「사슴과 하느님과 성녀 세실리아」에 등장한다. 그녀는 가톨릭계 학교인 후타바 고등학교(雙葉高等學校) 출신으로, 대학에서 첫 강의 때 옆자리에 앉게 된 것이 인연이 되었다. 당시 클래스 토론 시간이었는데 토론 주제가 '미국 제국주의와 아시아 침략'이라는 테마였고, 이것저것 물어오는 요코에게 대답을 해주다 친해졌다. 요코의 성격은 개방적이고 활달한 편이라고 알려져 있다. 하루키 역시 그가 작가로서의 길을 걷는데 그녀의 역할이 컸음을 여러 군데서 밝히고 있다. 무라카미 류(村上龍)와의 대담에서 하루키는 자신이 쓴 작품이 먼저 그녀의 관문을 통과해야 출판사 편집자의 손에 넘어

후타바고등학교

간다고 하며, 자신의 작품의 제1 독자가 부인이라고 밝히고 있다. 그렇게 1년 정도를 동거하던 두 사람은 결혼하기로 결심한다.

그런데 문제는 아직 대학 졸업도 하기 전에 학생 결혼을 하겠다는 하루키에 대해 부모님 특히 아버지의 반대가 엄청났다. 그렇지 않아도 소원한 두 사람 사이는 이를 계기로 거의 부자지간의 인연을 끊는 계기가 된다. 이것을 충분히 예상했을 하루키지만 왜 결혼을 서둘렀을까. 하루키는 결혼에 대해 다음과 같이 이야기하고 있다.

저는 빨리 결혼하고 싶었어요. 왜냐하면 외동아들이라서요. 집에는 언제나 부모님이나 그런 사람들 밖에 없어서 항상 종속적이었죠. 빨리 내 세계를 갖고 싶었어요. (중략) 하지만 바로 결혼으로 이어진 것은 아니에요. 저한테도 사귀던 여자가 있고, 아내 쪽도 여러 가지 사정이 있어서 제대로 되기까지는 역시 몇 년 걸렸죠. 그 사이에 서로 좋아하는 걸 하며, 그러다가 나중에 떨어지지 않게 됐죠. 2학년 정도까지는 그냥 친구라는 느낌으로 사귀었어요.

결혼에 대한 양쪽 부모의 반응은 대조적이었다. 하루키의 부모는 달가워하지 않았다. 우선 아들이 교토나 오사카 출신의 사람과 결혼하기를 원했고, 무엇보다 '보통' 순서대로 대학을 나와 '보통'으로 취직해서 자립할 때까지는 결혼하지 않았으면 했다. 부인 요코가 하버드대학 교수이자 하루키 문학의 영어 번역자인 제이루빈에게 들려준 당시 상황을 보면 다음과 같다.

하루키의 부모에게 있어 둘의 결혼은 오랫동안 응어리를 남기고, 때로 요코에게 부담을 안겨줬다. 결혼하기 조금 전에 둘이서 아시야(芦屋)에 사는 그의 부모를 방문했을 때, 요코는 가위눌린 상태로 잠에서 깼다고 한다. 이것은 근육을 전혀 움직일 수 없는 상태로 외국에는 거의 알려져 있지 않지만 사회 시스템이 엄격한 일본에서는 자주 일어난다. 이때 요코는 한동안 꼼짝 못 하고 누워 있다가 겨우 그 상태가 나아져서 하루키의 방으로 갔다.

하루키의 아버지가 얼마나 냉랭하게 요코를 대했는지 충분히 짐작이 가는 장면이다. 그러나 이에 반해 요코의 아버지는 "요코를 사랑하는 거지?"라고 물었을 뿐이다. 1971년 10월 하루키 나이 만 스물두 살에 하루키와 요코는 구청에 결혼신고를 하고, 부인과 사별한 뒤에 아버지 혼자 살고 있는 요코의 친정집으로 들어가 더부살이를 시작한다.

부모님의 반대를 무릅쓰고-무시하고-결혼한 후에 또 하나의 문제는 하루키가 키우던 고양이 피터였다. 하루키의 장인은 당시 이불집을 하고 있었기 때문에 고양이를 데리고 오지 말라고 했지만 하루키로서는 빈집에 그냥 버려두고 갈 수가 없어 데려가는데 당시의 상황에 대해 다음과 같이 회상하고 있다.

장인어른은 처음에는 "아니! 어디서 고양이는 끌고 와가지고는, 진짜 웃기고 있어. 딴 데다 버리고 와"라고 말하며 노발대발했는데, 원래 고양이를 그렇게 싫어하지는 않으셨는지 얼마 지나지 않아 피터를 귀여워하게 되었다. 내 앞에서는 무의미하게 걷어차거나 해도, 아침 일찍 아무도 없을 때는 살그머니 머리를 쓰다듬고 먹이를 주거나 하셨다. 피터가 혼례용 이불에 오줌을 쌌을 때에도 불평하지 않고 – 조금 한 것 같기도 하지만 – 잠자코 다시 만드셨다. 초등학교도 제대로 나오지 않은(이건 결코 차별적인 표현이 아니다. 요즘 세상에 멋지지 않은가!) 다소 괴팍하고 삐딱한 아저씨지만, 도쿄 토박이답게 깨끗이 단념하는 부분이 있었다.

그런데 이 고양이 피터는 도시 생활에 적응하지 못하고 이웃 상점에서 아무 물건이나 집어오거나 해서 하루키 부부를 난처하게 만들다가 결국은 스트레스를 받아 신경성 설사까지 하는 등 고양이로서 결코 행복하지 못한 상황이 되어 버렸다. 하는 수 없이 시골에 사는 친척에게 맡겼는데 숲으로 들어간 채 돌아오지 않았다. 하루키가 다음 해에 재즈 카페를 하면서 카페 이름을 피터캣으로 한 것은 이 고양이에 대한 미안함과 추억 때문일 것이다.

8
재즈 카페 '피터캣'

 하루키 부부는 요코의 친정집에 2년 정도를 얹혀살았다. 그동안 두 사람은 낮에는 레코드 가게, 밤에는 카페에서 아르바이트를 하여 번 돈으로 1974년에 고쿠분지(国分寺)역 남쪽 출구에 재즈 카페 '피터캣'을 개업한다. 개업 자금은 500만 엔이 들었는데 하루키 부부가 모은 것이 250만 엔, 나머지 250만 엔은 요코의 아버지와 은행에서 빌린 것 같다. 그래도 2년 만에 250만 엔을 모았다고 하니 얼마나 악착같이 모았는지 상상이 가고도 남지 않는가.

 그런데 재즈 카페 개업은 그렇잖아도 소원해진 하루키와 부모의 관계를 더욱 악화시키고 마는데 그도 그럴 것이 당시 중류가정 부모의 감각으로 보자면 재즈 카페는 소위 '물장사' 이외의 아무것도 아니었기 때문이다. 게다가 이 카페는 밤에는 술까지 파는 '술장사'까지 했으니 하루키의 부모 입장에서는 외동아들의 이런 비상식적인(?) 결정을 쉽사리

카페 '피터캣'(건물 오른쪽 입구 지하)

용인하기 어려웠을 것이다.

물론 하루키도 처음부터 재즈 카페를 할 생각은 아니었다. 취직을 하려고 연줄이 있는 방송국을 몇 군데 돌아다녔는데 일의 내용이 너무 말도 안 돼서 포기한다. 그런 일을 할 바에야 작은 가게라도 자기가 확실히 할 수 있는 일을 하고 싶다고 생각했는데 그래 봤자 자신의 능력으로 할 수 있는 일이 별로 없었다. 그나마 어렸을 때부터 재즈를 좋아해서 모아둔 재즈 레코드가 꽤 있었고, 재즈에 대해서는 어느 정도의 상식도 있었기 때문에 그 능력을 발휘하여 재즈와 관련된 일을 해보자고 생각한 것이다.

카페는 지하 1층이었고 스페인풍의 하얀 벽과 나무 테이블과 의자로 꾸며진 곳으로 집에서 쓰던 업라이트 피아노를 가져와 주말에는 라이브 공연도 했다. 당시에는 무사시노(武蔵野) 근처에 재즈 뮤지션들이 많이 살았고 저렴한 출연료에도 흔쾌히 출연해 주었다. 재즈 카페 '피터캣'은 재즈 매니아에게는 더할 나위 없는 가게였는지, 재즈를 좋아했던 소설가 나카가미 겐지도 '피터캣'에 얼굴을 내밀었던 것 같다. 또 하루키가 군조(群像) 신인문학상을 수상한 후에 「주간 아사히(週間朝日)」(1979.5.4)에 게재되었던 소개 기사 「군조 신인상= 무라카미 하루키 씨(29세)는 레코드 3천 장 소유의 재즈 카페 주인」에는 무사시노(武蔵野) 미대생이었던 무라카미 류(村上龍)도 단골손님 중 하나였다고 기록되어 있다.

좋아하는 일을 시작한다고는 했지만 상당한 빚을 껴안고 시작한 것이기 때문에 빚을 갚느라 하루키 부부는 스파르타 사람처럼 검소하게 살았다. 텔레비전도 라디오도 자명종도 없었고 겨울에는 난

방기구가 없어 추운 밤에는 고양이를 끌어안고 자는 수밖에 없었다. 어느 날인가는 다음날까지 은행에 갚아야 하는 돈 중에 3만 엔이 부족하여 부도가 날 위기에 처했는데, 그날 밤 부인과 둘이 힘없이 걸어 집으로 돌아가는 도중에 길바닥에 떨어진 3만 엔을 주워 극적으로 위기를 모면하기도 한다. 그는 카페를 차릴 때만 해도 좋아하는 음악을 들으며 간단한 요리를 하면 된다는 생각으로 시작했지만 막상 시작해 보니 카페를 운영한다는 것이 그리 만만하지 않은 일이라는 것을 깨닫게 된다. 당시만 해도 '물장사'라고 해서 사회적인 차별도 상당히 많이 받았고 심한 욕을 듣고 험한 꼴을 당하고 억울한 일도 많이 겪었지만, 그런 과정을 겪으면서 이른바 사회라는 것을 알게 되고 스스로 터프해지고 지혜로워졌다는 것을 느끼게 된다.

1975년 3월 하루키는 드디어 입학한 지 7년 만에 와세다대학 제1문학부 영화연극과를 졸업한다. -참고로 말하자면 당시 학생운동 등으로 대학이 불안정했고 4년 만에 졸업하는 경우가 오히려 드물었다. -사실 대학교 졸업장이 별로 쓸모없다고 생각했지만 당시 와세다대학은 신청한 학점만큼만 수업료를 내는 제도였고 남은 학점도 많지 않아 일하는 틈틈이 수업을 들으러 다닌 끝에 7년 만에 졸업을 하게 된 것이다. 마지막 해에는 프랑스 문학

영화 「역마차」

자 안도 신야(安藤真也) 교수의 라신 강의를 신청했는데 출석 일수가 모자라 학점을 못 따게 될 위기에 처했다. 그래서 안도 교수를 찾아가 결혼도 했고 날마다 일을 하고 있어서 수업에 나올 수가 없다고 설명을 했더니 일부러 카페에까지 찾아와 "자네도 이래저래 힘들겠네"라고 말하고 갔다고 한다. 그나마 이렇게 사정을 이해해 주는 교수 덕분에 학점을 따고 졸업하게 되었으니 다행 아닌가? 아마 졸업도 못하고 수료로 끝나는 상황이었더라면 하루키의 아버지는 화병으로 자리에 누웠을지도 모르겠다.

졸업 논문은 「미국 영화에 있어서의 여행의 사상」이라는 제목으로 1939년에 제작된 존포드 감독, 존 웨인이 출연한 서부 개척시대 영화 「역마차(Stagecoach)」로 부터 스탠리 큐브릭(Stanley Kubrick) 감독이 1968년에 발표한 「우주여행(A Space Odyssey)」에 이르는 작품을 동쪽에서 서쪽으로 대륙을 횡단하는 확대성장의 표현으로 파악하고, 그와 반대로 1969년에 개봉된 데니 스호퍼(Dennis Hopper) 감독의 뉴시네마 「이지 라이더(Easy Rider)」를 서쪽에서 동쪽으로 횡단하는 영화로 비교하여 논했다. 지도교수였던 인나미 고이치(印南高一) 교수가 "자네는 소설을 쓸 수 있겠는데" 하고 칭찬했다고 하니 글 쓰는 능력은 이미 갖추고 있었던 것 같고, 지도교수의 이런 칭찬의 말이 작가가 될 수 있

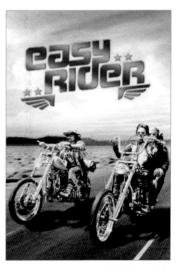

영화 「이지 라이더」

다는 자신감을 불어넣어준 것은 아닐까?

대학 졸업도 하고 카페도 안정적으로 운영되고 있던 1977년에 입
주하고 있던 빌딩이 재건축을 한다고 해서 '피터캣'을 이전하게 된
다. 3년간 고쿠분지에서 영업하면서 단골손님도 생기고 어느 정도
빚도 갚아 나가고 있는 상황에 나가라고 하니 당황스럽기도 했지만
어쩔 수 없이 가게를 센다가야(千駄ヶ谷)의 건물 2층으로 옮긴다. 고
쿠분지에 비해 장소도 훨씬 넓고 밝고 환했고, 라이브를 위해 그랜
드 피아노를 들여놓았는데 투자한 만큼 또 빚을 떠안게 된다. 하루
키가 회상하는 20대는 육체노동과 빚 갚기에 여념이 없었고 그 때
문에 청춘의 나날을 즐길 여유 같은 게 전혀 없었다. 그래도 자신이
좋아하는 일이라 불평 없이 열심히 앞만 보고 달리다 보니 어느덧
그의 나이는 20대의 마지막을 달리고 있었다.

센다가야의 피터캣(2층 DINING CAFE 자리)

9

카페 주인의 문단 데뷔

하루키에게 있어 스물아홉 살이라는 나이는 꽤 특별하다. 그의 작품 속의 남자 주인공들이 방황하고 갈등하는 나이가 대부분 이 시기로, 남자에게 있어서 제2의 사춘기라고 할까? 아마도 하루키 자신이 이 시기에 앞으로의 인생에 대해 진지하게 고민했기 때문일 것이다. 이 무렵의 하루키의 생활을 보면 카페도 안정세에 들어섰고 장사야 되다가 안 되다가 기복이 있기는 했지만 그럭저럭 괜찮게 풀려나가고 있었다. 다시 말하면 대단한 성공을 거둔 것은 아니지만 먹고사는 데는 지장이 없을 정도까지의 기반은 마련되었던 것이다.

그런 그에게 운명의 날이 다가온다. 그날은 1978년 4월 2일 일요일로 화창한 봄 날씨였는데 하루키는 카페 근처의 메이지진구(明治神宮) 구장으로 야구 경기를 보러 간다. 센트럴리그 개막전이었는데 야쿠르트 스왈로스와 히로시마 카프의 대전으로 오후 1시부터 열리는 낮 경기였다. 하

메이지진구 야구장

루키는 만년 야구르트 팬인데 그 당시 이 팀은 약체로 구단도 가난하고 화려한 스타 선수도 없었다. 당시 메이지진구 구장의 외야석은 의자가 아니라 잔디밭이었는데 그는 거기에 드러누워 맥주를 마시며 경기를 보고 있었다. 야쿠르트의 선두 타자는 미국에서 온 데이브 힐튼이라는 무명 선수였는데, 1회 말에 투수 다카하시가 던진 제1구를 좌중간으로 깔끔하게 띄워 올리며 2루타를 만들었다. 방망이가 공에 맞는 상쾌한 소리가 구장에 울려 퍼졌다. 그때 하루키는 아무 맥락도 없이 이렇게 생각한다. '그래 나도 소설을 쓸 수 있을지 몰라' 하고. 하루키 자신은 이것을 하늘의 계시, 직감적인 진실 파악으로 표현하는데 아무튼 이 일은 하루키의 인생을 180도 바꿔 놓는 일생일대의 큰 사건이었다.

　야구 관전을 마친 하루키는 전철을 타고 신주쿠의 기노쿠니야 서점에 가서 만년필과 원고지를 샀는데 그때 가슴이 두근두근했다고 한다. 4년 동안 카페를 하다가 갑자기 글을 쓰겠다고 마음먹었으니 얼마나 설레고 기대가 되었을까. 그날 이후 하루키는 밤늦게 가게 일을 끝내고 주방 식탁에 앉아서 맥주를 마시며 소설을 쓰기 시작하는데 대략 반년 만에 200자 원고지 400매 남짓의 짧은 소설을 완성하게 된다. 그것이 바로 하루키의 데뷔작인 『바람의 노래를 들어라』이다.

기노쿠니야서점 신주쿠 본점

그런데 이 부분, 즉 작가가 되겠다고 결심한 계기인 야구장 에피소드에 대해서는 다른 버전도 있다. 즉 「청취록 무라카미 하루키 최근 10년 1979년~1988년」이라는 인터뷰에는 조금 다른 내용이 실려 있는데, 여기서도 야쿠르트 개막전 때 갑자기 소설을 쓰고 싶어졌다는 대목은 마찬가지인데, 그해는 가게가 너무 한가해서 시간만큼은 충분했기 때문에 마침 서른도 눈앞이고 뭔가 하지 않으면 안 되겠다고 생각해서 소설을 쓰기로 마음먹고 4월에 쓰기 시작해서 여름 정도에 다 썼다고 말하고 있다.

외국에는 또 조금 달리 소개되고 있는데, 도코 코지(都甲幸治) 씨는 「무라카미 하루키의 알려지지 않은 얼굴」에서 하루키가 외국 미디어에, 스물두세 살 쯤에 소설가가 되려고 했지만 그 꿈을 단념한 적이 있고, 그 후 재즈와 미국 문학에 빠진 몇 년을 보냈다. 하지만 어느 날 밤에 울고 있는 흑인들의 모습을 보니, 아무리 서양문화를 사랑해도 자신은 결코 그들만큼의 의미를 가질 수 없다는 것을 깨닫고 다시 글을 쓰기 시작했다고 하는 고백에 대해 들려주고 있다.

이렇게 이야기가 조금씩 다르다 보니 하루키를 비판하는 비평가들은 하루키가 글을 쓰기로 결심하게 됐다는 야구장의 계시는 지어낸 이야기거나, 혹은 자기 암시와 같이 여러 번 반복해서 말하는 동안에 스스로 그런 신화를 믿게 된 것이라고 비판하기도 한다.

하루키는 이 작품의 문체를 어떻게 할 것인지 꽤 고민했던 것 같다. "맨 처음에는 리얼리즘 문체의 소설을 썼는데 도저히 납득이 안 가는 거예요. 소설이라는 것은 이런 거라는 문체가 있지 않습니까. 그걸로 쓰려고 했어요. 정말이지 『바람의 노래를 들어라』와 똑같은 줄거리에요. 그런데 같은 줄거리를 리얼리즘 문체로 쓰자니 재미도 없고 그렇더라구요. 지금도 저는 그게 나쁘진 않다고 생각하지만 재미도 없고, 그래서 엉터리로 해야겠다고 생각했어요. 그래서 확 바뀌어서 그런 문체가 돼 버린 거예요" 하고 약간 변명 비슷하게 말한 뒤에, 줄거리를 똑같이 해서 다시 고쳐 썼지만 가게가 끝나고 나서 조금씩 써 나갔기 때문에 짧은 에피소드의 집적체가 되었다고 보충 설명하고 있다.

이 '리얼리즘 문체'에 대해서는 하루키의 두 번째 작품인 『1973년의 핀볼』에 관해서도 "사실을 말하자면 다음에는 리얼리즘으로 쓰고 싶었습니다. 그래서 다른 것을 쓴 겁니다. 리얼리즘으로 써야지 하고 생각하고 썼는데 그걸 도중에 그만둔 겁니다"라고 말하며 리얼리즘에 꽤 집착을 보이고 있다.

이처럼 하루키 자신은 『바람의 노래를 들어라』와 『1973년의 핀볼』을 모두 리얼리즘 소설로 쓰려고 했다고 하는데 많은 연구자가 지적하듯 만약 하루키가 데뷔작을 리얼리즘 소설로 썼다면 아마 데뷔 자체도 불가능했을 것이다. 그런 종류의 소설은 너무 많고, 더구나 그 독특하고 상큼한 문체야말로 하루키를 수식하는 대명사와 같으니 말이다.

사정이야 어찌 됐건 아무튼 원고를 완성한 하루키는 '군조신인문학상'에 응모하는데 당시의 응모 규정을 보면 다음과 같다.

『바람의 노래를 들어라』

-응모 규정-

1. 응모작품은 미발표 작품에 한한다.
2. 매수는 400자 원고지로 소설은 250매 이내 (40~50매 단편도 가능), 평론은 100매 이내, 마감은 1978년 11월 30일 (당일 소인 유효)
3. 원고에는 주소, 전화번호, 이름, 연령, 직업, 약력을 기입할 것.(또한 원고는 묶어서 보낼 것)
4. 송부처는 도쿄도 분쿄구 오토와(音羽) 2-12-21 (〒112) 고단샤(講談社) 군조(群像)편집부 신인문학상 담당
5. 발표는 본지 1979년 6월호
6. 상금은 소설·평론 각 15만 엔

　　사실인지 아닌지는 모르지만 하루키는 신인상에 응모를 한 뒤에는 자신이 응모했다는 사실조차 까맣게 잊고 있었다. 왜냐하면, 가게 일도 바쁘고 이미 뭔가를 써서 보낸 것만으로 '뭔가를 쓰고 싶다'는 욕구가 완전히 채워졌기 때문이다. 그런데 1979년 어느 봄날의 일요일 오전 11시를 조금 넘긴 시간에 「군조」 편집자로부터 최종 심사에 올랐다는 전화를 받는다. 하루키를 포함해서 5명의 작품이 올랐다는 이야기를 들었지만 별로 실감이 나지 않았는데, 부인과 둘이 산책을 하다가 덤불에 주저앉은 비둘기를 보고 근처 파출소에 데려다 주면서 그는 또 한 번 기적같이 자신이 '군조신인문학상'을 탈 것이고, 그 길로 소설가가 되어 어느 정도 성공할 것이라는 확신을 갖는다. 그리고 그의 예감대로 그해 4월 '제22회 군조신인문학상'의 당선작은 하루키로 최종 발표된다. 심사위원은 다섯 명이었는데 하루키에 대한 부분만을 발췌해 보면 다음과 같다.

사사키 기이치 "가볍지만 경박하지 않고"

이 작품을 뽑은 이유는 우선 술술 읽을 수 있고, 뒷맛이 상쾌했기 때문이다. 마루야 사이이치 씨가 미국 현대 소설에 이런 것이 많다고 하는데 나는 전혀 읽지 못했다. 단지 팝아트 같은 인상을 받았다. 더구나 그것이 단지 유행을 쫓는 게 아니라 꽤 익숙해진 형태로 완성되어 있는 것처럼 느꼈다. 대단히 가벼운 필체이지만 이것은 꽤 의식적으로 만들어진 문체이고, 따라서 가볍지만 경박하지 않고, 익살맞지만 거슬리지 않는 작품이라는 점이 좋다고 생각했다. 팝아트를 현대 미술의 한 장르로 인정하는 것과 마찬가지로 이런 문학에도 존재권을 인정해도 좋겠다고 나는 생각했다. 이런 작품은 꽤 공들여 만들지 않으면 가볍고 경박해질 우려가 있다는 것을 작가가 유념해 주기를 바란다.

사타 이네코 "심사평"

『바람의 노래를 들어라』를 두 번 읽었다. 처음에는 즐겁다고 느껴서, 그 다음엔 어떤 식으로 즐거웠는지를 다시 한번 확인하고 싶어서였다. 두 번째도 마찬가지로 즐거웠다. 그렇다면 설명은 필요 없다고 생각했다. 여기에서 들은 바람 소리는 즐거웠다고 하면 그걸로 되지 않을까? 젊은 날의 여름 한 날을 정착시킨 이 작품은 지적인 서정가라고 할 수 있을 것이다. 작품 속의 쥐는 주인공의 분신이라고 요시유키 씨가 말씀하셨는데 나도 그렇게 생각한다. 동일 인물이라는 인상에서 완전히 빠져나오지 못하겠다. 하지만 관념을 표명하는 수단으로서 이 인물의 설정은 효과적이다. '제이스 바'의 제이, 그 여름 만난 여자로서의 그녀, 이 두 사람은 주인공과 함께 호감이 가고 세련된 영화 속의 인물을 보는 것 같았다. 작가는 망설임을 보이며 쓰기 시작하여 자긍심으로 마무리하고 있다. 이 작품은 심사위원들의 만장일치로 당선되었다.

시마오 도시오 "선정 후의 감상"

그런데 마지막에 무라카미 하루키 씨의 『바람의 노래를 들어라』가 남았는데 그 하이칼라하고 스마트한 가벼움에 우선 내 어깨 결림이 풀렸다는 걸 말해 두겠다. 간단한 그림의 세련된 티셔츠까지 삽입되어 있었다. 실은 지금 그 내용이 뭐였는지 기억나지는 않지만 내용의 전개도 등장인물의 행동이나 대화도 미국의 어느 마을의 사건(아니 그것을 그린 것 같은 소설) 같았다. 그 부분이 좀 마음에 걸렸지만 다른 네 분의 심사위원이 모두 당선을 찬성하셔서 나도 동의했다.

마루야 사이이치 "새로운 미국 소설의 영향"

무라카미 하루키 씨의 『바람의 노래를 들어라』는 현대 미국 소설의 강력한 영향 아래 완성된 작품입니다. 커트 보니것이라든지, 브로티건이라든지 그 방면의 작풍을 대단히 열심히 본뜨고 있습니다. 그 공부하는 자세는 대단한 것이어서 어지간한 재능의 소유자가 아니면 이만큼 자기 것으로 만들 수 없습니다. 옛날식의 리얼리즘 소설에서 빠져나오려고 해도 빠져나오지 못하는 것이 지금 일본 소설의 일반적인 경향입니다만, 설령 외국의 스타일이 있다고 해도 이 정도 자유롭게 그리고 교묘하게 리얼리즘에서 벗어난 것은 주목할 만한 성과라고 해도 좋을 것입니다.

그러나 예를 들면 커트 보니것의 소설은 폭소 바로 뒤에 흘러넘칠 정도의 슬픔이 있고 그로 인한 괴로움이 그 정취를 돋보이게 하는데, 『바람의 노래를 들어라』의 정취는 훨씬 더 단순합니다. 예를 들면 디스크자키가 읽어 주는 병든 소녀의 편지는 보통이라면 더 앞에 나와서, 작가는 이러한 비참한 인간의 조건과 더 진지하게 싸우지 않으면 안 되는데, 그런 작업은 이 신인에게는 버거운 일이었습니다. 이 삽화는 현재로서는 어떻게든 소설을 끝내기 위한 장치에 머물러 있습니다. 혹은 아무리 후하게 말해도 작자가 현실 속의 한 국면에 완전히 무지하지 않다는 증거에 머물러 있습니다. 이러한 방법에는 어쩐지 일본적 서정이라 해야 맞을 듯한 정취가 있습니다. 물론 우리는 그것을 이 작가의 개성의 표출이라 해석해도 상관없지만 말입니다. 그리고 이러한 것을 잘 펼쳐 나가면 이 일본적 서정으로 칠해진 미국풍의 소설이라는 성격은 마침내는 이 작가의 독창성이 될 지도 모릅니다.

아무튼 상당한 재필로 특히 소설의 흐름이 조금도 침체되어 있지 않다는 점이 훌륭합니다. 29세 청년이 이 정도 소설을 쓴다고 하면, 지금 일본의 문학 취미는 크게 변하기 시작했다고 생각합니다. 이 신인의 등장은 하나의 사건입니다만 그러나 그것이 강한 인상을 주는 것은 그의 배후에 있는(있다고 추정되는) 문학 취미의 변혁 탓일 것입니다. 이 작품이 다섯 명의 심사위원 전원에게 지지를 받은 것도 흥미 깊은 현상이었습니다.

요시유키 준노스케 "하나의 수확"

『바람의 노래를 들어라』는 감히 점수를 매긴다면 60점짜리 작품일까, 85점(90점이라 해도 좋다)짜리 작품일까. 아무래도 잘 모르겠어서 다시 읽었다. 그 결과 이것은 좋은 작품이라고 생각했고 감히 말하자면 최근의 수확이다. 지금까지 우리나라의 젊은이들의 문학에서는 '20세(또는 19세) 주변'이라고 할 만한 작품이 종종 쓰여 왔는데, 그런 것으로 읽어 보면 월등하다. 메마른, 경쾌한 느낌의 밑바닥에 내면을 향하는 눈이 있고, 주인공은 그러한 눈을 바로 밖으로 돌려 무관심한 태도를 취한다. 그러한 것을 불쾌하지 않게 전하고 있는 것은 대단한 재주이다. 그러나 단지 재주만이 아니라 거기에는 작자의 심지 있는 인간성도 더해졌다고 여겨진다. 그것을 나는 높게 평가한다. '쥐'라는 소년은 결국은 주인공(작자)의 분신일 테지만, 거의 타인으로 그려져 있는 것도 그 솜씨를 알 수 있다. 한 줄 한 줄에 생각이 지나치게 묻어 있지 않고, 그 대신 여러 줄 읽으면 미묘한 재미가 있다. 이 사람의 위험한 갈림길은 그 '재주' 쪽에 포인트가 이행해 버리냐 아니냐에 있다.

한편 1979년 5월 4일자 「주간 아사히」에는 하루키의 당선에 관해 다음과 같은 기사가 실렸다.

군조 신인문학상 = 무라카미 하루키 씨(29세)는 레코드 3천 장 소유의 재즈 카페 주인

도쿄 센다가야에서 재즈 카페(저녁에는 바)를 경영하고 있는 29세의 청년 무라카미 하루키의 소설 『바람의 노래를 들어라』(200매)가 제22회 '군조신인문학상'에 당선되었다. 심사위원 5명의 전원 일치였다. 괴짜 작가가 속출하는 현대 문학 풍경 속에 또 한 명의 이색 신인이 등장한 것이다. 저녁에는 피아노 연주도 한다는 그 가게를 낮에 방문했더니 흰 앞치마를 두르고 유리잔을 닦고 있었다. 머리를 짧게 커트한 청년이 "제가 무라카미 하루키입니다." 과연 수상작 『바람의 노래를 들어라』의 작가 이미지는 이래야 할 것이다.

일반적으로 작가의 데뷔는 20대 초중반이 많은데, 그에 반해 스물 아홉 살이라는 적지 않은 나이에 재즈 카페 주인이란 특이한 직업은 매스컴의 이목을 끌기에 충분했다. 본인이 어느 정도 예상을 하고 있었기 때문일까? 하루키는 수상 소감에 대해 좀 담담하게 다음과 같이 말하고 있다.

학교를 나온 이래 거의 펜을 잡은 일도 없어서 처음에 글을 쓰는데 상당히 시간이 걸렸다. 피츠제럴드의 '남과 다른 무언가를 이야기하고 싶다면 남과 다른 말로 이야기 하라'는 문구만이 내게 의지가 되었는데 그런 것이 간단히 될 리가 없다, 40세가 되면 조금은 나은 걸 쓸 수 있겠지 하고 생각하며 썼다. 지금도 그렇게 생각하고 있다.
수상은 대단히 기쁘지만 형태가 있는 것에 구애받고 싶지는 않고 또 그럴 나이도 아니라고 생각한다.

그의 소설만큼이나 쿨한 수상 소감인데 작품이 가볍다는 평가가 많았기 때문에 수상 소감은 조금 무게 있게 한 것이 아닌가 싶다. 최근에 발표한 『직업으로서의 소설가』에는 이 상이 작가로서의 입장권이기 때문에 당선되어 순수하게 기뻤다고 소감을 밝히고 있다. 아무튼 이렇게 해서 하루키는 자신이 고민하던 서른 살 나이에 작가라는 새로운 직업을 선택하게 된다. 또한 그것은 새로운 일의 시작이자 새로운 인생의 시작을 알리는 서막이기도 하다.

10

'아쿠타가와상'이라는 아킬레스건

하루키의 『바람의 노래를 들어라』는 그해(1979년도 상반기) '제81회 아쿠타가와상' 후보로 올라간다. 이 상은 문예춘추사(文藝春秋社)에서 주관하는 순문학 신인상으로, 서른다섯 살의 나이에 자살한 작가 아쿠타가와 류노스케(芥川龍之介)를 기념하여 그의 친구인 기쿠치 칸(菊池寛)이 제정했다. 상은 상반기와 하반기로 나누어 1년에 두 번 선정하는데 상반기는 그 전년도 1월부터 5월까지, 하반기는 6월부터 11월까지 발표된 작품을 대상으로 하여 문예춘추사의 사원 20명으로 구성된 선정위원들에 의해 진행된다. 선정위원들은 5명씩 4개의 그룹으로 나누어 각 그룹에는 10일에 1번씩, 매번 3~4개의 작품이 할당되고 위원들은 작품을 읽고 그룹별로 회의를 해서 그 그룹이 추천할 작품을 고른다. 그리고 각 그룹의 추천 작품을 모아서 본회의를 실시하여 최종적으로 5~6 작품을 선정하고 다시 압축에 압축을 거듭하여 최종적으로 한 작품을 선정한다. 최종 후보작이 결정되면 후보자에게 수상 의지가 있는지 확인한 후에 공개적으로 발표한다.

하루키는 그해 '군조신인문학상'을 수상했기 때문에 수상 가능성이 제일 높았는데 수상작으로는 선정되지 못한다. 심사위원은 이노우에 야스시(井上靖), 엔도 슈사쿠(遠藤周作), 오에 겐자부로(大江健三郎), 가이코 다케시(開高健), 니와 후미오(丹羽文雄), 마루야 사이이치(丸谷才一), 야스오카 쇼타로(安岡章太郎), 요시유키 준노스케(吉行淳之介), 다키이 고사쿠(瀧井孝作), 나카무라 미쓰오(中村光夫)의 10명이었다. 이 중 다키이 고사쿠와 나카무라 미쓰오는 병 때문에 심사위원으로는 출석하지 않고 서면으로 선평을 보냈다. 위원 각각의 선평 중 『바람의 노래를 들어라』를 언급한 부분만 인용해 보자.

마루야 사이이치 "4개의 작품"

무라카미 하루키 씨의 『바람의 노래를 들어라』는 미국 소설의 영향을 받으며 자신의 개성을 표출하고 있습니다.

만약 이것이 단순한 모방이라면 문장의 흐름이 이렇게 막힘없이 나갈 수는 없겠죠. 게다가 작품의 품격이 비교적 크다고 생각합니다.

다키이 고사쿠 "아오노 소 씨를 추천한다"

무라카미 하루키 씨의 『바람의 노래를 들어라』는 200여 장 남짓한 길이의 소설로서 외국 번역 소설을 지나치게 많이 읽고 쓴 듯한 하이칼라한 서양 티가 나는 작품인데……. 이런 가공의 창작물은 작품의 결정도가 높지 않으면 안 되는데 이것은 군데군데 얇고, 요시노가미[1]의 군데군데 고르지 못한 부분처럼 얇게 비쳐 보이는 데가 있었다. 하지만 이색적인 특색이 있는 작가 같아서 나는 긴 안목으로 지켜보고 싶다.

---

1) 요시노 지방에서 나는 닥나무로 만든 얇은 종이로 귀중품을 포장하는 데 쓰임

요시유키 준노스케 "마지 못해"

이번에 표를 던진 작품은 없었다. 굳이 말하자면 무라카미 하루키 씨의 작품 정도인데, 이 작품이 군조신인상에 당선되었을 때 나는 심사위원 중 하나였다. 게다가 아쿠타가와상이란 신인을 몹시 시달리게 하는 상으로, 그래도 상관없다고 내보내도 괜찮을 만한 힘이 이 작품에는 없다. 이 작품의 강점은 그 소재가 10년간 발효된 후에 만들어졌다는 점이긴 한데, 한 작품 더 읽어 보지 않고서는 불안하다.

엔도 슈사쿠 "수상 작가의 앞으로를 기대한다"

무라카미 씨의 작품은 얄미울 만치 계산된 작품이다. 그러나 이 소설은 반소설이라고 해야 할 것이다. 그리고 그가 소설 속에서 모든 의미를 제거하는, 현재 유행하는 수법에 능숙하면 능숙할수록 나에게는 '정말로 그렇게 간단하게 의미를 없애도 되는 건가' 하는 기분이 들지 않을 수 없었다. 이렇게 쓰면 무라카미 씨는 내가 말하려고 하는 바를 알아주실 것이다. 어쨌든 다음 작품을 보지 않고서는 나는 그의 진정한 힘을 알기 어렵다.

오에 겐자부로 "실력과 표현을 강하게 요하는 주제"

오늘날의 미국 소설을 능숙하게 모방한 작품도 있었지만, 그것이 작가를 그 독자적인 창조를 향해 훈련하는 그러한 방향성이 없는 것은 작가 자신에게도 독자에게도 무익한 시도처럼 여겨진다.

심사위원 총 10명 중 하루키에 대해 긍정적인 평가를 내린 것은 마루야 사이이치와 요시유키 준노스케뿐이고 엔도 슈사쿠나 오에 겐자부로는 혹평을, 나머지 5명은 하루키에 대한 언급조차 하지 않고 있는 것만 보아도 이 작가에 대한 당시의 문단 분위기를 충분히 짐작할 수 있을 것이다. 마루야 사이이치나 요시유키 준노스케는 '군조문학상' 당시의 심사위원이기도 했기 때문에 하루키의 작품에 대해 어느 정도 알고 있어서 그나마 긍정적인 평가를 내린 것이고 나머지 심사위원들은 하루키의 문학에 대해 그저 서양 작품을 흉내 낸 가벼운 작품으로 평가하고 있다.

『1973년의 핀볼』

하루키는 1980년 3월에 두 번째 작품인 『1973년의 핀볼』을 「군조」에 발표하는데 이 작품 역시 1980년도 상반기의 '제83회 아쿠타가와상' 후보로 올라간다. 하루키의 작품을 포함해 총 7편의 작품이 올라갔는데 심사위원은 제81회 때와 마찬가지 멤버로 심사 결과 『어둠의 헤르페스』, 『날개 치다』, 『1973년의 핀볼』의 세 작품에 집중되었다. 하지만 '해당작 없음'으로 결정 나고, 가작으로 마루모토 요시오의 『날개 치다』가 당선되었다. 『1973년의 핀볼』에 대해 언급한 선평은 다음과 같다.

마루야 사이이치 "문학적 에너지"
무라카미 하루키 씨의 중편소설은 진부한 성실주의를 놀리며 자신의 청춘의 감각인 상실감과 허무감을 나타내려고 하고 있습니다. 상당히 잘 썼다고 감탄했습니다만, 중요한 장치인 핀볼의 기능이 아무래도 충분히 발휘되지 못했습니다. 쌍둥이 아가씨들을 어떻게 다루어야 할지에 해서도 조금 더 고민했으면 좋겠습니다.

오에 겐자부로 "개성 있는 세 작가"

반쯤 시적인 영역에 속한 감각, 참신한 문장으로 신세대 스타일을 보여주고 있지만, 소설가로서의 힘의 내구성에는 불안함이 느껴진다. 무라카미 하루키의 작품이 그렇다.

거기에는 또 전작에 이어 커트 보니것의 직접적인, 그리고 스콧 피츠제럴드의 간접적인 영향과 모방이 보인다. 그러나 남에게서 받아들인 것을 이만큼 자신의 도구로 구사할 수 있다는 것은 분명히 확실한 재능이라고 해야 할 것이다.

요시유키 준노스케 "감상"

무라카미 하루키의 『一九七三년의 핀볼』은 이 시대를 살아가는 스물네 살 청년의 감성과 지성이 잘 그려져 있다. 주인공은 쌍둥이 여자 둘과 동거하고 있는데 이 쌍둥이의 존재감을 일부러 희박하게 그리고 있는 부분이라든지 긴 원고를 지루하지 않게 읽었다.

다키이 고사쿠 "이번에는 표가 분산돼서"

무라카미 하루키 씨의 『一九七三년의 핀볼』은 줄거리가 없는 소설로 꿈 같은 것이다. 주인공은 영어와 프랑스어의 번역 사무소를 차렸다고 되어 있는데 생활에 대해서는 아무것도 쓰여 있지 않다. 주인공은 1970년경에 유행한 핀볼 기계에 빠진 남성으로 핀볼의 유행도 꿈처럼 사라지고, 결국에는 1973년에 그 상품의 소재를 알게 되어 그것을 찾으러 가는 장면은 조금 재미있었는데 그것을 보고도 어쩌지 못하고 그냥 돌아온다.

나카무라 미쓰오 "심사평"

독자를 조롱하고 있다는 느낌은 『一九七三년의 핀볼』도 마찬가지입니다. 혼자서 하이칼라인 척하며 까불고 있는 청년을, 그와 마찬가지로 우쭐대며 안이한 필치로 그리고 있지만 그의 내면의 움직임은 전혀 전달되지 않습니다. 현대의 미국화된 풍속도 확실히 그릴만 한 제재일지 모릅니다. 하지만 그것을 풍속밖에 못 보는 천박한 눈으로 취해서는 문학은 태어날 수 없습니다. 재능은 있는 사람 같은데 아쉽습니다.

이노우에 히사시 "촌평"

『一九七三년의 핀볼』은 새로운 문학 분야를 개척하려는 의도가 보이는 유일한 작품으로 부분적으로는 훌륭한 데도 있어서 신선하다고 느껴지지만, 총체적으로 보아 감성이 헛돌고 있는 데가 많아 잘 썼다고는 할 수 없다.

이번에도 하루키의 작품에 대해 호의적인 평가를 내린 것은 마루야 사이이치와 오에 겐자부로뿐이고 엔도 슈사쿠, 니와 후미오, 가이코 다케시, 야스오카 쇼타로의 네 명은 아예 언급조차 하지 않음으로써 완전히 무시하고 있다. 히라노 요시노부 씨는 이 선평에서 하루키의 작품명 『1973년의 핀볼』에 대해 대부분의 심사위원이 「一九七三年의 핀볼」로 한자로 표기하고 있는 데 대해 세로쓰기 문화였던 일본문학에 하루키가 가져온 가로쓰기의 의미를 심사위원들이 전혀 이해하지 못하고 있다고 지적한다.

재즈 카페를 하며 혜성과 같이 문단에 등단한 하루키, 그는 연이어 두 번이나 아쿠타가와상에 낙선한 데 대해 어떻게 느꼈을까. 그는 당시에는 여기에 대해 전혀 언급하지 않다가 거의 25년 정도 지난 뒤에 겨우 입을 열게 된다. 2007년에 발행된 『달리기를 말할 때 내가 말하는 것』에는 다음과 같이 쓰여 있다.

『바람의 노래를 들어라』와 『1973년의 핀볼』은 아쿠타가와상 후보에 올라 둘 다 유력한 후보라고 했는데 상은 결국 받지 못했다. 하지만 나로서는 솔직히 말해 아무래도 상관없었다. 받으면 받은 대로 취재며 집필 의뢰가 계속해서 들어올 거고, 그렇게 되면 가게 영업에 지장이 생기고 그쪽이 오히려 걱정이었다.

재미있는 것은 히라노 요시노부 씨의 조사에 따르면 『무라카미 아사히당의 역습』(1986)이라는 단행본에 「아쿠타가와상에 대해 기억하고 있는 몇 가지 사항」이라는 장이 있고 그 안에 다음과 같은 내용이 있었는데, 이 책이 문고판으로 만들어질 때는 삭제된 사실이다.

아쿠타가와상은 순문학 영역의 유망한 신인에게 주는 상인데, 순문학과 마찬가지로 신인이라는 기준이 애매하다. 아쿠타가와상이란 결국 귀찮은 것이어서, 나는 두 번 후보에 올랐지만 두 번 다 받지 않았다(못 받았다 해야 맞겠지, 솔직히). 이 상에는 업계의 의리로 수상 제일작을 주관하는 문예춘추사(文 芸春秋社) 계열의 잡지에 발표해야 한다는 불문율이 있다.

그리고 후보작이 되면 텔레비전이나 신문사와의 번거로운 문제가 벌어지는 데다가 수상 발표 날 저녁에는 그런 종류의 귀찮음이 절정에 달한다. 첫 번째 때는 언제나와 마찬가지로 가게에서 일을 하고 있었는데 가게 안에 편집자가 들이닥쳐 도저히 일을 할 수가 없었다. 그래서 두 번째 때는 편집자와 마작을 하면서 발표를 기다렸다. 이날은 낙선한 데다가 15,000엔이나 잃었다.

인간이 감정의 동물인데 연이은 낙선에 어떻게 실망하지 않겠는가. 하지만 단념할 건 빨리 단념하는 것이 나으니까 하루키는 이 문제에 대해서 쿨하게 지나가려고 했던 것 같다. 그런데 문제는 하루키가 아무리 괜찮다고 해도 세상 사람들은 그런 하루키를 가만 놔두지를 않았다. 하루키는 작심을 한 듯 최근작 『직업으로서의 소설가』(2015)의 「제3회 문학상에 대하여」라는 장 속에서 그동안 못했던 아쿠타가와상에 대한 자신의 의견을 밝히고 있다.

내용인즉 모 문예지의 권말 칼럼에 아쿠타가와상에 떨어지고 문단을 멀리하는 무라카미 하루키 같은 작가가 있어서 이 상의 가치가 더욱 드러난다는 내용이 실렸는데 이에 대해 하루키는 자신은 이 상에서 떨어져서 문단을 멀리한 게 아니라 처음부터 문단에 관심이 없었던 건데 이런 식으로 멋대로 추측해서 쓰고 있다며 불만을 토로하고 이런 내용을 곧이곧대로 믿는 사람이 나올까 봐 우려가 된다고 밝히고 있다. 아무튼 하루키가 아쿠타가와상에 떨어져서 기분이 좋았는지 나빴는지는 모르지만 이 두 작품, 즉 『바람의 노래를 들어라』와 『1973년의 핀볼』에 대해 부족한 작품이라는 인식을 가지고 있었던 것은 분명하다. 그것은 이들 작품이 아쿠타가와상에 낙선했기 때문이 아니라 시간이 지나 자신의 처녀작을 되돌아볼 때 느끼는 미숙함이랄까 어딘가 부족하다고 느끼는 감각일 것이다.

『무라카미 아사히당은 어떻게 단련되었나』에는 「문학 전집이란 대체 무언가」라는 에세이가 실려 있는데 내용을 간단히 요약하면 어느 출판사에서 문학 전집을 간행하면서 하루키의 『1973년의 핀볼』을 싣고 싶다는 전화가 걸려온다. 하루키는 다른 작품으로 싣고 싶다고 하지만 그 출판사에서는 길이 면에서 이 작품이 딱 좋고 이미 팜플렛을 '다니자키 준이치로에서 무라카미 하루키까지'로 인쇄해 놓아서 안 된다면서 계속해서 물고 늘어진다. 작가에게 사전에 허락도 받지 않고 이렇게까지 일을 벌려놓은 것을 보면 당시 하루키의 위치가 어느 정도였는지를 짐작하게 하거니와 하루키가 왜 그렇게 일본 문단이나 편집자들과 거리를 두었던 것인지도 수긍이 가게 한다.

하루키는 다른 작품이 아니면 문학 전집에서 빼달라고 강경한 태도로 말하고는 전화를 끊으며 출판사와의 갈등이 증폭된다. 그러자 다른 출판사의 편집자, 그리고 하루키의 군조문학상 심사위원이었던 요시유키 준노스케까지 전화를 해서는 양보 좀 하라고 설득하지만 하루키는 끝까지 자기 의견을 굽히지 않는다. 결국 하루키의 작품은 빼고 출판을 하게 되긴 하는데 일이 거기에서 마무리되지 않고 그 뒷이야기가 다음과 같이 쓰여 있다.

훨씬 나중에 이 전집을 기획 담당하신 분은(아마 내가 전화로 이야기한 상대인 것 같다) 전집 간행 도중에 투신자살하셨다고 들었다. 간행 당시의 피로 탓인 것 같다고 했다. 물론 사람이 죽음을 선택한 진짜 이유 같은 건 아무도 알 수 없지만, 그 피로의 몇 퍼센트인가는 내가 만든 것일지도 모른다. 그렇다면 정말로 죄송하다고 생각한다. 하지만 만약 지금 여기에서 그와 비슷한 사태가 다시 한번 일어난다고 해도, 나는 역시 또 같은 행동을 했을 것이다.

글을 쓴다, 제로에서 무언가를 만들어 낸다고 하는 것은 결국은 칼로 찌르고 주먹으로 치고받는 세계이다. 모든 사람에게 싱글벙글 웃으며 좋은 표정만 짓는다는 건 불가능하고, 본의 아니게 피가 흐르는 일도 있다. 그 책임은 내가 확실하게 양어깨에 짊어지고 살아갈 수밖에 없다.

이 사건은 일본의 소학관(小学館)출판사가 쇼와 시대(1926~1989)를 대표하는 작품들을 선별하여 『쇼와 문학 전집(昭和文学全集)』 전35권을 간행하고자 준비하는 단계에서 벌어진 일인데, 이 에피소드를 읽으면 무라카미 하루키라는 작가가 얼마나 힘들게 살아왔는지를 느끼게 하는 한편으로, 그 고집 또한 대단하다는 것을 느낄 수 있을 것이다. 이 일은 물론 소학관의 담당자가 100퍼센트 잘못한 일이고 그 일에 대한 책임을 지고 안 지고는 온전히 그 사람의 몫이지만, 일반 독자를 대상으로 한 출판물에 이런 에피소드를 실으며 사자(死者)에 대한 미안한 마음보다는 자신의 신조에 대해 강하게 어필하고 있다는 점에서 하루키의 팬들도 놀라움을 금할 수 없었을 것이다. 하지만 그의 말마따나 작가가 그저 편하게 글이나 쓰면 되는 직업이 아니라는 위기의식과 확실한 자기관리는 그가 작가로서 40년을 살아갈 수 있게 만들어 준 원동력이 된 것만은 분명해 보인다.

11

전업 작가의 길로

작가로 데뷔하고 2년째가 되던 1981년에 하루키는 카페를 접고 전업 작가가 되기로 결심한다. 그 전해에 발표된 무라카미 류의 『코인로커 베이비스』와 나카가미 겐지의 몇몇 장편소설을 읽고는 감탄하면서 자신의 창작 스타일을 계속해서 고집할 수 없다고 깨달은 그는 '몸집이 좀 더 크고 단단한 내용의 소설'을 써야겠다고 마음먹고 결국은 가게를 병행하면서 창작을 하는 것은 무리라고 생각한다. 그 당시 가게는 안정적이었고 수입도 그쪽이 많았지만 생활 자체를 소설 집필에 집중하고자 배수진으로 생각하고 결심을 한 것이다. 주변 사람들은 모두 그런 그를 만류했지만 부인 요코만은 그의 든든한 후원자가 되었다. 하루키는 요코에게 "아무튼 2년만 내 맘대로 하게 해줘. 그때 만약 안 되면 다시 가게를 시작하면 되니까. 아직 젊고 다시 시작할 수 있을 거야" 하고 말했더니 부인은 흔쾌히 "좋아" 하고 대답했다.

가게를 팔고 사는 곳도 도쿄를 떠나 지바현(千葉県)의 후나바시(船橋)라는 곳으로 이사한다. 그렇게 해서 준비한 작품이 바로 그의 세 번째 작품인 『양을 둘러싼 모험』이다. 이 작품을 쓸 때 소설의 시작은 '미시마 유키오는 죽었다'로 시작한다, 양을 등장시킨다, 마지막은 해안에서 끝낸다, 이렇게 세 가지만 막연히 구상했다고 하는데 양과 관련된 내용을 쓰기 위해 그해 10월에 부인과 함께 홋카이도 여행을 다녀온다.

비슷한 시기에 세도중학교 3년 후배인 오모리 가즈키(大森一樹)가 감독을 맡아 하루키의 데뷔작 『바람의 노래를 들어라』가 영화로 제작된다. 이 감독의 이력은 매우 독특한데 교토부립의대 의학부를 졸업한 의학도이지만 고등학교 때부터 영화감독을 꿈꿨고 대학교 때는 16미리 필름영화인 「어두워질 때까진 못 기

『양을 둘러싼 모험』

다려」가 '키네마순보(키네마순보사가 발행하는 영화 잡지) 베스트 10'에서 21위에 드는 등 높은 평가를 받기도 했다. 영화 「바람의 노래를 들어라」는 카메라 워크가 아름답다는 평가도 있지만 진부한 청춘 영화다, 원작의 정신을 제대로 살리지 못했다는 비판이 더 우세하다. 감독 자신은 마음에 드는 영화 'Top 3'로 꼽을 정도이고, '하루키도 평가해 주었다'고 말하고 있다. 하지만 하루키는 이 영화에 대한 평가에 대해서는 말을 아끼고 있고 그 대신 『포트레이트 인 재즈』라는 재즈 아트북 속에서 자신의 소설 『바람의 노래를 들어라』를 완성한 후에 만약 이 작품을 영화로 만든다면 타이틀백에 들어가는 음악은 「별밤의 세레나데(moonlight serenade)」'가 좋겠다고 생각했다. 거기에는 에어포켓(비행 중인 비행기가 함정에 빠지듯이 하강하는 구역)이라고 해도 좋

을 만한 이상하게 회고적인 공기가 있다. 내 머릿속에서 그 시절의 고베의 풍경은 어딘가 '별 밤의 세레나데' 같다고 밝히고 있다. 영화 중간에 흐르는 비치 보이스의 「캘리포니아 걸」의 음악 사용료로 수백만 엔을 지불하여 영화 전체 제작비를 압박했다고 하는데 영화 흥행에는 실패한다.

1982년 8월에 하루키는 드디어 1년 동안 준비한 작품 『양을 둘러싼 모험』을 「군조」에 발표한다. 이 작품에 대해 하루키는 다음과 같이 말한다.

영화 「바람의 노래를 들어라」

『양을 둘러싼 모험』은 내게는 여러 가지 의미에서 기념비적인 작품이었다. 우선 소설 그 자체의 스타일이 이제까지와는 상당히 크게 달라졌다. 앞의 두 작품에 비해 스토리텔링적인 요소가 한층 강해졌고 그 때문에 길이도 훨씬 길어졌다. 그런 의미에서 이 소설 그 자체가 내게 있어서는 이른바 새로운 '모험'이었던 것이다.

그런데 이 작품을 발표할 당시의 분위기는 그다지 유쾌하지는 않았던 모양이다. 『직업으로서의 소설가』에서도 「군조」 편집부가 냉랭한 태도였다고 말하고 있고, 『무라카미 하루키 전작품 1979~1989 ② 양을 둘러싼 모험』 속의 '자작을 말한다'에서는 다음과 같이 이야기하고 있다.

이 작품은 「군조」에 일괄 게재 형태로 발표됐는데, 쓰는 도중에 담당 편집자가 교체되고 또 편집부 방침도 크게 바뀌고 해서 작품은 겨우 완성됐지만 작품의 입장도 내 입장도 솔직히 말해─아주 먼 옛날 일이고, 상황도 바뀌어서 솔직히 말해도 된다고 생각하지만─그다지 마음 편하다고는 할 수 없었던 것으로 기억한다. 왠지 실수로 못생긴 새끼를 낳아버린 엄마 거위 같은 기분이었다.

그러나 결과적으로는 출판 첫해에 6개월 만에 10만 부 이상 팔리고, 이 작품으로 하루키는 '제4회 노마(野間) 문예신인상'을 수상하게 된다. 당시 심사위원은 아키야마 슌(秋山駿), 우에다 미요지(上田三四二), 오오카 마코토(大岡信), 가와무라 지로(川村二朗), 사에키 쇼이치(佐伯彰一)의 다섯 명으로 이하 하루키에 관련된 심사평만 인용해 보겠다.

아키야마 슌 "선평"

무라카미 하루키의 『양을 둘러싼 모험』은 이 작가가 생각한 세련된, 그러나 가끔은 거슬리는 데가 있는 화법을 마음껏 구사한 것으로 아무튼 재미있었다. 한 마리의 영험한 양을 찾으러 나서는 여행을 중심으로 이야기가 성립되고 있다. 이런 화법의 스타일로도 장편을 쓸 수 있다는 점이 색달랐다. 작가가 자신의 소설 세계를 확실하게 지배하고 있다.

우에다 미요지 "???"

역량 있는 작품이 나란히 서서 골라보라는 듯한 양상을 보였음에도 불구하고 간단하게 「양을 둘러싼 모험」으로 결정된 것은 역시 '양'이 한층(!) 뛰어났기 때문이고 당연한 결과였다고 생각한다.

신인이라기보다는 이미 완전히 완성된 느낌이다. 처음부터 위태로움은 없었는데 『바람의 노래를 들어라』, 『1973년의 핀볼』의 주제를 이으면서 그보다 한층 커져 있다.

어쩌면 서툴게 숙달되어 있는 점도 있을지 모르겠다. 수수께끼가 있고 세부적인 것도 좋아서 상당한 길이를 재미있게 읽어 내려가다가 중간쯤에 와서 왠지 적당히 쓴 것 같은 느낌을 받고 흥이 깨졌는데, 다시 새 기분으로 재미있게 끝까지 읽었다. 다 읽고 나서 양이라는 시니컬한 심볼의 의미를 충분히 파악할 수 있었다고는 생각하지 않지만, 양에 씌인 친구 쥐의 술회 '완전히 무질서한 관념의 왕국이야. 거기에선 모든 대립이 일체화되는 거야. 그 중심에 나와 양이 있어'는 하나의 실마리일 것이다. 그렇게 술회하는 쥐가 사실은 귀신이었다는 데에 작가의 해체의 깊이가 있다. 그와 동시에 그 쥐를 위해 '나'가 강어귀의 모래사장에서 2시간 울다가 떠나가는 마지막 한 행에서 작가의 쾌유를 향한 기도가 보인다.

오오카 마코토 "알맞은 꽃이 피었다"

무라카미 하루키 씨의 『양을 둘러싼 모험』에는 꽃이 있다고 생각했다. 제아미(世阿弥)[2]가 말한 알맞은 꽃이라는 말을 빌리자면, 이 작가의 연령이 아니고서는 피울 수 없는 알맞은 꽃이 여기에는 피어 있다. 그것은 의심할 여지 없는 재능의 표시이고, 이런 사람에게 이런 시기에 신인상이라는 것이

---

2) 일본 무로마치(室町) 시대의 노(能)라는 전통 연극 연기자(猿楽師)로, 아버지 간아미(観阿弥)와 함께 노를 대성시켰다. 그는 관객에게 감동을 주는 힘을 '꽃'으로 표현하고, 소년은 아름다운 소리와 모습을 가지고 있는데, 그것은 '알맞은 꽃(時分の花)'이고 '노'의 진정한 비결은 '진정한 꽃(まことの花)'이라고 했다.

수여되지 않는다면 신인상에는 아무 의미가 없다. 무라카미 씨 개인의 작품력으로 말하면 앞의 작품 『1973년의 핀볼』에 비해 현저하게 작풍(作風)이 충실해졌다. 전작에 대해서 나는 냉담했었기 때문에 이번 작품을 만들어 낸 작가의 노력에 경의를 표한다. 작품의 구상을 면밀하게 논해 가면 어느 정도의 의문이 있고 파탄도 있다. 그러나 그것을 넘어 작가의 알맞은 꽃이 때를 만나 피었다는 진기함에 감명을 받았다.

가와무라 지로 "완성의 훌륭함"

그리고 무라카미 하루키 씨의 『양을 둘러싼 모험』이 대략적으로 괴상한 공상담을 일관된 분위기의 스타일로 시종일관 침체되는 일 없이 풀어나가고 있다. 그 훌륭한 완성도가 한층 뛰어나다고 여겼다.

사에키 쇼이치 "불신의 시대의 기수"

무라카미 하루키는 시원시원하고 씩씩한 말투로 이상한 양 찾기 모험담이라는 순수 황당한 이야기를 막힘없이 풀어내어 보여 주었다. 이에 대해 마스다의 『보리피리』는 정신박약자 수용 시설이라는 구체적인 장소를 설정하고 끈질기게 인간관계의 그물망을 짜올리려고 노력했다. 원래 이 두 작품의 주인공에게는 1960년대 말의 대학 분쟁기가 농후하게 그림자를 드리우고 있고, 더구나 뜨거운 정치 참가로부터 환멸, 탈락이라는 상투적인 도식이 아니라, 오히려 정치적 흥분 속에서 건조한 인식의 눈이 그대로 분쟁 이후로 넘어가 잘 다듬어져 간다는 내용이 재미있다. 정치 불신, 신념 부재 시대의 산물이라 할까. 문체로부터 소설적 구상까지 너무나도 대조적인 두 작품, 맞거울처럼 시대의 열병을 떠올리게 해준다. 그래서 공동 수상을 주장했는데, 불신의 시대의 기사의 등장에는 역시 씩씩한 한 사람의 모습이 잘 어울릴 것이다.

'아쿠타가와상'의 심사평과 비교하면 이 작품이 얼마나 심사위원들에게 인정받고 있는지를 느낄 수 있을 것이다. 이번에는 다섯 명의 심사위원 전원에게 지지를 받았는데 그와 동시에 스토리를 기반으로 한 장편소설 작가로서 처음으로 인정을 받았다는 데 의미가 있다고 하겠다. 하루키는 다음과 같이 수상 소감을 밝히고 있다.

스물아홉에 처녀작 『바람의 노래를 들어라』를 쓰기 시작해, 지금은 서른셋이 되었다. 앞으로 며칠 후면 서른넷이 된다. 어차피 앞날은 아직 길고 속도를 망치지 않도록 세심하게 일해 가고 싶다.

상은 작품이 받는 것이어서 나 개인이 이러니저러니 말할 처지가 못 된다. 다만 이제까지 여러모로 신세를 진 분들에 대한 감사의 마음을 상이라는 구체적인 형태로 표시할 수 있다는 건 역시 기쁘게 생각한다.

12
/
달리고 달리고 또 달리고

　하루키는 『양을 둘러싼 모험』을 완성한 시점부터 그때까지 하루에 약 60개를 피우던 담배를 끊고 달리기를 시작한다. 1983년에는 태어나서 처음으로 로드레이스 5km에 출전, 5월에는 야마나시현(山梨県)에 있는 야마나카호(山中湖)에서 열린 로드레이스 15km에 출전하고, 6월에는 도쿄의 황거(皇居, 천황이 사는 궁) 주변을 일곱 바퀴 도는 데 총 35km를 달린다. 7월 18일에는 마라톤의 발상지인 그리스에서 풀코스 마라톤을 3시간 51분의 기록으로 완주하고, 12월에는 호놀룰루 마라톤을 완주하면서 작가로서 중요한 것이 체력이라는 인식을 확실히 보여 준다.

　달리는 작가란 어떤 이미지일까. 아니 1980년대에 사람들이 생각하는 작가의 이미지는 어떤 것이었을까. 아마도 대부분의 사람들이 책상 위에 원고들이 어지럽게 널려 있고 줄담배를 피우며 고독한 자기와의 싸움을 벌이는 어두운 사람이라는 이미지를 떠올리지 않을까? 그런데 일찍 자고 일찍 일어나고 담배도 안 피우고 매일 달리기를 하고 매년 마라톤 대회에 참가하는 작가가 있다면 그 당시 사람들은 어떻게 생각했을까. 그렇지 않아도 데뷔 때부터 특이했던 하루키에 대해 이번에도 언론은 긍정적이지 않았다. 이에 대해 하루키는 『직업으로서의 소설가』에서 다음과 같이 이야기하고 있다.

저는 전업 작가가 되면서부터 달리기를 시작해(『양을 둘러싼 모험』을 쓰던 때부터) 삼십 년 넘게 거의 매일 한 시간 정도 달리기나 수영을 생활습관처럼 해왔습니다. 몸이 애초에 튼튼하게 생겼는지 그동안에 컨디션이 크게 무너진 적도 없고 팔다리를 다친 일도 없이 거의 빠짐없이 매일같이 달렸습니다. 일년에 한 번은 마라톤 경기에 참가하고 철인경기에도 참가했습니다. (중략)

하지만 제가 그런 말을 해도 주위 사람들 대부분은 전혀 상대해 주지 않았습니다. 오히려 비웃음을 당하는 일이 더 많았어요. 특히 십여 년 전까지는 그런 것에 대한 이해가 거의 없었습니다. '매일 아침마다 달리기를 하면 지나치게 건강해져서 좋은 작품은 쓸 수 없는 거 아니냐'라는 말도 자주 들었습니다.

이런 비판과 비아냥에도 불구하고 그는 소설을 쓰기 위해서는 '강인한 마음'과 '의지의 견고함'이 필요하다는 것, 즉 육체적인 힘과 정신적인 힘이 균형 있게 양립해야 한다는 것을 자신의 삶 속에서 몸소 배워 익히고 이를 꾸준히 실천했다. 아마 소설을 쓰는데 근육이 필요하다는 것을 가르친 최초의 작가가 아닐까 싶다. 그렇지만 어떻게 매일 달릴 수가 있을까. 하루키는 달리는 일을 자신이 '해야 할 일'이라고 밝히며 다음과 같이 이야기하고 있다.

달린다는 행위가 몇 개인가 '내가 내 인생이 있어서 해야 할 일'의 내용을 구체적이고 간결하게 표상하고 있는 듯한 느낌이 들기 때문입니다.

'오늘은 너무 힘들어. 별로 안 뛰고 싶은데' 하는 생각이 들 때도 '이건 내 인생에서 어쨌든 해야 하는 일이야' 하고 내 자신에게 타이르면서 거의 핑계 대지 않고 달렸습니다.

그 문구는 지금도 제게 하나의 주문 같이 되어 있습니다. '이건 내 인생에서 어쨌든 해야 할 일'이라는 게.

하루키가 처음에 운동을 시작한 것은 운동 부족을 해소할 목적이었는데 마라톤을 7년 하고, 산을 달리는 즐거움에 눈을 떠서 산악 자전거(트레일 러닝)를 시작하면서 달리기가 가장 큰 취미가 되었다. 거의 하루도 빠지지 않고 매일 달리기

「달리기를 말할 때 내가 하고 싶은 이야기」에 삽입된 마라톤 장면

를 한다는 것이 사실 굉장히 부담스러운 일이지만 자신이 나태해질 때마다 '어쨌든 해야 할 일'이라고 스스로에게 납득시키고 꾸준히 실천하고 있는 하루키의 모습은 우직하기도 하고 융통성이 없어 보이기도 하는 게 사실이다. 그는 매일 1시간씩 평균 10km의 거리를 달리는 일을 하나의 생활습관처럼 이어왔는데 이것이 그에게 '만트라(진언)'로 작용했다고 한다. 하지만 이렇게 오랫동안 달렸어도 그는 달리는 일 자체는 순간적으로 그 일부를 도려내어 보면 대부분이 괴로운 일이라고 고백한다. 좀 더 진솔한 이야기를 들어보자.

'오늘은 달리고 싶지 않아' 하고 생각한 날도 꽤 있고, 뛰는 도중에 '다음 전봇대까지 뛰고 그다음은 걸을 거야' '배 아파, 다리 아파, 힘들어, 괴로워, 멈추고 싶어' 하고 얼굴을 뭉그러뜨리면서 달립니다

'이런 레이스 두 번 다시 출전 안 할 거야' 하고 말하며 레이스 도중에는 꽤 힘들어도 레이스를 마치고 전신이 뻐근하게 근육통이 오는 몸을 어루만 지면서 '내년에도 또 출전하고 싶은데' '다음엔 더 장거리에 도전해 보고 싶 은데' 하고 생각하니 달리기란 참 불가사의한 것이죠.

독자들 중에는 하루키가 30여 년을 달렸으니 달리기나 마라톤이 생활화되어 부담 없이 즐기지 않을까 하고 막연하게 생각하는 사람 도 있겠지만, 결국 스포츠는 고통의 연속이자 자신과의 처절한 싸 움이라는 것을 알게 해주는 대목이다. 하루키는 자신이 기본적으로 장편소설 작가인 만큼 장거리 주자에 적합하다고 하는데, 초등학교 때는 단거리 달리기에 기록이 나오지 않는 게 콤플렉스였다. 100미 터 달리기를 멋지게 1등으로 골인하고 싶지만 안 되었던 것이다. 그 런데 당시 축구 선생님이 "너는 달리는 건 느리지만 계속 달리는 요 령은 있어"라는 말을 해주었는데 그것이 성인이 되어 달리기를 하 는 데 있어 큰 힘이 되었다고 한다.

1984년은 외국 작가와의 교류가 시작되는 해였다. 그해 여름에 미국무성의 초청으로 약 6주간 미국을 방문하는데, 특이하게도 『곰 을 놓다』의 작가인 존 어빙과는 뉴욕의 센트럴 파크를 같이 조깅하 며 인터뷰를 한다. 여름에는 스콧 피츠제럴드의 모교를 직접 보고

싶다는 이유만으로 프린스턴대학을 방문하여 도서관 특별실에서 피츠제럴드의 친필 원고를 본다. 아울러 워싱턴주 포트엔젤스에 있는 레이먼드 카버와 테스 갤러거의 집을 방문한다. 카버는 작가, 테스는 시인으로 둘은 부부 사이였는데 카버가 1988년 작고했으니 죽기 얼마 전에 실제로 만날 수 있었던 것이 하루키에게는 대단한 행운이었다고 할 수 있다. 일본으로 돌아온 하루키는 10월에 가나가와(神奈川)현의 후지사와(藤沢)시로 이사를 한다.

13
/
출세작
『세계의 끝과 하드보일드 원더랜드』

하루키는 1982년 8월에 『양을 둘러싼 모험』을 발표한 후에 약 2년간 휴식기를 가지며 운동을 하여 체력을 단련시키고 외국 작가들과의 교류를 통해 국제적인 감각을 익히고, 아울러 그들의 작품을 번역하며 지낸다. 그리고 만 2년 후인 1984년 8월에 『세계의 끝과 하드보일드 원더랜드』의 집필에 착수하여 1985년 1월 12일 자신의 서른여섯 번째 생일에 제1고의 집필을 마친다. 언제나 그래왔듯이 부인 요코에게 제일 먼저 보여 줬더니 "후반부는 전부 다시 쓰는 게 낫겠다"는 말을 듣고 부인의 말대로 후반부는 전부 다시 썼는데, 특히 마지막 장면은 다섯 번인가 여섯 번을 고쳐 썼다. 하루키는 자신의 제1 독자인 부인 요코에 대해 깊이 신뢰하고 있는데 『직업으로서의 소설가』에서는 그녀의 의견을 오랫동안 같이 살아 온 사람으로서 '관측 정점(관측을 가장 잘해 주는 사람이라는 의미)'으로 인정하고 있다. 즉 일본 출판사의 편집자들은 샐러리맨이고 회사 윗선에서 담당할 작가를 정해 주는 거라 언제 바뀔지 모르는 위험성이 따르지만, 부인은 일단 자리가 바뀔 가능성이 없기 때문에 안정적이고, 부인이 어떤 평을 내놓으면 그건 이런 의미에서 나온 것이겠구나 하는 식으로 그 뉘앙스를 이해할 수 있다고 한다. 그렇다고 부인이 지적하는 것을 100퍼센트 따르는 것은 아니다. 하루키도 인간인지라 지적을 받으면 화도 내고 말다툼까지 하는데, 그래도 편집자에게는 못하는 말을 한식구이기에 할 수 있다는 이점이 있다고 설명한다. 어쨌건 하루키는 부인에게 지적받은 건 모두 고치는데, 결론적으로는 수정한 후에 읽어 보면 이전보다 좋아졌다는 걸 깨닫게 된다며 부인의 손을 들어준다.

이번에도 부인의 지적에 따라 1주일 동안 밤을 새워가며 원고를 고쳐 3월에 작품을 완성시킨 후 6월에 신초사(新潮社)에서 간행한다. 어느 작가나 작품을 발표할 때까지 녹녹지 않은 준비 과정이 있기 마련이지만 특히 하루키의 경우는 출판사의 편집부와 계속해서 편치 않은 관계가 이어졌다. 예를 들면 이번 작품의 제목이 너무 기니까-사실 그 당시만 해도 이런 유의 제목은 흔치 않았던 것이 사실이기에-『세계의 끝』만 하면 안 되겠냐는 말도 안 되는 요구가 있었다. 영어판 출판 시에는 『하드보일드 원더랜드』만 하면 안 되겠냐는 정반대의 의뢰도 왔다. 이때 하루키가 어떤 느낌이었을지는 짐작이 가고도 남지만 결론적으로는 편집부의 윗선에서 원래 제목으로 가기로 결정이 되어 하루키의 의도대로 출간된다. 이 에피소드를 보면

「세계의 끝과 하드보일드 원더랜드」

하루키가 왜 일본의 출판사와 사이가 껄끄러운지 짐작케 한다. 지금 현재라면 과연 상상이나 가는 제안이었겠나. 하루키의 『잡문집』에 따르면 이 작품을 두 번 이사하는 도중에 썼는데 그 기간이 짧아 어수선하고 경황이 없었고, 게다가 출판과 관련하여 출판사와 이런저런 매끄럽지 못한 일까지 더해져서 차분하지 않은 날들이 이어졌다고 밝히고 있다.

이 작품은 '제21회 다니자키 준이치로(谷崎潤一郎)상' 후보로 올라간다. 이 상은 주오고론샤(中央公論社)가 1965년에 창사 80주년을 기념하여 만든 것으로, 후보작은 1984년 7월 1일부터 1985년 6월 30일 사이에 발표된 소설 및 희곡이다. 최종 후보작은 하루키의 『세계의 끝과 하드보일드 원더랜드』를 포함해 총 4편이었다. 그는 후보에 올랐다는 소식을 주오코론샤의 담당 편집자에게 연락을 받았는데 후보로는 올라갔지만 심사위원 중 일부가 그를 싫어하니 수상은 기대하지 말라, 아니 상을 받을 가망은 없으니 싹 잊어버려도 된다는 이야기였다. 듣고도 기분 나쁜 이런 전언에 대해 그는 그쪽 사정이 아주 어두웠기 때문에 그저 '흠, 그렇군' 하고 신경 쓰지도 않았다고 한다. 심사위원 중 누가 싫어한 건지는 심사평을 보면 알 수 있겠지만, 심사위원은 총 6명이었고 그중 니와 후미오는 아쿠타가와상 때와 마찬가지로 하루키에 대해 전혀 언급하지 않았다. 엔치 후미코는 몸이 안 좋아 전체적인 심사평을 내지 못하는 상황이었다. 심사위원들의 평을 보면 하루키를 좋아해서 계속 밀어주는 심사위원과 반대로 하루키라는 작가 자체에 대해 불신하고 인정하지 않으려는 심사위원이 있다는 것을 알 수 있다. 심사평을 보자.

엔도 슈사쿠 "선평"

무라카미 하루키 씨의 작품이 선정됐는데 전원 일치는 아니었다. 나는 이 작품의 결점을 주장하고 수상에 반대했다.

제21회 다니자키상 수상이 발표된 「주오고론」 1985년 11월호

내 생각에 이 작품의 결점은 세 가지이다.

1) 두 개의 병행된 이야기의 작품인물(예를 들면 여성)이 완전히 같은 형태이고 대비 혹은 대립이 없다. 따라서 두 개의 이야기를 왜 병행시킨 것인지 나는 전혀 모르겠다.

2) 하루키의 중편이 지니고 있던 쓸쓸함 같은 독자의 마음에 와 닿는 무언가가 장편에는 전혀 없다. 그것은 이야기를 지나치게 확대한 까닭에 모든 것이 확산된 탓이라고 생각한다. 나는 독자의 마음에 와닿는 무언가가 없다면 문학작품은 성립될 수 없다고 생각한다(내 생각으로는 독자의 무의식의 원형을 자극하지 못하는 작품은 문학작품이 아니다).

3) 하루키의 중편에 있던 쓸쓸함이 결여되어 있기 때문에 주인공의 일상생활의 묘사가 두드러지게 나타나고 있다.

이와 같은 이유로 나는 이 작품을 도저히 추천할 기분이 들지 않았다. 물론 그의 재능이나 역량을 평가하는 데 있어 이 작품은 실패작이 아닌가 생각한다.

요시유키 준노스케 "감상"

『세계의 끝과 하드보일드 원더랜드』에 대해 말하자면 이것도 꽤 괜찮았다. 다만 독자가 수신하려고 하면 무라카미 방송은 여러 종류의 전파를 동시에 보내기도 해서 그 때문에 전파끼리 서로 방해하여 종종 수신이 불가능해지는 단점이 있다.

번갈아 전개되는 두 이야기의 각각의 주인공 나(私)와 나(僕)가 드디어 서로 교차되기 시작해서 나(私)=나(僕)라는 것을 알게 되고 두 세계의 이야기가 동시 진행되다가 마지막에 나(私)도 나(僕)도 사라져 버린다는 구성은 흥미롭다. 다만 이 두 세계는 그려져 있는 문체는 다르지만 그 정취는 서로 비슷하다. 그 때문인지 작품이 필요 이상 길게 느껴진다. 이 작품의 수상에 나는 역시 소극적이었다.

마루야 사이이치 "무언가의 시작"

무라카미 하루키 씨의 『세계의 끝과 하드보일드 원더랜드』는 우아한 서정적 세계를 장편소설이라는 형태로 거의 완벽하게 구축하고 있는 것이 큰 공로이다. 우리들의 소설이 리얼리즘에서 탈출하지 않으면 안 된다는 것은 많은 작가가 느끼고 있는 일이지만 리얼리즘에서 벗어나려다가 오히려 엉망이 되어 버리는 경향이 있었다. 그러나 무라카미 씨는 리얼리즘을 버리면서도 논리적으로 쓰고 있다. 특유의 참신한 풍취는 거기에서 생겨나는 것이다.

이 감미로운 우수의 밑바닥에는 참으로 뻔뻔스러운 현실에 대한 태도가 있다. 이 작가는 세계로부터 확실히 거리를 둠으로써 오히려 세계를 창조한다. 그는 도피가 하나의 과감한 모험이라는 것을 수줍어하면서 연기하여 보여 준다. 무(無)로서의 메시지 전달자인 척하며 살아가는 것을 탐구한다고 해도 좋을 것이다.

무라카미 씨의 수상이 기쁘다.

오에 겐자부로 "꼼꼼한 탐험가"

무라카미 하루키 씨의 『세계의 끝과 하드보일드 원더랜드』에 대해 나라면 어떻게 했을까 하는 생각을 해봤습니다. 나라면 아마 여기에서 그려진 두 세계에 대해 한쪽은 좀 더 현실처럼 느껴지게 만들어 양쪽의 차이를 확실히 보여줬을 것입니다. 그러나 무라카미 씨는 파스텔 칼라로 그린 두 장의 셀룰로이드 그림을 겹치듯이 미묘한 기분을 빚어내려 한 것이고 젊은 독자들은 그 색조와 그늘을 명확하게 알아챌 것입니다.

모험적인 시도를 꼼꼼히 완성한 젊은 무라카미 하루키 씨가 상을 받으셔서 상쾌한 기분이 듭니다. 시티보이 같은 측면도 있었던 다니자키 준이치로(谷崎潤一郎)에 견주어 여기에 새로운 '음영예찬(陰翳礼讃)[3]'을 읽어낼 수 있다고 말하고 싶습니다.

네 명의 심사위원 중 확실하게 하루키를 지원하고 있는 것은 마루야 사이이치뿐이고, 요시유키 준노스케는 점점 더 하루키에 대한 평가를 부정적으로 하는 경향이 있고, 초기 두 작품에서 아주 부정적이었던 오에 겐자부로는 굉장히 긍정적인 평가를 하고 있다. 그에 반해 엔도 슈사쿠는 하루키라는 작가 자체를 싫어하는지, 데뷔작부터 시종일관 부정적인 평가를 내리고 있다.

---

3) 전등이 없었던 시절의 일본의 미의 감각을 논한 다니자키 준이치로의 수필. 다니자키는 그 시절에 서양에서는 가능한 한 방을 밝게 하려고 어둠을 없애는 데 집착했지만, 일본에서는 오히려 그 어둠을 인정하고 그것을 이용함으로써 어둠 속에서 비로소 생기는 예술을 만들어 냈는데 그것이야말로 일본 전통예술의 특징이라고 주장했다.

하루키 자신도 심사평을 읽고 누가 본인을 미는지 반대하는지 잘 알고 있고 그런 의미에서 마루야 사이이치 씨에 대한 애정과 감사를 기회가 있을 때마다 이야기하고 있다. 마루야 사이이치 씨 또한 소설가이자 번역가인데 2012년 작고했다. 하루키는 2017년 4월 27일에 신주쿠의 기노쿠니야 서던(southern) 씨어터에서 열린 토크 이벤트 '진짜 번역 이야기를 하자'에서 토크 중간에 마루야 사이이치 씨를 언급하면서 장례식 때 그 댁에 조문을 갔는데 마루야 씨의 영어 서적만을 모아 놓은 서고를 보았다. 거의 대부분이 읽은 흔적이 있었다고 말하면서 영어 번역자로서의 그의 성실한 태도에 대해 칭찬했다. 한편 책상 서랍에는 하루키가 노벨문학상을 받았을 때에 대비한 축하 원고가 남겨 있었다는 에피소드를 소개하면서 "뭔가 죄송한 기분이 들었다. 근데 제 탓은 아니니까요" 해서 청중들이 훈훈한 미소를 지었다.

이와는 대조적으로 요시유키 준노스케에 대해서는 『무라카미 아사히당』이라는 에세이집의 「내가 만난 유명인(3) 요시유키 준노스케 씨」라는 장 속에서 요시유키 씨를 '황공한 분', '의리와 은혜가 있는 분'이라 칭

무라카미 하루키 토크콘서트

하며, 사람을 대할 때 언제나 상냥하게 대해 주지만 단호할 때는 딱 잘라 말하는 성격이기 때문에 자기가 황공한 분이라고 느끼는 것

같다고 한 뒤에 어느 술집에서 겪은 요시유키 씨와의 에피소드를 다음과 같이 소개하고 있다.

그럼 요시유키 씨가 그런 장소에서 무슨 이야기를 하나 하면 이게 정말이지 쓸데없는 이야기를 계속 늘어놓는다. 무익한 이야기가 무익한 곡절을 거쳐 더 무익한 방향으로 흘러가고 밤은 깊어간다. 나도 꽤 무익한 인간이지만 아직 젊어서 그 정도까지 무익하지는 않다. 언제나 감탄한다. 그런 이야기를 계속 늘어놓으면서 호스티스 아가씨의 가슴을 아무렇지도 않게 만지는 것도 훌륭하다. 역시 뭐니 뭐니 해도 황공한 분이다.

에피소드 첫 부분에서는 굉장히 경외하는 분인 것처럼 '황공하다'는 말로 요시유키 준노스케를 높이 평가하는 듯하다가 사석에서는 정반대의 모습을 보여 준다는 내용, 그것도 어찌 보면 상당히 실례가 되는 사적인 이야기를 책에서 언급하는 것을 보면 이 인물에 대해 하루키가 느끼는 감정이 그다지 좋지 않다는 것을 알 수 있다. '황공'이라는 단어에 담긴 대비되는 감정을 트릭으로 사용하면서 하루키는 요시유키 씨에 대해 멋지게 한 방 날리고 있는 게 아닌가 싶다.

하루키는 '다니자키 준이치로상' 수상작이 게재된 주오고론 11월호에 수상 소감은 아니지만 「문학적 근황: 불만 편지·그 밖의 편지」라는 제목으로 다음과 같은 짧은 글을 실었다.

나는 불만 편지라는 걸 자주 쓴다. 비교적 편지 쓰기를 귀찮아하는 성격이라 꼭 써야 하는 편지의 답장도 몇 개월이나 그대로 내팽개쳐 두는 편인데 이게 불만 편지라면 바로 써버리니 참 이상하다. (중략)

나 자신이 오랫동안 장사를 해서 알지만 불만이란 안 듣는 것보다는 듣는 편이 좋다. 장사하는 데 있어 가장 곤란한 손님은 화가 났다든지 열 받았다든지 한 채로 아무 말도 안 하고 두 번 다시 오지 않는 손님이다. 하기야 그런 불만 중에는 단순한 트집인 것도 있고 억지인 경우도 있고, 고칠 수 없는 근본적인 견해나 자세의 차이인 경우도 있고 - 이런 것은 문예평론과 아주 닮았다 - 그런 것은 묵살할 수밖에 없지만 그래도 그중에는 도움이 되는 건설적인 종류의 것도 있다. 그래서 나로서도 가능한 한 유용하고 건설적인 종류의 불만 편지를 쓰도록 신경 쓰고 있다.

수상작이 발표된 잡지에 하고 많은 글 중에 하필 '불만 편지'라는 제목의 글을 올린 이유가 뭔지 확실하지는 않지만, 글의 내용이 단순하지 않다. 특히 문예평론을 불만에 빗대어 이야기하는 부분을 보면 심사위원들이 뭐라고 하든 그걸 '트집' 정도의 수준으로 생각하고 개의치 않는다는 뉘앙스를 풍기고 있다. 건설적인 것도 있다고 한 건 예의상 그런 것이고, 본심은 트집, 억지라는 단어에 담겨 있는 듯이 보인다.

히라노 요시노부 씨는 하루키가 왜 이런 글을 썼는지에 대해 당시 「마리 끌레르」라는 잡지의 편집장이었던 야스하라 겐(安原顯)의 증언을 첨가했는데 그에 따르면 하루키가 상을 받았던 '제21회 다니자키 준이치로상' 수상작은 원래 미우라 데쓰오(三浦哲郎)의 『백야를 여행하는 사람들』이 유력했는데 상을 발표하기 바로 전에 이 작품이 아사히신문사에서 주최하는 '오사라기 지로(大佛次郎)상'의 수상작으로 결정되어서 하는 수 없이 2등이었던 하루키가 수상하게 되었던 것이다. 말하자면 어부지리로 된 셈이다.

그러나 어부지리든 어쨌든 '다니자키 준이치로상'을 받은 것은 하루키에게 있어 여러 가지 의미가 있는데 첫 번째는 하루키가 신인이 아닌 중견 작가로 인정받았다는 점이고, 두 번째는 이 상의 수상자 중 30대가 받은 것은 오에 겐자부로 이후 두 번째라는 점이다, 하루키 자신도 '자작을 말한다-첫 신작 소설'에서 다음과 같이 밝히고 있다.

이 소설은 작품적으로는 내 자신에게 있어 꽤 중요한 위치를 차지하고 있다. 나는 이 소설을 나름대로의 긴장감을 갖고 쓰기 시작했고 있는 힘을 다해 썼고 다 썼을 때는 보람을 느꼈다. 그 보람, 뭔가를 잡았다는 감촉은 지금도 내 몸 안에 남아 있다. 하지만 그 일은 작품으로서의 『세계의 끝과 하드보일드 원더랜드』의 완성도와는 반드시 직결되지는 않는다. 지금 다시 읽어 보아도 이 작품은 더 높은 완성도가 필요하다고 스스로 느낀다. (중략) 하지만 그럼에도 불구하고 나는 이 작품을 써서 좋았다고 생각한다. (중략) 나는 이 작품을 다시 고쳐 쓰고 싶지는 않다. 이 작품은 여기서 종결되었기 때문이다.

스스로 이 작품의 완성도가 높지 않다는 것은 인정하지만 그러나 우여곡절 끝에 출판한 이 작품은 하루키가 중견 작가로서 첫 출발을 알리는 신호탄이 되었다. 초기 두 작품은 사실 그 당시 좀 생소한 스타일의 작품이라 일반 독자를 확보하는 데는 실패했고 세 번째 작품인 『양을 둘러싼 모험』부터 서서히 인지도가 올라가기 시작해서, 이 작품부터는 하루키가 확실하게 독자층을 확보하게 되었다는 점에서 그의 출세작이라고 할 수 있다.

14
/
벌떼를 피해

어수선했던 1985년을 보내고 하루키는 1986년 3월에 가나가와(神奈川)현 오이소(大磯)로 이사를 간 뒤에 10월부터 로마와 그리스 여행을 시작한다. 말은 여행이지만 사실은 일본으로부터의 탈출의 시작이라고 할 수 있다. 1979년에 데뷔하여 만 10년이 안 된 시간 동안 하루키는 쉬지 않고 쓰고 번역하고 달리기를 하면서 중견 작가로서의 위치를 굳건히 다져나가고 있었다. 하지만 앞에서 보았듯이 크고 작은 사건들이 계속되었기 때문에 정신적으로나 육체적으로나 상당히 지쳐 있었다. 제이 루빈은 하루키가 해외에 나간 이유에 대해 일본에서는 문학적으로 성공하면 귀찮은 일이 많이 생기는데 그중 제일 큰 문제는 엄청나게 글을 써야 한다는 점을 지적하며 다음과 같이 말한다.

일본에서는 재능 있는 작가라도 잡지나 텔레비전 같은 매체에 등장하여 대중에게 노출되어야 한다는 압박 때문에 망하는 예가 많다. 작품이 충격적일 만큼 단조롭고 재미없어진다. 개인적 혹은 경제적인 문제에 시달리고 (독자들에게 – 인용자주) 잊혀져 버리면 어떻게 하지? 하는 공포에 시달린다. 편집

자와 광고회사, 텔레비전의 프로듀서가 속삭인다. '달리는 걸 멈추면 바로 잊혀져 버릴 거야.'

미국에도 비슷한 문제는 있다. 그러나 일본 작가는 특별한 문제를 안고 있다. 그것은 하루키가 싫어하는 일본 사회의 축축하고 끈적끈적함과 관계가 있다. 일본 작가는 출판사와 계약을 맺지 않고 선금도 안 받는다. 대리인도 없다(하루키는 지금은 뉴욕에 대리인이 있지만). 금전 교섭을 행하는 건 예의에 어긋난다. 만사가 개인적인 관계와 암묵의 이해로 성립된다. 풍파를 일으키지 않는 것이 현명한 일이다. 미국의 건조하고 사무적인 합리주의에 비하면 따듯하고 인간적이기도 하다. 그러나 그 결과 출판사는 압력을 가하기 쉬워지고 작가 쪽은 아이처럼 출판사에 의존하게 된다. 일본에서는 업계의 독점이 진행되고 있는데 출판업계도 소수의 대기업이 지배하고 있다. 그리고 잡지의 절반은 책을 출판하는 출판사가 간행하고 있다.

하루키는 10여 명의 편집자와 교류가 있다. 그 사람들 모두 하루키의 작품을 원하고 있다. 잡지에 기고해라, 인터뷰해라, 다른 유명인과 대담을 해라, 그 기사를 간단한 책으로 출판해라.

어떤 조직으로 되어 있는지 하루키는 나에게 설명해 주었다. "편집자는 출판사 대표로 오는 건데 친구 같은 얼굴을 하고 온다. 부탁받은 걸 거절하면 그들은 체면이 구겨졌다고 생각하고는 기분 상해한다. 건방지고 둔감한 놈이라고 여겨져서 일본에서는 살기 어려워진다. 편집자에게 아첨 떨면 대우받을 수 있다. 그렇게 일본적인 의리와 인정의 세계가 완성된다. 그 대신에 일은 엉망이 되어 버린다. 결국은 도쿄의 문학 세계에서 도외시되어 버린다."

출판계의 이런 경향은 우리나라도 예외는 아니지만, 아무튼 서양의 관점에서 보면 일본 출판계의 관행은 비합리적으로 보일 수밖에 없고, 하루키 자신도 이런 관행을 너무나 싫어했다. 하루키는 자신이 외국으로 나가게 된 계기에 대해 「무라카미 하루키 크로니클」에서는 일본 출판계의 상황과 문단에 숨 막혔다는 것과 제대로 된 글을 쓰고 싶어서라고 이야기한다. 『직업으로서의 소설가』에서는 일본에 있으면 아무래도 잡일(혹은 잡음)이 이것저것 들어오는데, 일단 외국으로 가면 집필에만 집중할 수 있어서라고 밝히고 있다. 하지만 카페는 이미 그만둔 상태에서 오로지 인세로만 살아야 했던 당시 『양을 둘러싼 모험』과 『세계의 끝과 하드보일드 원더랜드』가 꽤 판매되긴 했지만 해외에서 생활할 만큼의 여유는 없었던 모양이다. 건너가기 전에 고심한 흔적이 다음 문장에 남아 있다.

처음으로 일본을 떠났던 게 1980년대 후반인데 그때는 역시 많이 망설였습니다. '이렇게 해서 정말 살아남을 수 있을까' 하고 불안해 했습니다. 저는 상당히 겁이 없는 편인데, 그래도 배수진을 친다고 할까? 돌아올 길을 끊어버리는 식의 결심이 필요했습니다. 여행기를 쓰겠노라고 약속하고 무리하게 출판사에서 약간의 선금을 받기도 했지만 (그건 나중에 『먼 북소리』라는 책이 되었습니다) 기본적으로는 제 저금을 털어서 생활해야 했습니다.

아마도 이렇게 비장한 각오로 임했기 때문에 그 뒤에 여러 베스트셀러 작품을 쓸 수 있었는지도 모르겠다. 『먼 북소리』는 하루키가 유럽 체류 기간 동안에 쓴 에세이집인데 1986년 10월부터 1989

년 가을까지 약 3년 동안 로마와 그리스의 여러 섬에 살면서 틈틈이 유럽 여행을 다닌 이야기가 실려 있다. 얼핏 보면 여러 나라를 돌아다니면서 여유 있고 낭만적인 삶을 구가한 것처럼 보이지만 실제는 출발 전의 어수선하고 번잡함 때문에 상당히 지친 상태로 로마에 도착하게 되면서 두 부부의 유럽에서의 삶은 극도의 피곤함으로 시작되었다.

『먼 북소리』

1986년 10월 6일에 쓴 에세이의 제목은 「벌은 날다」로 일본에서부터 하루키의 머릿속을 날던 벌이 로마에서도 계속해서 소리를 내며 날아다니고 있다는 내용인데, 당시의 그의 불안과 초조, 피로감이 완연하게 묻어 있다. 일본을 떠나 인간관계가 거의 없는 곳으로 가면 글쓰기에만 집중할 수 있을 것 같았지만 외국 생활에 적응하는 데 시간이 필요했고, 언어도 미숙하니 생각만큼 일이 진척되지 않았던 모양이다. 무엇보다 그의 불안감은 마흔 살에 대한 강박증에서 비롯된 것 같다. 마흔 살이 되기 전에 소설을 두 편 쓰고 싶다는 생각이 부담으로 작용했던 걸까, 일에 착수하지도 못한 채 이대로 영영 글을 못 쓰는 건 아닐까 하며 불안해한다. 그의 상태를 알려주는 다음 글을 보자.

내 머릿속에서는 아직 전화벨이 울리고 있다. 그것도 벌이 내는 소리의 일부이다. 전화다. 전화가 울리고 있다. 따르릉 따르릉 따르릉. 그들은 내게 여러 가지를 요구한다. 워드프로세서인지 뭔지 하는 광고에 나가라고 한다. 어느 여자 대학에서 강연을 하라고 한다. 잡지에 싣기 위해 자신 있는 요리를 만들라고 한다. 아무개를 상대로 대담을 하라고 한다. 성차별이니 환경 오염이니 죽은 음악가니 미니스커트의 부활이니 금연 방법이니 이런 것들에 대해 코멘트를 써 달라고 한다. 무슨 무슨 콩쿠르에 심사위원이 되어 달라고 한다. 다음 달 20일까지 '도시 소설'을 30매 써달라고 한다 (그런데 '도시 소설'이란 도대체 뭘까?).

1983년 2월에 발행된 「스튜디오 보이스」라는 잡지의 표지를 보면 앳된 얼굴의 하루키가 얼음을 머리에 얹고 있는 사진과, 본문에는 『양을 둘러싼 모험』을 패러디한 「얼음을 둘러싼 모험」이라는 내용으로 무려 12쪽에 걸쳐 하루키가 얼음을 들고 여러 가지 포즈로 찍은 사진이 게재되어 있다. 보기에 따라서는 좀 생경하기도 하고 우스꽝스럽기도 한 이런 표지는 위의 제이 루빈의 글에서 보았듯이 잡지사에서 무리하게 요구한 것이고 이런 요구들을 따르지 않으면 그야말로 밥줄이 끊

「스튜디오 보이스」 표지

「스튜디오 보이스」에 게재된 하루키 사진

길지도 모른다는 불안감에 응하지 않을 수 없었던 것이다. 이 이외

에도 이런 저런 기고문들, 더구나 자신의 본연의 직업과는 너무나 먼 이런 요구들이 바로 위의 인용문에서 하루키가 말한 '그들'=벌떼들의 요구이고 그것이 하루키 머릿속에 웅웅대며 날아다닌 것이다. 그가 로마에 정착하기로 마음먹은 것은 어쩌면 그런 벌떼와 벌의 소리를 제거하기 위함이 아니었을까?

그런데 여기까지는 오로지 하루키 쪽의 입장이고, 반대로 하루키를 바라보는 출판사의 입장은 어땠을까. 이에 대해 이안 부루마는 다음과 같이 이야기하고 있다.

나는 어느 출판사의 몇몇 편집자들과 회식한 적이 있다. 하루키의 책을 출판하고 있는 대기업 중 하나다. 하루키의 소설에 대한 의견은 각양각색이었다.

가장 나이가 위인 편집자는 하루키의 상상의 세계가 너무 좁고 현실 감각이 결여되어 있다는 의견이었다. 다른 편집자들은 좀 더 높게 평가하고 있었다. 하지만 하루키가 완고하고 고고함을 유지하고 있다는 점에 대해서는 의견이 일치했다. 편집자 중 한 사람이 웃으며 말했다. "하루키한테 내가 말했다고는 하지 마세요. 실은 부인이 문제에요. 모든 걸 좌지우지하니까." 그녀는 하루키의 대리인으로 행동하려고 하는 건 아닌지, 출판업계에 참견하려는 건 아닌지, 그는 그렇게 말했다.

다른 편집자는 하루키가 업계 구조를 잘 모른다고 했다. "편집자가 자기 편이라는 걸 모르면 안 돼요. 일본의 작가는 세계에서 가장 응석받이에요" 하고 말하는 것이었다.

이렇게 보면 하루키 편은 딱 둘, 즉 하루키와 부인 요코, 반대편은 출판사와 문단이라는 거대 군단, 즉 개인과 집단 간의 대결이라는 구조가 보인다. 어떻게 보면 대학도 졸업하기 전에 장사를 시작한 하루키는 조직에 몸 담은 적이 없기 때문에 그런 조직의 질서나 체계를 이해하기 어려웠을 것이다. 또한 권력을 가진 사람에 대해서는 중학교 이후로 거부감을 갖고 저항하게 되었고, 무엇보다 대학 시절의 학생운동에 회의적이어서 다른 사람과 연계한다는 것, 뭔가를 말로 거창하게 내세우는 것을 강하게 불신했다. 출판사나 문단은 큰 사회 조직이고 신진 작가에게는 거대 권력임에 틀림없으니 이에 순응하고 맞춰 나가는 것 자체가 애시 당초 불가능하지 않았을까.

하루키 부부의 성격은 정반대여서 카페 시절부터 과묵한 하루키는 주방에서 접시를 닦고 요리를 하고 재즈를 틀고, 활달한 성격의 요코가 손님 상대를 했다. 그런 의미에서는 요코 쪽이 일이나 사람에 대처하는 능력이 더 뛰어났을 것이고, 그렇기 때문에 출판사와의 관계에 있어서도 하루키는 요코의 조언을 신뢰하고 따랐을 것이다. 요코가 일을 잘했든 못했든 하루키로서는 믿을 사람이 요코밖에 없으니. 아무튼 현재까지도 하루키에 대한 관리는 부인 요코가 하고 있다고 알려져 있을 정도이다. 어떻게 보면 부인에 대한 무한한 신뢰로 보이지만, 다른 면에서 보면 그만큼 다른 사람을 못 믿는다는 의미로 해석되기도 한다.

부인 요코의 성격에 대해 조금 더 살펴보면, 이안 부루마는 전통적인 일본 부인들은 손님을 대할 때 그저 말없이 미소 지으며 상대방을 배려하는데 요코는 전혀 그렇지 않아 놀랐다고 한다. 그가 하루키와 인터뷰를 하러 자택을 방문했을 때 하루키가 차를 끓이러 자리를 비운 사이 요코는 이안 부루마에게 불쑥 "잘 아시죠? 하루키는 말을 못 해요. 절 사랑하는지 아닌지도 잘 모르겠어요." "하루키는 중국요리를 싫어해요. 라면 같은 거 보는 걸 질색해요. 하지만 하루키는 중국에는 아주 관심이 많아요." 요코는 이렇게 계속 뭔가 이야기를 한 모양인데 그에 대해 이안 부루마는 어떻게 대답을 해야 할지 몰라 그저 메모만 했다고 한다. 외국 사람인 이안 부루마가 당황할 정도인 걸 보면 요코 부인의 성격이 일반적인 일본 부인들과는 상당히 동떨어져 있다는 것을 알 수 있다.

어떻게 보면 외국사람에 대해 서양식 매너로 대접했을지도 모르겠지만 서양 사람이 이렇게 놀랄 정도면 일본 사람들은 또 얼마나 놀라겠는가. 위의 출판사 편집자들이 부인 요코에 대해 부정적인 평가를 하는 것은 요코의 이런 일본적이지 않은 태도 때문일 것이다. 이렇게 보면 하루키가 유럽행을 선택한 가장 큰 이유는 창작에 전념하기 위해서이겠지만 일본이라는 토양이 맞지 않는 두 부부에게 모두 필요했을지도 모르겠다. 아무튼 하루키 부부는 일본의 벌떼를 피해 유럽으로 가서 오직 둘만의 새로운 생활을 시작한다.

15
/
베스트셀러 『노르웨이의 숲』

『먼 북소리』를 보면 하루키는 1986년 10월 4일경에 로마에 도착해서 이곳을 근거지로 삼고 며칠 뒤에 아테네로 가서 한 달 정도를 살다가 다시 스펫체스섬에 들어가 한 달 정도, 다시 미코노스에서 한 달 반 정도를 보내고 1986년 12월 31일에 아테네를 출발하여 1987년 1월 1일 로마에 입성한다. 즉 세 달 동안 거의 한 달에 한 번꼴로 옮겨 다닌 셈이다. 그중 가장 긴 내용이 담겨 있는 것이 '스펫체스섬'에서인데 하

미코노스섬에서 풍로에 전갱이를 굽고 있는 모습(「무라카미 하루키 북」 문학계 임시증간 (1991년 4월호)

루키의 일상은 아침 7시 30분에 일어나서 아침 식사 준비를 하고 – 요코 부인은 아침에 일찍 일어나기 힘들어해서 아침 준비는 하루키가 한다 – 식사를 마친 뒤에는 집 근처를 짧게는 40분, 길게는 100분 동안 달리고 돌아와서 샤워하고 일하기 시작한다. 이 여행에서 하루키가 목표로 한 것은 번역 두 편과 여행 스케치, 새로운 장편소설이었다. 오전 11시경까지 일하고 아내와 산책 겸 쇼핑을 하고 집에

들어와 점심 식사를 한다. 저녁 6시경에 부인이 준비한 저녁 식사를 마치고 저녁 10시에 잠자리에 든다. 조금은 단조로운 생활이었지만 그래도 마음은 평온한 듯 추운 밤에 난롯불을 피우며 다음과 같이 기록하고 있다. '전화도 걸려오지 않고 마감 날도 없고 텔레비전도 없다. 아무것도 없다. 눈앞에서 타닥타닥하고 불꽃이 튈 뿐이다. 기분 좋은 침묵이 사방에 가득하다. 포도주를 한 병 비우고 위스키를 한 잔 스트레이트로 마시면 슬슬 잠이 온다. 시계를 보니 이제 10시다. 그대로 포근하게 잠 속으로 빠져든다. 뭔가를 열심히 했던 하루 같기도 하고 아무 일도 하지 않은 하루 같기도 하다'

스펫체스섬의 다음 일정은 미코노스섬이었는데 여기에서 한 달 반 동안 체류하면서 훗날 베스트셀러가 될 『노르웨이의 숲』을 집필하기 시작한다. 『먼 북소리』에 따르면 C. D. B. 브라이언(Courtlandt Dixon Barnes Bryan)의 『위대한 데스리프』를 번역하고 그 뒤엔 스펫체스섬에서의 생활에 대해 쓰고 그 이후 소설을 쓰기 시작했다고 되어 있다. 원래는 400자 원고지로 300매에서 350매 정도의 산뜻한 소설을 쓸 작정이었는데 100매 정도 써보니 그 정도 양으론 끝나지 않을 것 같았고 결국 완성된 것은 900매 정도였다고 한다. 그런데 이런 중요한 일을 했던 미코노스섬에서의 생활은 단조롭고 날씨는 춥고 비가 많이 오고 비수기의 그리스 섬에는 이들 부부를 빼고는 외지인이 전혀 없을 정도로 아주 쓸쓸하고 외로웠던 것 같다. 일상에 대한 기록도 극히 짧고 그 대신 다음과 같은 글이 눈에 띈다.

이 한 달 반이라는 기간은 나에게 도대체 어떤 의미가 있었을까 하고, 이철 지난 에게해의 섬에서 나는 대체 무엇을 했던 걸까, 잠시 동안 거기에 대해 생각해 보지만 아무 생각도 나지 않는다. 진짜로 생각이 나지 않는다. 내 머리에는 군데군데 구슬 같은 공백이 생겨 있다.

어휴 도대체 뭘 했더라?

어떤 의미에서 나는 갈 곳을 잃었다. 끝없는 러시아의 설원을 터벅터벅 계속 걸어가는 피폐한 병사처럼. (중략)

그러나 물론 잠시 후 나는 생각해 낸다. 내가 이곳에서 지금까지 했던 일들을. 나는 여행 스케치 같은 글을 몇 편 썼다. 번역도 끝냈다. 장편소설도 처음 몇 장을 썼다. 나쁘지 않은 성과라고 생각한다. 그럼에도 불구하고 어떤 의미에서는 나는 방황하고 있다. 내 자신이 몹시 방황하고 있다고 느낄 때 나는 있는 힘껏 돌벽을 걷어차기도 한다. 말하자면 어찌할 바를 모르는 것이다. 그리고 그렇게 걷어차 버린 후에야 그래봐야 발만 아플 뿐이라는 사실을 깨닫는다, 백스물다섯 번째쯤 해서. (중략)

내가 방황하는 것은 내가 고향을 멀리 떠나왔기 때문이 아니다, 내가 방황하는 것은 내가 나 자신에게서 멀리 떨어져 있기 때문이다. 그리고 오늘 나는 멀리 나 자신으로부터 떨어진 장소에서 또다시 조금 이동하려 하고 있다.

위의 문장은 미코노스섬을 떠나며 쓴 글인데 그의 복잡한 심정이 고스란히 드러나 있다. 여러 가지 원인이 있겠지만 무엇보다도 일본을 떠나 유럽의 여기저기를 떠돌고 있는 자신에 대한 불안감이 커 보인다. 잘 하고 있는 걸까? 잘 될까? 이런 막연한 불안감이 하필이면 겨울철 비수기에 춥고 비가 자주 내리는 미코노스섬의 자연환경과 맞물리며 더욱 우울한 기분을 느끼게 했던 것 같다.

그렇게 어두웠던 그리스를 뒤로 하고 1987년 1월 1일을 로마에서 맞이하고 시실리의 팔레르모에서 한 달 정도 아파트를 빌려 살게 된다. 하지만 조용했던 그리스의 생활과는 너무나 대조적인 팔레르모의 생활 또한 굉장히 불편했다. 지저분한 도시, 무표정한 사람들, 지나치게 많은 차량과 소음, 도시 곳곳에 방탄조끼를 입은 경찰들, 풀어 놓은 개들 때문에 조깅도 어려운 점 등 하나에서 열까지 마음에 드는 게 없었던 게 다음 글에서 느껴진다.

이런 도시에서 한 달을 살았다. 그리고 그동안 계속 『노르웨이의 숲』을 썼다. 대략 60퍼센트 정도까지는 여기에서 썼다. 미코노스와는 달리 날이 어두워지면 밖으로 산책하러 나가지 못하는 것이 고통이라면 고통이었다. (중략)

매일 계속해서 소설을 쓰는 일은 고통스러웠다. 때때로 내 자신의 뼈를 깎고 근육을 씹어 먹는 것 같은 기분조차 들었다(그렇게 대단한 소설은 아니지 않은 가? 하고 생각하는 사람도 있을 것이다. 하지만 쓰는 쪽에서는 이런 느낌을 갖게 된다). 그렇지만 쓰지 않는 것은 더 고통스러웠다. 글을 쓰는 것은 어려운 일이지만 글은 써지기를 원하고 있다. 그럴 때 가장 중요한 것은 집중력이다. (중략)

매일 머리가 만성적으로 띵했다. 문득 정신을 차리면 종종 머리에 피가 몰린 듯 의식이 가물가물했다.

나는 별로 꿈을 꾸지 않는 편인데 그때는 자주 이상한 꿈을 꾸었다.

포도주 병에 새끼 고양이 시체가 들어 있는 꿈을 꾸었다. (중략) 그리고 판다 카레 꿈도 꾸었다. 일반적인 카레 위에 작은 판다가 통째로 얹혀 있는 꿈이다. 그것을 포크로 찍어서 먹는다. 오도독 오도독 소리가 나는 딱딱한 고기다. 한 입 먹었을 때 확하고 잠에서 깼다. 지금 생각해도 기분 나쁜 꿈이다.

원래 하루키는 로마가 굉장히 시끄럽고 무질서하다고 느꼈었는데 더 시끄러운 팔레르모에 한 달 반이나 있던 덕분에 로마가 평화로운 도시로 느껴질 정도였다. 드디어 3월 7일에는 5시 반에 일어나 조깅을 하고 그 후부터 쉬지 않고 17시간을 원고에 매달려 늦은 밤에 『노르웨이의 숲』의 제1고를 완성한다. 일기에는 '아주 좋다'고 짧막하게 쓴 감상이 남아 있다. 완성된 직후에 고단샤(講談社)의 담당자인 기노시타 요코(木下陽子)에게 전화를 걸어 소설이 완성되었다는 것을 알린다. 그리고 4월 초순에 볼로냐에서 열리는 북페어에 참가할 예정인 고단샤의 직원 편에 원고를 전해주기로 한다.

『노르웨이의 숲』의 탄생의 비하인드 스토리를 살펴보면 원래 이 작품의 베이스는 하루키가 1984년에 발표했던 「반딧불이」라는 단편이다. 그런데 이때 편집 담당이었던 기노시타 요코가 "「반딧불이」를 좀 길게 쓰면 어떨까요? 그 작품이 너무 좋아서 그걸 길게 읽고 싶어요. 그 뒤를 읽고 싶어요."라고 요청했고, 이 요청을 받아들여 하루키가 장편으로 쓰기 시작했던 만큼 그녀는 작품 탄생에 있어 1등 공신이라고 할 수 있다. 제2고는 3월 26일에 완성되었는데 아직 컴퓨터가 보편화하기 전이라 손으로 원고를 쓰는 것이어서 제2고가 완성될 무렵에는 오른손이 저려서 손가락을 움직이지 못할 정도였다,

책 제목은 처음에는 「빗속의 정원」이라고 지었다. 드뷔시의 피아

노곡 「판화」 중 첫 번 째 곡인 「비의 정원(Jardins sous la pluie)」에서 따온 것인데 제목을 이것으로 할지 다른 것으로 바꿔야 할지 고민하다가 부인 요코에게 물었더니 "『노르웨이의 숲』이 낫지 않을까?"하고 제안한다. 하루키는 이 제목이 그다지 마음에 들지 않았지만 주변 사람들이 모두 여기에 찬성해서 원고를 넘기기 이틀 전에 변경한다. 「노르웨이의 숲」은 비틀즈가 1965년에 발표한 곡인데, 당시 요코는 비틀즈의 노래는 들어본 적은 없고 느낌상으로 그렇게 말한 것이었다. 재미있는 것은 고단샤의 편집자의 이름도, 부인의 이름도 공교롭게 요코(陽子)라는 같은 이름이라는 점이고, 그런 의미에서 하루키의 『노르웨이의 숲』은 요코라는 두 여성에 의해 탄생한 작품이라고 할 수 있다.

드디어 1987년 9월에 『노르웨이의 숲』이 고단샤에서 상하 두 권으로 간행되는데 간행 당시에 200만 부가 팔렸고, 32년이 지난 2009년 8월 5일 시점에 1000만 부 이상—정확하게는 10,003,400부—판매된 것으로 집계되었다. 책 표지의 색깔도 하루키가 직접 골랐는데 빨강과 초록의 크리스마스 컬러로, 이 표지가 당시에 별로 책을 읽지 않는 20대 여성들에게 인기가 있어서 책의 판매에 영향을 미쳤다고 한다. 띠지에 들어간 문구 '100퍼센트 연애소설' 역시 처음엔 '이것은 100퍼센트 리얼리즘 소설입니다'라고 쓰고 싶었지만 그렇게 쓸 수가 없어서 '연애소설'이라는 복고풍의 단어를 사용했다고 밝히고 있다. 창작 의도에 대해서는 이례적으로 작품에 후기를 실었는데 그러나 이 후기는 문고판이나 전집을 만들 때는 모두 삭제되었다.

나는 원칙적으로 소설에 후기를
쓰는 것을 좋아하지 않지만, 이 소설
은 그것이 필요할 것 같다.

우선 첫 번째로 이 소설은 5년 전
쯤에 내가 쓴 「반딧불이」라는 단편
소설이 축을 이루고 있다.

『노르웨이의 숲』

두 번째 이 소설은 지극히 개인적
인 소설이다. 『세계의 끝과 하드보일드 원더랜드』가 자전적이라는 것과 같
은 의미로, F 스콧 피츠제럴드의 『밤은 부드러워』와 『위대한 개츠비』가 내
게 있어 개인적인 소설이라는 것과 같은 의미로 개인적인 소설이다. 아마
그것은 일종의 정서의 문제일 것이다. (중략)

세 번째 이 소설은 남유럽에서 썼다. 1986년 12월 21일에 그리스 미코노
스섬의 빌라에서 쓰기 시작해서 1987년 3월 27일에 로마 교외의 아파트먼
트 호텔에서 완성했다. (중략)

네 번째 이 소설은 나의 죽은 몇 명의 친구와 살아 있는 몇 명인가의 친구
에게 바친다.

2004년에 간행된 『무라카미 하루키 전작품 1979−1989⑥ 노르웨
이의 숲』 안에 실린 「자작을 말한다」에는 위의 내용에서 첫 번째부
터 세 번째는 빠지고 네 번째에 대해서만 언급하는데 위의 내용에
조금 보태서 "이 이야기는 기본적으로 캐주얼티즈(희생자들)에 대한
이야기이다. 그것은 내 주변에서 죽어간 혹은 상실되어 간 적지 않
은 희생자들에 관한 이야기이자 혹은 내 자신 속에서 죽고 사라져

간 적지 않은 희생자들에 관한 이야기이다"라고 이야기하고 있다.

앞에서도 잠깐 언급했지만 문제는 이 작품이 하루키의 첫 리얼리즘 소설이고 등장인물들에게 이름이 부여되어 있다는 점-참고로 이전 작품들에서 주인공들은 쥐, 양박사, 귀모델과 같이 기호나 별명, 신체적 특징으로 불리고 있다-작품의 시간적, 공간적 배경이 하루키의 대학 시절과 거의 같고 여자 주인공 나오코와 미도리가 현실적인 점 등이 작가 스스로 자전적이라고 말한 후기와 맞물리며 가십을 만들기 좋아하는 일본 매스컴에 좋은 먹잇감을 제공하게 된다. 다시 말해 이 작품은 하루키의 자전적 소설이고 남자 주인공 와타나베=하루키, 여주인공 나오코=고베고등학교 시절의 여자친구 K, 미도리=부인 요코라는 식의 사소설로 풀이가 되면서 이에 대한 엄청난 호기심이 언론을 도배했다.

특히 '미도리=요코 부인'이냐는 질문에 대해 하루키는 「노르웨이의 숲의 비밀」이라는 인터뷰에서 "겹치는 데가 많은 것 같네요. 하지만 전혀 달라요" "몇 명인가 제가 아는 인물들을 섞어 만들었어요."라고 대답했다. 이 인터뷰 직전에는 첫 번째 독자인 요코가 『노르웨이의 숲』에 대해서는 아무런 이의를 제기하지 않았다. 이 작품은 그런 소설이 아니다. 그걸로 이미 완성된 소설이다. 그러니까 아내도 읽고 나서 아무 말도 하지 않았다는 의미심장한 발언을 한다.

이런 말들이 어떤 의미인지는 모르지만 히라노 요시노부 씨는 하루키의 에세이 『먼 북소리』의 내용 중에 『노르웨이의 숲』의 집필 기간이었던 미코노스와 시실리에 대한 글이 너무 짧고, 그 다음 해,

즉 1988년과 1989년은 「1988년, 공백의 해」, 「1989년, 회복의 해」라는 장 제목을 단 것에 대해 의미를 부여한다. 특히 1988년에 대한 기록은 내용이 기묘하고 분량 또한 이상하리만치 적다는 점에 있어서 『노르웨이의 숲』 발표 이후의 일대 소란으로 두 부부 사이에 이상함이 감지된다고 보고 있다. 『먼 북소리』에 따르면 하루키는 부인과 함께 1987년 6월에 『노르웨이의 숲』의 교정을 보기 위해 일본으로 잠깐 들어왔다가 10월 8일에 아테네로 가서 11일에 '국제 아테네 평화 마라톤'에 참가하여 3시간 40여 분의 기록으로 완주한다. 로마에서 크리스마스와 연말을 맞이하고 12월 17일부터 차기작인 『댄스 댄스 댄스』를 쓰기 시작하는데 날씨가 너무 추워 이들 부부가 유럽에서 보낸 3년의 기간 중에 이때가 가장 끔찍한 시기였다고 되어 있다.

그런데 1988년 3월에는 무슨 이유에서인지 부인 요코 혼자 일본으로 돌아간다. 이때 런던을 경유하게 되어 하루키 혼자 런던에서 3월 한 달을 지내는데 하루키 왈 '어딘가 이상한 한 달'을 보낸다. 3월 24일에 100일 만에 『댄스 댄스 댄스』를 완성하고 4월에 일본으로 돌아가 책의 출판을 위해 원고를 점검하고 그해 가을에 있을 터키 여행을 위해 큰맘 먹고 자동차 면허를 획득한다. 모든 일이 계획적으로 잘 추진되고 있는 것처럼 보이지만 확실히 심정적으로는 뭔가 불안한 상황이었던 것 같다. 항상 어디를 가도 같이 동행하던 요코 부인이 혼자서 일본에 돌아간 것도 의외이고 아무튼 하루키는 이 해에 대해 다음과 같이 이야기한다.

돌이켜보면 이 해는 우리 부부에게 그다지 좋은 해는 아니었던 것 같다. 일본으로 돌아오자 『노르웨이의 숲』은 엄청난 베스트셀러가 되어 있었다. 줄곧 외국에 있어서 국내 사정을 잘 몰랐기 때문이기도 하지만 오랜만에 일본에 돌아와 자신이 유명인이 되었다는 것을 알고 나는 뭐랄까, 좀 어안이 벙벙해졌다. 신문의 베스트셀러 목록을 보면 어느 서점에서나 『노르웨이의 숲』이 1위였다. 고단샤 사옥에는 빨간색과 초록색의 화려한 현수막이 걸려 있었다. 나는 볼일이 있어 가끔 에도가와바시(江戸川橋)에서 고코쿠지(護国寺)까지 지나가야 했는데 그 현수막을 볼 때마다 너무 부끄러워서 늘 못 본 척했다. (중략)

　그렇지만-이런 말을 하는 게 분수에 안 맞고 오만하다는 건 알고 있지만 그래도-나는 일종의 안타까움에서 벗어날 수가 없었다. 무엇이 안타까운지는 잘 모르겠지만 아무튼 어쩔 수 없을 정도로 안타까웠다. 어디를 가도 내가 있을 곳을 찾을 수 없을 것 같았다. 여러 가지 것들을 잃어버린 것 같은 기분이 들었다. (중략)

　아주 이상한 일이지만 소설이 10만 부 팔렸을 때 나는 많은 사람들에게 사랑받고 호감을 받으며 지지를 받고 있는 것 같은 느낌이 들었다. 그런데 『노르웨이의 숲』이 백몇십만 부나 팔리고 나자 나는 굉장히 고독했다. 그리고 내가 많은 사람들에게 미움을 받고 있는 것처럼 느꼈다. 왜 그랬을까? 표면적으로는 모든 일이 잘되어 가는 것처럼 보였지만 실제로는 그때가 내게는 정신적으로 가장 힘든 시기였다. 몇 가지 안 좋은 일, 재미없는 일도 있고 해서 마음이 굉장히 냉랭해져 있었다. 지금 생각해 보면 결국 나는 그런 상황에 놓이는 것이 체질에 맞지 않았던 것이다. 그런 성격도 못될뿐더러 그런 그릇도 되지 못했다.

그 시기에 나는 지치고 혼란스러웠고 아내는 건강이 안 좋았다. 글을 쓸 마음이 생기지 않았다.

글을 요약하면 1988년 한 해가 하루키와 요코 부인에게 별로 좋지 않은 한 해였다. 이유는 몇 가지 안 좋은 일 때문에 지치고 혼란스러웠고 그 때문에 베스트셀러 작가가 됐지만 기쁨을 느끼기보다는 오히려 지치고 고독했다는 것이다. 생각해 보면 데뷔해서 10년도 안 된 사이에 책이 100만 부 이상 팔린다면 기쁘기도 하겠지만 겁도 나지 않았을까. 인기를 이어가기 위해 앞으로 어떻게 해야 할지 등등 고민도 많았을 것이고, 게다가 부인은 아프기까지 하니 작가로서 성공했다는 기쁨보다 현실적인 고통이 더 크게 다가왔음에 틀림없다.

또 한 가지는 문단의 반응을 무시할 수 없을 것이다. 데뷔 초부터 하루키에 대한 비평은 비판적인 것뿐이었는데, 하루키 본인이 별로 듣고 싶어 하진 않겠지만, 예를 들면 『양을 둘러싼 모험』에 대해 '잡지로 말하면 「BRUTUS」나 「다카라지마(宝島)」 같은 것을 읽고, 문예지 같은 건 거의 안 읽는 독자층의 자연 발생적인 인기가 이 소설을 지탱하고 있다' '그의 출현으로 문학이 사상성에서 멀어지는 경향이 가속화됐다'라는 등 주로 전통적인 순문학을 우위에 두고 하루키의 작품을 대중문학으로 위치 지으며 가벼운 소설로 취급하는 평들이 대부분이었다. 『노르웨이의 숲』 발표 후를 보면 스즈무라 가즈나리는 하루키의 등장으로 그때까지 엄연히 존재했던 순문학과 대중문학의 경계가 모호해지고 용해되었다고 지적했다. 그러면서 『노르웨이의 숲』에 대해서는 사소설적인 면을 허구로 전환시켜 가짜 자서전 같은 걸 쓰고 있는 게 아닌가 하는 의문을 던졌다. 사소설이란 근대 일본에 유행하던 「문학 사조」로 작가 자신의 이야기를 주제로 삼은 자기 고백, 자기 폭로형 문학을 일컫는다. 실제로 일어난 일을 소재로 하는 것이라 문학적 위상은 높지 않은데 하루키가 자기의 자전적 이야기를 소재로 픽션화시킨 것이 아닌가 하는 논란이 이어진 것이다. 이런 여러 가지 상황에 대해 하루키 부부도 모를 리가 없었을 것이고 그에 대한 스트레스가 요코의 건강을 해치고 하루키를 허탈하게 만든 '공백의 해'가 된 것이리라.

1988년 8월에 하루키는 부인 요코를 일본에 남겨둔 채 로마로 돌아와 마쓰무라 에이조(松村映三)와 한 달 반 동안 터키 취재를 떠나는데 취재를 마칠 무렵에는 육체적으로 대단히 힘들었지만 군살도 빠지고 얼굴도 시커멓게 탄다. 그리고 드디어 10월 어느 날 부인 요코가 로마로 돌아오게 된다.

해가 바뀌고 하루키가 만 40세가 되던 1989년에는 『먼 북소리』의 장 제목이 「1989년, 회복의 해」로 되어 있듯이 『노르웨이의 숲』으로 한바탕 몸과 마음의 전쟁을 치렀던 하루키 부부가 다시 원래의 일상으로 돌아가는 과정이 그려 있다. 이야기의 톤도 1988년 이전과 비슷한 것으로 보아 어느 정도 정신적인 안정을 되찾은 것 같다. 그리고 7월에는 부부가 자동차로 독일 남부와 오스트리아 여행을 마치고 10월에 일본으로 돌아온다. 만 3년의 외국 생활을 완전히 접고 일본으로 돌아온 것이다.

16

/

재탈출과 리세팅

3년간의 타지 생활 동안 하루키 부부는 아는 사람도 거의 없고 언어도 부족하고, 거주자도 아니고 관광객도 아닌 '상주하는 여행자'라는 어중간한 위치에서 철저하게 고독하게 살았다. 일본을 떠날때는 일본의 폐쇄적이고 집단적이고 획일적인 사회와 문단이 싫어서 떠났지만 그렇다고 유럽에서의 철저히 개인적인 삶이 이상적이었나 하면 그렇지 않았던 것이다. 그렇기 때문에 3년 여의 로마와 그리스 생활을 접을 때는 다시 돌아오지 않을 생각으로 완전히 살림살이를 철수한다. 3년 만의 도쿄를 보고 하루키가 느낀 인상은 어떤 것이었을까.

확실히 3년 사이에 무척 많은 것이 변했다. 나 자신이나 나를 둘러싼 환경도 상당히 변했고 일본이라는 나라도 상당히 변했다. 그 결과 이 3년 사이에 나와 일본이라는 나라 간에는 어떤 종류의 괴리감이 생겨나기도 했고 동시에 친근감이 생겨나기도 했다. (중략)

다만 한 가지 내가 분명히 말할 수 있는 것은 이 3년 사이에 일본 사회의 소비 속도가 믿을 수 없을 정도로 가속화되었다는 사실이다. 오랜만에 일본에 돌아와서 가장 먼저 느낀 것이 바로 그것이다. 나는 그 어마어마한 가속도를 보고는 정말로, 아무 과장 없이 그저 망연자실해졌다. 나도 모르게 몸이 굳어 버린 것이다. 그것은 내게 거대한 수탈 기계를 연상시켰다. (중략)

일본으로 돌아와서 한동안 나는 거의 일을 할 수가 없었다. 왠지 머리가 멍해 있었다. 마치 중력이 달라진 것처럼 느껴졌다. 한 달가량 나는 하는 일 없이 멍하니 시간을 보냈다. 나는 내가 있는 곳에서의 내 자격에 대해 이것저것 생각했다. (중략) 그러나 책상에 앉아도 글이 떠오르지 않는다. 쓰기 시작했던 단편소설은 그대로 방치되어 있었다. 아침에 일어나 워드프로세서를 켜고 화면을 지그시 노려보지만 전혀 이미지가 떠오르지 않았다.

3년이란 세월이 길다면 길고 짧다면 짧은 시간인데, 사실 하루키는 유럽에서 체류했다고는 해도 로마에서 보낸 시간을 제외한 대부분의 시간이 사람도 없는 바닷가 섬들이었고, 신문도 안 보고 텔레비전도 없이 보냈기 때문에 세상이 어떻게 돌아가는지도 잘 모르고 있었다. 그에 반해 일본은 1986년부터 1991년까지가 부동산과 주식이 폭등했던 거품 경제 시기로 돈이 넘쳐나는 호경기였고 그리스의 섬에서의 생활과는 극단적인 대조를 이루는 상황이었다. 그러니 서서히 일본 사회에 익숙해진 것도 아니고 외지에서 온 하루키로 보면 그 변화에 적응하기가 쉽지 않았던 것이다. 어떻게 보면 극단적으로 고립된 생활을 했던 그리스 시절이 하루키가 창작하는 데 있어서는 최적지였을지도 모르겠다. 그 자신도 만약 도쿄에서 『노르웨이의 숲』을 썼다면 깊이가 다른 작품이 되었을 것이라고 말하듯이.

그가 유럽으로 떠나기 전에 목표로 세운 것이 마흔이 되기 전에 장편소설을 2개 정도 쓰고 싶다는 것이었는데 그것이 바로 『노르웨이의 숲』과 『댄스 댄스 댄스』였다. 마흔 전의 인생 계획은 물론 험난한 여정이기는 했지만 예정대로 실행되었고, 마흔 이후에는 일본에서 창작을 하려고 돌아왔는데 막상 돌아와 보니 3년 전과 그리 달라지지 않은 사회 상황, 아니 오히려 질식할 만큼 거대해진 사회 시스템에 질려 버렸던 것이다. 그렇게 해서 그는 제2의 창작기를 일본이 아니라 또 다른 어딘가에서 해야겠다고 생각하고 다시 한번 일본 탈출을 결심하게 된다.

하루키는 1989년 10월에 일본으로 돌아오자마자 바로 뉴욕으로 가서 한 달 반 정도를 체류하는데 바로 『양을 둘러싼 모험』의 영어판이 '고단샤 인터내셔널(KI)'에서 간행되었기 때문이다. 그리고 이것을 계기로 하루키는 소설가로서 제2의 도약을 꿈꾸는데 그것은 바로 세계적인 작가로서의 성공이다. 하루키는 자주 모든 일에 '물때'가 있다고 하며 적절한 타이밍과 운에 대해 언급하는데 그런 면에 있어서는 가장 혜택을 받은 작가라고 할 수 있을 것이다. 고단샤 인터내셔널은 일본 고단샤의 미국 지사로, 사장은 시라이 테쓰(白井晢)라는 일본 사람이었지만 미국인 스탭들이 자유롭게 일하도록 해주는

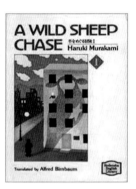

영어판 『양을 둘러싼 모험』

알프레드 번바움

타입이었다. 편집은 엘머 루크라는 중국계 미국인이 맡았는데 특히 알프레드 번바움(Alfred Birnbaum)이라는 번역가의 신선한 번역 덕분에 미국 시장에 첫선을 보이는데 성공한다. 일본의 출판 문화와는 다른 탓도 있었겠지만 하루키는 이때 굉장한 흥분과 기대를 품었던 것 같다. 『직업으로서의 소설가』에 보면 이 당시를 회상하며 '전원이 뉴요커, 그야말로 에너지가 넘치고 유능해서 함께 일하면서 무척 재미있었다. 그 시절의 이런저런 일들은 내겐 정말 즐거운 추억이다'라고 쓴 것만 보아도 알 수 있다.

하지만 첫 작품이기 때문에 상업적인 성공을 거둔 것은 아니었다. 하루키는 KI의 사람들 앞에서 "일본에서 신세 진 출판사를 존중하고 싶다. 하지만 해외에서는 가장 폭넓게 독자에게 전달될 방법으로 하고 싶다."고 말한다. 풀어서 말하자면 일본에서 자기가 신세를 졌던 고단샤 출판사의 출판 방향에 대해 존중한다, 하지만 미국에서는 일본식이 아니라 미국식의 적극적인 마케팅으로 더 많은 독자를 확보하고 싶다, 쉽게 말하면 KI가 좀 더 적극적으로 마케팅을 해 달라는 뜻이었다. 이 말을 들은 사장 시라이는 "이런 말을 하는 일본 작가는 없습니다. 대개는 영어판이 나오는 것만으로 만족하죠. 하루키는 진출 당시부터 세계를 직시하고 순수하게 자기 작품이 전 세계에서 읽히기를 바랐던 거겠죠" 하고 당시를 회상한다. 어찌 보면 데뷔 10년 만에 해외 진출이란 그 자체만으로도 대단한 일인데 거기에서 한발 더 나아가 해외 시장 확대까지 염두에 두었다고 하니 하루키라는 작가는 야망이 없는 소박한 작가처럼 보이지만 나름대로는 미래에 대한 계획을 철저히 준비하고 있었던 것 같다.

해외에서 작품이 평판을 얻기 위해서는 여러 가지 방법이 있겠지만 가장 중요한 것은 매스컴을 통한 광고일 것이다. 『양을 둘러싼 모험』은 평판이 좋아 「뉴욕타임즈」에 기사가 나가고 당시 잡지 「뉴요커」의 편집위원이었던 존 업다이크는 「뉴요커」에 호의적인 장문의 논평을 실어준다. 그 후에도 「뉴요커」에는 하루키의 단편소설 몇 편이 소개되지만 거기에서 한 단계 나아가지는 못한다. 이 시점에서 하루키는 미국에서 알게 된 지인들을 통해 미국에서 성공하려면 미국 에이전트와 계약하고 미국 쪽 대형 출판사에서 책을 내야 한다는 충고를 듣는다. 고단샤 아메리카(KA)(고단샤 인터내셔널의 바뀐 이름)는 일본 출판사인 고단샤의 미국 지사 격의 회사이고 그러다 보니 미국 내의 출판 시장에서 대형 출판사와 어깨를 나란히 하는 것은 자금적인 측면으로나 지명도로나 힘들 수밖에 없었다. 결국 하루키는 KA가 아닌 다른 에이전시와 출판사를 직접 발로 뛰어다니며 찾아다닌 끝에, 대기업 에이전시인 ICM(인터내셔널 크리에이티브 매지니먼트), 담당자는 어맨다 어본(통칭 빈키), 출판사는 랜덤하우스 휘하의 크노프(대표는 서니 메타), 편집자는 게리 피스켓존으로 결정하는데 이 세 명의 출판인은 모두 미국 문예계에서는 슈퍼 톱클래스의 사람들이었다.

하루키는 아는 사람들의 '연줄'에 의지해서 다양한 사람들과 면담하고 '이 사람이라면 괜찮겠다' 하고 생각되는 상대를 선택한 것이라고 하는데, 조금 다른 이야기로는 에이전시의 담당자가 된 빈키 쪽에서 하루키의 에이전시를 맡기 위해 먼저 연락했다고 한다. 이야기는 『양을 둘러싼 모험』의 출판 직후, 뉴욕 중심가에 하루키와 레이몬드 카버의 아내이자 작가인 테스 갤러거, 토바이스 울프,

제이 맥키너니와 같은 미국의 유명 작가들이 모였다. 이 자리에는 KI 사람들도 함께했는데 편집자인 엘마 루크에 따르면 "하루키는 기쁜 듯이 그들과 이야기하고 가족 같은 느낌이었다."라고 한다. 그에 따르면 빈키가 일본에서 『노르웨이의 숲』으로 히트를 치고 미국의 출판업계에서도 주목하기 시작한 하루키의 에이전시가 되기 위해 루크에게 접근하여 이 모임을 만들어 낸 것이라고 한다. 어떤 것이 사실인지는 모르지만 아무튼 하루키도 미국 시장을 개척하고자 마음먹고 발로 뛰어다녔고 거기에 운 좋게 실력 있는 사람들과 연계가 되어 미국 내에서의 하루키의 위치가 올라가게 된 것만은 확실해 보인다. 그는 일본에서 등단할 당시에 했던 일을 40세에 미국에서 '신인 상태'로 리세팅한 것이다.

그리고 드디어 그러한 여러 가지 노력의 결과 1990년 「뉴요커」에 하루키의 단편 「TV피플」이 연재되고 그 후 25년 동안 총 스물일곱 편의 작품이 실리게 된다. 「뉴요커」는 미국의 콘데나스트 퍼블리케이션즈가 발행하는 잡지로 1925년에 창간된 명문 잡지이다. 단편소설과 시, 에세이 등 다양한 작품을 게재하지만 까다로운 게재 기준으로 정평이 나 있는데 하루키의 작품은 그런 관문을 뚫고 계속해서 실리면서 미국 독자를 확보할 수 있게 된다.

미국 시장을 개척하기로 마음먹은 데 대해 하루키는 『직업으로서의 소설가』에서 일본 경제가 호조를 보여 출판계도 활황을 누리던 때라 돈이 남아돌았고 광고 같은 것이 얼마든지 들어와서 그런 '부식거리'만으로도 충분히 먹고 살 수 있었지만 일본에 있다가는 망가져 버릴 것 같았고, 좀 더 팽팽하게 긴장된 환경에 자리 잡고 새로운 프론티어를 개척하고 싶었다고 밝히고 있다. 또 한 가지는 일본 내에서의 비판에 대한 저항도 있었다.

하루키 자신은 '결함 있는 소설'을 쓰기 때문에 남들이 뭐라든 개의치 않았지만 그런 비판 가운데는 사생활까지 파고들어 사실도 아닌 일을 사실처럼 써가며 개인적인 공격까지 하는 것들이 있었다. 그리고 그것을 하루키는 동시대 일본 문학 관계자들(작가, 비평가, 편집자 등)이 욕구 불만을 발산한 것이라고 평가한다. 이들은 하루키를 순문학을 파괴한 장본인으로 폄하하며 마치 백혈구가 바이러스를 공격하듯이 일본 문단 내에서 배제했다.

'하루키의 글은 기껏해야 외국 문학의 재탕이다. 일본에서나 통할 것이다'는 비판에 대해서는 심하게 불편했었던 듯 '그래 그럼 어디 외국에서 통하는지 어떤지 시험해 보자'라는 도전적인 마음이 일었다고 한다. 또한 국내 비평계에서 실컷 두들겨 맞은 것이 해외 진출의 계기가 된 셈이니 오히려 욕을 먹은 게 행운이었나 보다고 웃으며 덧붙인다. 『양을 둘러싼 모험』 이후 해외에서의 성공에 대해 폐쇄적인 일본 문단은 이번에는 하루키의 소설이 해외에서 잘 팔리는 이유는 번역하기 쉬운 문장인 데다가 외국인이 알아먹기 쉬운 이야기이기 때문이라는 식으로 평가를 하며 그의 성공에 대해 여전히 냉랭한 분위기를 유지했다.

17
/
슬픈 외국어

1989년 10월에 일본으로 돌아와 1990년까지 마라톤에 참가하고 번역을 하던 하루키는 1991년 2월에 뉴저지의 프린스턴 대학에 객원 연구원으로 초대되어 미국으로 건너간다. 1984년에 이미 이 대학을 방문한 적이 있던 하루키는 그때 받았던 인상이 꽤 좋았는지 미국 내에서 출판을 진행하던 1989년에 KI의 편집자 엘머 루크에게 이 대학에서 누구한테도 방해받지 않고 느긋하게 소설을 써보고 싶다고 지나가는 말로 이야기한다. 엘머 루크는 프린스턴대학에서 일본사를 가르치던 마틴 콜컷 교수에게 이 말을 전하고 마틴 교수가 일사천리로 진행해 주어 오게 된 것이다. 1989년 뉴욕에 와서 이야기가 되고 1990년 가을에 초청이 확정되고 1991년 1월에 비자를 받았다고 하니 그야말로 속전속결로 진행되었음을 알 수 있다.

그런데 하필 그 시기가 걸프전이 일어나는 중이었고 전쟁 중인 나라에 간다는 게 썩 내키지는 않았지만 이미 모든 수속이 다 끝난 상태라 어쩔 수 없이 갈 수밖에 없었고 결과적으로는 그 당시 미국의 '애국적이고 전투적인 분위기'가 유쾌하지만은 않았다. 그래도 2월 28일에 걸프전은 종전이 되어 다행이라고 가슴을 쓸어내릴 무렵에 이번에는 진주만 공격 50주년 기념(1991년 12월 7일)을 앞두고 미국 전역에 반일 감정이 고조되었고 그런 소용돌이 속에서 생활하는 것이 꽤나 힘들었다.

『슬픈 외국어』는 하루키의 미국 체류 시절의 감상이 담긴 에세이인데 여기에는 그가 1991년부터 1995년까지 만 4년 동안 보고 느낀 것들이 쓰여 있다. 앞부분은 대부분 미국 내의 고조된 반일 감정으로 불편했던 상황들이 쓰여 있는데 예를 들면 지인의 집에 저녁 식사 초대를 받아 갔는데 참석자 중 한 사람인 어떤 은퇴한 대학 교수가 하루키에게 "당신들 잽(JAP: 미국인들이 일본인을 경멸하여 부르는 호칭)이……" 하고 말하는 바람에 순간적으로 방안이 찬물을 끼얹은 듯 조용해졌다. 주인이 당황하여 하루키에게 말하기를 악의가 아니다, 젊은 시절 태평양전쟁에 참전하여 일본군과 싸운 경험이 있어서 그때 받은 교육이 아직도 머릿속에 남아 있어서 그런것이라면 설득했다.

물론 이러한 반일 감정 때문에 미국에서의 첫 1년간은 불편했지만 사실 그런 경험은 일본 내에서도 많았기 때문에 인간이 사는 세상은 비슷하다고 덧붙인다.

지난번에도 펜실베이니아대학에서 공부하고 있는 일본인 여학생을 만나 이야기를 나눴을 때 그녀가 "저는 어렸을 때 미국에서 잠시 살다가 일본으로 돌아갔는데, 그 뒤 줄곧 미국을 그리워했어요. 그런데 이번에 다시 미국에 와서

『슬픈 외국어』

살아 보니 역시 일본이 좋았다는 생각이 들어요. 하루키 선생님은 어떠세요?"라고 물었다.

나는 그런 질문을 받으면 어떻게 대답해야 할지 몰라 정말 곤란해진다. 일본에서든 미국에서든 생활의 기본적인 질은 그다지 큰 차이가 없지 않을까, 하는 게 나의 솔직한 심정이기 때문이다. 물론 연령이나 입장에 따라서 사정은 조금씩 다를 것이다.

이어서 하루키는 구체적으로 일본에서 자신이 체험한 차별에 대해 열거한다. 예를 들면 카페를 하던 시절에 집을 구하러 부동산에 가니 물장사는 안 된다고 거절당한 일이며, 집을 지으려고 큰 도시 은행에 주택 대출을 받으려고 갔는데, 본인 생각에는 작가로서 어느 정도 이름이 알려졌고 정기적인 수입도 있고 그다지 큰 금액도 아니어서 문제없이 대출이 되리라 생각했지만 담당자가 너무나 단번에 거절을 해서 깜짝 놀라 이유를 물어보니 어느 텔레비전 프로그램에 모 작가가 나와서 "하루키는 이제 끝이다. 그 사람은 더 이상 아무것도 못 쓴다."라고 말해서 그 때문에 대출이 안 된다는 것이었다. 결국 하루키는 그 은행에 예금해 두었던 걸 모두 빼내서 다른 은행에 넣었는데, 이런 일본 내의 불쾌한 경험을 경험하다 보면 미국이나 일본이나 지내기는 마찬가지라고 이야기하며 글을 마무리하고 있다.

미국에서의 첫 1년간은 거의 아무 데도 가지 않고 집에 틀어박혀 장편소설을 썼고, 우여곡절 끝에 둘로 나누어 발표하는데, 『국경의 남쪽, 태양의 서쪽』이라는 중편소설과 『태엽 감는 새 연대기』라는

장편소설이 그것이다. 『태
엽 감는 새 연대기』는 3부
로 이루어진 소설인데 1부
와 2부는 1년 동안 완성하
여 그중 제1부 「도둑까치
편」은 잡지 「신초」에 1992

『태엽 감는 새 연대기』

년 10월부터 1993년 8월까지 연재한 뒤에 1994년 4월에 신초사에서, 2부는 잡지에 게재하지 않고 1부와 동시에 1994년 4월에 출판하고, 그 후에 내용을 더 추가하여 3부는 1995년 8월에 신초사에서 간행한다. 1부에서 3부까지 전체를 집필하고 출판하는데 약 4년 반이라는 시간을 투자한 그의 야심작이라고 할 수 있는데, 이 작품은 2002년 시점에 단행본과 문고판을 합쳐서 227만 부가 판매되고 우리나라에서는 원작의 3부가 둘로 나뉘어 3권과 4권으로 출간되었다. 이 작품의 1부 1장은 1986년 1월에 「신초」에 발표한 단편소설 「태엽 감는 새와 화요일의 여자들」을 베이스로 하고 있고, 3부의 제10장 역시 단편으로 1994년 10월에 「신초」에 발표되었던 「동물원 습격(혹은 요령 없는 학살)」이 바탕이 되고 있으며 창작 과정에 대해서는 다음과 같이 말하고 있다.

「태엽 감는 새와 화요일의 여자들」을 장편으로 만들고 싶다고 하자 미국에서 제 에이전트를 맡고 있던 빈키 어번이라는 여성이 "그거 좋네요." 하면서 굉장히 기뻐하는 거예요. (중략)
결국 어느 단계에서 그 단편을 길게 만들고 싶어졌고 그런 이유 때문에 미국으로 이사한 것입니다. (중략) 프린스턴대학의 관사에 자리 잡고 짐 정리가 어느 정도 되자 바로 책상에 앉아 『태엽 감는 새 연대기』를 쓰기 시작했어요.

여기서도 역시 에이전트를 맡고 있던 빈키가 큰 역할을 했음을 알 수 있다. 하루키는 처음에는 제목도 정하지 않았고 작품 첫머리에 「태엽 감는 새와 화요일의 여자들」을 가져다 쓴다는 것만 구상했는데, 작품을 쓰면서 제목은 『태엽 감는 새 연대기』가 좋겠다고 생각했다. 일반적으로 연대기라고 하면 연대순으로 사건을 정리한 기록을 말하지만, 그런 의미보다는 그냥 연대기라는 단어의 영어, 즉 크로니클의 울림이 좋아 이 단어를 선택했고, 연대기니까 역사 같은 것이 관련될 것이라고 막연하게 생각했다. 하루키가 작품을 쓸 때는 내용을 먼저 생각하고 제목을 나중에 붙이는 것들이 있고, 제목을 먼저 붙인 다음에 내용을 써 내려가는 것들이 있는데 이 작품은 후자에 해당한다. 작가도 모르는 스토리를 써나가게 된 것이다.

『태엽 감는 새 연대기』는 하루키 문학에 있어서 커다란 전환점이 된 작품으로써 의미가 있다. 특히 이전 작품에서는 거대 소비 산업 사회를 살아가는 왜소한 개인의 이야기들이 주를 이뤘다면 이 작품에서는 사회, 폭력, 역사 문제를 언급하며 이에 대해 적극적으로 개입하는 인간을 그렸다는 점에서 하루키가 사회 문제에 '커밋트먼트(commitment)'했다고 평가된다. 가장 중요한 것은 일본의 전쟁 역사에 대해 언급하기 시작했다는 점인데, 1939년에 일어났던 일본과 몽골의 영토 전쟁인 '노몬한 사건'에 대해 다루고 있다. 노몬한 전쟁은 1939년 5월부터 9월에 걸쳐 만주국과 몽고인민공화국 간의 국경선을 둘러싸고 발생한 러·일 국경 분쟁 사건으로 세 차례에 걸친 싸움(제1차; 5.11~5.31, 제2차; 7.1~7.6, 제3차; 8월 중순) 모두 러시아군(구 소련군)의 압도적인 기계화 부대의 공격에 일본군의 패배로 끝난다. 하루키는 어렸을 때부터 일본과 소련군 사이에 벌어진 짧고 피비린내 나는 이 국지전에 이상하리만치 관심이 높았는데, 프린스턴대학 도서관에는 이에 관한 일본 서적이 많아 관심 있게 훑어보았고 이것을 작품에 도입한 것이다. 그는 이 전쟁에 대해 『근경 변경』에서 태평양 전쟁과 비교하며 다음과 같이 말하고 있다.

태평양전쟁은 이미 하나의 형태가 정해진 역사적인 큰 사건으로서 마치 유물처럼 우리의 머릿속에 떠오른다. 하지만 노몬한의 경우는 그렇지 않다. 그것은 기간으로 쳐도 4개월 남짓의 국지전이고 지금 식으로 말하자면 '한정적인 전쟁'이었다. 그럼에도 불구하고 그것은 일본인의 비(非)근대를 끌고 갔던 전쟁관=세계관이 소비에트(혹은 非 아시아)라는 새로운 편성을 받은 전쟁관=세계관에 철저하게 격파된 최초의 경험이었다. 그러나 유감스럽게도 군 지도자들은 거기에서 무엇 하나 교훈을 습득하지 못했고, 당연한 일이지만 그와 완전히 동일한 패턴이 이번에는 압도적인 규모로 남방의 전선에서 반복되게 되었다. 노몬한에서 목숨을 잃은 일본군 병사는 2만 조금 안 되었지만, 태평양전쟁에서는 실로 2백만을 넘는 전투원이 전사하게 되었다. 그리고 가장 중요한 것은 (중략) 병사들의 대부분은 마찬가지로 대부분 의미 없는 죽음을 맞이했다는 것이다. 그들은 일본이라는 밀폐된 조직 속에서 이름도 없는 소모품으로써 극히 효율 나쁘게 죽게 된 것이다. 그리고 이

'효율 나쁨'을 혹은 비합리성이라는 것을 우리들은 '아시아性'이라고 부를 수 있을 지도 모르겠다.

언제나 작품이 발표되면 되풀이되는 일이지만 이 작품은 1, 2부가 출간된 시점에 여러 가지 비판에 시달리는데, 가장 큰 것으로는 작품 내에 여러 가지 수수께끼를 만들어 놓고 작가가 이것을 제대로 풀지 않고 끝내 버렸다는 점이었다. 일반적인 관점에서 이 작품의 2부 마지막을 보면 미완성인 채로 끝나 있기 때문에 출판사의 편집자도 '이걸로는 소설이 끝나지 않는다'고 했지만, 그러나 하루키는 이 소설은 끝나지 않음으로써 끝나는 것이라고 생각했다. 즉 미완성인 상태로, 결론이 정확하게 나와 있지 않은 그 상태로 마무리되는 소설을 의도했던 것이다. 하지만 원고를 넘기고 나서 그 뒤를 이어서 써야겠다는 생각이 자연스럽게 들었는데 그 이유는 1부와 2부에서 자신이 냈던 수수께끼에 대해 그 대답을 파내어 보고 싶었기 때문이라고 주장한다. 아마도 비평가들의 비판에 대해 그냥 넘어가기가 어려웠던 건 아닐까 싶다. 이런 이유로 추가로 3부를 완성한 것이다.

하루키는 집필 과정에 대해 자신이 이만큼 시간을 들여 쓴 소설이 지금까지 없었다. 지금까지는 '더 이상 못 하겠어' 하는 생각이 들면 거기에서 그만두었는데 이 작품은 '더 이상 못 하겠어' 하는 단계에서 조금 시간을 두었다가 다시 쓰고, '이젠 진짜 더 이상 못 쓰겠어' 하는 단계에서 다시 한번 시간을 두고 다시 쓰기를 반복한 것이라고 설명한다. 창작의 고통이 어떠한 것인지, 또한 이를 극복하고 작품을 완성하기까지 얼마나 긴 인고의 세월이 필요했는지를 느끼게 한다. 이 작품은 2020년 2월에 이스라엘의 인벌 핀트(Inbal Pinto)와 아밀 크리거, 일본의 다카히로 후지타(藤田貴大) 등 세 명의 감독의 공동 작업으로 연극으로 상연되었다.

18

일본 작가로의 회귀

미국 체류 기간 동안의 커다란 결실이라면 『태엽 감는 새 연대기』라는 초대형 장편소설을 완성했다는 것이지만 그 이외에도 몇 가지 중요한 사건이 있었다. 그중 하나는 바로 워싱턴주립대학의 교수로 당시 일본 문학을 영어로 번역하여 미국에 소개하고 있던 제이 루빈(Jay Rubin)을 만난 것이다. 그는 주로 일본의 근대 작가, 예를 들면 구니키타 돗보(国木田独歩)나 나쓰메 소세키(夏目漱石) 같은 작가에 대해 공부했고, 이 작가들의 작품을 소개하고 있던 터라 일본 현대문학에 대해서는 잘 모르고 있었는데, 빈티지사라는 출판사의 의뢰로 하루키의 『세계의 끝과 하드보일드 원더랜드』를 읽고 대단히 흥미를 느껴 그의 작품을 번역해 보고 싶다고 에이전트에게 연락을 했다고 한다.

이에 하루키는 마음에 드는 단편을 몇 편 번역해 달라고 의뢰했고, 루빈은 하루키의 단편 「코끼리의 소멸」과 「빵가게 재습격」을

제이 루빈

번역하여 하루키의 에이전트에게 보냈더니 하루키가 직접 잡지에 게재를 원한다며 전화를 걸어왔다고 한다. 그렇게 해서 「빵가게 재습격」은 『플레이보이』지에, 「코끼리의 소멸」은 『뉴요커』에 실렸다. 그 뒤에 장편소설을 번역한 것이 바로 『태엽 감는 새 연대기』인데 이것은 「신초」에 연재하고 있는 중에 하루키가 직접 제이 루빈에게 연락해서 번역을 의뢰했다고 한다.

하루키에게는 이미 앨프리드 번바움이라는 번역가가 있었지만 두 사람이 선정하는 작품이 전혀 겹치지 않았고 스타일이 너무 달랐다. 앨프리드는 자유분방하고 루빈은 견실한데 『태엽 감는 새 연대기』처럼 구조가 치밀한 소설은 제이 루빈처럼 첫머리부터 정확하게 단어 하나하나의 뜻을 충실하게 옮겨주는 역자가 더 잘 맞는다고 생각해서 그에게 의뢰한 것이다.

참고로 이 책의 영어판은 아직 3부가 완성되기 전에 출간되었는데 1부와 2부만 해도 양이 엄청나서 당시 출판을 담당했던 크놉사가 이 길이로는 출판할 수 없다고 하자 제이 루빈과 하루키가 상의해서 2부의 라스트 부분을 삭제한다. 즉 영어권에는 1부와 2부 중 18장의 마지막 부분인 주인공 오카다 도루가 구립 풀장에서 수영할 때 프랭크 시나트라의 노래가 환청으로 들리는 부분부터 그 뒷부분이 삭제되어 있어서 이 사실을 알고 있는 영어권 독자들은 완전판을 읽고 싶다는 요청이 있을 정도라고 한다.

작품 발표 후 이런저런 비판에 시달렸지만 하루키는 이 작품으로 '제47회 요미우리 문학상'을 수상한다. 이 상은 「요미우리신문」이 전후 일본 문단의 부흥을 목표로 1949년에 창설한 상으로 소설, 희곡, 평론-전기, 시가-하이쿠, 연구-번역의 다섯 부분에 대해 시상한다. 하루키는 히노 게이조의 『빛』과 함께 요미우리 문학상을 수상하는데 1996년 2월 1일자 「요미우리신문」에 실린 마루야 사이이치의 작품 소개를 보면 다음과 같다.

문자와 인쇄술에 따른 사실적인 소설은 쇠약해졌다는 걸 알아차렸을 때 구승에 의한 기담(奇譚)을 본떠 여기에 새로운 생명력을 불어넣고자 기획한 것은 좋은 착상이다. 다만 단일한 설화를 내미는 것만으로는 아무래도 그 정취에 복잡함이 결여되기 마련이고, 구축의 기쁨이 결여된다. 그렇다면 떠오르는 것은 『천일야화』처럼 그림 속에 그림이 있고, 그 안에 또 그림이 있는 형태이다. 그래서 무라카미 하루키 씨는 그 언젠가 인도에서 중심부가 형성되고, 드디어 페르시아, 아라비아를 거쳐 16세기의 이집트에서 편찬된 이야기, 동양의 모든 인생을 포함한 마법의 소설과 경쟁하려고 했다.

다시 말해 현대의 도쿄는 10세기의 바그다드나 15세기의 카이로와 번영을 경쟁하고, 실업자인 청년, 학자에서 전락한 국회의원, 노몬한 전쟁의 군인, 영매인 여자, 창부, 러시아군 장교, 가발회사의 조사원인 여자아이, 디자이너였던 여자 등은 어부, 뱃사람, 대신의 딸, 공주, 악마, 왕국 등의 후예가 된다. 틀을 만드는 큰 이야기 쪽은 마지막에 가까워지면 다소 혼란스러워지지만 그래도 충분히 매력이 충만하고, 작은 이야기 중에는 『천일야화』에 수록해도 결코 뒤지지 않는 것이 몇 개인가 있다. 진귀한 재능이라고 말하지 않을 수 없다.

여기에는 독특한 지적이고 세련된 말투에 따른 불안과 우수와 비참함과 상냥함이 있다. 무라카미 씨는 새로운 몽환적인 기분을 우리 문학에 선사했다.

　내용이 좀 어렵지만 쉽게 풀어 말하면 사실적이고 리얼리즘적인 소설의 인기가 사라지고 판타지 소설 같은 새로운 소설 형식이 등장했다. 그런데 이야기가 단순하면 재미가 없으니까 하루키는 이야기 안에 또 이야기를 넣고 넣는 『천일야화』 같은 스타일로 이번 소설을 썼다. 그렇게 해서 작품 속에 등장하는 모든 주인공들이 『천일야화』의 주인공들과 경쟁할 만큼 매력적인 소설이 되었고 이런 작품을 쓴 하루키의 재능이 훌륭하다고 평가한 것이다. 이보다 더한 칭찬이 있을까? 적당히 비판하면서도 그 우수성을 한층 돋보이게 부각시키는 마루야 사이이치 씨야말로 하루키가 평생 감사해야 할 은인이다.

　요미우리 문학상 수상자 발표 다음 날인 2월 2일자 「요미우리신문」 석간에는 하루키의 수상 인터뷰 「요미우리문학상 수상자2-소설상」이 다음과 같이 실렸다.

　이번에 수상이라는 계기가 없었다면 인터뷰 기회는 없었을지도 모르겠다. 하루키가 마지막에 신문 인터뷰에 응한 것은 80년대 말이다.

　"의리도 저버리고 인정도 저버리고 창피도 당하면서 소설에 집중하기 위해 필사적인 노력을 해 왔습니다."라고 말하는 그는 4년 반 동안 미국 뉴저지주 프린스턴에 머물렀다. 그렇게 해서 『노르웨이의 숲』으로 열광하는 세상과 거리를 두지 않았다면 이 작품은 완성되지 못했을 거라고 한다.

　작가에게 있어 가장 중요한 시간이라고 자각하는 40대 중반을 '철저하게 몰입한' 2,500매의 대장편 『태엽 감는 새 연대기』는 '미련 없는 최고 형태'라고 표현한다. "수상은 생각지도 못했던 '덤' 같아서…. 감사히 받겠습니다. 평가해 주셔서 기쁩니다."라고 덧붙인다.

이 기쁨을 공유하는 독자는 많을 것이다. '나 자신의 독후감만이 무라카미 씨를 평가하는 절대적인 근거'라고 자부해 온 동시대의 평론가 가토 노리히로 씨는 "무라카미의 작품이 일본 문학사 속에 깊게 말뚝을 박았다. 작품이 상을 수여하는 쪽을 움직이고, 바꾸었다'고 이번 수상의 의의를 평가하고 있다. (중략)

PC통신을 통한 부부의 교신, 승용차와 패션 등 현대 풍속 묘사도 탁월하다. 그러나 세련된 도시 표층이 묘사되는 만큼, 노몬한 사건, 신징(新京) 동물원에서의 학살이라는 역사적 사건도 음영을 더한다.

주인공인 '나' 도루는 깊은 어둠을 응시하기 위해 우물 바닥으로 내려간다. 그 자세는 이제까지 작가가 그려왔던 '아이구, 맙소사'라고 탄식해 버리는 '나'와는 확실히 다르다. "그것은 나 자신의 변화이기도 하다. 베이비붐 세대로서 정치적 이상을 내세워 봤지만 그 이상에 책임을 지지 못한 채 단추를 잘못 끼운 것처럼 되었다. 그것을 어떻게 해소하고 이상을 재구축해 갈 것인가, 일종의 책임을 떠맡아 가고 싶다"고 한다.

그 때문에라도 잠시 동안 일본에 자리 잡고 앉아 이 나라의 역사와 풍토에 대해 알아보고 싶다고 한다.

위의 인터뷰 내용 중에 가토 노리히로 씨가 언급한 부분, 즉 '작품이 상을 주는 쪽을 움직였다'는 말은 그동안 엘리트 문단 세력이 하루키의 문학을 대중문학으로 폄하하며 그 가치를 인정하지 않았는데 이 작품이 드디어 그들을 움직이게 만들었다는 의미이다. 제이 루빈 역시 『태엽 감는 새 연대기』로 하루키에 대한 일본 문단의 태도가 바뀌었다고 지적하며 하루키가 일본에서 계속 활동했다면 이런 작품은 창작할 수 없었을 것이고, 이 작품이 없었다면 하루키가 일본 문단 내에서 받아들여지기 힘들었을 것이라고 그 의의를 설명한다. 히라노 요시노부 씨는 문학상의 상격으로 볼 때 요미우리 문학상은 『세계의 끝과 하드보일드 원더랜드』가 받았던 다니자키 준이치로상 다음으로 권위 있는 상인데, 다니자키 준이치로상은 쥬오고론사라는 출판사가 관장하고 있는 점을 고려해 볼 때 순수하게 문단의 한 축을 담당하는 작가로서 평가받은 것은 『태엽 감는 새 연대기』가 최초라며 의미를 부여한다.

그런데 이 작품의 의의보다도 더 중요한 것은 바로 하루키 자신이 이야기하듯 '작가의식의 변화'라고 할 수 있을 것이다. 앞에서 커밋트먼트에 대해 언급했지만 그 부분에 대해 다시 한번 살펴보자. 미국 생활 4년 반 동안 하루키는 여러 가지를 경험하는데, 특히 중요한 것은 외국에 나가 자기가 태어난 나라인 일본에 대해 깊게 생각하게 된 점이다. 미국에서 돌아온 직후에 일본의 융심리학자인 가와이 하야오 씨와 나눈 대담 중에 다음과 같은 내용이 있다.

저는 소설가가 되는 것은 매우 개인적인 행위라고 생각했습니다. 자기가 좋아하는 것을 쓰고 그것을 팔아서 번 돈으로 생활하는 거니까. 다른 사람과 관련되지 않아도 된다고 말이죠. 그런데 그게 아니었습니다. 이 세계도 역시 일본 사회의 축소판이었습니다. 다만 저는 소설가가 될 때까지 그걸 몰랐던 겁니다. (중략) 이런 일본적인 풍토 속에서 소설을 쓰는 것이 저는 몹시 괴로웠습니다. (중략) 그래서 외국에 나가서 소설을 쓰고 싶어 얼마 전까지 미국에 있었는데 아까도 말씀드렸듯이 전혀 다른 풍토 속에서 2, 3년을 지내다 보니까 사고방식과 사물을 보는 관점이 조금씩 달라지더군요.

『태엽감는 새 연대기』를 완성한 뒤에 왜 그랬는지 모르지만 '이제 슬슬 일본으로 돌아가야겠다'는 생각을 했습니다. 미국 생활 끝 무렵에는 정말로 무척 돌아오고 싶었습니다. 특별히 그리운 무언가가 있는 것도 아니고 문화적으로 일본에 회귀하려는 것도 아니었지만 '소설가로서 내가 있어야 할 장소는 역시 일본이구나' 하는 생각이 들더군요.

그도 그럴 것이 일본어로 글을 쓴다는 것은 결국 사고 시스템도 일본어로 되어 있다는 말이니까요. 일본어 자체는 일본에서 만들어진 것이니까 일본과 분리할 수 없는 거지요. 아무리 노력해도 나는 영어로 소설을, 이야기를 쓸 수 없다는 사실을 절실히 깨달은 겁니다.

비슷한 이야기가 『슬픈 외국어』에도 실려 있는데, 어느 날 하루키는 스콧 피츠제럴드의 손녀인 신시아 로스로부터 저녁 식사를 초대받아 펜실베니아에 있는 그녀의 집을 방문한다. 하루키는 그곳에서 미국판 베이비붐 세대들이 전원 지대에서 새로운 지역 공동체를 형성하면서 지역적인 환경 보호나 지역적 사회 정의 실현과 같은 좀 협소한 일들을 하는 것을 보면서 자신이 일본에서 무언가를 해야 한다는 자각을 하게 된다.

그래도 나는 앞으로 다시 일본에 자리를 잡으면 뭔가 내가 할 수 있는 일을 가까이에서 찾아보고자 한다. 자원봉사나 사회 활동 같은 걸 하면 대단하고, 안 하면 그렇지 않다는 말이 아니다. 가장 중요한 문제는 자기가 할 수 있는 일이 무엇인지, 하고 싶은 일이 무엇인가를 발견하는 일이라고 생각한다. 바꿔 말하면 자기의 의문을 얼마나 구체적으로 압축시킬 수 있는지가 될 것이다.

미국에 와서 많은 사람(특히 나와 같은 세대의 사람들)과 이야기를 나누다 보니 그런 일에 대해 꽤 깊이 생각하게 되었다. 나는 상당히 오랫동안 '세대 따위는 상관없다, 개인이 전부다'라고 생각하며 나름대로 그 주관을 지켜왔지만 우리 세대에는 역시 우리 세대 나름의 독자적인 특징과 경험이 있으니까 그런 측면을 재검토하고 나서 지금 무엇을 할 수 있을지를 다시 한번 고려해 봐야 하는 시기에 이르렀다는 느낌이 든다.

다만 한 가지 진지하고 성실하게 말할 수 있는 것은 나는 미국에 와서 일본이라는 나라에 대해서 혹은 일본어라는 언어에 대해서 상당히 진지하게 정면에서 직시하게 생각하게 되었다는 점이다.

외국에 가면 모두 애국자가 된다는 말이 있지 않은가. 그렇게 염증이 날만치 싫었던 일본이지만 그러나 자신의 뿌리가 일본과 일본어에 있다는 것을 외국에 살면서 비로소 느끼게 된 것이다. 한발 더 나아가 개인으로서의 삶이 아니라 사회를 위해 뭔가 해야겠다는 자각을 한 것은 개인주의를 이상향으로 생각했던 자신의 사고를 수정하게 되었다는 점에서 큰 의미가 있다고 하겠다.

그런데 이렇게 자각하게 된 것은 위의 인용문처럼 동세대의 미국 사람들을 만나 자극을 받은 계기도 있지만 보다 근본적으로는 바로 '슬픈 외국어' 때문이었다. 그는 여러 나라를 돌아다니면서 영어, 독일어, 불어 등 일곱 개 나라의 언어를 배우면서 일종의 '슬픈 감정'을 느끼게 된다. 그것은 외국어를 배울 때 두렵다든지 혹은 잘 배우지 못하는 데서 오는 슬픔이 아니라, 자신이 모국어인 일본어처럼 설명이 따로 필요 없는, 즉 명백한 성격의 자명성을 갖지 않는 언어에 둘러싸여 있다는 상황 자체에 슬픔에 가까운 느낌을 느꼈다는 것이다. 그리고 일본으로 돌아가면 그런 자명성이 서서히 돌아올 것이고 그것을 의미 있는 것으로 받아들이겠다고 다짐을 한다. 유럽에서의 3년, 미국에서의 4년 반, 도합 7년 반의 외국 생활에서 하루키가 경험한 다양한 일들은 결론적으로 일본 작가로서의 사회적 책임과 의무를 절실하게 느끼게 하는 계기가 되었고 이러한 결심은 1995년 이후의 하루키 문학에 있어 전환점을 마련하는 계기가 된다.

19
두 가지 재난과 쏟아지는 비난 속으로

하루키는 1993년에 프린스턴대
학에서 보스턴에 있는 터프츠대
학으로 옮기며 집필과 강의 활동
을 이어간다. 그런데 1995년 1월
17일에 자신의 부모님이 살고 있
는 고베를 비롯한 한신 지역에 대
지진이 일어났다는 사실을 접하

한신아와지 대지진

고 일본에 전화를 걸어 집은 부서졌지만 부모님은 건강하다는 사
실을 확인한다. 일명 '한신아와지(阪神淡路) 대지진'으로 불리는 이
지진은 진도 7.3의 강진으로 사망자 6,434여 명(2005년 현재), 부상자
43,792명, 이재민 약 20만 명에 이르는 대재난이었다. 진원지가 하
루키의 부모님이 살고 있는 아시야(芦屋)시 부근에서 아와지섬에 이
르는 활성단층이 활동한 것이어서 니시노미야(西宮)시와 아시야시의
피해가 컸다.

앞에서 살펴보았듯이 하루키는 대학 진학을 위해 도쿄로 상경하
기 전까지, 즉 재수 시절까지 고베에서 보냈기 때문에 고베는 자신

의 유년 시절의 기억이 남아 있는 곳이었다. 그런데 1966년 무렵부터 추진된 '포트 아일랜드' 계획에 따라 고베항을 중심으로 매립지가 형성되고, 그 매립지에는 아파트가 건설되면서 옛 항구와 바다의 모습을 잃어가게 된다. 포트 아일랜드는 1981년에 완공되는데 하루키는 완공 전에 몇 차례 고베를 방문했을 때 바다가 메워져 가는 모습을 안타깝게 바라보면서 「5월의 해안선」이라는 단편의 말미에서 다음과 같이 이야기한다.

고층 주택들이 어디까지고 늘어서 있다. 마치 거대한 화장터 같다. 사람들의 모습은 보이지 않는다. (중략)
나는 예언한다.
5월의 태양 아래를 양손에 운동화를 들고 오래된 방파제 위를 걸으면서 나는 예언한다. 너희들은 붕괴될 것이라고.

우라즈미 아키라 씨는 이 부문을 들어 하루키가 고베의 붕괴를 예언했다고 하지만, 그보다는 급속하게 황폐해져 가는 고베의 자연에 대한 안타까움을 극단적으로 표현한 것이라 풀이된다. 거대한 도시 개발 계획으로 어린 시절의 추억의 장소인 고베의 바다는 메워지고 매립지 사이에 낀 얼마 남지 않은 해안선, 그곳은 더 이상 하루키의 기억에 남아 있는 자신의 고향이 아니었다.

어렸을 때부터 아버지와 사이가 좋지 않았던 하루키는 대학 재학 중에 결혼을 하면서 아버지와 절연하게 된다. 그리고 세상에는 '끊임없이 고향에 이끌리는 사람도 있고 거꾸로 그곳에는 이제 더 이상 돌아갈 수 없다고 느끼는 사람도 있다'고 말함으로써 고향 상실을 암시하는데, 이것이 하루키의 첫 번째 고향 상실이었다고 한다면, 한신 대지진으로 완전히 파괴된 자신의 고향 집은 더 이상 돌아가고 싶어도 돌아갈 수 없는 완전한 고향 상실이라고 할 수 있다. 첫 번째는 아버지와의 불화로 인한 정신적인 고향 상실이었다고 한다면, 두 번째는 재난으로 인한 물리적인 고향 상실이라고 할 수 있고 그는 이번에야말로 자신과 한신 지역을 잇는 구체적인 연결고리가 없어지면서, 이제는 자신이 '고향'이라 부를 곳이 사라졌다는 깊은 상실감을 접하게 된다. 그래도 지진이 일어나자 그동안 연락도 하지 않았던 고베의 부모님 집에 전화를 건 것을 보면 피는 물보다 진하다는 것을 느낄 수 있다. 하루키는 상대적으로 피해가 적었던 교토의 아파트로 부모님이 옮길 수 있게 손을 쓴다.

하루키의 고향인 고베 지역의 대지진이 1995년에 일어난 첫 번째 재난이었다고 하면 두 번째는 그해 3월 20일에 도쿄의 지하철에서 일어난 '옴진리교사건' 일명 '지하철 사린 사건'이 그것이다. 당시 하루키는 마침 근무하고 있던 터프츠대학이 봄방학이라 일본에 있는 오이소의 자신의 집에 잠깐 와 있었는데, 오전 10시쯤 지인으로부터 도쿄의 지하철에서 이상한 사건이 일어나 피해자가 많이 나왔으니 당분간 도쿄로 나가지 않는 것이 좋겠다는 연락을 받는다. 「생각하는 사람」과의 인터뷰를 보면 하루키가 일본으로 돌아와야겠다고 마음먹은 것은 이 사건 직후임을 알 수 있다.

그때는 아직 일본에 돌아가야겠다고 확실히 결정한 건 아니었는데, 학기

말을 끝으로 6월에 귀국을 결심한 것은 역시 그 두 가지 사건이 있었기 때문입니다. 전후 50년을 고비로 일본은 확실히 변하고 있다는 것을 실감할 수 있었습니다. 저는 일본의 소설가이고 일본을 무대로 해서 일본인을 주인공으로 한 소설을 쓰고 있기 때문에 제 눈으로 그 변화를 확실히 지켜보고 싶다는 기분이 강하게 들었습니다.

그는 일단 미국으로 돌아갔다가 6월 말에 미국 생활을 정리하고 일본으로 돌아온다. 그리고 9월에는 오랫동안 떠나 있던 자신의 고향이자 지진의 피해지인 고베시와 아시야시에서 자작 낭독회를 개최하고, 1997년 5월에는 지진 후 복구된 니시노미야에서 고베까지 걷는 등 사라진 자신의 고향에 대한 아쉬움과 애착을 나타냈다. 그뿐만 아니라 1999년에는 「신초」 8월호부터 12월호까지 5회에 걸쳐 「지진 후에」라는 부제가 달린 연작 단편소설을 게재하고, 여기에 새로 쓴 「벌꿀파이」를 추가해서 2000년에 총 6작품이 실린 『신의 아이들은 모두 춤춘다』를 발간한다.

하루키는 자신의 고향에 대한 관심과 더불어 '옴진리교'가 일으킨 '지하철 사린 사건'에 대해 관심을 갖고 1996년 1월부터 12월 말까지 약 1년 동안 그 사건의 피해자와 관계자 등

지하철 사린 사건

62명을 직접 인터뷰하고 그 내용을 정리한 논픽션을 준비한다. 이 사건은 도쿄 지하철 5개 노선에서 '옴진리교'가 일으킨 테러 사건으로, 독가스인 사린(sarin)이 유포되어 승객과 직원 13명이 사망하고 5,800명(2020년 2월 공안조사청 발표)이 중경상을 입었다. 치안에 있어서는 비교적 안전하다고 알려진 일본의 수도 도쿄에서 일반 시민을 대상으로 화학 병기가 살포되었다는 점에서 일본은 물론 전 세계를 충격에 빠트린 사건이었다.

하루키가 이 사건에 대해 논픽션을 쓰게 된 계기는 어느 잡지에 실린 한 여성의 투고 글 때문이었는데, 그 내용은 '지하철 사린 사건'으로 후유증에 시달리던 남편이 직장 동료나 상사들의 싫은 소리를 견디지 못해 결국 쫓겨나다시피 직장을 그만둘 수밖에 없었다는 것이었다. 이 글을 읽으면서 하루키는 '왜 이런 일이 일어난 걸까?' 하는 단순한 물음에서 시작하여 그 불쌍한 샐러리맨이 당한 '이중의 심각한 폭력'과 그러한 상처를 생산하는 일본의 사회 모습에 대해 깊이 알고 싶어졌다고 한다. 여기서 말하는 '이중의 심각한 폭력'이란 1차적으로는 사건 당시 사린가스에 노출되어 심각한 피해를 입어 후유증을 앓고 있는 것, 2차적으로는 피해자임에도 불구하고 회사에 폐를 끼치는 가해자가 되어 그만둘 수밖에 없는 상황에 내몰린 것을 말한다.

그는 이 투고를 읽고 이 여성이나 그 남편 같이 '지하철 사린 사건'으로 고통을 당하고 있는 사람들에 대해 알아보고 싶어져서, 피해자들에 대한 인터뷰를 결심하고 작업에 착수한다. 당시 언론에 보도된 공식적인 피해자는 3800여 명이었지만 피해자들의 명단을 구하기는 어려운 일이었고 고단샤의 협조를 얻어 매스컴에 발표된 사람과 주변 인물을 통한 탐문 등의 방법으로 60여 명의 피해자를 섭외하는 데 성공한다. 그리고 한 사람씩 만나서 한 시간에서 두 시간에 걸쳐-긴 경우는 네 시간도 있었지만-이야기를 듣고 녹음했는데, 녹음한 내용은 문장으로 바꾸어 정리한 뒤에 다시 증언자에게 보내서 체크를 받아서 최종적으로 원고를 완성했다.

그렇게 해서 1년 동안의 취재를 마치고 드디어 1997년 3월에 고단샤에서 『언더그라운드』라는 제목으로 출간하게 된다. 그렇지 않아도 작품이 나오기만 하면 비판 세례를 받았던 하루키는 이번에도 예외 없이 강한 비난에 시달려야 했다. 그러한 혹평의 대부분은 픽션 작가인 하루키가 왜 논픽션을 쓰게 되었는지 그 창작 동기가 불순하다는 점에 집중되어 있었

『언더그라운드』

는데 그 외에도 픽션인지 논픽션인지 작품의 성격의 모호하다, 인터뷰하는 하루키의 자세가 제대로 된 인터뷰어가 아니다-이 책의 인터뷰는 기본적으로 하루키가 간단한 질문을 한 후에 나머지는 피해자들이 자유롭게 사건 당일의 행적을 이야기하는 방식이라 기존의 묻고 대답하는 인터뷰와 다르다-, 인터뷰 대상자 선정의 문제-선정 기준 없이 연락이 되는 사람들로 구성했기 때문에 인터뷰의 목적이나 방향성이 보이지 않는다-, 피해자 측만 인터뷰했기 때문에 시각이 편향적이라는 것 등이었다.

이러한 지적 중에 흥미로운 것을 하나 예를 들자면 히사이 쓰바키(久居つばき)라는 사람은 『논픽션과 화려한 허위』라는 책 속에서 하루키의 『언더그라운드』를 조목조목 비판했는데, 그는 먼저 하루키가 이 책의 머리말에서 자신을 가르치는 '나(私)'라는 1인칭 대명사를 사용한 것이 이상하다고 지적한다. 일본어에는 남성이 자신을 가르치는 자칭대명사가 '나(私)'와 '나(僕)', '나(俺)'의 세 종류가 있는데 하루키는 이 중에서 보통 '나(僕)'를 사용해 왔다. 하루키는 여러 인터뷰에서 본인이 '나(僕)'를 사용하는 이유에 대해서도 밝힐 만큼 그 사용에 집착해 온 것이 사실이다. 그런데 이 머리말에서는 '나(僕)'가 아니라 '나(私)'를 사용한 것이다.

이에 대해서 하루키는 1997년 5월 14일자 「마이니치 신문」 석간에서 본인이 자칭 대명사를 늘 쓰던 '나(僕)'로 하면 그것은 하루키 자신의 '나(僕)'라는 고정적인 이미지가 되기 때문에 어디까지나 중립적인 의미에서 '나(私)'를 썼다고 해명했다.

히사이는 한발 더 나아가 하루키가 머리말에서 말한 주부의 투서를 찾아보기 위해 당시에 발행됐던 잡지를 모두 조사한다. 그러나 그 주부의 투서 내용과 똑같은 것은 없었고, 그나마 유사한 내용이 「LEE」라는 잡지에 실려 있었는데 남편이 '지하철 사린 사건'을 당했지만 당일 집으로 돌아왔다는 내용으로 이것을 하루키가 그럴 듯하게 각색해서 사용했다고 주장한다.

이런 논란 때문인지 2003년에 간행된 『무라카미 하루키 전 작품 1990~2000 ⑥ 언더그라운드』에 수록될 때는 이 주부의 투서에 관한 부분은 삭제하고 다음과 같이 창작 의도를 밝히고 있다.

1995년 3월 20일 아침에 도쿄의 지하철에서 정말로 무슨 일이 일어난 걸까? (중략) '그때 지하철 안에 있던 사람들은 거기에서 무엇을 보고 어떤 행동을 취하고 무엇을 느끼고 생각했을까?' (중략) 가능하다면 승객 한 사람 한 사람에 대해서 아주 상세한 것까지 그야말로 심장의 고동으로부터 숨소리의 리듬까지 구체적으로 극명하게 알고 싶었다. 극히 평범한 시민(그것은 나였을지도 모르고, 당신이었을지도 모른다)이 도쿄의 지하철에서 이처럼 생각도 못 한 이상한 큰 사건에 뜻밖에 휩싸인다면 거기서는 과연 무슨 일이 일어날까?

이 창작 동기는 주부의 투서보다는 확실히 덜 극적이고 덜 감동적이긴 하지만 자신의 감상만을 썼기 때문에 논란에 휘말릴 필요도 없어졌다. 하루키는 미국에서 일본으로 돌아와 '일본이라는 장(場)의 존재 양태'에 관해, 아울러 일본인이라는 '의식의 존재 양태'에 대해 알고 싶었고 이 작품은 그 작업의 첫 단계였다.

이 책의 간행은 고단샤의 오시카와 세쓰시오(押川節生)와 다카하시 히데미(高橋秀実)라는 조사원들이 인터뷰할 사람을 찾아주었고 편집은 데뷔작 『바람의 노래를 들어라』 때부터 함께 했던 기노시타 요코라는 막강한 지원군의 서포트를 받아 진행됐지만, 무슨 이유에서인지 초판의 머리말에서 자칭대명사를 종전과 달리 사용하는 실수를 범했고, 그보다도 주부의 투서라는 에피소드를 삽입하는 데 있어서 무리수를 두었다. 물론 그것이 하루키의 잘못인지 고단샤 측의 잘못인지는 모르지만, 아무튼 하루키를 비판하는 세력에게는 좋은 먹잇감이 된 것만은 사실이다.

하루키가 왜 논픽션이라는 형태로 이 사건을 다루었는지에 대해

요시다 하루오(吉田春生) 씨는 하루키가 마이클 길모어의 『내 심장을 향해 쏴라』라는 논픽션을 번역하면서 영향을 받았을 것이라고 지적한다. 히라노 요시노부 씨는 사실과 허구가 상호보완적인 의존과 순환을 하고 있는 트루먼 카포티의 『인콜드 블러드』에서 방법론을 모방했다고 주장한다. 비평가들은 이 작품에 대해 부정적인 평들을 내놓기 바빴고, 이 작품의 장르를 논픽션이라고 할 수 없다는 의견까지 나와서 요시다 쓰카사(吉田司)는 '이야기 논픽션(物語ノンフィクション)'이라 하고, 가토 노리히로는 '안티 논픽션'이라고 하며 있지도 않은 새로운 장르명으로 규정한다. 하루키 자신도 이러한 비판을 의식해서인지 '내러티브 논픽션(ナラティブ・ノンフィクション)'이라고 표현한다.

20

누가 누구를 벌할 것인가

논픽션 소동이 어느 정도 가라앉자 하루키는 『언더그라운드』가 피해자 쪽 입장만 실어서 시점이 일방적이라는 비판도 있었고, 스스로도 '과연 옴진리교란 뭐지?' 하는 의문이 생기며 옴진리교에 대한 실체를 파악하고자 한다. 그래서 이전에 옴진리교 신자였다가 탈퇴한 사람과 아직 그 종교에 몸담고 있는 신자들 8명에 대해 인터뷰를 실시하고 그 내용을 1998년 4월부터 11월에 걸쳐 「문예춘추」에 「포스트 언더그라운드」라는 제목으로 연재하고, 연재가 끝난 시점인 11월에 문예춘추사에서 『약속된 장소에서』라는 제목으로 간행한다.

원래 이 책은 『언더그라운드』의 속편으로 고단샤에서 출판할 예정이었지만 고단샤 내부에 대폭적인 인사이동이 생기면서 팀을 꾸릴 수가 없어 할 수 없이 문예춘추로 이관하게 된 것이다. 여기에는 물론 여러 가지 원인이 있겠지만 고단샤의 입장이 『언더그라운드』 간행 때 일어났던 여러 가지 논란을 의식해서인지, 아니면 책의 판매가 기대만큼 이루어지지 않았기 때문인지도 모르겠다. 출판사 쪽 사정이 있긴 하겠지만 이 작업을 다시 새로운 멤버와 해야 하는 하루키 입장에서는 그야말로 죽을 맛이었을 것이다. 하루키가 언제나 이야기하던 일본의 출판업계의 관행이랄까, 부서가 바뀌면 담당자까지 바뀌는 불편한 시스템 때문에 그 피해를 고스란히 감수하게 된 것이다.

『약속된 장소에서』

그렇게 불편하게 일을 시작했지만 인터뷰할 신자들은 문예춘추 편집부에서 섭외해 주었고 하루키는 그들을 한 사람씩 만났다. 인터뷰 형식은 하루키가 질문을 하고 그 신자들이 원하는 만큼 말하도록 했는데 시간은 보통 한 사람당 3~4시간 걸렸다. 인터뷰 내용은 지난번과 마찬가지로 테이프에 녹음을 해서 문장으로 만들고 그 원고를 다시 본인에게 체크하도록 했다. 다만 『언더그라운드』에서 피해자들과 인터뷰할 때는 가능한 한 피해자들의 말을 '있는 그대로' 전달한다는 제1원칙과 그러기 위해 불필요한 수식이나 문장을 가하지 않는다는 제2원칙, 그리고 독자들이 읽기 쉽게 한다는 제3의 원칙에 입각하여 했는데, 그에 대해 인터뷰어로서의 하루키의 자세가 문제라는 지적이 있었던 만큼 이번에는 그런 비판이 나오지 않도록 인터뷰 자세를 조금 바꿨다.

신자들의 발언은 자발적으로 하여 가능한 하루키가 손을 대지 않는다는 원칙은 같지만 사실과 다르거나 오해의 소지가 있는 부분은 정정을 의뢰하여 고쳤다. 다만 이야기의 내용이 사실인가 아닌가 하는 검증은 기본적으로 하지 않은 것은 마찬가지인데, 이 점에 대해 하루키는 나중에 논란의 여지가 있겠지만 자신이 할 일은 사람들이 하는 말을 듣고, 그것을 가능한 읽기 쉬운 문장으로 만드는 것이라고 못을 박는다. 아울러 인간의 기억이란 불확실한 것이라 다소의 착오가 있다고 해도 개별적인 이야기들을 묶은 '집합적 이야기'에는 강하고 확실한 진실성이 있다고 덧붙인다. 또 하나 달라진 점은 『언더그라운드』의 경우는 피해자들이 이야기를 하는 동안 하루키는 수동적으로 듣기만 했었는데, 이번에는 발언 중간에 자신의 의견을 내어 반론하기도 하는 등 적극적으로 개입한다.

이 인터뷰를 통해 하루키가 깨달은 것은 무엇일까. 당시의 매스컴이 '지하철 사린 사건'을 보도하는 기본 자세는 이쪽 대 저쪽의 대비, 즉 '피해자=순진한 존재=선' 대 '가해자=더러운 존재=악'이라는 식의 이분법이었지만 이에 대해 하루키는 이쪽과 저쪽이 서로가 서로를 비추는 '거울상'으로 파악했다. 즉 우리 인간들의 마음속의 그늘진 부분이 바로 저쪽의 논리라는 이야기이다. 하루키는 옴진리교의 신자인 혹은 신자였던 사람들과 인터뷰를 하면서 그들이 왜 말도 안 되는 사이비 종교 집단에 귀의하게 된 것인지, 무엇을 추구하려고 한 것이고 결과적으로는 지금 현 시점에서 그 종교에 대해 어떻게 생각하는지를 들어보면서 다음과 같은 사실을 깨닫는다.

그러나 그 사람들과 무릎을 맞대고 이야기를 하면서 소설가가 소설을 쓴다는 행위와 그들이 종교를 희구하는 행위 사이에는 부정할 수 없는 공통점 같은 것이 존재한다는 것을 소름끼치게 느끼지 않을 수 없었다. 거기에는 아주 닮은 점이 있다. 그건 분명하다.

하루키는 인터뷰를 시작하기 전까지는 이들과 자신의 연결고리가 없다고 생각했지만 소설을 쓰는 것이나 종교를 믿는 것이나 무언가를 절실히 갈구한다는 의미에서 공통점이 있다는 것을 인터뷰하면서 절실하게 깨닫는데, 그런 이유와 앞에서 언급했던 '거울상'을 합쳐 그들이 가진 부정적인 어떤 면이 사실은 모든 사람이 가지고 있는 내면의 그림자라고 설명한다. 그럼으로써 언론에서 만든 이분법적인 분리는 잘못된 것이고 그들 또한 우리와 마찬가지인 존재로 파악한다.

아울러 하루키는 신자들과의 인터뷰뿐만 아니라 사건 당일 범행에 가담했던 범인들에 관해서 재판 과정을 방청하며 보고 느낀 내용을 『언더그라운드』에 게재해 놓았는데, 이 책에서 그는 범인들의 신상과 사건 당일 전후의 행적을 기술했다. 이것은 교주인 아사하라 쇼코(麻原彰晃)로부터 사건을 지시받고 사전에 예행연습을 하고 만약의 사고에 대비한 준비와 사건 후의 도주 행로의 확보에 대해 그들이 법정에서 기술한 내용이다.

이들은 모두 2인 1조가 되어, 한 명은 사린이 든 봉지를 지하철 내에서 뾰족한 우산으로 찔러 공기 중에 확산시키는 실행범으로, 다른 한 명은 사건 전후에 차량으로 범인을 이동시키는 역할을 맡았다. 주목할 만한 것은 실행범들 대부분이 최고 교육을 받은 일본 사회의 엘리트층이라는 점이다. 옴진리교의 내부 구조를 살펴보면 교주인 아사하라는 신성법황(神聖法皇)으로 교단 전체를 다스리고, 그 밑으로 노동성, 후생성과 같이 20여 개의 청(廳)이나 성(省)을 배치하고, 각 청과 성에는 장(長)을 두고 신도들을 그 밑에 배치시킴으로써 각자 맡은 영역의 일을 하게 했다. 아사하라는 특히 엘리트를 선호하여 그들을 각 청과 성의 중책으로 중용하고 있었다.

치요다(千代田)선에서 사린을 살포한 하야시 이쿠오(林郁夫)는 게이오대학교(慶應大学) 부속 중고등학교와 동대학 의학부를 졸업한 후에 게이오 대학병원을 거쳐, 이바라기(茨城)현에 있는 국립 요양소병원의 순환기과 책임자로 근무하다가 출가한 슈퍼 엘리트이다. 또한 마루노우치(丸ノ内)선의 실행범 히로세 겐이치(廣瀬健一)는 와세다(早稲田)고등학원을 거쳐 와세다대학교 이학부 응용물리학과를 수석으로 졸업한 재원이다. 실행범 중 가장 존재가 약하기는 하지만 마루노우치선의 실행범 요코야마 마코토(横山真人)는 도카이(東海)대학교 응용물리학과를 졸업했고, 히비야(日比谷)선의 실행범 도요타 도루(豊田亨)는 도쿄(東京)대학교 이학부 석사 졸업 후 박사 진학을 포기하고 출가한 사람이다. 마지막으로 히비야선 기타센쥬(北千住)발 나카메구로행의 실행범 하야시 야스오(林泰男)는 고가쿠인(工学院)대학교 야간을 졸업하고 인도를 여행하다 종교에 관심을 갖게 되어 옴진리교에 귀의했다.

옴진리교 신자 중에 이공계 계통의 엘리트들이 많은 이유에 대해 전문가들은 신인류(1960년 출생)와 신신인류(1970년 출생)의 등장을 꼽는다. 제2차 세계대전 후 반세기 동안 평화를 향수해 온 일본은 전쟁 체험이 전무한 젊은이들을 낳고 그들은 직접적이고 적극적인 폭력의 체험보다는 '이지메'와 같은 간접적이고 수동적인 폭력밖에 체험하지 못했기 때문에 때리면 아프고 피가 나온다는 사실을 모른다고 한다. 또한 집안에 엄한 아버지가 없기 때문에 금지와 명령이 존재하지 않아서 온순하고 상냥하고 착한 아이로 자랐는데 이들이 옴 진리교에 귀의한 후에 권위적이고 명령을 지시하는 교주 아사하라를 '제2의 아버지'로 느끼게 된 것이라고 지적한다.

이들 대부분은 '지하철에 사린을 뿌려라'고 하는 아사하라의 명령을 받고 '심장이 쪼그라드는 듯한 느낌이 들었다', '희생자가 나올 것을 생각하니 두려웠다'고 진술했다.

그들에게 아사하라의 변호인단이 '교주의 명령을 거절할 수도 있지 않았냐'고 묻자 하야시 이쿠오는 '만약 그것을 거절할 수 있었다면 애당초 이번 사건은 일어나지 않았을 것'이라고 말함으로써 이번 사건의 불가역성에 대해 설명한다. 그들은 범행을 실행하기 위해 올라탄 열차에서 만난 무고한 시민들을 보고 매우 당황한다. 자신들이 자행할 일로 인해 그들이 희생될 것을 생각하며 순간 심적 갈등을 일으킨다. 하지만 대부분은 '여기까지 와서 실행하지 않을 수 없다. 이것은 법을 위한 투쟁이다. 나약한 마음을 가져서는 안 된다', 그리고 스스로를 납득시키기 위해 입속으로 끊임없이 만트라(주문, 기도)를 되뇌며 자신을 독려하며 범행에 임한다.

하루키는 가와이 하야오(河合隼雄)와 인터뷰를 하면서 다음과 같이 이야기한다.

무라카미: 저는 가능한 시간을 내서 재판을 방청하도록 신경 썼는데 하지만 실행범이 된 사람들을 보고 있자니 그들이 저지른 죄는 죄이지만, 역시 뭔가 가련하다고 생각하지 않을 수 없었어요. 스스로 선택한 일이라고는 하지만 역시 많든 적든 정신적으로 컨트롤 당한 거니까. 그러니까 법적으로

주어진 형량 문제에 대해서는 그렇다 치고 인간으로서의 책임을 어느 지점까지 추궁할 수 있을지 저는 결정하기 어려웠어요. 그렇게나 많은 피해자를 뵙고 이 범죄에 대해 저 나름대로 심한 분노를 느끼고는 있지만 그래도 역시 안 됐다는 느낌은 확실히 남아 있어요.

조금 감정적으로 느껴지는 발언이긴 한데 아무튼 하루키는 옴진리교 신도들을 인터뷰할 때는 별로 그렇지 않았지만, 사건의 실행범들의 재판을 지켜볼 때는 이들을 심정적으로 매우 동정하는 모습을 보이고 있다. 그리고 이러한 사이비 종교단체와 신도들이라는 주제는 1995년 이후부터 2019년 현재까지 하루키의 작품에 커다란 영향을 미치게 된다.

1996년 1년간, 그리고 1997년 1년간을 두 가지 논픽션을 쓰는 데 집중한 하루키가 얻은 것은 논픽션을 쓸 수 있는 작가라는 타이틀보다는 일반인들과 접촉하며 일반인의 생활상을 들여다봄으로써 사회 저변에까지 시야를 확대하게 된 것이 가장 큰 수확이라고 할 수 있을 것이다. 직장생활을 한 적이 없는 하루키는 인터뷰했던 사람들이 보통 1시간에서 2시간 걸리는 직장에 만원 전철로 매일 같은 시간에 이동한다는 사실에 굉장히 놀란다. 더구나 아무 불평 없이 묵묵히 자기 할 일을 하는 그들의 모습에서 일본 국민들의 근면함과 성실함에 감동을 받는다.

특히 『약속된 장소에서』를 발행한 1998년은 하루키의 나이가 만 49세 되는 해였는데 개인적으로 아주 안 좋은 시기였다. 이 책의 「해제」에 그 기분에 대해 언급하고 있는데 진절머리가 나고 지치고 실망하는 일이 아주 많았고 사람들의 들고 나는 게 심했고, 여러 생각이 교차하고 오해가 생기고 그다지 유쾌하다고 할 수 없는 돌발적인 사건이 계속 생긴 해였다고 고백하고 있다. 『노르웨이의 숲』, 『태엽 감는 새 연대기』와 같은 대작을 마치고 나면 한바탕 소동이 일었듯이 이번에도 마찬가지였는데, 개인적으로는 쉰 살을 앞두고 있다는 심리적인 원인도 작용했을 것 같다. 우리나라에서도 미신이기는 하지만 아홉수라는 나이를 불길하게 보는데, 하루키는 유난히도 앞자리 숫자가 바뀌기 직전의 해에 여러 가지 안 좋은 일들이 벌어지곤 했다.

사실 하루키가 논픽션 두 개를 발표할 당시만 해도 비판적인 비평이 주를 이루었지만 이 사건에 대한 기록 중 이렇게 피해자들이나 신자들의 이야기를 있는 그대로 기록하여 생생한 목소리를 전달한 책은 거의 없다고 해도 과언이 아니다. 이 사건을 주제로 한 대부분의 책들은 옴진리교가 만들어지기까지의 과정과 아사하라 쇼코라는 교주의 비상식적인 종교 활동, 집단 내 구조, 여자 문제 등에 집중되어 있다. 한편으로 피해자들의 수기도 많이 발표되기는 했지만 그것은 피해자 한 사람이 보고 느낀 것을 기록한 것이지 같은 시간대에 같은 공간에서 같은 사건을 조우한 많은 사람의 이야기를 담은 것은 아니다.

하지만 하루키의 논픽션들은 다수의 피해자가 제각기 자신의 목소리로 다른 시각에서 사건을 이야기하고 있다. 또한 일본인이 타인의 일에 무관심하고 벚꽃 같은 민족이라고 하지만 이 책을 통해 사고가 났을 때 몸을 사리지 않고 서로 돕는 모습이나, 특히 가스에 노출돼서 응급실로 가야하는 데도 불구하고 고통을 참으면서 회사로 출근하는 모습은 일본인들의 성실한 그러나 다소 융통성이 없는 경직된 사회상을 엿볼 수 있다는 점에서 기존의 사건 보고서나 수기 등과는 확연한 차이를 보이고 있다. 많은 비평가가 하루키의 인터뷰 자세를 문제 삼았지만 그러나 70여 명에 이르는 사람들이 하루키의 인터뷰에 응해서 대답을 했다는 것은 하루키 스타일의 인터뷰가 제대로 기능한 결과라고 할 수 있을 것이다. 이에 대해서는 가와이 하야오 씨도 하루키가 그 정도의 이야기를 끌어낸 것이 그의 인터뷰의 성과라고 칭찬하고 있다.

이러한 노력의 결과 1999년 5월, 그의 나이 만 50세에 그는 『약속된 장소에서』로 '제2회 구와바라 다케오(桑原武夫) 학예상'을 수상한다. 이 상은 불문학자인 구와바라 다케오를 기념하여 만든 우시오(潮) 출판사가 주최하는 상으로 인문과학 중 우수한 서적이 대상이다. 아이러니하다고 하면 우시오 출판사는 일본의 신종교인 창가(創價)학회 계열의 출판사이다.

21
세계적인 작가의 반열에

앞에서 언급했듯이 하루키는 소설을 쓰는 데 있어 가장 중요한 것은 기초 체력을 단단히 하는 것이라고 생각하고 『양을 둘러싼 모험』을 쓰던 무렵부터 정확히는 1982년부터 매일 한 시간 정도 달리기나 수영을 생활화해 왔다. 일 년에 한 번은 마라톤 경기에 참가하고 1997년부터는 트라이애슬론 대회에 참가하기 시작했다. 철인3종경기로 불리는 트라이애슬론을 시작한 것이 48세이니 그 끊임없는 도전정신이야말로 하루키를 지탱하게 해주는 버팀목이 아닐까 싶다. 하지만 역시 나이가 나이인지라 철인3종경기는 힘들었던 듯 2000년에 참가한 무라카미 국제 트라이애슬론에서는 수영을 하다가 갑자기 힘들어서 도중에 포기한다. 20세기 마지막 날은 차 라디오에서 나오는 브라이언 윌슨의 '캐롤라인 노'를 들으면서 지는 석양을 보기 위해 하와이의 카우아이섬의 노스 쇼어를 드라이브한다.

2000년 1월에는 오이소 내에서 다른 곳으로 이사한다. 오이소라는 곳은 가나가와현 중부에 위치하고 있으며 사가미(相模)만에 인접한 항구도시로 별장지가 많은 곳이다. 이번에 이사한 곳은 산중턱에 지어진 집으로 사가미만이 내려다보이는 곳이었다. 그는 오이소가 빠칭코도 없고 러브호텔도 없고 여유롭게 살 수 있어서 좋다고 이야기한다.

바야흐로 2000년이라는 밀레니엄의 해로 접어들며 21세기가 되었다. 그의 나의 만 52세, 그는 당대의 일본인 작가를 대표하듯 특별대우를 받으면서 시드니 올림픽을 관전하고 2001년 1월에 『시드니』라는 제목의 르포르타주 형식의 에세이집을 간행한다.

『시드니』

이 에세이는 시드니올림픽이 열렸던 2000년 9월 15일의 개막식부터 10월 1일의 폐회식까지의 전 기간 동안 올림픽 경기를 지켜보며 그 관전기를 기록한 것인데 대회 기간 중에 매일 30장 이상에 이르는 리포트를 써야 하는 하드한 스케줄이었다. 이 일은 스포츠 정보지인 「넘버」의 의뢰로 시작했는데 하루키는 평소에 마라톤을 하고 있던 만큼 육상경기에 가장 관심을 보였고 나머지 경기는 특별히 보지도 않았다. 하루키는 원래 올림픽 같은 건 따분하기 그지없는 구경거리라고 비판해 왔는데 개막식 때는 덴마크 선수단이 입장할 때쯤 재미없어서 자리를 떴고 폐회식은 다 보지 않고 나왔다는 내용을 보면 그 분위기를 짐작하게 한다.

에세이에는 올림픽 경기 이외에도 시드니 신문에 실린 가십을 소개하거나 호주의 역사에 관한 이야기도 있고 일본 육상 선수들과의 인터뷰 등이 있다. 흥미로운 것은 여자 마라톤 선수인 아리모리 유코(有森裕子)와 이누부시 고코(犬伏孝行)라는 선수들에 대한 소개 글이다. 이누부시는 금메달이 기대되는 유망주여서 아마 잡지사 측에서 인터뷰를 넣은 것 같은데 실제 시합에서는 도중에 기권하고 만다. 한편 아리모리는 1996년 애틀란타올림픽 동메달 리스트로 메달 획득 후에 '내가 나 스스로를 칭찬하고 싶다'라는 명언을 남겨 유명한 선수인데, 시드니올림픽에는 대표선수로 발탁되지 않았다. 그럼에도 불구하고 이 인물에 대한 소개를 한 것은 그녀가 천부적인 선수가 아니라 자신의 노력으로 능력을 키운 타입이라 이쪽이 하루키의 스타일과 비슷했기 때문에 더 호감을 가졌던 것 같다,

2002년에는 하루키의 10번째 장편소설인 『해변의 카프카』가 신초사에서 간행된다. 이 작품은 기존의 하루키 작품에서 볼 수 없었던 15세 소년이 주인공으로 등장하는가 하면 그리스의 비극인 오이디푸스왕 이야기와 일본의 고전인 『겐지모노가타리(源氏物語)』, 『우게쓰 모노가타리(雨月物語)』가 작품에 인용되는 등 새로운 스타일에 도전한 작품이었다. 또한 간행

『해변의 카프카』

후 2002년 9월 12일부터 2003년 2월 14일까지 『해변의 카프카』 홈페이지를 만들어 세계 각국에서 온 독자들의 메일에 답을 하고 이를 엮어 『소년 카프카』라는 잡지로 간행한다. 홈페이지 간행 시에는 출판사에서 4명의 편집자들이 달라붙어서 홈페이지를 만들고 독자들의 메일을 관리해 주는 등 그야말로 세계적인 작가 하루키라는 위상에 걸맞은 대접을 받으며 팬서비스를 개시했다. 하루 평균 100

통, 전체 1,200통의 메일이 도착했는데 하루키는 하루에 약 20통 정도에 대해 답장을 했다. 9월 24일부터 17일 동안은 미국과 독일을 여행 중이었는데도 불구하고 여행지에서 메일을 열어보고 답장을 쓰는 등 팬들의 호응에 정성스럽게 응대했다.

늘 그렇듯이 이 작품이 발표되고 나서도 적지 않은 비판이 있었지만 세계가 인정하는 하루키에 대해 일본 문단이 초창기처럼 무차별적 폭격은 하지 않았다. 있을 수 있는 비평 정도였는데 가장 대표적인 것이 도쿄대학교의 고모리 요이치(小森陽一) 교수가 『무라카미 하루키론 '해변의 카프카'를 정독하다』에서 하루키의 역사의식을 비판했다. 즉 사에키라는 여자 주인공이 사랑하는 애인이 먼저 죽었는데 따라 죽지 않아 그에 따른 벌로 그림자가 반밖에 남지 않은 상태로 살아가는데, 이런 처벌에서 고전적인 여성 혐오, 즉 '여자라는 죄'의 유형이 보인다고 지적한다. 또한 나카타라는 노인이 전쟁 중에 여교사의 구타로 모든 기억을 잃어버린 채 평생을 지적장애인으로 살아가는 것에서 이 소설에는 역사의 부인, 부정 그리고 기억의 망각이라는 특별한 악의가 있고 결국 이 소설은 전쟁 가해자인 일본에 면죄부를 주고 있다고 비판했다.

이 책은 2005년에 필립 가브리엘의 번역으로 『Kafka on the Shore』라는 제목으로 미국에서 출간되었으며 그해 '뉴욕타임즈 연간 베스트북 10(The Ten Best Books of 2005)'으로 선정되었다. 10월 6일에는 MIT에서 낭독회를 했는데 450명을 수용할 수 있는 교실에 1,700명 정도가 몰려 대성황을 이루었다. 하루키는 "일부러 내 낭독을 들으러 와 줘서 고맙다. 이렇게 많이 올 줄 알았으면 펜웨이 파크(보스턴 레드삭스의 홈구장인 – 필자 주)를 빌렸을 텐데" 하고 말해서 청중을 웃겼다. 이 작품은 2006년에 미국의 판타지 문학상의 하나인 '세계 환상문학대상'을 수상하였으며, 2019년 현재 전 세계에서 약 30개 언어로 번역 출간되었다.

사실 하루키가 미국 출판 시장에 뛰어든 게 1989년부터이니 만 17년 걸려서 이 정도의 성과를 거두게 된 것이다. 초창기에 그는 다른 언어는 몰라도 영어로 번역된 원고라면 읽을 수 있다는 이유만으로 미국 쪽을 홈그라운드로 두고 출판 시장을 넓혀갔는데, 그 이외에도 아시아를 비롯하여 러시아와 동유럽, 서유럽에 이르기까지 독자들이 서서히 늘기 시작했고, 드디어 『해변의 카프카』에 이르러서는 일본 작가의 번역 작품으로서가 아니라 영어권 소설들과 어깨를 견줄 수 있을 만큼의 위상을 차지하게 된 것이다.

22

/

배신의 상처

2006년 3월 27일 체코에 있는 프란츠 카프카 협회는 하루키를 '제6회 프란츠 카프카상' 수상자로 발표한다. 이 상은 체코의 작가 프란츠 카프카를 기념하여 2001년에 창설된 것인데 하루키는 동양 작가로서는 처음으로 수상자가 되었다. 2004년 수상자인 오스트리아의 엘리네크와 2005년도 수상자인 영국의 해럴드 핀터가 같은 해에 노벨문학상을 수상했기 때문에 하루키도 노벨문학상을 타는 것 아닌가 하는 기대로 일본 미디어가 들썩였다.

그런데 비슷한 시기에 판매되기 시작한 「문예춘추」 4월호에는 하루키가 쓴 「어느 편집자의 삶과 죽음-야스하라 켄에 관하여」라는 글이 실렸다. 앞에서도 보았듯이 하루키는 일본의 출판 시스템을 그리 마음에 들어 하지 않았고 또 이로 인한 여러 가지 불편한 경험을 한 적이 있기는 하지만, 고인이 된 한 인간에 대해 극히 개인적인 의견을 이런 형식으로 발표를 한 것은 매우 충격적인 일이었다.

야스하라 켄은 2003년 1월에 폐암으로 사망했는데 그 3년 후에 하루키가 그와의 관계에 대해 공식적으로 입을 연 것이다. 두 사람이 알게 된 것은 하루키가 센다가야에서 재즈 카페를 하던 시절로, 야스하라는 아버지가 레코드 수집이 취미여서 고등학교 시절부터 아버지가 남긴 레코드를 들었고 FEN(미국이 해외 각지에 주둔하는 미군과 가족을 위해 운영했던 라디오 텔레비전 겸영 방송)으로 팝송을 접하는 등 줄곧 음악에 관심을 가져온 사람이다. 하루키의 카페를 드나들던 시절에는 쥬오고론사의 편집자인 동시에 재즈 평론을 부업으로 하고 있어서 기회가 될 때마다 둘이 재즈 이야기를 나누었다. 하루키는 이러한 공통 관심사 이외에도 야스하라의 성격을 마음에 들어 했는데 그가 뒤에서 남의 욕을 하지 않는 점에 호의를 가지게 되었다고 한다. 그 뒤에 하루키가 작가로 데뷔하고 나서부터의 일화에 대해 하루키는 다음과 같이 말하고 있다.

내가 작가가 되고 나서 기꺼이 그와 일을 한 것은 정직한 인간을 좋아했기 때문이다. 그리고 데뷔작 『바람의 노래를 들어라』에 대해 그가 가장 순수하게 기뻐해 주었기 때문이기도 하다. 그래서 첫 단편소설 『중국행 슬로보트』를 그가 편집자였던 「바다(海)」에 발표했다. 그때 그는 예상과는 달리 전혀 수정을 요구하지 않았다.

그 후에도 잡지 「바다」나 「마리 클레르」를 위해 많은 원고를 썼는데 자잘한 어구 수정 이외의 요구는 없었다. 훗날 '내가 하루키를 키웠다'라는 말을 야스하라 씨가 하고 다닌 것 같은데 그것은 뭔가 착각이고, 나는 기본적으로는 나 혼자서 컸다고 생각한다.

내가 작가로서 일을 하고 있는 동안에 야스하라 씨가 문예업계에서 '이분자(異分子)'라는 것을 알게 되었다. 실은 나도 마찬가지로 '이분자'여서, 데뷔의 모태가 된 잡지 「군조(群像)」와도 편집자의 이동도 있고 해서 그다지 좋은 관계는 아니었다. 그런 저런 사정도 있고 또 그의 결점을 보충할 만큼 뛰어난 부분을 알고 있던 나에게 있어 그 당시 그의 존재 방식은 내 심경에 비교적 가까운 데가 있었다.

야스하라 씨 손에 큰 건 아니지만, 그는 여러 가지 면에서 소설가로서의 나를 격려해 주었다. 마찬가지로 나 또한 그가 회사에서 외면당했을 때는 그를 격려하며 조직을 그만두고 독립할 것을 조언하기도 했다. 하지만 그는 쥬오고론(中央公論)사가 파탄나기 직전까지 그만두지 않았다. 야스하라 씨는 의외로 샐러리맨적인 삶의 방식이 몸에 배어 있다고 느끼고 나서부터는 내가 그를 보는 시선이 조금 바뀌었던 것 같다.

야스하라 씨가 소설을 쓰고 있다는 것을 안 것은 꽤 나중 일이었다. 솔직히 말해 그다지 재미도 없었고 야스하라 켄이라는 인간성이 전혀 묻어나지 않는 소설이었다. 결국 그는 소설가가 되지 못했다. 한편 스스로 '슈퍼 편집자'라고 자칭하며 세상의 소설가를 난도질한 것은 소설가가 될 수 없었던 욕구불만이 만들어 낸 결과가 아니었나 하는 생각이 들었다. 그 예리한 비평 끝에서 실은 자기 자신을 상처 입히고 있던 것은 아닌가 하는 인상을 가지고 있었다.

그리고 언제부턴가 돌변하여 야스하라 씨는 내 작품을 신랄하게 비판하게 되었다. 그것은 '변절'이라고 부를 만한 것이었다. 꽤 오랫동안 야스하라 씨를 개인적인 친구라고 생각했던 나는 마음이 아팠다.

하루키의 원고 유출 사건이 실린 「문예춘추」 2006년 4월호

야스하라 씨와 관계를 끊으면서 문예업계와의 관계가 끝나 버렸다. 그것은 결과적으로는 내게 좋은 일이었다.

이런 사정으로 지금부터가 '어떤 일'에 관한 이야기가 되는데, 딱 잘라 말하면 내 자필 원고의 유출에 관한 문제이다. 예를 들면 내가 야스하라 씨에게 직접 건넨 원고가 시장에 상품으로 돌아다니고 있다는 것이다. 그중에는 책으로 만들고 싶지 않아 보류했던 원고까지 있었다. 내 원고뿐만이 아니라 다른 현역 작가의 원고도 시장에 유출된 흔적이 있다.

내 해석으로는 오리지널 원고의 소유권은 기본적으로는 작가에게 있다. 출판사에게 일정 기간 그것을 맡길 권리도 있다고 생각한다. 그러나 출판사에 근무하는 편집자가 그 원고를 개인적으로 가져갈 권리는 없다고 생각하고, 그것을 시장에 내놓고 수입을 얻는 일은 있어서는 안 되는 행위라고 생각한다.

솔직히 이런 글을 쓰고 있는 것만으로 점점 공허해지고 슬픈 기분이 든다. 소설가와 편집자 사이에는 이상한 신뢰감이 있다. 그러나 그것을 잃어버리면 그 뒤에는 괴롭고 쓰라린 느낌밖에 남지 않는 것이다.

야스하라 켄은 통칭 '야스켄'으로 통하며 곱슬머리에 선글라스라는 특유의 복장으로 유명했고 '적당하고 전대미문의 캐릭터'이며 '과잉 독자+과잉 편집자'를 목표로 잡지를 만들었던 유능한 편집자라는 평도 있지만, 유명 작가에 대한 매도에 가까운 논평으로 유명했다. 예를 들면 「레코드 예술」이라는 잡지의 칼럼에서는 오에 겐자부로에 대해 '한마디로 독서라고 해도 처음부터 쓰여 있는 내용도 거의 짐작이 가지만 그러나 (그 작가를―필자 주) 바보로 만들고 조소하려고 애써 읽는 책들이 있다. 최근 작품으로 말하자면 오에 겐자부로의 「상황으로」와 오다 미노루의 「상황에서」 같은 것이 그 전형적인 예이다. 이 두 권의 책은 「아사히 저널」과 마찬가지로 손에 드는 것도 불쾌한 잡지 「세계」에 1년간 연재되었던 것을 단행본으로 만든 것인데, 두 사람 모두 잘도 그런 허접한 잡문을 단행본으로 만들었구만 하고 느꼈는데, 일단 그 뻔뻔함이랄까 염치없는 정신에 아연실색했다'라고 비판했다. 이에 대해 오에 겐자부로는 진노해서 야스하라 켄이 편집장으로 있던 쥬오고론사에서 진행하는 '다니자키 준이치로상'의 심사위원을 사퇴하기도 했다. 이렇게 문단이고 뭐고 별로 신경도 안 쓰고 자기 멋대로 비평을 하는 그는 당연히 문단이나 문예계에서 이단아 취급을 받았고, 그런 면에서는 하루키 또한 비슷한 사정이니 심정적으로 동병상련을 느꼈던 것 같다.

야스하라 켄은 본인이 스스로 '슈퍼 편집자'라고 자칭하면서 하루키나 요시모토 바나나를 발굴했다고 자랑하고 다녔지만 하루키가 데뷔한 것은 1979년 4월 『바람의 노래를 들어라』로 '제22회 군조 신인문학상'을 수상하면서이고, 야스하라가 하루키의 작품을 처음 담당한 것은 잡지 「바다」의 1980년 4월호에 하루키의 단편 「중국행 슬로보트」를 실을 때부터이니 그의 말은 사실과 다르다는 것을 알 수 있다.

하지만 히라노 요시노부 씨에 따르면 젊은 날의 하루키에게 있어 야스하라는 은인이자 친구, 동지라고 할 수 있는 관계로 이런 식의 폭로로 둘의 관계를 정리할 수 없었던 데 대해 안타까움을 나타내고 있다. 그런 의미에서 히라노 씨는 야스하라 켄 쪽의 입장도 다음과 같이 밝히고 있다.

『바람의 노래를 들어라』를 읽은 이래, 무라카미 류(村上龍)와 나란히 내가 아주 좋아하는 2대 작가가 되어 그야말로 편지 조각까지 전부 읽었다. 문장이며 내용 모두 마음에 들었기 때문이다. 그런 그의 파워가 다운되기 시작한 것은 단편집 『TV 피플』부터였다. 입이 거친 나는 본인을 앞에 두고 "『TV 피플』에 실린 단편은 전부 꽝이야, 너무 대충 썼어"라고 혹평을 했다. 하루키는 "대충 쓸 생각은 없었는데"라고 조금 열 받은 얼굴을 했다. (중략)

부활을 갈망한 내 소망도 덧없이 『TV 피플』 이후 그의 파워는 쇠약하기 시작해 오늘날에 이르고 있다. 원래 『국경의 남쪽, 태양의 서쪽』의 서평을 부탁 받았을 때 "욕밖에 쓸 게 없는데"라고 거절했더니 "그래도 괜찮다"고 했다. 그래서 그에게 활력을 불어넣을 생각으로 '싸구려 할리퀸 로맨스가 아닌가'라고 썼고, 주간지 인터뷰에서도 마찬가지 이야기를 했다.

오래 교제해 왔기 때문에 내 진심이 통할 거라고 생각했는데, 마침 미국 체류 중이기도 해서 이유도 듣지 못하고 일방적으로 절교당했다.

야스하라 쪽에서는 자신이 심하게 말해도 하루키가 이해하겠거니 하고 생각하고 일침을 가한 것이라고 하지만 하루키 쪽에서는 그나마 자기편이라고 생각했던 야스하라에게 이런 식의 모욕을 당한 것에 배신감도 느꼈을 것이고, 또 이미 베스트셀러 작가의 반열에 들어선 하루키가 이런 식의 비평을 그냥 들어 넘기기에는 자존심도 허락하지 않았을 것이다. 아무튼 하루키는 이런 비평에 대해 하고 싶은 말이 많았지만 그냥 입 다물고 이를 악물고 열심히 글을 썼고 조금이라도 훌륭한 소설을 쓰도록 노력했다고 한다.

그런데 혹평으로 인해 사이가 틀어진 것은 그렇다 치고 하루키의 원고(뿐만 아니라 다른 작가의 원고도)를 무단으로 고서점에 판매했다는 것은 변명의 여지 없는 야스하라의 잘못일 것이다. 1980년이나 90년대 당시에는 작가가 쓴 원고를 편집자에게 넘겨 검토받는 것은 흔한 일이었지만, 그 원고를 다시 돌려달라고 하는 것은 대단히 어려운 일이었다고 한다. 그러니 하루키도 야스하라에게 원고를 꽤 넘겼지만 본인이 돌려주지 않는 한 돌려달라는 말은 못 했을 것이고, 시간이 지나면서 하루키가 바쁘기도 하고 거기까지 신경 쓸 겨를이 없어 자신이 넘긴 원고에 대해 까먹었을 것이다.

그런데 야스하라의 사후에 심심치 않게 작가들의 원고가 고서점에 돌아다니는데 그게 야스하라가 한 일이라는 소문이 돌았다. 하루키의 경우는 1980년 12월호 「바다」에 실렸던 스콧 피츠제럴드의 『얼음 궁전』 번역의 원고 73장이 100만 엔이 넘는 가격으로 도쿄 진보초(神保町)의 고서점에 팔렸다고 한다. 안타까운 것은 무슨 이유로 남의 원고를 판 것인지가 명확하지 않다는 점이다. 야스하라는 폐암 말기 선고를 받고도 수술을 거부하고 집에서 목숨이 붙어 있을 때까지 일하고 싶다고 해서 집에 산소 봄베(용기)를 설치했었는데, 병 때문에 돈이 필요했던 걸까? 안타깝게도 문제가 제기됐을 때는 이미 야스하라도 고서점 주인도 죽고 난 뒤라 그 이유는 영영 밝힐 수 없게 되었다. 한때는 서로에게 든든한 지원자였던 편집자와 작가가 이런 식으로 갈라설 수밖에 없었다는 게 아쉬움이 남는 대목이다.

23
/
벽과 계란

이런 논란을 잠시 뒤로 하고 2006년 10월 30일에 하루키는 체코의 프라하 에서 열린 '프란츠 카프 카상' 시상식에 부인 요 코와 함께 참석한다. 수 상 소감은 "프란츠 카프

프란츠 카프카상 시상식

카의 작품을 만난 것은 15세 때 『성』이라는 작품이었는데 엄청나게 대단한 작품이라 큰 충력을 받았다. 내 소설 『해변의 카프카』는 카 프카에 대한 찬사이기도 하다. 그 소설의 체코어 번역판이 1주일 전 에 나왔는데 오늘 시상식은 완벽한 타이밍이었다."라고 밝혔다. 식 전에 행해진 기자회견에서 카프카상 수상자는 노벨상 후보라고 하 는데 어떻게 생각하느냐는 질문에 대해서는 이렇게 대답한다.

노벨상에 대해서는 누구한테서도 아무 말도 듣지 못했고 실제로 어떤 상 에도 흥미 없습니다. 제 독자가 제 상입니다. 카프카를 존경하고 있기 때문

에 상을 받으러 왔지, 노벨상을 노리거나 그런 일은 없습니다.

결국 이 소동은 그해 노벨문학상을 터키의 작가 오르한 파묵이 받으며 막을 내렸지만, 그 후로도 거의 매년 노벨상의 시즌이 돌아오면 후보로 거론되며 일본은 물론 해외까지 떠들썩하게 만들고 있지만 2020년 현재까지 수상하지 못하고 있는 실정이다.

'프란츠 카프카상' 이후로도 계속해서 이런저런 상을 받게 되는데 2006년 말에는 아일랜드의 문학상인 '프랭크 오코너 국제 단편상'을 수상한다. 그 와중에도 10월 1일에 열리는 무라카미 국제 트라이애슬론에 참가하기 위해 8월 1일부터 두 달간 자전거 연습을 하고 대회에 참가하는데 기록은 9시간 56분이었다. 2007년 1월에는 아사히신문사가 주관하는 '아사히상'을 수상하고 9월에는 '제1회 와세다대학 쓰보우치 쇼요(坪内逍遥) 대상'을 수상한다. 이 상은 와세다대학 문학과를 창설한 쓰보우치 쇼요를 기념하여 만든 상으로 첫해에 하루키가 수상한 것이다. 2008년 6월에는 프린스턴대학에서 명예 박사학위를 수여받는다.

2009년 1월 21일에 이스라엘의 「하라앗츠(haaretz)」지는 하루키를 이스라엘의 최고 문학상인 '예루살렘상'의 수상자로 발표한다. 이 상의 원래 명칭은 '사회에서의 개인의 자유를 위한 예루살렘상'으로 인간의 자유, 사회, 정치, 정부라는 테마를 다룬 작품을 대상으로 그 작가에게 주어지는 것으로, 주관은 예루살렘 국제 북페어가 하는데 2년에 한 번 이루어지는 북페어 행사에 맞춰 시상식을 거행한다. 과거에는 이스라엘의 정책에 반발해서 수상식에 참가하

지 않은 작가도 있었다. 하
루키가 수상자로 결정된
데는 나중에 알려진 에피
소드가 있었다. 당시 이 상
의 수상자에 관해 심사위
원들은 나이가 좀 있는 미
국 작가를 추천했다. 그런

예루살렘상 수상 연설

데 심사위원 중의 한 사람인 에트가 케렛이 그 사람은 30년 전에
받아야 마땅한 인물이고 같은 실수를 반복하지 않기 위해 이번에
는 꼭 무라카미 하루키에게 주어야 한다고 강하게 주장했고 그의
주장이 받아들여진 것이다. 그는 하루키를 추천한 이유에 대해 다
음과 같이 말하고 있다.

내가 하루키를 예루살렘상으로 강력하게 추천한 것은 그가 프란츠 카프
카나 노벨문학상을 받은 아이작 바셰비스 싱어처럼 자기 고향을 떠나 떠돌
아다니며 사는(디아스포라인) 유대인 작가들과 공통점이 있다고 생각했기 때문
이다.

전 세계의 대부분의 작가들은 설령 유명하다고 해도 자기가 사는 사회를
자명한 것으로 취급하고 그 사회를 체현하는 존재가 된다. (중략)

그러나 카프카나 싱어는 자신을 사회와 분리 불가능하게 연결된 존재로
보지 않았다. 그들은 사회적인 존재로서의 인간이 아니라 보다 보편적인 인
간성을 그리려고 하고 있다.

카프카의 『변신』이 체코 사회에 관해 쓰여진 소설이 아니라 인간성 자체

에 대해 쓰인 작품인 것과 마찬가지로 하루키도 일본 사회에 관한 것이 아니라 보다 근본적인 인간에 대한 물음을 던지고 있다. 하루키가 일본과 미국 양쪽 사회에 통하고 있기 때문에야말로 가능한 것이라고 생각한다.

흥미로운 것은 시상식장에서의 하루키의 모습이었다. 그는 자신을 보고 달려든 팬들을 보고 상당히 스트레스를 받아 어쩔 줄 몰라 했다고 한다. 시상식 전날 심사위원들이 하루키와 저녁 식사를 할 기회가 있었는데 하루키를 추천했던 에트가 커렛은 아들이 아파서 식사 자리에 참석하지 못했다. 그래서 시상식을 마치고 대기실에 앉아 있는 하루키에게 카메라맨과 같이 다가가서 인사를 하려고 했는데 열광적인 팬이 또 들이닥쳤다고 생각했는지 그냥 도망쳤다고 한다. 달리기 선수처럼 엄청난 속도로.

한편 일본에서는 팔레스타인과 이스라엘의 분쟁이 지속되고 있는 상황에서 하루키가 이 상을 꼭 받으러 가야 하나 하는 비판이 일었다. 왜냐하면 수상이 발표된 그해 1월에 이스라엘은 가자 지구를 침공했고 그에 대해 국제사회는 이스라엘에 대한 비난 여론을 거세게 퍼붓고 있는 상황이었기 때문이다. 오사카의 한 시민단체는 이스라엘의 전쟁 범죄를 숨기고 면죄해 주는 행위나 마찬가지라며 하루키의 수상 사퇴를 요구하기도 했다. 하루키 자신도 「문예춘추」에 실린 인터뷰 「나는 왜 이스라엘에 갔나-상을 거부하라는 목소리, 그래도 전하고 싶었던 말」에서 다음과 같이 그때의 심정을 이렇게 말하고 있다.

친구나 친한 편집자들로부터 가지 않는 게 좋겠다는 충고의 메일을 받았습니다. (중략)

다만 내 나름대로 생각에 생각을 거듭해서 결심하고 행동하고 있는 겁니다. 오래 사귄 사람들조차도 그런 부분을 헤아려 주지 못한다는 것이 역시 힘들었습니다. 그래서 외출할 때는 고립무원이라는 느낌이었습니다. 「한여름의 결투」의 게리 쿠퍼가 된 듯한 기분이었습니다. 뭐 그렇게 잘 생기지는 못했지만, 기분상으로는요.

아무튼 일본 국내는 물론이고 외국에서도 하루키가 수상하러 이스라엘에 가는 것에 대한 반대 여론이 높았지만 그는 자기 소신대로 2월 15일에 거행된 '예루살렘상' 시상식에 참석했고 그 자리에서 수상 소감으로 「벽과 계란」이라는 연설을 한다.

솔직하게 말하죠. 저는 이스라엘에 와서 이 예루살렘상을 받는 것에 대해 '수상을 거절하는 편이 좋겠다'는 충고를 적지 않은 사람들로부터 받았습니다. 만약 여기에 온다면 책 불매 운동을 하겠다는 경고도 있었습니다. 그 이유는 물론 이번 가자 지구에서 있었던 격렬한 전투에 있습니다. (중략)

저 자신이 수상 소식을 받은 이후에 몇 번이고 스스로에게 물었습니다. 이 시기에 이스라엘에 가서 문학상을 받는 일이 과연 타당한 행위인가 하고. 그것은 분쟁의 한쪽 당사자이자 압도적으로 우위의 군사력을 보유하고, 그것을 적극적으로 행사하는 국가를 지지하고 그 방침을 시인한다는 인상을 사람들에게 주지는 않을까 하고. 그것은 물론 제가 바라는 바가 아닙니다. 저는 어떤 전쟁도 인정하지 않고 어떤 국가도 지지하지 않습니다. 또한 물론 제 책이 서점에서 보이콧 당하는 것도 굳이 원하는 바는 아닙니다.

그러나 열심히 생각하는 동안에 여기에 오기로 저는 다시 결심했습니다. 그 한 가지 이유는 너무나도 많은 사람이 '가지 않는 게 좋다'고 충고해 주었기 때문입니다. 소설가의 대부분이 그렇듯이 저는 일종의 '심술쟁이'인지도 모르겠습니다. '거기에 가지 마' '그걸 하지 마' 하는 말을 들으면, 특히 그런 경고를 들으면 가 보거나 해 보고 싶어지는 것이 소설가라는 기질입니다. 왜냐하면 소설가란 아무리 역풍이 심하게 불어도 자기 눈으로 실제로 본 세상사나 자신의 손으로 실제로 만져 본 사물밖에 믿지 못하는 종족이기 때문입니다. 그래서 저는 여기에 있습니다. 오지 않는 것보다 오기로 선택한 것입니다. 아무것도 보지 않는 것보다는 뭔가를 보기를 선택한 것입니다. 아무 말도 하지 않고 있기보다는 여러분께 이야기하는 것을 선택한 것입니다.

한마디만 메시지를 전하고 싶습니다. 개인적인 메시지입니다. (중략)

만약 여기에 단단하고 커다란 벽이 있고 거기에 부딪혀 깨지는 계란이 있다고 하면, 저는 언제나 계란 쪽에 서겠습니다.

그렇습니다. 아무리 벽이 맞고 계란이 잘못됐다고 해도 그래도 역시 저는 계란 쪽에 서겠습니다. 바르고 바르지 않고는 다른 누군가가 결정할 일입니다. 혹은 시간이나 역사가 결정할 일입니다. 만약 소설가가 어떤 이유가 있어서 벽 쪽에 서서 작품을 쓴다면 도대체 그 작가에게 얼마만큼의 값어치가 있을까요.

그런데 이 메타포는 도대체 무엇을 의미할까요. 어떤 경우에는 단순명료

합니다. 폭격기니 전쟁이니 로켓탄이니 수류탄이니 기관총이니 하는 것은 단단하고 커다란 벽입니다. 그것들에 짓밟히고 불타고 총을 맞는 비무장 시민은 계란입니다. 그것이 이 메타포의 한 가지 의미입니다.

그러나 그것만이 아닙니다. 거기에는 보다 깊은 의미도 있습니다. 이렇게 생각해 봐 주세요. 우리들은 모두 많든 적든 각각 하나의 계란이라는 것을. 어쩔 수 없는 하나의 혼과 그것을 둘러싼 약한 껍질을 가진 계란이라는 것을. 저도 그렇고 여러분도 그렇습니다. 그리고 우리들은 많든 적든 각자에게 있어 단단하고 커다란 벽에 직면해 있다는 것입니다. 그 벽은 이름을 가지고 있습니다. 그것은 '시스템'이라고 불립니다. 그 시스템은 본래는 우리를 지켜줘야 하는 것입니다. 그러나 어떨 때는 그것이 독자적으로 우리를 죽이고 우리들로 하여금 사람을 죽이도록 만듭니다. 냉정하고 효율성 있게, 그리고 조직적으로.

제가 소설을 쓰는 이유를 요약해서 말하면 단 하나입니다. 개인의 혼의 존엄함을 드러내어 거기에 빛을 쬐게 하기 위해서입니다. 우리들의 혼이 시스템에 끌려들어가 멸시당하는 일이 없도록 항상 거기에 빛을 쬐고 경종을 울리는 것, 그것이야말로 이야기의 역할입니다. 저는 그렇게 믿고 있습니다. 삶과 죽음의 이야기를 쓰고 사랑의 이야기를 쓰고 사람을 울게 만들고 사람을 겁주고 사람을 웃게 만듦으로써 개개인의 영혼의 소중함을 밝히려고 계속해서 시도하는 것, 그것이 소설가의 일입니다. 그 때문에 우리들은 매일 진지하게 허구를 만들어 내는 것입니다. (중략)

제가 여기에서 여러분께 전하고 싶은 것은 하나입니다. 국적과 인종과 종교를 초월하여 우리들은 모두 한 사람 한 사람의 인간입니다. 시스템이라는 강고한 벽을 앞에 둔 하나 하나의 계란입니다. 우리들에게는 도저히 이길

승산이 없어 보입니다. 벽은 너무 높고 단단하고 그리고 냉랭합니다. 만약 우리들에게 이길 가망이 있다고 하면 그것은 우리들이 스스로의, 그리고 서로의 혼의 소중함을 믿고 그 따뜻함을 그러모음으로써 생겨나는 것입니다.

생각해 보세요. 우리들 한 사람 한 사람에게는 손에 쥘 수 있는 살아 있는 영혼이 있습니다. 시스템에는 그것이 없습니다. 시스템이 우리들을 이용하게 만들어서는 안 됩니다. 시스템을 독립시켜서는 안 됩니다. 시스템이 우리들을 만든 것이 아닙니다. 우리들이 시스템을 만든 것입니다.

제가 여러분께 말씀드리고 싶은 것은 그것뿐입니다,

예루살렘상을 받게 되어 감사합니다. 제 책을 읽어 주시는 분들이 세계의 많은 장소에 있다는 것에 감사드립니다. 이스라엘의 독자 여러분께 감사 말씀을 드리고 싶습니다. 무엇보다 여러분들의 힘으로 저는 여기에 있는 것입니다. 우리들이 무언가를 ─ 대단히 의미가 있는 무언가를 공유할 수 있다면, 하고 생각합니다. 여기에 와서 여러분께 말씀드릴 수 있게 된 것을 기쁘게 생각합니다.

수상하러 가기 전에 가지 말아야 한다는 비판 여론이 들끓었던 만큼 수상 후도 그에 대한 비판이 열을 가할 것으로 예상됐지만 신문 기사들은 대부분 하루키의 스피치가 이스라엘에 대해 비판을 가했다고 평가했다. 2월 16일자 석간을 보면 「아사히신문」은 1면에 「무라카미 하루키 씨 이스라엘 비판」이라는 타이틀 아래, 하루키가 이스라엘의 팔레스타인 가자 지구에 대한 공격을 언급하며 인간을 깨지기 쉬운 계란에 비유하고 '나는 계란 편에 서겠다'고 말했다고 보도했다. 「마이니치신문」도 1면에 「이스라엘 현지에서 비판」이라는 제목으로, 「산케이신문」은 종합면에서 「국가 폭주 '개인의 힘으로 막아라'」라는 제목으로 위의 신문들과 비슷한 논평을 내고, 「요미우리신문」만이 '여기에 와서 보고 말하는 것으로 선택했다'는 제목으로 이스라엘에 대한 비판은 하지 않았다.

한 달 뒤에 여러 잡지에 비판적인 논평들이 실렸는데 대표적으로 마쓰바 쇼이치(松葉祥一)는 하루키의 예루살렘상 스피치를 비난한다는 제목으로 「오타루(オルタ)」 3~4월호에서 이스라엘도 팔레스타인도 지지하지 않는다는 하루키의 자세는 결국 상대주의에 빠져버려서 결국 '양쪽 다 마찬가지'라는 논의로 환원되어 비판력 그 자체를 잃어버리는 건 아닌지, 그리고 하루키 자신이 문학(자)의 역할을 자임한 바 '가장 약한 자의 편에 서겠다'는 입장을 스스로 배신하고 있는 것은 아닌가 하고 비판하다. 즉 일본 신문들은 하루키가 이스라엘의 팔레스타인 가자 지구 침공에 대한 언급을 한 것에 대해 이스라엘을 비판했다고 했지만, 전체적으로는 어느 나라를 콕 집어 비판한 것이 아니라 시스템이 문제라는 식으로 결론을 매듭짓고 있는 부분이 애매모호한 태도라는 것이다. 하루키가 진짜 말하려고 했던 것이 어떤 것인지는 독자들이 위의 인용문을 읽고 판단하는 수밖에 없을 것이다. 굳이 가지 않아도 수상 자체가 취소되는 것이 아닌데 비판 여론을 무릅쓰고 참석한 궁극적인 목적은 있었을 것이다. 그것은 분명 '벽' 쪽에 있는 이스라엘에 대한 비판을 하고자 함이었을 것이지만 그러나 그 나라에서 주관하는 상을 받으러 간 이상 보다 적극적으로 이스라엘이 잘못했다, 나는 팔레스타인 편이다, 하고 이야기하는 것은 누가 가더라도 힘들었을 것이다. 그런 의

미에서 하루키는 공식 석상에서 할 수 있는 최대한의 표현으로 이스라엘이 옳지 않다는 것을 우회적으로 표현한 것은 아닐까 싶다.

24
/
영원한 이별

만 60세가 된 2009년에는 『해변의 카프카』 발표 이후 7년 만에 장편소설 『1Q84』 BOOK1과 BOOK2를 2009년 5월에, 그리고 BOOK3를 2010년 4월에 신초사에서 간행한다. BOOK1은 발매 한 달 만에 100만 부가 판매되고, BOOK1, BOOK2는 출판물 전문 상사인 '토한(東版)'이 발표한 「2009년 연간 베스트셀러」 종합 1위, BOOK3는 「2010년 연간 베스트셀러」 종합 5위를 차지한다. 그뿐 아니라 『1Q84』의 원형이라고 알려진 조지 오웰의 『1984년』과 『1Q84』 속에서 언급된 안톤 체호프의 『사할린 섬』도 판매가 늘었다. 또한 작품 첫머리에 나오는 야나체크의 관현악곡 '신포니에타(sinfonietia)'의 주문도 쇄도할 정도로 『1Q84』 자체가 사회 현상이 되었다.

창작 동기는 『언더그라운드』와 『약속된 장소에서』의 집필의 배경이 된 '지하철 사린 사건'의 재판 과정을 지켜보면서 그중에 가장 많은 사상자를 냈던 하야시 이쿠오(林郁夫)에게 관심을 갖게 되었고 '극히 평범한, 범죄형 인격도 아닌 인간이 여러 가지 흐름 속에서 중대한 죄를 저지르고, 자기가 이것을 깨달았을 때는 언제 죽을지도 모르는 사형수가 되어 있었다—그런 달의 뒷면에 혼자 남겨진 것 같

은 공포'의 의미를 자기 일처럼 상상하면서 몇 년이나 계속 생각해
온 것이 출발점이 되었다고 밝히고 있다.

하루키는 BOOK1과 BOOK2로 '제63회 마이니치출판문화상 문
학-예술부분'을 수상했다. 이 상은 1947년에 제정된 것으로 마이
니치 신문사가 주관하며 '문학-예술 부문' '인문-사회 부문' '자연
과학 부문' '기획 부문' '서평 부문'의 5개 부문으로 나누어 시상한
다. 하루키는 2009년 11월 26일자 「마이니치신문」에 다음과 같은
수상 소감을 발표한다.

이번에 '마이니치출판문화상'을 받게 되어 기쁩니다. 뽑아 주신 여러분께
깊은 감사 말씀 올립니다.

항상 소설가란 시간을 상대로 싸우는 존재라고 생각하며 일을 해 왔습니
다. 좀 더 젊었을 때는 그것은 내게 '시간의 세례를 받아도 가능한 한 풍화
되지 않는 작품을 쓰는 것'이라는 비교적 단순한 의미밖에 갖지 못했습니

『1Q84』

다. 하지만 나이를 먹어감에 따라 거기에는 '남은 인생 동안 앞으로 어느 정도의 작품을 쓸 수 있을 것인가' 하는 카운트다운적인 요소도 더해진다는 걸 알았습니다.

앞으로 어느 정도의 작품을–특히 장편소설을–쓸 수 있을지는 저도 잘 모르겠습니다. 한 권의 장편소설을 완성하는 데는 몇 년인가의 구상 기간과 몇 년인가의 집필 기간이 필요하고, 대량의 에너지도 필요합니다. 그렇기 때문에 그렇게 완성된 하나의 장편소설이 많은 독자의 손에 들어가 그 나름대로 평가받는다는 것은 제게 무엇보다도 격려가 되고 새로운 의욕의 원천이 되기도 합니다.

오늘날 소설은 어려운 시기를 맞이하고 있다고 자주들 이야기합니다. 사람들이 책을 읽지 않게 되었다, 특히 소설을 읽지 않게 되었다는 것이 세상의 통설이 되었습니다. 그러나 저는 그렇게 생각하지 않습니다. 생각해 보면 우리는 2000년 이상에 걸쳐 세계의 모든 장소에서 이야기의 불꽃을 끊임없이 지켜왔습니다. 그 빛은 어느 시대에도 어떤 상황에서도 그 빛밖에 밝혀낼 수 없는 고유한 장소를 가지고 있습니다. 우리 소설가가 해야 될 일은 각각의 시점에서 그 고유의 장소를 하나라도 많이 찾아내는 것입니다. 우리에게 가능한 일은, 우리밖에 할 수 없는 일은, 아직 주변에 많이 있습니다. 저는 그렇게 믿고 있습니다.

현재는 『1Q84』의 「BOOK3」를 쓰고 있는 중입니다. 아마도 내년에는 발표할 수 있으리라 생각합니다만, 내년이 되어 책이 나오고 나서, 여러분께 '아이쿠 맙소사, 1년만 더 기다릴 걸. 그러면 상 같은 건 안 줬어도 됐을 텐데'라는 말을 듣지 않도록 열심히 노력하겠습니다. 감사합니다.

『1Q84』는 발매되자마자 연구서, 해설서, 좌담회 등등이 끊이지
않고 발표되었다. 긍정적인 평가도 많았지만 비판적인 평가도 꽤
많았다. 누마노 미쓰요시(沼野充義) 도쿄대학교 교수는 「마이니치신
문」(6월 14일자)에서 '작가는 이 소설에 자기가 가진 것을 모두 담으려
고 했다. 그 의도가 야심적인만큼 BOOK1, BOOK2에서는 작가 스
스로에게 주어진 과제를 충분히 해결하지 못했다. 여기에서는 무라
카미 하루키의 탁월한 기술과 문체는 간과할 수 없을 정도로 인간
의 마음의 어둠의 주변을 아직 측량하려는 단계처럼 보인다'고 평
했다. 아즈마 히로키(東浩紀)와 우노 쓰네히로(宇野常寬), 후쿠시마 료
타(福嶋亮太大), 마에다 루이(前田塁)는 「[좌담회] 무라카미 하루키와 미
니멀리즘의 시대」에서 네 명 모두 『1Q84』에 대한 실망감을 표명하
고, 일찍이 하루키가 『태엽 감는 새 연대기』에서 도달했던 지점에
서 오로지 후퇴만 하고 있는 것이 아닌가 하는 염려를 표시했다.

이 작품이 비판을 받는 이유는 여러 가지가 있지만 그중 하나를
꼽자면 남자 주인공인 30세의 덴고(天吾)가 17세 소녀인 후카에리
와 성관계를 갖는 장면을 들 수 있다. 이에 대해 나카모리 아키오(中
森明夫)는 「주간 아사히」(8월 6일자)에서 「무라카미 하루키의 『1Q84』
는 아동 포르노다!?」라는 제목으로 '이 소설을 둘러싸고 여기저기
에서 비평가들이 여러 수수께끼를 풀고 있지만 수수께끼고 뭐고 없
다. 작가의 메시지는 명백하다. 소녀와 섹스하는 건 멋지다, 이것뿐
이다.'라며 비난을 퍼부었다. 재미있는 표현도 여러 가지 등장하는
데 오모리 노조미(大森望)와 도요자키 유미(豊崎由美)는 「무라카미 하
루키 『1Q84』를 어떻게 읽을까」라는 연구서 안에서 이 작품이 「신

세기 에반게리온」과 유사하고, 주인공들이 에로틱 게임에 나오는 캐릭터 같다, 하루키도 이제 나이가 들어서 아재 개그를 한다고 비판을 가했다. 한편 히라노 요시노부 씨는 『태엽 감는 새 연대기』와 『1Q84』가 모두 1984년이라는 시간 축을 중심으로 하고 있다는 점을 중시하면서 그에게 있어 서른다섯 살, 1984년이 갖는 의미가 무엇일까가 이 작가를 논하는 데 매우 중요하다고 지적했다.

『1Q84』BOOK1, BOOK2 간행 후 그해 8월 하루키의 아버지 무라카미 지아키 씨가 아흔 살의 나이로 타계했다. 하루키는 아버지가 돌아가시고 난 1년 뒤에 참석했던 예루살렘상 시상식에서 그 유명한 '벽과 계란' 연설을 할 때 자신의 아버지에 대해 다음과 같이 언급했다.

제 아버지는 작년 여름에 아흔 살의 나이로 돌아가셨습니다. 그는 은퇴한 교사였고, 파트타임 승려이기도 했습니다. 그는 대학원 재학 중에 징병되어 중국 대륙의 전투에 참가했습니다. 제가 어렸을 때 아버지는 매일 아침 식사를 하기 전에 불단을 향해 길고 깊은 기도를 올렸습니다. 한 번은 아버지께 여쭤본 적이 있습니다. 무엇 때문에 기도하는 거냐고. '전쟁터에서 죽어 간 사람들을 위해서'라고 아버지는 대답했습니다. 아군과 적군의 구별 없이 그곳에서 목숨을 잃은 사람들을 위해 기도하고 있는 거라고. 아버지가 기도하고 있는 모습을 뒤에서 보고 있노라면 거기에는 항상 죽음의 그림자가 떠돌아다니고 있는 것처럼 느껴졌습니다.

제 아버지는 돌아가셨습니다. 아버지는 제가 결코 알 수 없는 기억을 가진 채 떠나버렸습니다. 그러나 아버지의 주위에 숨어 있던 죽음의 기색은 제 자신의 기억 속에 머물러 있습니다. 그것은 제가 아버지로부터 물려받은 몇 안 되는 것 중의 하나, 그리고 가장 중요한 것 중의 하나입니다.

　지금까지 자신의 가족에 대해서는 철저하리만치 함구하던 하루키가 이렇게 공개 석상에서 아버지를 언급한 것은 매우 이례적인 일이었다. 시미즈 요시노리(淸水良典) 씨는 하루키가 아버지에 대해 이렇게 많이 말한 것에 놀라면서 어떤 의미에서는 아버지라는 '벽'을 계속해서 쫓아온 끝에 '하루키 무라카미'의 세계가 생겼다고 할 수 있을지 모른다고 평하고 있다.

　하루키의 아버지는 고베의 '고요학원'에서 국어교사로 근무하다가 65세에 정년 퇴직했다. 그의 인품에 관해서 이 학교 출신의 평론가 가와우치 아쓰로(河內厚郞)는 하루키의 아버지가 담임 선생님은 아니었지만 여름방학 강좌를 들은 적이 있는데 유별나지 않고 자연스러우며 정통적인 강의를 했다고 밝혔다. 1980년대 후반부터 가와우치는 신문이나 잡지에 하루키의 문학에 대해 글을 쓰기 시작했는데 가끔은 하루키의 아버지로부터 정중한 엽서를 받기도 했다. 그가 『노르웨이의 숲』에 대해 「일본경제신문」에 썼을 때는 '아들의 문학을 깊이 이해해 주서서 고맙다'는 편지를 받고 식은땀을 흘렸다고 한다.

　아버지 지아키 씨와 절친인 마쓰바라 히로키(松原博喜) 씨에 따르면 마쓰바라 씨를 비롯해 학교의 동료 교사들은 꽤 일찍부터 무라카미 하루키라는 소설가가 지아키 씨의 아들이라는 것을 알고 있었지만, 지아키 씨는 동료 교사들의 모임 같은 데서도 아들 하루키에 관해 이야기한 적이 거의 없었다고 한다. 누군가가 화제로 삼아도 부정은 안 했지만, '아들이 소설을 보내 온 적도 없고, 읽은 적도 없어서 잘 모른다'고 대답했다. 그러나 한편으로 「TOUTCH」라는 잡지에서는 하루키에 관해 '어렸을 때부터 책을 좋아해서 중학생 때 마르크스, 노자, 니체를 읽었고, 고등학생이 되자 영어 원서를 읽기 시작했다. 음악도 좋아해서 도쿄에서 고향에 오면 코트도 벗지 않고 피아노를 쳤다'라는 말을 했다. 위의 모든 증인들의 이야기와 하루키가 자신의 아버지에 대한 성격을 언급한 이야기를 종합해 볼 때 아버지 지아키 씨는 과묵한 편이라 아무래도 대놓고 아들 자랑하기는 좀 쑥스러웠던 것 같다. 하루키의 책도 안 읽었다고 하지만 하루키에 대한 평을 보고는 그 글을 쓴 제자에게 감사 편지를 써서 보낸 것을 보면 암묵적으로 지지하고 응원하고 있었던 것을 알 수 있다.

2009년에 발행된 고요학원의 소식지 「고요 소식(甲陽だより)」 제79호에는 아버지 지아키 씨를 추모하는 제자의 글과 장례식장의 모습이 실려 있었다. '무라카미 선생님 서거'라는 제목하에 실린 글을 보면 하루키의 아버지 지아키 씨는 재직 시에는 처진 눈과 아래턱이 위턱보다 좀 나온 생김새 때문에 '시미킨'이라는 별명으로 불렸다. 이유는 당시 신인 코미디언으로 상승세를 타고 있던 시미즈 킨이치 (清水金一)를 닮았기 때문이다.

중학교의 교감으로 승진했다고 해서 제자들이 찾아가 축하 인사를 드렸더니 "나

시미즈 킨이치

는 관리직은 좋아하지 않는다. 교사는 교단에 설 때가 가장 큰 기쁨과 보람을 느끼는 법이다"라고 이야기했다. 1995년에 일어난 한신대지진으로 살던 집이 무너져 교토로 이사 가고 나서는 졸업생들이 연하장을 보내면 '답장을 쓰기도 힘드니 연하장은 거절한다'는 내용을 보내왔지만 제자들은 '답장은 안 주셔도 좋으니 저희가 건강히 살고 있다는 것만 알아주셨으면 그걸로 됐다'고 해서 계속 보냈다고 한다. 말년에는 신장, 간장, 심장 발작 등 여러 가지 합병증으로 고생하다가 타계했다. 이렇듯 졸업생들에게 좋은 교사로서 존경받고 있었던 하루키의 아버지는 1983년에 교감으로 퇴직하고 25년이 지났지만 그의 장례식에는 약 100여 명의 제자들이 참석했다.

25
/
장르를 초월하여

2010년 1월에는 뉴욕의 오프 브로드웨이에서 『태엽 감는 새 연대기』가 연극으로 상영되었고, 3월에는 도쿄와 오사카에서 산토리 음악재단의 창설 40주년 기념 공연으로 『빵가게 습격』과 『빵가게 재습격』을 원작으로 한 오페라 『빵가게 대습격』이 독일어로 상연되었다. 또한 4월에는 『1Q84』 BOOK3가 발매되었는데 발매

영화 「노르웨이의 숲」

당일인 16일에는 오전 12시부터 심야 영업 서점에 사람들이 긴 줄을 서서 서점 오픈을 기다리는 등 화제를 불러일으켰다. 8월에는 노르웨이의 오슬로에 있는 '문학의 집'에서 '무라카미 하루키 페스티벌'과 덴마크의 코펜하겐 남쪽에 있는 뮌섬에서 '세계의 문학' 이벤트가 열렸다.

12월 11일에는 트란 안 홍 감독의 영화 「노르웨이의 숲」이 개봉되었다. 이 작품은 트란 안 홍이 2008년 7월에 하루키로부터 영화로 만드는 것을 승낙받고 2009년 2월부터 촬영을 개시한 것으로 하루

키에게 허가를 받기까지 꼬박 4년이 걸렸고, 1년여의 교섭 끝에 영화 속에 비틀즈의 「노르웨이의 숲」 원곡을 사용하도록 영국의 EMI로부터 허락받았다. 이렇게 보면 영화 준비 기간이 어마어마한 것을 알 수 있는데 일본 국내의 312개의 영화관에서 개봉되었고 개봉일인 12월 11일과 12일 양일간에 흥행 수입 1억 8,371만 4,500엔을 거두었으며, 132,220명의 관객이 동원되어 영화 관객 동원 랭킹 3위를 차지했다.

트란 안 홍 감독은 베트남 출신의 프랑스 영화감독으로 1994년에 소설 『노르웨이의 숲』을 읽고 감동을 받았다고 한다. 주인공들의 캐스팅도 화제가 되었는데, 남녀 주인공 마쓰야마 겐이치(松山ケンイチ)나 기쿠치 린코(菊地凜子)는 처음에는 전혀 고려하지 않았던 인물들로 오디션을 보고 나서 그 인간성에 반해 기용하기로 결정했다고 한다. 여주인공인 린코는 자신이 나오코 역할을 하고 싶어서 오디션을 보게 해 달라고 사정을 해서 비디오 오디션의 기회를 얻었고 운 좋게 발탁됐다. 사실 나오코역의 린코에 대해서는 나오코의 아픔을 제대로 표현하지 못했다는 평이 많았지만 감독은 두 배우에 대해 깊은 애정과 존경을 가지고 있었다. 흥미로운 것은 트란 감독이 처음에 영화 각본에 관해 하루키와 교섭했을 때 상당한 메모를 붙여서 받았는데 그중에는 하루키가 새롭게 써넣은 대사도 있었다고 한다.

그 대사는 영화 속에 반영되어 있어요. 와타나베가 나오코의 생일을 축하하는 장면에서 나오코가 "사람은 열여덟이나 열아홉 사이를 왔다 갔다 하면 되는 거야" 하는 대사가는 하루키 씨가 추가해 준 거에요. 나오코의 아주 불안한 심리 상태를 제대로 표현하고 있고 어려운 대사예요. 그런 심리 상태의 나오코가 말함으로써 등장인물들의 기분의 형태에 상당히 도움이 됐다고 생각해요.

하루키의 소설 중에서 영화로 만들어진 것으로는 『바람의 노래를 들어라』(1981, 감독: 오모리 가즈키(大森一樹), 『숲의 저쪽』(1988, 원작: 『흙 속의 그녀의 작은 개』, 감독: 노무라 게이치(野村惠一)), 토니 타키타니(2004, 감독: 이치카와 쥰(市川準)), 『신의 아이들은 모두 춤춘다』(2008, 감독: 로버트 로그벌), 『노르웨이의 숲』(2010, 감독: 트란 안 훙), 『하나레이 만』(2018, 감독: 마쓰나가 다이시(松永大司)), 『버닝』(2018, 원작: 『헛간을 태우다』, 감독: 이창동)이 있는데, 일본에 소개된 작품 중에서 가장 흥행에 성공한 작품은 『노르웨이의 숲』이다. 이 영화는 우리나라에서도 상영은 됐지만 흥행에는 실패했다.

2011년 3월 11일 일본에는 또 한 번의 큰 재난이 닥친다. 일명 '동일본 대지진'으로 불리는 이 지진은 진도 9.0~9.1이었고, 동북지방과 관동지방 해안에 큰 피해를 주었다. 특히 지진 1시간 후에 일어난 쓰나미로 도쿄전력 후쿠시마 제1원자력발전소의 전원이 끊기면서 원자로의 냉각 기능이 상실되며 1호기, 2호기, 3호기가 멜트다운(meltdown)되었고 이로 인해 방사능 물질이 대량으로 유출되는 중대한 원자력 사고가 발생했다. 2019년 3월 8일 시점에 사망자 15,895명, 부상자 6,157명, 행방불명자 2,533명으로 집계되며 전후에 일어난 가장 큰 지진 사건이 되었다.

지진이 일어날 당시 하루키는 일본에 있기는 했지만 이에 대한 별

다른 논평을 내지는 않았다. 그러나 그해 6월에 '카탈루냐 국제상'을 수상하며 부상으로 받은 8만 유로(약 930만 엔)를 동일본 대지진 지원금으로 기부한다. 이 상은 스페인의 카탈루냐주 자치정부가 문화적 또는 학문적으

카탈루냐상 시상식

로 세계에서 눈부신 활약을 한 인물에게 주는 상이다. 하루키는 시상식 때 다음과 같이 동일본 대지진에 대해 언급한다.

제가 말하고 있는 것은 구체적으로 말하면 후쿠시마의 원자력 발전소에 관한 것입니다.

여러분도 아마 알고 계시듯이 후쿠시마에서 지진과 쓰나미의 피해를 입은 6기의 원자로 중 적어도 3기는 복귀되지 않은 채 지금도 주변에 방사능을 흩뿌리고 있습니다. 멜트다운으로 주변의 토양은 오염되고 아마 꽤 진한 농도의 방사능을 포함한 하구가 근처 바다로 흘러 들어가고 있습니다. 바람이 그것을 넓은 범위로 옮길 것입니다.

10만 명에 가까운 사람들이 원자력 발전소의 주변 지역에서 어쩔 수 없이 떠나게 되었습니다. 밭과 목장, 공장과 상점가 그리고 항만은 사람이 전혀 없는 채로 방치되어 있습니다. 그곳에 살던 사람들은 다시는 그 땅으로 돌아가지 못할지도 모릅니다. 그 피해는 일본뿐만 아니라 정말 죄송하지만 인접 국가들에도 이르게 된다고 합니다.

왜 이런 비참한 사태가 초래되었을까요. 그 원인은 거의 확실합니다. 원자력 발전소를 건설한 사람들이 이렇게 큰 규모의 쓰나미가 닥칠 것을 예측하지 못했기 때문입니다. 몇 명인가의 전문가는 일찍이 같은 규모의 대형 쓰나미가 이 지역을 강타한 사실을 지적하고 안전 기준의 재고를 요청했지만 전력회사는 그것을 진지하게 받아들이지 않았습니다. 왜냐하면 몇백 년인가에 한 번 있을지 모른다는 대형 쓰나미를 위해서 큰돈을 투자하는 것은 이윤을 꾀하는 기업이 환영할 리는 없었기 때문입니다.

또한 원자력 발전소의 안전 대책을 엄격하게 관리해야 할 정부도 원자력 정책을 추진하기 위해 그 안전 기준의 레벨을 낮춘 정황이 보입니다.

우리들은 그러한 사정을 조사하고 만약 잘못이 있다면 명백하게 밝혀야 합니다. 그 잘못 때문에 적어도 10만 명이 넘는 사람들이 토지를 버리고 생활을 바꾸지 않으면 안 되기 때문입니다. 우리는 화를 내지 않으면 안 됩니다. 당연한 일입니다. (중략)

그러나 그와 동시에 우리는 그런 왜곡된 구조의 존재를 지금까지 허락해온 혹은 묵인해온 우리 자신도 규탄하지 않으면 안 될 것입니다. 이번 사태는 우리의 윤리와 규범에 깊게 연관된 문제이기 때문입니다.

아울러 그는 원자력 발전소도 '핵발전소'라고 부르는 게 일반인들의 경각심을 불러일으킬 수 있다고 주장하며 '반핵'에 관한 움직임을 보이기 시작했는데, 일본에서는 1994년에 노벨문학상을 받은 오에 겐자부로와 비교하며 하루키가 노벨상을 받기 위해 '오에 겐자부로화' 되고 있다고 비꼬아서 말하는 사람들도 있다.

해가 바뀌어 2012년 5월 12일에 하루키는 하와이대학에서 명예박

사 학위를 수여받고 『오자와 세이지 씨와 음악에 대해 이야기하다(小澤征爾さんと、音楽について話をする)』로 '제11회 고바야시 히데오(小林英雄)상'을 받는다. 오자와 세이지는 일본의 저명한 지휘자로 하루키의 부인 요코와 세이지의 딸 세이라가 절친한 사이라 서로 알게 되었다고 하는데, 하루키는 그와 2010년 11월부터 총 5회에 걸쳐 음악에 관한 대담을 나누었고 그 내용을 담아 2011년 11월에 신초사에서 간행한 것이다. '고바야시 히데오상'은 일본의 대표적인 문예평론가이자 비평가인 고바야시 히데오의 탄생 100주년을 기념하여 2002년에 재단법인 신초문예진흥회가 창설한 상으로 일본어 표현이 풍부한 저서(평론, 에세이)에 수여한다.

26

역사에 대한 책임감

2013년 4월 12일에는 하루키의 13번째 장편소설 『색채를 갖지 않는 다자키 쓰쿠루와 그가 순례를 떠난 해』가 문예춘추에서 발간된다. 언제나와 마찬가지로 발매 전에 책의 내용을 아는 사람은 극소수였고 철저한 보안 유지 전략을 취했다. 발매 당일에는 자정인 12시부터 150명 이상이 줄을 서서 판매 개시를 기다리는 등 신작에 대한 독자들의 높은 관심을 불러일으

『색채를 갖지 않는 다자키 쓰쿠루와 그가 순례를 떠난 해』

켰다. 발매 후 7일 만에 8쇄 100만 부를 기록, 토한(tohan)의 '2013년 연간 베스트셀러' 종합 2위를 기록했다.

이 작품에서 하루키는 『1Q84』에 이어 일본의 역사 책임에 대해 언급하는데, 예를 들면 주인공 쓰쿠루의 여자 친구인 사라가 쓰쿠루와 나누는 대화 중에 "기억을 어딘가에 잘 감출 수 있다 해도 깊은 곳에 잘 파묻었다 해도 거기서 비롯된 역사를 지울 수는 없어.", "그것만은 기억해 두는 게 좋아. 역사는 지울 수도 다시 만들 수도

없는 거야. 그건 당신이라는 존재를 죽이는 것과 마찬가지니까"와 같은 이야기를 하며 일본의 '새로운 역사를 만드는 모임'이 추구하는 새로운 역사 만들기에 대한 경고를 한다.

하루키는 해외 언론에도 적극적으로 일본의 전쟁 책임에 대해 논해 왔는데, 예를 들면 다음과 같다.

일본은 전쟁 중의 행동, 특히 잔인한 난징 대학살에 대한 책임 회피 때문에 중국이나 한국에 자주 비판받는다. 전후의 회개에 있어서 일본인과 독일인 사이에 현저한 대조를 인용하면서 하루키는 설명한다. "독일에서는 어쨌든 선거로 뽑는다. (중략) 하지만 일본의 천황제는 민주주의 시스템이 아니었다. 그래서 독일 사람들은 자신들에게 어느 정도 책임이 있다고 생각한다. (중략) 하지만 우리 일본인은 시스템이 잘못됐다는 것을 이유로 전쟁에 대해 자신들에게 책임이 있다고는 생각하지 않는다. (2006. 12.10 「WSJ」와의 인터뷰)

자국의 미래에 대한 심각한 불안을 말한다. 하루키의 작품 속 주인공들이 기억의 장애를 겪는 것은 일본에 횡행하는 집단적 기억 상실에 그가 너무 놀랐기 때문이다. "독일 사람들과는 달리 우리는 전쟁 중에 중국 사람이나 한국 사람에게 행한 잔학 행위를 인정하지 못하고 있다. 우리나라의 정치가들에게 헌법 개정의 움직임이 있는데 그것이, 유럽의 당신들과 마찬가지로 아시아가 모두 공통의 문화적 기반을 토대로 상호 협력해야 하는데, 우리의 움직임을 방해하고 있다."(프랑스의 「텔레라마」지와의 인터뷰, 2010)

위의 인터뷰들을 보면 하루키는 일본이 역사에 대해 책임을 회피

하는 데에는 국민의식에도 문제가 있음을 지적하고 있고, 아울러 아시아의 국가들이 유럽연합처럼 힘을 합쳐 상호 협력해야 하는데 이것을 정치가들이 방해하고 있다고 지적함으로써 일본의 전쟁 책임과 아시아 국가들의 연계를 강조하고 있다.

하루키가 작품 속에서 직접적으로 일본의 역사에 대해 언급한 만큼 『색채를 갖지 않는 다자키 쓰쿠루와 그가 순례를 떠난 해』에 대한 비평은 역사와 기억에 집중되어 있는데, 흥미로운 것은 아마존의 독자 리뷰에서 한 독자의 리뷰가 폭발적인 인기를 끌면서 그에 대한 관심이 인터넷을 뜨겁게 달구었다. 아마존에서는 독자 리뷰에 별 1개부터 5개로 작품을 평가하도록 되어 있는데-물론 별 5개가 만점-『색채를 갖지 않는 다자키 쓰쿠루와 그가 순례를 떠난 해』가 발매된 후 약 한 달 뒤인 5월 8일 시점에 335명 중 101명이 별 5개로 평가, 별 4개까지 합하면 335명 중 182명, 즉 54퍼센트의 사람이 높은 평가를 매기고 있는데 반해, '가장 참고가 된 독자 리뷰'는 돌리라는 이름의 사람이 쓴 '고독한 샐러리맨의 비릿한 망상 소설'이라는 별 1개짜리 리뷰로 9,825명 중 9,502명이 '참고가 되었다'는 버튼을 누르고 있다는 점이다.

참고로 별 1개는 리뷰를 달았던 335명 중 51명에 불과했는데, 그 리뷰 중 하나인 돌리의 리뷰는 무려 9,502명의 지지를 받았다는 점이다.(2013년 5월 3일 현재) 이 사실을 두고 아마존의 별 평가의 문제점이며 마케팅의 문제 등에 대해 여러 가지 분석들이 나왔는데 숫자로 환산할 수 없는 이러한 현상이 무라카미 하루키라는 작가에 대한 일반인들의 시선을 반영하고 있음을 부인할 수는 없을 것이다. 내용이 상당히 긴데 일부를 발췌해 보았다.

음… 이 소설에서 뭘 느끼면 좋은 걸까요?… 읽고 나서 한참 생각해 보았는데 무엇 하나 감상이 떠오르지 않네요… 작품에 담겨 있는 메시지 '그 무렵의 생각이 어디론가 사라지는 게 아냐' 라든지 '자신을 가져' '너는 너대로가 좋아' 같은 것도 뭐랄까 콧방귀 뀌고 싶은 것들이고, 뭐가 재미있었나 하고 아마존에서 별 5개짜리 리뷰를 읽어 보았더니 '자신감을 갖게 되었다'는 감상이 꽤 많아서 의외로 다자키 쓰쿠루라는 주인공에게 감정이입 하는 사람이 많다는 것을 알았습니다. 개성도 없고 아무 쓸모도 없는 그래서 자신감이 결여된, 자기 평가가 이상하리만치 낮은 이런 사람은 세상에 많이 있고, 이 소설을 읽고 주인공에 동화되어 '좋아, 왠지 자신감이 생겼어'라고 느끼는 사람은 물론 나쁘다고는 할 수 없지만, 그런 사람은 원래 꽤 건강한 분이 아닐까 하고 생각했습니다. 살기 힘들어하는 젊은이에 대한 성원이라고 쓴 사람도 있었지만… 아, 닮고 닮지를 않았네요, 여러분… 정말 살기 어려움을 느끼고 있는 사람의 대표로서 말하자면 저는 읽고 있는 동안에 계속 '다자키 쓰쿠루는 나와는 다르니까' 하고 생각했습니다. 왜냐하면, 그거 말이에요, 라스트신에서 애인의 전화를 기다릴 때 올리브 그린색 목욕 가운을 입고 커티삭 글라스를 기울이면서 위스키 향기를 맛보죠? 올리브 그린이라니 완전히 느끼한 녹색이죠? 취향이 이상하지 않나요? 그리고 '고독하다…'라고 중얼거리죠? 이시다 준이치(石田純一: 일본의 중년 배우)인가? 고독이란 게 이렇게 멋진 건가? 이런 녀석에게 감정이입 같은 건 할 수 없네요… 더구나 이 소설의 종착점도 시로(여주인공 중 한 명)라는 여신을 잃어버린 주인공이 사라(여주인공 중 한 명)라는 새로운 여신과 만난다는, '결국 연애잖아' 하고 밖에 말할 수 없는 짜증나는 결말이고. 왜 짜증나는가 하면 '그게 불가능한 사람은 어쩌라구?' 하고 읽으면서 머리에 물음표가 떠올랐기 때문입니다. 이것을 구제나 구원이라고 한다면 이런 잔혹한 구원은 없습니다. 사라라는 가슴 두근거리는 여자를 손에 넣지 못하면 자신감을 회복할 수 없다니… 그런 여자를 만날 수 없는 게 대다수의 인생인데… 왜 이걸 좋다고 하는 걸까 하고 생각하고 아마존의 리뷰를 읽었더니 외톨이 남자가 구제되고 기운을 내려면 역시 사라 같은 완벽한 여자가 도와주지 않으면… 이랄까, 이런 여성에게 구제받고 싶다…고 완전히 지쳐버린 남자들이 멋대로 망상하는 것이 사라입니다. 라고 쓰여 있어서, 아아 역시 그렇군 하고 납득했습니다. 이건 다시 말해 고독한 샐러리맨의 망상 소설이군요… 아니, 그런 비릿한 망상에는 동조할 수 없습니다.

이야기를 요약하면 이 작품에 별점이 높아서 무슨 이유로 별점이 높은가 봤더니 이 책을 읽고 자신감을 갖게 되었다는 리뷰가 많았다. 그런데 그러기 위해서는 '사라'라고 하는 멋진 여성을 만나야 하는데 일반 사람들로서는 도저히 불가능한 일이다. 30대의 주인공 쓰쿠루의 복장이나 대사도 너무 아저씨 같고 중후하고, 결국은 고독한 직장인들이 사라라는 여신을 만났으면 좋겠다고 망상을 하는 소설에 불과하다고 평가한 것이다. 물론 논리적인 비판이 아닌 주관적인 감상에 가깝지만 일반인이 생각하는 하루키와 그의 작품의 위치를 점검하는 데 있어 무시할 수 없는 데이터임에 틀림없을 것이다. 아울러 이 리뷰와 이를 지지하는 사람들의 숫자를 통해 하루키의 작품이 더 이상 2, 30대 독자들의 감성에 다가가기는 어려운 것 아닌가 하는 한계도 느껴진다.

하루키는 이 작품의 창작 동기 및 배경에 대해 그해 5월 6일에 '가와이 하야오 이야기상 – 학예상' 창설에 즈음하여 교토대학에서 공개 인터뷰를 하는데 그 자리에서 다음과 같이 말한다.

『색채를 갖지 않는 다자키 쓰쿠루와 그가 순례를 떠난 해』는 주인공의 성장 소설입니다. 작년 2월부터 반년 동안 쓰고 그러고 나서 반년 동안 수정했습니다. 저는 수정하는 것을 좋아합니다.

처음에는 짧은 소설로 만들 생각이었는데 주인공의 친구들 4명에 관한 것을 너무 쓰고 싶어졌습니다. 또 (주인공의 여자 친구인) 기모토 사라는 저를 이끌어준 불가사의한 존재입니다. 이번에는 살아 있는 인간에 대한 흥미가 많이 생겨서 등장인물을 생각하는 동안에 (그들이) 멋대로 움직였습니다. 이 작품을 쓰면서 머리와 의식이 따로 움직이는 체험을 처음으로 했습니다. 내게는 새로운 문학적 시도였습니다. 3~4년 전이라면 쓸 수 없었을지도 모릅니다.

이 작품은 (등장인물의 대화를 많이 사용한) 대화 소설이라는 느낌이 듭니다. 저는 대화를 쓰는데 고생한 적은 한 번도 없습니다, 대화로 이어가는 스토리는 비교적 좋아합니다. 어려운 것은 대화가 거듭되는 동안에 체온이 변화하는 느낌을 내지 않으면 안 되는 부분입니다.

지금까지의 소설에서는 1대 1의 인간관계를 써왔는데 이번에는 5명이라는 큰 단위(의 관계)였습니다. 『1Q84』라는 3인칭 소설을 쓴 후라서 그것과는 다른 형태로 (3인칭 소설을) 쓰고 싶은 마음이 생겼습니다.

재미있는 것은 작품 내용 중에 주인공 쓰쿠루가 핀란드에 살고 있는 구로를 만나러 가는 장면이 등장하는데, 원래는 잡지사의 기획으로 핀란드에 갈 예정이 잡혀 있어서 소설의 무대도 핀란드로 해놓고 거기에 가는 김에 취재해서 써야겠다고 생각했지만, 취재를 가기 전에 그 장면을 먼저 써야 해서 상상해서 썼는데 나중에 실제로 가보니 자신이 썼던 것과 거의 비슷했다고 한다. 작가의 상상력이란 대단하지 않은가? 게다가 작품 속에서 그렸던 차 색깔과 똑같은 차종의 렌트카가 준비되어 있어서 놀랐다고 하는데, 이 정도면 상상력이 아니라 예지력까지 갖췄다고 해야 할지도 모르겠다.

27
유럽시장과 노벨상

하루키는 2014년 8월 24일에 영국 북부의 에딘버러 국제 북페스티벌에 참가하여 그달에 영국에서 발간될 『색채를 갖지 않는 다자키 쓰쿠루와 그가 순례를 떠난 해』를 집필한 과정 등에 대해 소개했다. 약 600명이 들어가는 대회장은 만원이었고 개장 전부터 하루키의 팬들이 긴 행렬로 대기했다. 영국의 서부 브리스톨에서 장거리 버스로 11시간 걸려서 온 팬도 있었다고 하니 그의 인기가 유럽에서도 얼마나 높은지 실감나게 한다.

8월 30일에는 책의 판매에 즈음하여 런던의 서점인 워터스톤 피카딜리(Waterstones Piccadilly)에서 사인회를 개최했다. 당일 11시부터 진행된 사인회는 전날 오후 4시부터 기다려 철야를 한 팬들도 있었고, 약 400명의 팬이 쇄도해 문전성시를 이루었다.

11월 7일에는 독일 최대 일간지 「웰트」의 '웰트문

에딘버러 국제 북페스티벌

학상(DIE WELT)' 시상식에 참석하여 11월 9일로 붕괴 25주년을 맞이하는 '베를린 성벽'에 대해 언급하며 '설령 벽이 있는 세계에 갇혀 있다고 해도 (상상하는 힘이 있으면) 벽이 없는 세계에 대해 말할 수 있고, 자기 눈으로 보고 손으로 만질 수 있다. 그것이 중요한 일로 이어지는 출발점이 될 것이다'라는 말로 운을 뗀 뒤에 선거제도의 민주화를 요구하며 벽에 맞서 싸우고 있는 홍콩의 젊은이들에게 이 메시지를 전하고 싶다는 말로 연설을 마무리했다. 참고로 이 상은 일본인 작가로서는 첫 수상이다.

일본에서는 11월 3일에 「아사히신문」과의 인터뷰에서 다음과 같은 이야기를 한다.

저는 일본이 안고 있는 문제에 공통적으로 '자기 책임의 회피'가 있다고 생각합니다. 1945년의 패전에 관해서도 2011년의 후쿠시마 제1원자력 발전소 사고에 관해서도 아무도 책임지지 않고 있다는 느낌이 듭니다. 예를 들면 패전 후는 결국 아무도 나쁘지 않다는 것으로 되어 버렸습니다. 나쁜 건 군벌이고 천황도 이용당하고 국민도 속아서 심한 꼴을 당했다는 식으로 가해자가 피해자가 되어 버렸습니다. 그래서는 중국 사람도 한국과 북한 사람도 화를 내죠. 일본 사람에게는 자기들이 가해자였다는 발상이 기본적으로 희박하고 그 경향은 점점 강해지고 있는 것 같습니다. 원자력 발전소의 문제만 해도 누가 가해자인가 하는 문제는 진지하게 추궁되고 있지 않습니다. 물론 가해자와 피해자가 뒤섞여 있기는 하지만 이대로 가면 '지진과 쓰나미가 최대 가해자이고 나머지는 모두 피해자였다'라는 식으로 마무리될지도 모릅니다. 전쟁 때와 마찬가지로 그게 가장 걱정입니다.

하루키는 이미 2006년부터 해외 언론에 일본의 전쟁 책임에 대해 목소리를 높여 왔는데 자국 내의 우익들의 비판에도 굴하지 않고 목소리를 내며 비판하는 모습에는 세계적인 작가로서의 책임감이 느껴진다.

2015년 1월 15일부터 5월 23일까지 119일간 동안은 기간 한정 사이트인 「무라카미 씨가 있는 곳」이 개설되었다. 사이트 운영은 신초사가 했고 URL 주소는 http://www.welluneednt.com으로, 델로니어스 몽크(Thelonious Monk)의 "Well, You Needn't"에서 따왔다. 사이트 주소를 왜 몽크의 곡으로 선택했냐는 질문에 대해 하루키는 '일단 아무도 사용하지 않을 것이라고 생각해서 이 이름을 선택했다. 다른 뜻은 없고, 도미도 없다'라는 조크를 날렸다. (일본어로 다른 뜻이라는 의미의 '타의(他意)'와 생선 '도미[鯛]'는 동음이의어)

독자로부터의 메일은 개시일부터 1월 31일까지 약 17일 동안 37,465통이 도착했는데 그중 3,500통이 사이트에 게재되었다. 질문은 다양했는데 대략적으로 하루키의 의견을 묻는 것, 사생활에 관한 것, 인생 상담 등이었다. 예를 들면 '노벨상 후보라고 떠들썩해질 때의 기분은?' '왜 사람을 죽이면 안 되나요?' 『1Q84』의 속편이 있나요?' '동성결혼에 찬성하시나요?' '하루키 씨의 작품은 순문학인가요, 대중문학인가요?' '비판에 대처하는 마음가짐은?' '등교 거부하는 딸을 어떻게 하면 좋을까요?' '부인의 기분이 나쁠 때는?' 등과 같은 것들이다. 사이트를 폐쇄한 후에는 전자서적과 페이스북에 게재하여 많은 독자가 접할 수 있도록 했는데 미디어에 자주 얼굴을 비치지 않는 탓에 작가에 대한 궁금한 점이 많은 독자들에게 그

의 진솔한 면을 엿볼 수 있는 기
회를 제공했다는 점에서 긍정적
인 반응이 속출했다.

2016년 10월에는 '안데르센
문학상'을 받는다. 이 상은 2010
년에 창설된 덴마크의 문학상으
로 안데르센이 전 세계의 문학
계에 끼친 영향을 인식시키기

안네르센상 시상식
(옆은 시상을 맡은 덴마크의 메리 황태자비)

위해 마련되었으며 격년으로 시상하는데 상금 5만 크로네(덴마크 화폐
단위)와 '미운 오리새끼' 청동 조각이 부상으로 수여된다. 수상 스피
치에서 하루키는 안데르센의 「그림자」라는 작품을 처음 접했다고
하며 소설을 쓰는 것은 발견의 여행이며 예기치 않은 자신과 직면
하게 되는데 자기 그림자를 솔직하게 그리는 감각을 독자와 공유하
는 것이 소설가의 중요한 역할이라고 설명했다. 또한 모든 사회와
국가도 각각의 그림자와 마주 볼 필요성에 대해 언급하며 침입자를
내쫓기 위해 아무리 높을 벽을 쌓고 타지 사람을 아무리 배제하려
고 해도, 역사를 아무리 바꿔 쓰려고 해도 결국은 자신을 상처 낼 뿐
이라며 유럽의 난민 정책, 일본 우익들의 역사 바꿔 쓰기에 대한 비
판을 가했다.

자, 이렇게 되면 2015년, 2016년은 그야말로 일본 국내보다 외국,
특히 유럽 쪽에서 수상이 많았으니 그러잖아도 10월만 되면 떠들썩
한 노벨문학상에 대한 기대는 한층 높아질 수밖에 없었을 것이다.
이해 10월 8일 발표 예정을 앞두고 영국 최대 배팅 업체인 래드브록

스는 1위를 벨라루스의 작가 스베틀라나 알렉시예비치, 2위는 하루키로 점쳤는데 정확하게 적중했다. 수상을 한 스베틀라나 알렉시예비치는 체르노빌 원자력 발전소 사고의 피해자들의 증언을 엮은 논픽션『체르노빌의 기도』를 쓴 작가로 하루키와 마찬가지로 사회 문제를 직시한 작가이다. 하루키는 매년 노벨상 소동이 나는데 대해 앞의「무라카미 하루키 씨가 있는 곳」사이트에서 '솔직히 말해 꽤 성가십니다. 왜냐하면 정식적인 최종 후보가 된 것도 아니고 그저 민간 배팅 업체가 승률을 결정하는 것뿐이니까요, 경마도 아니고'라고 말했다. 그해 일본은 생리학·의학상과 물리학상에서 수상하며 쾌거를 이루었지만 매스컴을 뜨겁게 달구었던 하루키의 수상 소식은 들리지 않았다.

그런데 여기서 짚고 넘어가야 할 것은 2006년에 프란츠 카프카상을 수상하며 매년 노벨문학상 유력 후보로 점처지는 하루키가 자그마치 10여 년 동안 수상을 못 한 것을 보면 과연 그가 노벨문학상 후보에는 올라간 걸까 하는 의구심이 들지 않을 수가 없다. 노벨상 후보는 원칙적으로 비공개이고 50년이 지난 뒤에 공개되는 만큼, 2006년부터 지금까지 과연 하루키가 후보로 올라갔는지 여부는 2056년이나 되어야 알 수 있다. 매년 연례행사처럼 노벨상 시즌이 되면 배팅 업체들이 요란하게 떠들지만 정작 노벨문학상 선정위원회에서 선정하는 후보에는 한두 번 올라갔거나 아니면 최악의 경우에는 한 번도 못 올라갔을 가능성도 있는데, 그나마 50년 이후에 공개된다고 하니 하루키의 사후라서 다행이다. 본인 입으로 아무리 신경을 안 쓴다고 했지만 그래도 알고 나면 실망하지 않을까?

평론가인 고야노 아쓰시(小谷野敦) 씨는『아픈 여자는 왜 무라카미 하루키를 읽는가』라는 책 속에서 하루키가 노벨문학상을 수상하기 어려운 이유를 여러 가지 들고 있다. 그 첫 번째는 하루키가 일본 펜클럽 회장이 아니라는 점. 즉 일본에서 첫 노벨문학상을 수상했던 가와바타 야스나리(川端康成)는 17년이라는 장기간 동안 일본 펜클럽 회장을 역임했고, 두 번째 수상자인 오에 겐자부로(大江健三郎) 역시 팬클럽의 이사 부회장이었다. 두 번째로 중요한 것은 사전 교섭. 가와바타는 임기 중에 일본에서 첫 국제펜클럽대회를 개최했고 그 일로 서양에 종종 갔으며, 국제펜클럽 부회장도 역임하면서 사전 교섭을 충분히 했다. 오에 겐자부로 또한 자주 해외에 나갔고 그 나름대로 사전 교섭은 하고 있었다. 그 반면 후보에는 올랐지만 최종적으로 수상하지 못한 다니자키 준이치로(谷崎潤一郎)는 비행기가 무서워서 단 한 번도 서양에 가지 못했다고 한다.

세 번째는 정치적인 위치. 노벨상위원회는 다소 진보적이라고 알려져 있다. 가와바타는 원래 보수인데 전후에는 평화주의자 행세를 했고, 오에 겐자부로 또한 1984년에 반핵 성명을 내고 원자폭탄, 오키나와 등을 문제시하는 평화주의자로 행동했다. 물론 가장 중요한 것은 작품이 뛰어나야 하지만 그에 못지않게 로비가 필요하다고 그는 주장한다. 그에 비하면 하루키는 문학상 심사위원도 하지 않고 문단의 수상 파티에도 모습을 드러내지 않는 등 문단과의 교류가 전혀 없는 것이 문제라고 지적한다. 일찍이 정치적인 문제에 커미트먼트하지 않겠다던 하루키가 최근에는 예루살렘상 시상식의 연설에서 보이듯이 원자력 발전에 반대를 하고, 더욱이 외국 작가들과의 교류도 왕성하게 하고 있는 것에 대해 고야노 씨는 하루키가 일본 국내에서는 하지 않지만 해외에서 이런 사전 교섭 활동을 하고 있는 것은 노벨상을 의식한 것이라고 지적한다.

하지만 하루키가 노벨상을 받지 못하는 가장 큰 이유는 아마도 그의 작품이 통속 소설로 인정되고 있기 때문일 것이다. 특히나 일본에서 밀리언셀러가 되고 해외에서도 히트 친 『1Q84』는 통속 연애 모험 소설이라는 평가를 받고 있는 것이 사실이다. 그래도 전 세계적으로 출판 시장이 축소되고 문학 작품이 잘 안 팔리는 상황 속에서 하루키는 어쨌든 작품을 꾸준히 내고 있고 또한 엄청나게 많이 팔리고 있다는 것은, 그의 작품이 독자들에게 인정을 받고 있다는 뜻이고, 나아가 전 세계의 출판 불황을 타개하고 있다는 점에서 그 공로를 인정하지 않을 수 없을 것이다. 하루키의 작품에 대해 폄하하던 일본 문단도 사실 하루키가 노벨상을 받으면 그만큼 출판 시장이 활황을 띨 것이 분명하니 모두가 하루키의 노벨문학상 수상을 진심으로 바라고 있을 것이다.

필자 역시 하루키의 노벨상 수상에 대한 가능성에 대해 자주 질문을 받는데 받아야 할 시기는 좀 놓친 듯한 기분이 드는 것도 사실이지만 아직 활동 중이고, 하루키 자신이 아흔 살까지 쓰겠다고 했으니 그 사이에 받긴 받을 것이라고 생각한다. 다만 작가 자신이 의식하지 않고 있다고 하고, 의식하지 않아야 자연스러운 작품이 탄생되게 마련이니 주변이 좀 신경을 꺼 주면 어떨까 싶은 생각도 든다. 노벨문학상이 권위 있는 상이긴 하지만 그렇다고 그 상의 수상 여부로 작가 위치가 달라지는 것은 아니니까.

28
하루키 죽이기

2017년 2월 24일 하루키의 14번째 장편소설 『기사단장 죽이기』 제1부와 2부가 신초사에서 발간된다. 초판은 1, 2권을 합쳐 130만 부를 발행했고 일부 서점에서는 당일 자정부터 판매를 개시했다. 발

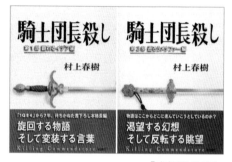

『기사단장 죽이기』

매 당일의 서점 풍경은 축제 같은 분위기였고, 이것을 보도하는 매스컴들도 한껏 들뜬 모양새인 것은 그전부터 이어진 하루키 신작 출간 풍경과 마찬가지였다. 발매 2주 사이에 서평도 20편이나 쏟아졌으니 하루키에 대한 관심이 얼마나 높은지를 알게 하는 대목이다. 이미 이 작품에 대해서 신초사는 그 전년도인 2016년 11월 30일에 무라카미 하루키의 신작 장편소설이 2017년 2월에 발표된다고 사전 광고를 함으로써 독자들의 흥미와 기대를 유도했다. 원고지 2,000장이 넘는 방대한 양의 소설로 1, 2권 두 권으로 출간될 예정이지만 제목도 미정이고 내용도 밝히지 않으면서 광고만 먼저 내보

낸 것이다.

창작 동기에 대해서는 「요미우리신문」 2017년 4월 2일자에서 『위대한 개츠비』에 대한 오마주를 담았다. 작품에 일본 고전인 『우게쓰 모노가타리(雨月物語)』가 나오는 것은 아버지의 장례식 때 도와 주신 주지 스님의 절에 『우게쓰 모노가타리』의 저자인 우에다 아키나리(上田秋成)의 묘가 있다는 말을 듣고 찾아가 본 인연으로 인용했는데, 고전 작품은 이야기를 용해하는 힘이 있다. 또한 사람이 사람을 믿는 힘이 이전 소설에는 없었는데 이 소설에는 가족이 등장하고, 갈등을 하면서도 주인공은 새로운 가정을 만들 것이라고 설명했다.

아울러 『태엽 감는 새 연대기』부터 계속 이어지고 있는 역사 문제에 관해서도 역사란 한 나라의 집합적 기억이고, 전후에 태어난 자신에게 책임이 없다고는 생각하지 않기 때문에 이야기를 빌어 계속해서 묻는 것이라며, 일본의 전쟁에 대한 작가적 책무를 이행하고 있음을 밝혔다. 마지막으로 일본은 나라나 경제 시스템이 세련됐다고 생각하지만 그렇지는 않다. 그래도 좋은 이야기는 사람들에게 어떤 힘을 준다고 믿고 있다면서 글의 힘, 소설의 힘을 강조했다.

이날 「마이니치신문」과 「아사히신문」에도 역사에 관한 그의 인터뷰 기사가 실렸는데 다음과 같다.

역사라고 하는 것은 한 나라에 있어서의 집합적 기억이기 때문에 그것을 과거의 사실로 잊어버리거나 바꿔치기하는 것은 큰 잘못이라고 생각한다. 싸워나가야 한다. 소설가에게 가능한 일은 제한적이기는 하지만 소설이라는 형태로 싸워나가는 것은 가능하다.(「마이니치 신문」)

역사는 집합적 기억이기 때문에 과거의 일로 잊어버리거나 다시 만드는
일은 잘못이다. 책임감을 갖고 모든 사람이 짊어지고 나가지 않으면 안 된
다고 생각한다.(「아사히 신문」)

그러지 않아도 언제나 작품이 발표되면 굉장한 여론을 형성해 왔
는데 이번에는 작가가 드러내놓고 역사 수정주의자에 대한 투쟁
을 선포했으니 한층 더한 논란이 일어났음은 말할 필요도 없을 것
이다. 먼저 긍정론으로는 문예평론가 다카자와 슈지(高澤秀次)는 기
대에 걸맞은 역작이라고 추켜세우며 이야기의 구조는 기존 패턴인
'상실-탐색-발견'에서 나아가 '상실-탐색-발견-재상실'이라는
종래 패턴을 갱신하는 새로운 경지를 개척했다고 평가한다. 작가
인 우에다 다카히로(上田岳弘)는 기억과 사회, 개인의 기억을 그리는
일은 작가의 과제라며 하루키가 계속해서 역사의식을 쓰는 데 대한
의의를 평가한다. 이에 반해 후쿠시마 료타(福嶋亮大)와 우노 쓰네히
로(宇野常寬)는 이 작품이 과거 하루키의 작품에서 보였던 구조와 내
용을 그대로 모방하고 있는 카피페(copy and paste)라고 평하며 하루키
의 신작이 얼굴도 잃고 독자도 잃고 비평할 데가 전혀 없는 작품이
라 혹평한다.

그런데 이런 논평은 전문가적인 시각이고 일반인들 사이에서도
논의를 불러일으킨 부분이 있는데 제2부에 나오는 난징 대학살에
대한 언급이다. 작품에 등장하는 멘시키(免色)라는 인물이 이에 대

해 일본군이 항복한 중국 병사와 시민의 대다수를 살해했다고 하며 '엄청난 수의 시민이 전투의 소용돌이에 말려들어 살해당한 건 부정하기 힘든 사실입니다. 중국인 사상자 수를 40만 명이라고 하는 사람도 있고, 10만 명이라는 사람도 있어요.'라고 설명하는 부분이다. 한국에서는 '난징 대학살', 중국에서는 '난징 대도살(屠殺)'이라 부르지만 일본은 1937년에 일어난 '난징 사건'이라고 부르는 그 명칭만 보아도 이 사건을 바라보는 각 나라의 시선이 얼마나 다른지 느낄 수 있을 것이다. 사상자 수에 대해서 일본은 6~7만 설, 10만 설, 15만 설이 있는데 반해 중국에서는 30만 명 이상이라고 주장하며 이에 대한 갈등이 아직도 진행 중에 있다. 그런데 하루키가 신작에서 40만 명이라고 썼으니 일본 우익들이 잘 걸렸다 싶게 물고 늘어졌다.

우익 성향의 작가인 햐쿠타 나오키(百田尚樹)는 자신의 트위터에서 '이걸로 그의 책은 중국에서 베스트셀러가 되겠죠? 중국은 일본이 자랑하는 대작가도 '난징 대학살'을 인정했다는 것을 세계에 알리기 위해서라도 하루키에게 노벨상을 줘여 주려고 응원할지도 (모르겠네요)'라고 비꼬았다. 또한 대표적인 극우 정치가인 사쿠라이 마코토(桜井誠)는 "무라카미 하루키가 '일본군은 포로 관리 능력이 없어서 항복한 병사와 시민을 학살했다'고 최신작 『1Q84』에서 기술하고 있습니다. 픽션이기는 하지만 이렇게 사실과 다른 내용을 글로 쓰면 무라카미 하루키 신자가 어떻게 받아들일지 누구나 알 수 있죠. 진짜로 이런 작자는 일본인인지 의심스러워요."라고 비판했고 이에 찬성하는 댓글이 줄을 이었다. 아울러 일본의 대형 체인 호텔인

APA호텔의 대표인 모토야 토시오(元谷外志雄)도 '노벨평화상을 받으려면 중국의 지지가 없으면 안 된다. 오에 겐자부로가 좌파여서 노벨상을 받았다고 자기도 그걸 닮아야 한다는 생각으로 책 속에 그런 걸 담았다'고 하며 요즘 하루키를 수식하는 말인 '노벨상' '오에 따라하기'와 같은 부정적인 이미지와 연결시켰다. 독자들이 픽션과 사실을 구분하지 못해서 나오는 발언들이기는 하지만 하루키의 입장에서 보면 일본 입장을 대변해서 6만이라고 할 수도 없고, 중국 입장에서 30만이라고도 할 수 없으니 가상적인 숫자를 제시한 것이 아니었을까. 그가 의도한 것은 피해자의 숫자가 아니라, '난징 대학살'이라는 사건이 있었다는 것을 독자들에게 상기시키고자 한 것일 것이다.

한국에는 번역판이 7월 12일 문학동네에서 발간되었는데 이에 맞춰 출판사가 보낸 이메일 인터뷰에 대해 하루키는 다음과 같은 내용을 보내왔다.

– 이번 작품 출간 이후 일본 극우파로부터 적잖은 공격을 받으신 것으로 압니다. 한국에서도 최근 역사교과서를 둘러싸고 좌우 갈등의 시간을 겪어야 했습니다. 평행선을 그리는 역사관 사이에서 접점을 찾기란 쉽지 않은 것 같습니다. 이런 문제가 해결될 수 있다고 보시는지요. 그렇다면 문학이 어떤 역할을 할 수 있을까요.

▲ 역사에서 '순수한 흑백'을 가리는 판단은 있을 수 없다는 것이 저의 개인적 견해입니다. 그러나 현재의 인터넷 사회에서는 '순수한 흑이냐 백이

냐' 하는 원리로 판단이 이루어지기 일쑤입니다. 그렇게 되면 말이 딱딱하게 굳어 죽어버립니다. 사람들은 말을 마치 돌멩이처럼 다루며 상대에게 던져댑니다. 이것은 매우 슬프기도 하거니와 위험천만한 일입니다.

소설(이야기)은 그런 단편적인 사고에 대항하기 위해 존재하는 것이라고 저는 생각합니다. 그런 의미에서 지금이야말로 소설이 일종의 (좋은 의미의) 전투력을 갖춰야 할 때가 아닐까요. 그리하여 다시 한번 말을 소생시켜야 합니다. 말을 따뜻한 것, 살아 있는 것으로 다루어야 합니다. 그러려면 필연적으로 '양식(decency)'과 '상식(common sense)'이 요구됩니다.

위의 인용을 보면 하루키가 일본 내의 반응을 부담스러워 하는게 느껴진다. 하지만 사실 이런저런 논평이 이루어진다는 것은 그만큼 많은 독자가 책을 보았다는 것을 의미하기 때문에 좋은 의미에서는 하루키의 독자층이 여전히 두껍다는 것을 상징한다고 할 수 있을 것이다.

한바탕 소동이 일어났지만 제1부 『현현하는 이데아편』이 오리콘 2017년 상반기 '책' 랭킹 (집계: 2016년 11월 21일~2017년 5월 21일) 종합 부문에서 1위를 차지했고, 제2부 『전이하는 메타포』는 종합 4위를 획득하면서 동일 작가의 문예 작품이 TOP 5 이내에 들어간 것은 처음이었다. 이 소식을 들은 하루키는 '장편소설은 가끔 밖에 쓰지 않지만 그것을 기다렸다가 꼭 책을 사 주시는 독자가 있다는 것은 제게 있어 정말로 기쁜 일이자 영광입니다. 그것을 격려 삼아 앞으로도 쉬지 않고 소설을 써 나갈 생각입니다'라고 소감을 밝혔다.

29
/
번역하는 작가

하루키는 소설가이자 동시에 번역가이다. 데뷔 초기부터 스콧 피츠제럴드나 레이몬드 카버의 작품들을 번역해 왔는데 그는 '소설가로서 안 좋은 점은 쓰기 싫은 데도 써야만 한다는 점인데, 때로는 쓸 내용이 없어서 괴롭고 배가 아파지기까지 한다. 그리고 그러한 창작의 고통을 잊기 위해 번역을 한다'라고 밝힌 적이 있다. 데뷔부터 지금까지 약 70여 편에 달하는 작품을 번역했고 평론가에 따라서는 하루키의 작품보다 번역이 더 훌륭하다는 칭찬이 있을 정도이다.

번역에 대한 에피소드는 에세이와 여러 인터뷰에서 밝히고 있는데, 2017년 4월 27일에는 신주쿠의 서던 시어터에서 토크 이벤트 '진짜 번역 이야기를 하자'를 개최하기도 했다. 70여 점의 번역서를 정리한 『무라카미 하루키 번역 전작업』(주오고론)을 기념한 이벤트에는 15대 1의 경쟁률을 뚫고 당첨된 약 460명의 관객이 하루키를 기다리고 있었다. 필자도 당첨되어 참석했는데 식전 안내에서 사진은 물론 녹음도 동영상도 일절 안 된다는 공지를 듣고 다소 긴장하며 기다렸던 기억이 난다.

이 콘서트는 전체 3부로 이루어져 있었는데 1부는 하루키가 번역에 대한 에피소드를 들려주고, 2부는 작품 낭독으로 몇 작품은 하루키 자신이 하고, 그레이스 페일리의 작품은 특별 게스트인 가와카미 미에코를 무대로 불러 읽게 하고, 마지막 3부는 영어 번역가이자 도쿄대학 명예 교수인 시바타 모토유키와 함께 하는 번역에 대한 토크 시간이었다. 하루키는 번역의 방법에 대해서 '소설은 맘대로 하지만 번역을 할 때는 에고(ego)를 가능한 죽이고 제약 속에서 겸허하게 하고 싶다. 그것이 소설에 아주 좋은 영향을 주고 정신의 혈행이 좋아진다'고 이야기하며 번역과 소설이라는 상반된 작업을 35년 간 기분 좋은 리듬으로 해왔다고 밝혔다.

토크쇼를 같이 한 시바타 모토유키는 유명한 영문학자이자 번역자인데, 두 사람은 하루키가 1986년에 존 어빙의 『곰을 놓다(Setting Free the Bears)』를 번역했을 때 시바타가 하루키의 번역문을 체크해 주면서 인연이 시작되었고, 그 후 하루키가 시바타의 도쿄대 수업에 참가하면서 교류를 계속해 온 절친 사이이다. 번역가로서의 하루키는 어떤 모습일까. 그에 대해 시바타는 다음과 같이 이야기한다.

보통 오역을 지적당하면 사람들은 상처받죠. 상처받아서 자기 변명하는데 일일이 시간을 들이니 이쪽은 피곤해져요. 그런 게 (하루키는 — 필자 주) 전혀 없어요. (중략) 여기 세 번째 줄 말인데요, 하고 말하는 시점에서 그(하루키 — 필자 주)는 벌써 수정할 태세를 취해요. 지금까지 여러 사람하고 작업했는데 이런 사람은 없었어요.

행사 당일에 시바타는 자신과 하루
키가 번역한 『위대한 개츠비』(였던 것 같
은데 정확하지는 않음)의 본문을 비교 분석
해서 보여 주었다. 어휘의 차이는 차
치하고 일단 눈에 띄는 것은 시바타의
번역은 영문학자답게 깔끔하고 거의
원문과 같은 길이를 유지하고 있었다.
이에 반해 하루키의 번역은 원문보다

하루키의 그림이 들어간 손가방

1.5배가량 길었는데 이유인즉슨 독자들이 이해하기 어려운 부분이
있으면 이해할 수 있게 풀어서 번역하기 때문이라고 한다. 즉 하루
키의 번역 스타일은 문학성은 물론이고 독자의 가독성도 꽤 염두에
두고 있는 듯이 보였다. 하루키가 번역한 소설은 하루키의 작품 같
았고 번역은 '제2의 창작'이라는 말이 실감났다.

아무튼 전체적으로는 소설가 하루키가 아닌 번역가 하루키로서
의 면모를 들여다볼 수 있는 귀중한 시간이었고 참가해서 다행이라
는 생각을 했다. 다만 하루키에게 자주 지적되는 상업적 전략에 대
해 그날도 신경 쓰이는 부분들이 많았다. 이 행사는 앞에서 말했듯
이 400여 명이 추첨되어 참가한 것이었지만 유료 입장이었다. 즉 당
첨되면 티켓을 구매해야 했는데 금액이 3,240엔으로 다소 애매했
지만 처음에는 당첨된 사실에만 몰입해서 신경 쓰지 않다가 한국에
돌아와 티켓을 다시 들여다보고는 좀 당황스러웠다.

행사 당일에 참가자들에게는 하루키의 친필 사인이 들어 있는 그
의 신작 『무라카미 하루키 번역 (거의) 전 작업』이 한 권씩 증정되었

는데 이 가격이 티켓에 포함되어 있던 것이다. 공짜로 준 것인 줄 알고 마냥 좋아하다가 뒤통수 맞은 기분이란… 3,240엔(세금 포함·서적대금 1,620엔 포함)은 그런 구조였다. 또 한 가지 토크쇼가 끝나고 나오니 출판사에서 또 뭔가를 준다고 한다. 줄서서 받으려고 보니 하루키가 그린 이미지가 커버에 그려진 조그만 손가방이었고 그 안에 역시 하루키의 사인이 담긴 엽서 한 장이 들어 있었다. 감격하고 있는데 갑자기 출판사 직원이 이걸 받으려면 하루키가 번역한 문고판을 3권 구매해야 한다는 것이었다. 행사장에는 하루키가 번역한 책이 17권 전시되어 있었고 이 중에 3권을 골라야 했는데 사람들에 떠밀려 제목도 못 보고 3권을 집어 들었다. 결국 한국에 돌아와 필자가 산 것이 『겨울의 꿈(Winter Dreams)』(스콧 피츠제럴드 작), 『마이 로스트 시티(My Lost City)』(스콧 피츠제럴드 작), 『필요하면 전화해(Call If You Need Me)』(레이먼드 카버 작)이었다는 것을 알았다. 결국 출판사의 재고 처분을 위해 400명이 선발된 것 같은 씁쓸한 기분마저 들었다. 물론 이러한 행사를 기획한 것은 전적으로 출판사이겠지만 하루키 자신도 승낙했기 때문에 진행된 것이니 만큼 모처럼 팬들과의 만남을 좀 더 순수하게 번역에 대한 토크쇼만 했으면 좋았을 걸 하는 아쉬움이 남았다.

『무라카미 하루키 번역 (거의) 전 작업』의 머리말을 보면 하루키는 고등학교 때부터 영어를 번역하는 게 좋았고 그 기분은 지금까지도 계속되고 있다. 다른 나라 말로 쓰인 것을 자기 나라 말로 바꾸는 것, 가능한 능숙하게 치환해 가는 것, 가로로 쓰인 문장을 세로로 바꾸는 게 무엇보다 재미있다(일본의 서적들은 아직도 세로쓰기가 많다 — 필자주)고 느끼는 '개인적 경향'이 있으며 또한 번역하는 데 따르는 어려움을 괴롭다고 생각하지 않는 성격으로 번역은 자신에게 딱 맞는 일이라고 설명하고 있다.

본인이 번역을 하다 보니 다른 번역가에 대해서도 높이 평가한다. 하루키는 본인이 쓴 작품은 다시 들여다보지 않지만 영어로 번역된 작품에 대해서는 훑어보는데, 자신의 작품이 번역되는 데에 대한 소감을 그는 다음과 같이 말하고 있다.

나는 영어로 번역된 내 소설은 일단 훌훌 넘겨보는데 읽기 시작하면 꽤 재미있어서 (왜냐하면, 내가 줄거리를 까먹었기 때문에) 두근거리기도 하고 웃기도 하면서 끝까지 읽는다. 그렇기 때문에 나중에 번역자가 "번역은 어땠어요?" 하고 물어도 "아, 술술 읽혔어요. 좋던데요" 하고 답할 수밖에 없다. "여기가 어떻고 저기가 어떻고…" 하는 식의 기술적인 지적은 거의 못 한다. (중략) 내 소설을 번역해 준 번역자들께 대단히 감사하고 있다. (중략) 뛰어난 번역에 가장 필요한 것은 아마 어학력이겠지만 그에 못지않게 ─특히 소설의 경우─ 필요한 것은 개인적인 편견에 찬 사랑이라고 생각한다. 극단적으로 말하자면 그것만 있으면 나머지는 아무것도 필요 없다고 나는 생각한다.

"번 바움의 번역은 여기가 쏙 빠져 있는데 괜찮을까요, 무라카미 씨?" 하고 (편집자가 ─ 필자 주) 말하는데, 저는 읽으면서 알아채지 못했어요. 왜냐하면 (작품을 ─ 필자 주) 쓰고 난 후에 절대로 다시 보지 않기 때문에 뭘 썼는지 쓴 장본인도 까먹었거든요. 하지만 뭐 결과적으로 재미있으면 그걸로 됐다고 생각해요. 너무 시끄럽게 말하고 싶지 않다는 기분도 있어요. 내가 쓴 책인데도 "재밌네" 하고 남의 일처럼 말하면서 마지막까지 읽을 수 있다는 건 번역으로서 성공했다고 해도 좋지 않을까 하고 생각해요.

　위의 인용문을 통해 보이는 하루키의 모습은, 세계적인 대작가임에도 불구하고 자신의 전문분야가 아닌 번역에 있어서는 타인의 의견을 존중하는 겸손함과 번역가에 대한 배려심과 믿음, 고마움, 그리고 자신이 번역하는 일에 대한 넘치는 사랑이 엿보인다.

30
/
무라카미 라디오

하루키는 10대부터 재즈나 팝을 들어온 음악광이고 재즈나 클래식, 팝에 대해서 여러 에세이를 남기고 있는데 2018년에는 그가 직접 선곡을 하여 청취자들에게 들려주는 라디오 DJ를 맡게 된다. 이름 하여 '무라카미 라디오'. 그 첫 방송은 2018년 8월 5일 '무라카미 RADIO~RUN & SONGS~', 2회는 10월 21일 '가을의 긴 밤은 무라카미 송으로', 3회는 12월 16일에 '무라카미식 크리스마스 송', 4회는 2019년 2월 10일 '오늘 밤은 아날로그 나이트!', 5회는 4월 21일 '사랑의 롤러코스터', 6회는 6월 16일 'The Beatle Night', 7회는 8월 25일 '무라카미 JAM Special Night~', 8회는 9월 1일 '무라카미 JAM Special Night!'으로 방송되었다. (2020년 12월 31일까지 총 20회 방송)

시간대는 모두 저녁 7시부터 7시 55분까지 약 55분간인데, 하루키가 소장하고 있는 레코드나 CD를 가지고 와서 곡에 대한 설명과 자신의 느낌, 그밖에 여러 가지 에피소드를 곁들이면서 중간 중간에는 팬들이 보내온 질문이나 사연을 읽고 그에 답하는 편안하고 자유로운 분위기의 방송이다. 방송 타이틀인 '무라카미 라디오'는 하루키의 에세이집에서 따온 것이고 부제목인 'RUN & SONGS'은 자신이 매년 마라톤에 참가할 만큼 달리기를 좋아하기 때문에 달리면서 들으면 좋은 곡을 소개한다는 의미로 붙였다고 한다.

팬들은 하루키가 첫 방송 때 첫 곡으로 어떤 것을 선곡할지 기대를 많이 했는데 그가 틀은 것은 도널드 페이건의 '메디슨 타임(madison time)'이었다. 재즈 피아니스트인 레이 브라이언트가 작곡한 것인데, 10대 때는 왜 정통 재즈 피아니스트인 레이 브라이언트가 이런 광고 같은 음악을 만들었지? 하고 의아해했지만 지금 들어보니 너무 좋다, 어깨 힘이 빠지면서 근사하다며 감상을 곁들였다. 자신과 음악에 관한 관계에 대해서는 다음과 같이 말하고 있다.

저는 조깅할 때 언제나 iPod으로 음악을 듣고 있는데 하나에 1,000~2,000곡 들어 있고 그걸 7개 가지고 있어요. 오늘은 그 라인업에서 몇 곡인가 골라서 들려드리고 싶습니다.

달릴 때에 적합한 음악은 뭐니뭐니 해도 '어려운 음악은 안 된다'는 겁니다. 리듬이 도중에 바뀌면 굉장히 달리기 어려우니까 일관된 리듬으로 가능하면 심플한 리듬 쪽이 좋습니다. 멜로디를 쉽게 흥얼거릴 수 있고 가능하면 용기를 주는 음악이 이상적이죠.

이렇게 해서 총 9곡을 들려줬고 마지막 곡은 도어스의 '라이트 마이 파이어(Light My Fire)'였는데, 1967년에 수많은 노래를 들었지만 이 곡만은 지금도 잊혀지지 않는다. 만약에 자신이 야구 선수라서 메이지진구 구장에 서게 된다면 테마곡은 도어스의 이 노래로 할 거다, 근데 나오라는 말은 없네요 하면서 가벼운 농담을 곁들였다. 방송의 마무리에는 'Sly & The Family Stone' 밴드의 슬라이스톤이 한 말을 인용했다. '나는 모든 사람을 위해 음악을 만든다. 누구나, 바보라도 알 수 있는 음악을 만들고 싶다. 그렇게 하면 아무도 더 이상 바보는 안 될 테니까' 어떻게 보면 이 말은 소설이 가볍다, 읽기 쉽다는 비판을 받아온 하루키의 창작 태도와 비슷하지 않을까? 누구나 읽을 수 있는 소설을 써서 책을 읽지 않는 젊은 세대들도 독서 문화권으로 끌어들이는 흡인력을 가진 그의 문학의 힘과 일맥상통하는 문구인 것 같다.

방송을 진행하는 하루키의 목소리는 대체적으로 저음인데 중간중간에 톤이 약간 올라가는 특유의 발음 습관이 듣는 사람을 편하게 한다. 목소리만 들으면 결코 70세라고 느껴지지 않는, 나이보다 젊고 깨끗한 목소리가 특징이다. 깜짝 이벤트도 마련되었는데, 4회를 마치고는 하루키에게 라디오네임(시청자가 라디오 방송에서 사용하는 닉네임)을 받고 싶은 사람을 신청받아 그중 21명을 5회 때 발표했다. 발표 광고는 다음과 같다.

무라카미 라디오 신학기 기념
'작가 무라카미 하루키 씨에게 라디오네임을 받고 싶은 사람 대모집'
당선자 발표

이번에는 무라카미 하루키 씨가 명명(命名)하는 '라디오네임' 기획에 많은 분이 응모해 주셨습니다. 다시 한번 감사드립니다.
총 21분께 고마운(?) 라디오네임을 드리게 되어 여기에 발표합니다.
이 라디오네임으로 여러 라디오 방송에 투고해 봐 주세요.
물론 무라카미 라디오 앞으로 보내 주시는 메일도 기다리겠습니다.

라디오네임은 대략 다음과 같은 것이다. 예를 들면 '사키네코'라는 닉네임을 가진 팬에게는 '지옥에서 핫케이크' '奧村千文→부처님 얼굴도 샌드위치', 라디오네임 희망→낫토킹콜(재즈 가수인 '냇킹콜'의 패러디), 大名古屋→쓰케멘 라이더(영화 '이지 라이더'의 패러디) 와 같은 식으로 아티스트 이름을 패러디하거나 인디언식으로 풀어서 설명하는 이름 등 나름 여러 방식으로 고심해서 만든 흔적이 보인다. 아울러 이 응모 때 하루키가 낭독해 주기를 원하는 작품도 같이 신청을 받았는데 1위는 『노르웨이의 숲』, 2위는 『세계의 끝과 하드보일드 원더랜드』, 3위는 『해변의 카프카』였다.

라디오네임 인증서

라디오 방송은 순조롭게 이어졌고 하루키는 결코 55분이 길다고 느끼지 않을 만큼 꽤 능숙하게 프로그램을 이끌어갔다. 스태프들의 소감도 신초사 무라카미 하루키 사이트에 실렸는데 물론 긍정적인 글만 올리기야 했겠지만, 하루키를 존경하고 그의 음악에 대한 해박한 지식과 작가로서의 긍지 등을 엿볼 수 있어서 좋았다는 평이 많았다.

2019년은 하루키가 문단 데뷔 40년을 맞이하는 기념비적인 해이니만큼 도쿄 FM측에서 이벤트를 기획했다. 이벤트를 기획한 이유는 청취자들이 공개방송을 해 달라는 요청이 있어서라고 하는데 2019년 6월 26일에 「무라카미 하루키 JAM(즉흥 연주)」을 개최했다. 청

취자 중 150명이 추첨되어 방청객으로 참
석한 가운데, 세계적인 색소폰 연주자인
와타나베 사다오 및 싱어송 라이터인 스가
시카오 등 친분이 있는 뮤지션들이 참가했
다. 이 공개방송에서는 피아니스트인 오니
시 준코가 음악감독을 맡아서 하루키가 젊
었을 때부터 좋아했던 'Madison Time' 등
을 연주했고, 와타나베 사다오와 클라리넷

「무라카미 하루키 JAM」 포스터

연주자인 기타무라 에이지가 즉흥 연주로 재즈 명곡 '튀니지의 밤'
을 연주했다. 하루키는 "기타무라 씨하고 와타나베 씨, 오니시 씨를
한 번에 만나는 건 일단 불가능한 일이다. 나도 상당히 즐거웠다"고
소감을 말했다. 그리고 하루키 팬이라는 작가 다카하시 잇세이(高橋
一生)가 『세계의 끝과 하드보일드 원더랜드』의 한 구절을 낭독했다.
이날 방송은 「무라카미 라디오」 제7회와 제8회 분으로 8월 25일과
9월 1일에 방송되었다.

「무라카미 하루키 JAM」 콘서트 모습

31
인생 70년, 데뷔 40년

2018년 11월 4일에 하루키는 모교인 와세다대학에서 열린 기자회견에 참석하여 자신의 원고와 서적, 소장하고 있는 레코드 등의 자료를 모교에 기증한다고 발표했다. 기자회견은 37년 만으로 『바람의 노래를 들어라』가 영화화됐을 때 이후 처음이다. 본인이 참석하게 된 이유에 대해서는 자신에게 있어서도 대학에 있어서도 중요한 일이기 때문에 본인이 직접 설명하는 게 좋겠다고 생각했고, 아이도 없고 해서 4, 5년 전부터 자료 기증을 생각했다고 한다. '40년 가까이 소설가로서 작품을 써 오다 보니 집에 다 둘 수 없을 정도로 자료가 많다. 없어지지 않게 모교가 관리해 주면 좋겠다'라고 밝혔다. 기증하는 자료로는 2만 점 가까운 레코드와 해외에서 번역 출판된 작품, 초기 작품의 친필 원고 등이다. 와세다대학은 이 자료를 활용하여 문학에 관한 국제적인 연구센터 '무라카미 하루키 라이브러

모교 와세다대학에 자료 기증

리(가칭)'를 창립할 예정이다. 하루키는 도서관 건립의 구상에 대해서 '일본인이든 외국인이든 내 작품을 연구하고 싶은 사람이 와 준다면 그보다 더한 기쁨은 없을 것이다. 문화 교류의 계기가 됐으면 좋겠다'라며 기대감에 찬 소감을 발표했는데, 이 도서관은 2021년 10월에 개관될 예정이다.

하루키가 이렇게 큰 결심을 하게 된 데 대해서는 어느 정도 정리가 필요하다고 느꼈기 때문이 아닐까 하는 게 공통된 의견이다. 나이도 70세지만 데뷔 40년이라는 의미도 있다. 문학동네와의 이메일 인터뷰에서 그는 "첫 소설을 썼을 때가 스물아홉이었는데 지금은 예순여덟이 됐다. 스물아홉 때는 '소설 같은 건 앞으로 얼마든지 쓸 수 있다'고 생각했지만, 예순여덟이 되고 보니 '남은 인생에서 소설을 몇 편이나 더 쓸 수 있을까'라는 생각이 절로 든다."면서 "이것은 큰 차이지만 대신 그만큼 소중하게 아끼는 마음으로 작품을 쓰게 된다. 그렇지만 글 쓰는 일은 변함없이 즐겁다."라고 말했는데 서서히 자신이 나이가 들어간다는 것을 인식하고 좀 빠르기는 하지만 인생을 정리하는 느낌이 든다.

그런 연장선에서 2019년 5월 10일에 발행한 「문예춘추」 6월호에는 「고양이를 버리다-아버지에 대해 말할 때 내가 하는 말」이라는 다소 의미심장한 에세이가 발표된다. 2009년에 90세의 일기로 타계한 아버지에 관해 그동안 잘 모르거나 잘못 알았던 부분을 추적하고 조사하여 자신의 뿌리를 찾고 아버지에 관한 오해도 풀면서 큰 짐을 내려놓게 되었다는 내용으로 하루키의 할아버지와 아버지, 그리고 자신에 대해 허심탄회하게 털어놓고 있다.

내용 중 하루키의 아버지의 중국 파병에 관한 내용을 정리해 보면, 그의 아버지는 제16사단(후시미 사단)에 소속된 보병 제20연대였는데 이 부대는 난징 함락 때 제일 먼저 들어가서 이름을 알렸고 수행한 작전에는 피비린내 나는 평판이 따라다녔다. 하루키는 아버지가 혹시 이 부대의 일원으로 난징 공략전에 참가한 건 아닐까 하는 걱정을 오랫동안 하고 있었지만 아버지가 살아계실 때 물어보지도 못했고, 아버지의 종군 기록을 구체적으로 조사해야겠다는 생각도 하지 못했다. 아마도 생전이건 사후건 조사한 결과 그 내용이 맞을까 봐 두려웠던 것 같다.

그런데 아버지가 돌아간 후에 조사해 보니 아버지가 입대한 것은 1938년 8월 1일이었고 제16사단의 보병 제20연대가 난징 함락으로 용맹을 떨친 것은 그 전년도인 1937년 12월이었던 것이다. 그 사실을 알고 하루키는 긴장이 풀렸다고 할까, 무거운 돌덩이를 내려놓은 것 같은 느낌이 들었다고 한다.

하루키는 여기에서 멈추지 않고 아버지와 할아버지에 대한 조사를 거듭하여 자기의 확실한 뿌리를 확인하는 작업을 한다. 앞에서 살펴보았듯이 안요지의 주지였던 할아버지 벤시키(村上弁識)의 여섯 아들 중 둘째로 태어난 아버지는 어렸을 때 근처 절에 동자승으로 보내진 경험이 있는데 이 또한 아버지에게 직접 들은 것도 아니고 돌아가시고 난 후 사촌에게 들은 것이다. 아버지는 자기의 성장 과정에 대해 말하지 않는 사람이었고, 어쩌면 '버려졌다'는 기억이 아버지를 죽을 때까지 괴롭혔을 것 같다고 말한다.

1918년생인 아버지는 1936년에 고등학교를 졸업하고 불교 교육을 받기 위해 니시야마(西山)전문대학에 들어갔는데 대학 재학 중인 4년 동안은 징집 유예를 받을 권리가 있었는데도 정식으로 신고하지 않아 1938년 8월 스무 살 때 학업 도중에 징병되게 된다.

그리고 아버지가 속한 부대는 하루키가 생각했던 것과는 달리 제16사단 소속의 보병 제20연대가 아니라 같은 16사단 소속의 치중병(輜重兵) 제16연대로 하는 역할은 군수물자를 보급하고 주로 군마를 돌보는 전문 부대였다. 아마 20과 16이라는 숫자에서 착오가 있었던 모양이고 결론적으로 하루키의 아버지는 난징 함락에 참가한 적이 없었던 것이다. 아버지는 이 부대에서 특무 2등병으로 1938년 10월 6일에 상해로 상륙하여 그 이후는 보병 제20연대와 행군을 같이 했다고 한다.

그리고 앞에서 이안 부루마와의 인터뷰에서 한 번 언급했던 어린 시절 아버지가 중국에서 겪었던 가슴 철렁한 이야기가 구체적으로 언급된다. 아버지가 왜 이런 이야기를 꺼내게 되었는지 그 앞뒤 상황은 기억나지 않지만 아무튼 아버지는 그때 자신이 속해 있던 부대가 포로인 중국 병사를 처형한 일이 있었는데 그 목격담을 다음과 같이 담담하게 말했다고 한다.

중국 병사는 자기가 죽는다는 걸 알아도 소동도 부리지 않고 분노도 하지 않고 그저 가만히 눈을 감고 조용히 거기에 앉아 있었다. 그리고 참수되었다. 정말이지 감탄할 만한 태도였다고 아버지는 말했다. 아버지는 참수된 그 중국 병사에 대한 경의를– 아마 죽을 때까지–깊게 품고 있었던 것 같다.

같은 부대의 동료 병사가 처형을 집행하는 것을 옆에서 지켜보기만 한 건

지, 아니면 더 깊게 관여한 건지 거기까지는 잘 모르겠다. (중략)

아무튼 아버지의 그 회상, 군도로 사람 목이 튕겨 나가는 잔인한 광경은 두말할 것도 없이 어린 내 마음에 강렬하게 새겨졌다. 하나의 광경으로 다시 말하면 하나의 유사 체험으로서, 다시 말하면 아버지의 마음을 오랫동안 무겁게 눌러온 것을-현대의 용어를 빌리자면 트라우마를-아들인 내가 부분적으로 계승했다는 것이 될 것이다. 사람의 마음의 연계란 그런 것이고 또한 역사란 것도 그런 것이다. 그 본질은 '계승'이라는 행위 혹은 의식에 있다. 그 내용이 아무리 불쾌하고 눈을 돌리고 싶은 일이라도 사람은 그것을 (자기의-필자주) 일부로써 받아들이지 않으면 안 된다. 만약 그렇지 않다면 역사란 것의 의미가 어디에 있단 말인가.

이런 이유로 하루키는 자신의 아버지가 중국 전선에서 직접 행했던, 아니면 목격했던 전쟁 폭력에 관한 역사를 자신의 일부로 받아들이고 이를 후대에 전달하기로 마음먹었고, 그것이 1990년 이후에 이어지고 있는 그의 작품 속의 역사에 관한 상기에 다름 아닐 것이다. 그리고 그는 이것이 자신의 임무라고 생각하고 있다.

젊은 시절 아버지와 의절에 가까운 상태로 지냈던 하루키였지만 죽음을 앞둔 아버지를 앞에 두고, 본인 나이 60세, 아버지 나이 90세에 어색한 대화를 나누고 화해(비슷한 것)를 했다. 어린 시절 동자승으로 보내졌던 경험, 3번의 출병, 죽을 고비를 넘긴 경험과 누군가를 죽음에 처하게 만든 경험 등 굴곡진 인생을 살아온 아버지의 인생에 대해 하루키는 겨우 이해를 하고 아버지를 받아들인다. 사고방식과 세상을 보는 눈이 달라도 부자지간인 둘 사이를 잇는 인연의

끈이 강력한 힘을 갖는다는 것을 실감하게 된 것이다. 죽음 앞에 용서가 안 되는 것이 무엇이겠는가.

하루키는 아버지가 돌아가신 후에 아버지와 연관된 여러 사람들을 만나게 되고 그 과정에서 아버지가 상당히 좋은 교사였다는 사실을 알게 되고, 만약 그런 아버지와 어머니가 없었다면 자신이 존재하지도 못했을 것이라는 사실을 새삼 깨닫는다. 그리고 이러한 글을 남기는 이유에 대해서 자신이 글을 쓰는 사람이기 때문에 이런 기억을 더듬어 과거를 조망하고 그것을 말로, 소리로 읽을 수 있는 문장으로 바꿔 놓을 필요가 있었고, 쓴 내용을 읽을수록 자신이 투명해지는 느낌이 들었다고 한다. 자신의 뿌리를 찾았다는 기쁨과 아버지에 관한 잘못된 기억을 수정하고 그 과정에서 아버지에 대해 이해하고 자기 자신의 트라우마를 극복하게 된 것이다.

자신의 개인적인 이야기를 직접 하는 것도 극도로 꺼려했고 문자화하는 것은 언감생심 상상도 못 했던 일이라 이렇게 공개적으로 잡지에 자기 고백에 가까운 문장을 남긴 것을 보고 놀라지 않은 사람들이 없었다. 갑자기 왜 이러지?? 하는 분위기였다. 하지만 그가 이야기했듯이 이렇게 글로 남기는 행위가 베일에 싸인 작가라는 프레임에서 벗어나기 위해서라기보다는 자기 스스로를 해방시키기 위한, 자기 스스로에 대한 위로라고 할 수 있을 것이다. 물론 글을 읽는 독자로서도 이 작가가 숨기고 싶어 했던 과거가 무엇인지를 알 수 있었다는 점에서 작가에게 친근하게 다가갈 수 있는 요소가 된 것도 분명하지만.

2019년 2월 15일부터 프랑스 파리의 콜린극장에서는 「해변의 카프카」가 연극으로 공연되었다. 이 자리에서 하루키는 '올바른 역사를 전달하는 것이 우리 세대가 사는 법이다. 자국에 유리한 역사만 젊은 세대에게 전하려고 하는 힘에는 저항해야 한다'고 말하며 올바른 역사를 전달하는 것이 자신의 사명임을 강조했다. 또한, '나이대로 느껴야 한다고 생각하면 인생이 좁아진다. 몇 살인지는 생각하지 않도록 하고 있다'고 이야기했는데 그런 그의 문학적 열정이 뿜어내는 열기가 영원히 그의 작품 속에 살아 숨쉬기를 기대한다.

2부

하루키 작품 들여다보기

1. 바람의 노래를 들어라

발행일	1979년 7월 23일
출판사	고단샤(講談社)
장르	첫 번째 장편소설, 데뷔작
수상	제22회 군조 신인문학상(1979년), 제81회 아쿠타가와상 후보 (1979년), 제1회 노마문예 신인상 후보(1979년)

등장인물

- 나(僕): 29세. 주인공. 대학에서 생물학 전공(?)
- 쥐(鼠): 30세. '나'가 대학교 때 만난 친구
- 새끼손가락이 없는 여자아이(小指のない女の子): 여덟 살 때 왼쪽 새끼손 가락을 잃어버리고 쌍둥이 여동생이 있음.
- 제이(ジェイ): '나'와 '쥐'의 단골 술집인 '제이스 바'의 중국인 바텐더

줄거리

1970년 8월 8일 여름방학을 맞아 고향에 돌아온 '나'는 대학에 갓 입학했을 때 만났던 친구 '쥐'와 매일 술을 마시며 보냈다. '나'가 '쥐'와 만난 것은 3년 전 봄이었다. 우리는 새벽 4시에 만취한 상태 로 '쥐'의 피아트 600을 타고 가서 공원의 울타리를 부수고, 돌기둥 에 힘껏 박았는데 차는 완전히 부서졌고 그 보수비는 3년 동안 나누 어 갚아야 할 만큼 막대한 금액이었지만 다행히 '나'도 '쥐'도 상처 하나 입지 않았다. 우리는 이 사고를 계기로 완전히 의기투합하여

팀을 만들어 행동하기로 한다.

바닷가 동네에서 태어난 '나'는 어렸을 때 아주 말이 없었는데 이를 걱정한 부모님은 나를 정신과 병원에 상담하러 보냈다. '나'는 매주 일요일에 전철과 버스를 갈아타고 진찰을 받으러 다녔는데 14세가 되던 어느 날 갑자기 봇물이 터진 것처럼 떠들어대기 시작하다가 고열 때문에 사흘 동안 학교를 결석했다. 열이 내렸을 때는 말수가 많지도 적지도 않은 평범한 소년이 되었다.

어느 날 '나'는 단골가게인 제이라는 중국인 바텐더가 운영하는 '제이스 바'에 들러 '쥐'를 기다렸다. 하지만 1시간이 지나도 '쥐'는 오지 않았고 얼굴을 씻으러 들어간 화장실에서 '나'는 술에 취해 바닥에 쓰러져 있는 여자를 발견한다. 그녀에게는 특이하게도 왼쪽 새끼손가락이 없었다. '제이'와 그녀의 상처를 치료한 뒤 '나'는 그녀의 핸드백 속에 들어 있던 엽서에 쓰인 주소를 보고 그녀를 집까지 데려다준다. 그리고 '나'는 아침까지 그녀 곁을 지키는데 잠에서 깬 그녀는 '나'가 자신을 강간했다고 오해를 한다. 그도 그럴 것이 그녀는 발가벗고 있었기 때문이다. '나'는 그녀가 스스로 옷을 벗은 거라고 설명하지만 그녀는 의식이 없는 여자와 자는 인간은 최악이라고 쏘아붙였다.

어느 날 '나'가 자주 듣는 라디오 방송 프로그램인 '팝스 텔레폰 리퀘스트'의 DJ한테 전화가 걸려온다. 어느 여자가 '나'에게 비치 보이스의 '캘리포니아 걸스'를 선물했다고 한다. 그게 누구인지 겨우 생각해낸 '나'는 그때 그녀가 떨어뜨린 콘텍트렌즈를 찾아주고 그 보답으로 '캘리포니아 걸스' 레코드를 빌려줬다는 사실을 이야기하자 DJ는 레코드를 돌려주라고 한다.

　며칠 후 '나'는 '쥐'의 생일선물을 사기 위해 들어간 어느 레코드 가게에서 '새끼손가락이 없는 여자아이'를 다시 만나서 데이트를 신청하지만, 그녀는 '나'가 수준 이하이며 자신을 귀찮게 하지 말라며 매몰차게 거절한다. '나'는 비치 보이스의 LP를 빌려 준 여학생에게 레코드를 돌려주기 위해 동창생들과 학교에 전화해서 어렵게 그녀의 하숙집 전화번호를 알아내어 그곳에 전화해 보지만 그녀는 봄에 그곳을 나갔으며 그 이후의 행적은 모른다고 했다. 며칠 뒤에 '새끼손가락이 없는 여자아이'에게서 사과 전화가 걸려온다.

　'나'는 '제이스 바'에서 '새끼손가락이 없는 여자아이'와 만나 그녀에게 쌍둥이 여동생이 있고, 아버지는 5년 전에 뇌종양으로 돌아가시고 치료 때문에 막대한 돈이 들어가 가족은 뿔뿔이 흩어졌다는 이야기를 듣는다. 며칠 뒤에 '나'는 그녀의 집에 초대받아 같이 저녁 식사를 하고 그녀는 그다음 날 여행을 떠난다.

　며칠 후 '나'는 '쥐'와 함께 호텔 수영장에서 수영을 하는데 '쥐'는 대학을 그만두었다고 한다. '쥐'의 아버지는 가정용 세제며 벌레 방지용 연고 같은 것을 팔아 부자가 되었는데 '쥐'는 그런 아버지를 증오하고 있었다. '쥐'는 그런 아버지에게서 벗어나 모르는 동네에 가서 소설을 쓰고 싶어 했다.

　8월 26일에 도쿄로 돌아가기 전에 '나'는 여행용 트렁크를 들고 '제이스 바'에 들른다. 아직 가게는 오픈하기 전이었는데 '제이'는 '나'에게 맥주와 프라이드 포테이토를 만들어 주었다. 야간 버스를 탄 '나'는 창밖을 흐르는 야경을 감상하면서 아직 따뜻한 포테이토를 먹었다.

'나'는 지금 스물아홉 살이 되었고 '쥐'는 서른 살이 되었다. '제이스 바'는 그 후에 도로 확장 계획 때 리뉴얼되어 아주 세련된 술집으로 변했다. '쥐'는 지금 집필 활동 중인데 매년 크리스마스가 되면 자신이 쓴 소설을 '나'에게 선물로 보내온다. 왼쪽 '새끼손가락이 없는 여자아이'는 레코드 가게를 그만두고 이사 가버려 그 여름 이후에 한 번도 만난 적이 없다. 결혼해서 도쿄에서 살고 있는 '나'는 여름이 되면 고향의 거리로 돌아간다. 언젠가 그녀와 거닐던 해변가를 혼자 거닐며 수평선을 바라보지만 이상하게도 눈물은 나오지 않았다.

2. 1973년의 핀볼

발행일   1980년 6월 17일

출판사   고단샤(講談社)

장르   2번째 장편소설

수상   제83회 아쿠타가와상 후보(1980년), 제2회 노마문예 신인상 후보
(1980년)

등장인물

- 나(僕): 친구와 번역 사무소를 운영하며 영어 번역을 하고 있음.
- 쌍둥이 여자(双子の女の子): '나'와 동거하는 쌍둥이 자매. 이름은
  없고 티셔츠에 쓰인 '208' '209'로 구분함.
- 친구: '나'와 동업하며 프랑스어 번역을 하고 있음.
- 쥐(鼠): '나'의 친구, 1970년에 대학을 중퇴한 후 특별히 하는 일
  없이 지내고 있음.
- 나오코(直子): 1969년에 '나'와 사귀었지만 그 후 자살함.

줄거리

'나'는 낯선 고장에 대한 이야기를 듣는 걸 병적으로 좋아했다.
1969년 봄, 우리는 스무 살이었고 대학 신입생이었다. '나오코'는
자기가 살던 동네의 역과 플랫폼에 있는 개에 관한 이야기를 들려
주었다. 그로부터 4년 뒤인 1973년 5월에 '나'는 '나오코'가 말한 개
를 보기 위해 혼자서 그 역을 찾는다. 한 시간쯤 기다리니 개는 드디

어 나타났고 '나'는 주머니에서 껌을 꺼내 주고 만족스럽게 집으로 돌아왔다. 그 전철 안에서 '나'는 '나' 자신에게 '나오코'는 이미 죽었고 잊어야 한다고 타일렀다.

집에 돌아오니 쌍둥이 자매가 기다리고 있었다. 그녀들은 이름이 없었고 '나'는 그녀들이 입고 있는 트레이너 셔츠에 쓰여 있는 '208'과 '209'라는 번호로 그녀들을 구분했다. '나'는 그녀들이 누구인지, 나이도 태어난 곳도 전혀 묻지 않았고 그녀들도 아무것도 말하지 않았다. 우리 셋은 커피를 마시거나 골프 코스를 산책하거나 침대에서 노닥거리며 하루를 보내거나 했다.

한편 '쥐'는 3년쯤 전에 대학을 그만두고부터 시간에 대한 균형 감각을 상실하게 되었다. 그는 대학에 들어가면서 집을 나와 아버지가 서재 대신으로 사용하던 맨션으로 거처를 옮겼는데 대부분 등나무 의자 위에 앉아 멍하니 눈을 감고 몇 시간이고 며칠이고 보냈다. 가끔은 소년 시절부터 다니던 제방 근처에 사는 여자의 집으로 가서 소년 시절의 막연한 추억이나 황혼의 냄새를 떠올리곤 했다. '쥐'가 처음 그녀를 만난 것은 9월 초순이었는데 세 번째 만났을 때 같이 잤고, 그 후 그녀는 '쥐'의 내부에서 그 존재를 팽창시켜 갔다. 그리고 여자를 만나면서 '쥐'는 생활 감각이 무뎌졌다. '쥐'는 셔터가 내려진 '제이스 바'를 찾아가 자신이 25년 동안 아무것도 배우지 못했다고 고백한다. 집으로 돌아오는 길에 그녀의 아파트에 들르지만 불 꺼진 그녀의 방은 쓸쓸해 보였고 '쥐'는 지칠 대로 지쳐 있었다.

'나'는 친구와 번역 사무실을 운영하고 있다. 어느 날 역 앞 슈퍼

에서 장을 보고 버스를 기다리다가 근처 찻집에 들어가는데, 유리
창에 비친 '나'의 얼굴은 전혀 '나' 같지 않았다. 그해 가을 어느 일
요일의 일이었다. '나'는 쌍둥이 자매와 골프 코스의 8번 홀 잔디 위
에서 저녁놀을 바라보다가 갑자기 핀볼 기계를 떠올렸다.

'나'가 처음 핀볼 기계를 접한 것은 1970년에 '제이스 바'에서였
다. 당시에 그곳에 있던 것은 스리 플리퍼의 '스페이스십'이라는 모
델이었는데 그 당시만 해도 '나'는 열렬한 핀볼 플레이어는 아니었
다. 그때는 '쥐'가 핀볼에 미쳐 있던 시기로 그의 최고 기록은 92500
이었다. '나'가 정말 핀볼의 주술 세계에 빠진 것은 그해 겨울이었
다. '나'는 근처 오락실에서 '제이스 바'에 있던 '스페이스십'과 똑
같은 모델을 찾아내고 그로부터 약 반년 동안 오락실 한쪽 구석에
서 지내며 쉴 새 없이 동전을 기계에 밀어 넣었다. 그렇게 '나'와 핀
볼 기계의 밀월은 시작되었다. 그녀는 멋있었다. 나만이 그녀를 이
해했고 그녀만이 '나'를 이해했다. '나'가 플린저를 당기면 반짝반
짝 빛나는 은색 볼이 레인에서 필드로 튕겼다. 볼이 필드를 돌아다
니는 동안 '나'는 끝없는 해방감을 느꼈다. '나'의 최고 기록은 16만
5천이었는데 다음 해 2월에 오락실은 헐렸고 '스페이스십'은 사라
지고 '나'도 핀볼을 그만두었다.

그런데 쌍둥이 자매와 산책을 하다가 문득 생각난 핀볼 기계는 집
요하게 '나'를 찾고 있는 것 같았다. '나'는 도쿄 시내의 모든 오락
실을 돌아다니며 스리 플리퍼의 '스페이스십'을 찾아다니다가 우
연히 핀볼 마니아인 스페인어 강사를 소개받는다. 그는 핀볼의 역
사에 대해 자세하게 설명을 해주었는데 11월 연휴가 막 끝난 수요

일에 전화를 걸어와서는 '스페이스십'의 행방에 대해 알아냈다고 만나자고 한다. 목적지로 향하는 택시 안에서 스페인어 강사는 자신이 '스페이스십'을 찾아낸 경위에 대해 자세하게 설명해 주었다. 스페인어 강사는 도로에서 500미터 떨어진 공터에 택시를 세우고 '나'에게 막다른 곳에 있는 창고로 들어가 보라고 한다. '나'가 혼자 코끼리 무덤 같은 창고에 들어가 스위치를 누르자 창고에는 엄청나게 많은 핀볼 기계가 있었다. 총 78대가 있는 핀볼 기계 사이에서 '나'는 스리플리퍼 '스페이스십'을 찾아낸다. 그녀는 가까스로 잠에서 깨어난 것처럼 '나'에게 미소를 지었는데, '나'는 그녀 생각을 자주 했노라고 고백한다. 그녀는 '나'의 일상에 대해 여러 가지를 질문하고 이제 더 이상 견딜 수 없을 만큼 추워지자 그만 가보라고 한다. '나'는 그녀에게 작별을 고하고 창고를 나온다.

'쥐'는 드디어 이 고장을 떠나기로 결심한다. 마음 한편으로는 여자친구를 만나 그녀의 따스한 피부를 느끼며 그녀 안에 있고 싶었지만 그럴 수 없었다. 그렇게 여자친구와도 헤어지기로 결심하고 전화 거는 것을 그만두었다. 전화를 기다릴 그녀를 생각하면 마음이 아팠지만 그녀가 단념할 것이라고 생각하고 모든 것을 정리했다. 굳은 결심을 한 '쥐'는 그날 막 영업이 시작된 '제이스 바'에 들어가 '제이'에게 작별을 고한다.

핀볼이 윙윙거리는 소리가 완전히 '나'의 생활에서 사라지고 쌍둥이 자매도 자신들이 본래 있던 곳으로 떠났다. 모든 것이 투명하게 비쳐 보일 것 같은 11월의 어느 조용한 일요일이었다.

3. 양을 둘러싼 모험

발행일	1982년 10월 13일
출판사	고단샤(講談社)
장르	3번째 장편소설
수상	제4회 노마(野間) 문예 신인상(1982년)

등장인물

- 나(僕): 1948년 12월 24일생으로 29세. 친구와 작은 사무소를 운영하고 있음.
- 여자친구: 귀 전문 모델 겸 출판사 교정 아르바이트 겸 콜걸
- 아내: 25세. '나'와 결혼한 지 4년 만에 이혼하여 다른 남자와 살고 있음.
- 선생: 우익단체의 거물로 1913년에 홋카이도에서 태어남. 1937년에 중국에서 활동하다가 전후에는 A급 전범으로 투옥 후 석방됨.
- 쥐: 29세. '나'의 친구로 1973년에 고향을 떠나 여러 지방을 전전하며 살고 있음.
- 제이: '제이스 바'의 바텐더로 중국인. 전후 미군기지에서 일하다가 1954년에 그만두고 '제이스 바'를 오픈함.
- 양박사: 73세. 1905년 센다이에서 태어남. 도쿄제국대 농학부를 수석으로 졸업한 후 농림성에 취직. 1935년에 만주에서 면양 시찰을 나갔다가 행방불명이 됨. 일본에 돌아와서는 농림성 일을 그만두고 돌고래 호텔 2층에 거주함.

- 양남자: 양가죽을 둘러쓰고 사는 남자

줄거리

1978년 7월, 서른 살을 몇 달 앞둔 '나'는 아내와 이혼했다. '나'가 새 여자친구와 만난 것은 아내와 헤어진 직후인 8월 초였다. 그녀는 스물한 살로 매력적인 몸매와 마력적인 귀를 가지고 있었는데 작은 출판사의 교정원이면서 귀만 전문으로 찍는 광고 모델이었고 품위 있는 사람들만으로 이루어진 작은 클럽에 속한 콜걸이기도 했다. 그녀는 아무 보잘 것도 없는 '나'와 만난 지 얼마 지나지 않아 자고 싶어 했고 그렇게 우리 둘의 관계는 시작됐다. 여름이 끝나가는 9월의 어느 날 오후에 그녀는 '나'에게 중요한 전화가 걸려올 것이고 그것은 양에 관한 일이라고 알려준다. 그리고 조금 있다가 정말로 전화가 걸려오고 그렇게 '나'의 양을 둘러싼 모험이 시작되었다.

9월 말의 어느 날 오전 11시에 '나'와 동업자가 경영하는 작은 사무소에 한 남자가 찾아왔다. 남자는 동업자에게 우리 사무소에서 만든 어느 생명보험 회사의 PR지의 발행을 중지하라고 요구했다. 그것은 홋카이도의 구름과 산과 양이 있는 평범한 풍경 사진이었다. 그 남자는 두 가지 요구 조건을 들어주지 않으면 우리 회사가 큰 타격을 받을 것이라고 경고했다. 남자가 남기고 간 명함을 보니 그는 어느 우익단체 거물의 비서였는데, 동업자에 따르면 그 거물은 1913년에 홋카이도에서 태어나 초등학교를 졸업한 후에 도쿄에서 이 직업 저 직업 전전하다가 우익이 됐고 전쟁이 끝난 후에는 어딘가 숨겨두었던 재물을 반으로 나누어 절반으로는 보수당 파벌을 매입하고 나머지 절반으로는 광고업계를 매입했다고 한다.

그쪽에서 문제 삼고 있는 사진은 '쥐'에게 부탁받은 것이었다. '쥐'에게서 첫 번째 편지가 도착한 것은 1977년 12월 21일자 소인으로 아오모리(靑森)에서 보낸 것이었고, 1978년 5월의 소인이 찍힌 두 번째 편지에는 '제이'와 어떤 여자에게 편지를 전해 달라고 씌어 있었다. 아울러 한 장의 양 사진도 들어 있었는데, 그것을 어디라도 좋으니 공개해 달라고 적혀 있었다. 10만 엔짜리 수표가 동봉되어 있었는데 발행처가 삿포로(札幌)의 은행이었다. '나'는 4년 만에 고향 거리로 돌아가 '제이'와 '쥐'의 여자에게 편지를 전해줬다.

다음날 4시에 비서가 보낸 차가 도착해 좀 높은 언덕에 있는 메이지(明治) 풍의 서양식 건물로 '나'를 데려갔다. 검은 옷을 입은 비서는 이 저택에서 한 노인이 뇌에 생긴 혈혹으로 죽어가고 있는데, 그 노인은 일찍이 A급 전범이었지만 중요한 정보와 교환하여 석방되었고, 그 후 우익 사상가가 되어 전후 정치의 은막에서 커다란 영향력을 행사했다고 설명해 주었다. 이번 광고 사진에 찍힌 '양'은 특수한 생물로 등에 별 모양의 반문(斑紋)이 달려 있고, 노인이 젊었을 때 몸 안으로 들어와 그가 지금의 인물로 출세하게 된 의지의 원형이었을지도 모른다는 것이었다. 그리고 비서는 '나'에게 사진의 출처를 밝힐 수 없다면 그 양을 두 달 안에 찾아내라고 요구한다.

'나'는 사실 '양'을 찾으러 갈 생각이 전혀 없었는데, 여자친구가 '나' 자신을 위해서 '양'을 찾는 것이 좋다고 권하는 바람에 홋카이도(北海道)로 떠난다. 삿포로에 도착한 우리는 영화 두 편을 보고 레스토랑에서 식사를 하면서 묵을 장소를 정하기 위해 웨이터에게 전화번호부를 가져오게 했는데 40개 정도의 여관과 호텔 이름을 다 읽었을 때, 그녀가 '돌고래 호텔'에 머물자고 했다.

'돌고래 호텔'은 5층짜리 건물이었다. 가까이서 보니 꽤 낡았지만 그녀는 한눈에 마음에 든 것 같았다. 우리는 다음 날부터 관광 안내소, 관광회사, 등산협회 같은 곳을 돌아다녔지만 나흘이 허무하게 지나가 버렸다. '나'는 4개의 신문에 '쥐, 긴급 연락 바람!!'이라는 짧은 광고를 실었지만 만족스런 정보는 얻지 못했다.

8일이 지났을 때, 호텔 지배인으로부터 '돌고래 호텔' 건물이 원래 홋카이도 면양 회관이었고, 2층에 면양 자료실이 있다는 이야기를 듣는다. 문제의 양 사진을 보여 주자, 지배인은 그것이 그 호텔의 천정에 걸려 있는 액자 속의 경치 같다고 한다. 그리고 호텔의 2층 방에 기거하고 있는 그의 아버지가 양에 관한 일이라면 뭐든지 알고 있는 '양박사'니, 사진의 장소를 알 수 있을 것이라고 덧붙인다.

그의 말에 따르면, '양박사'는 어렸을 때부터 신동이라는 소리를 들었던 인물로, 대학을 수석으로 졸업한 뒤에 농림성에 들어갔다가 군대의 의뢰로 만주로 건너갔다고 한다. 그런데 그곳에서 시찰을 나섰다가 행방불명이 되는데, 그 뒤로 '양박사'가 '양'과 특수한 관계를 맺었다는 소문이 돌게 되어 엘리트 코스에서 제외되었다 한다.

'나'는 '양박사'와 만나서 그의 몸속에 들어갔다 나온 '양'이 어느 우익 청년의 몸에 들어갔고, 그가 전후의 정치·경제·정보의 뒷세계를 장악하는 거물이 되었다는 사실을 알게 된다. 또한 양박사로부터 문제의 사진 속의 장소를 알아내고, 거기에 '쥐'라고 여겨지는 사람이 살고 있다는 것도 알게 된다. 그 장소는 아사히카와(旭川)에서 3시간 정도 거리에 있는 주니타키(十二滝) 마을의 목장이었다. '나'가 동사무소에 가서 그 목장에 대해 물어보았더니 직원은 그곳이 지금은 마을에서 운영하는 면양 회관이 되었다고 했다. 그리고 전화를 걸어 보더니 지금 가면 관리인을 만날 수 있다고 하며 자신의 차로 직접 '나'를 그곳에 데려다 주었다. 면양 회관의 관리인은 근처에 있는 별장의 주인에게 고용되어 있었는데, 그 주인은 3월경에 와서 묵었다고 한다. 나는 '쥐'의 아버지가 홋카이도에 별장을 가지고 있었다는 사실을 떠올린다.

다음 날 아침 8시에 관리인의 지프가 여관으로 우리를 데리러 왔다. 관리인은 지난달 20일쯤에 이 별장에 전화를 한 게 마지막이었고 지금은 전화가 연결되지 않는다고 했다. 그는 별장으로 가는 길 도중까지 우리를 데려다 주었지만, 언제 무너질지 모르는 불길한 커브 바로 직전에 우리를 내려주고 돌아가 버렸다.

'나'는 여자친구와 한 시간 정도 걸어가서 사진 속에 있던 경치를 직접 보게 된다. 초원을 가로질러 미국풍의 오래된 2층짜리 목조 건물이 보였다. 관리인이 가르쳐 준 대로 우편함 속에서 열쇠를 꺼내 집 안으로 들어갔지만 '쥐'의 모습은 보이지 않았다. 피곤해진 '나'는 여자친구의 권유대로 잠들었다가 6시가 되었을 때 소파 위에서 잠이 깼다. 집 안이 암흑에 둘러싸여 있었는데, '나'는 본능적으로 그녀가 여기에 없다는 것을 알아챈다.

다음날 2시에 '양남자'가 찾아왔다. 그는 양가죽을 푹 뒤집어쓰고 있었고 집 안을 잘 알고 있다며 돌아다녔다. 그는 '나'의 여자친구를 '돌고래 호텔'로 돌려보냈으며 다시는 만날 수 없다고 했다. 나는 '양남자'에게 '쥐'에 관한 일을 물었지만 그는 모른다고 했다.

이곳에 온 지 일주일 정도 지난 어느 날, '나'는 저녁 식사 후에 콘래드(Joseph Conrad)의 소설을 읽다가 '쥐'가 책갈피 대신으로 사용하던 신문지 조각을 발견했는데 그것은 '나'가 실었던 짧은 광고였다. '쥐'는 '나'가 자기를 찾고 있다는 것을 알고 있었지만 무슨 이유인지 연락하지 않았던 것이다.

'나'는 '양남자'가 뭔가를 알고 있다고 생각하고 다음 날 그를 찾아 나선다. 한 시간 정도 걷는 동안에 방향 감각을 잃어버린 '나'는 다시 10분 정도를 더 걸어서 겨우 낯익은 길로 나올 수 있었는데 '양남자'가 다리 옆에 앉아서 '나'를 보고 있었다. '나'는 '양남자'에게 '쥐'에 관해 물었지만 그는 아무 대답도 하지 않았다.

9일째 되던 날에 '나'는 낡은 책 한 권을 누군가 아주 최근까지 읽었다는 사실을 알아챘다. 그 책에 끼워져 있는 메모에서 죽어가고 있는 우익 거물이 이 마을 출신이라는 것도 알았다. 그렇다면 비서가 그것을 모를 리 없다는 것에 생각이 미치자 '나'는 혼란스럽고 화가 나기 시작했다. 바로 산을 내려가고 싶었지만, 모든 것을 집어치우기엔 이미 너무 깊숙이 들어와 있었기에 단념했다.

10일째 아침, '나'는 모든 것을 잊기로 했다. 저녁 무렵에 계단참에 있는 커다란 거울이 더러워져 있는 것을 발견하고 한참 동안 닦았다. 12일째 날에 세 번째 눈이 내렸다. 눈을 헤치며 '양남자'가 찾아왔는데 그의 모습은 거울에 비치지 않았다. '나'는 '양남자'에게 친구가 오늘 밤 10시에 올거라서 자지 않고 그를 기다릴 거라고 말한다. 그리고 오늘 밤 짐을 싸서 돌아갈 건데 '나'의 친구를 만나면 그렇게 전해 달라고 말한다. '양남자'는 "널 만날 수 있으면 좋겠는데"라고 말하고 초원의 동쪽으로 사라져 갔다.

소파에서 잠이 든 '나'는 악몽을 꾸다가 일어나 누군가가 '나'를 보고 있다는 느낌을 받는다. 시계가 9시를 알리자 '쥐'가 나타났다. 한동안 맥주를 마시며 '쥐'와 이야기를 나눈 다음, '나'는 "넌 이미 죽은 거지?" 하고 물었다. '쥐'는 '나'가 여기에 오기 일주일 전에 '양'을 삼킨 채, 부엌 대들보에 목을 매달아 죽었다고 했다. '쥐'는 '양남자'의 몸을 빌리고 있었던 것이다. '나'는 이미 그 사실을 알고 있었다.

다음 날 아침, 간단히 식사를 하고 짐을 챙긴 '나'는 '쥐'에게 부탁 받은 대로 손목시계가 9시가 되는 것을 확인하고 나서, '벽시계의 3개의 분동을 감아올려 바늘을 9시에 맞추었다. 그다음에 뒤에 나와 있는 4개의 코드를 색깔별로 이었다. 그리고 왔을 때와 같은 길로 돌아가는 도중에 낯선 지프가 서 있는 것을 발견하는데, 그 앞에는 검은 옷의 비서가 서 있었다. 비서는 일주일 전에 선생이 죽었다고 알려 주었다. 그는 '양'을 정신적인 움막에서 끄집어내기 위해 '나'를 속였던 것이었다. 비서는 '양'을 손에 넣기 위해 별장으로 향하고, '나'는 보수로 받은 수표를 쥐고 지프로 역까지 갔다.

상행 열차는 정각 12시에 출발했다. 열차가 움직이기 시작했을 때 멀리서 폭발음이 들렸다. 3분 정도 뒤에 산 근처에서 한 줄기 검은 연기가 피어오르는 것이 보였다. 열차가 오른쪽으로 커브를 꺾을 때까지 나는 30분이나 그 연기를 바라보고 있었다.

'돌고래호텔'에 들러 '양박사'에게 모든 것이 끝났다는 것을 알리고 방을 나오자, 그는 소리를 죽이고 울었다. '나'는 텔레비전을 틀어 뉴스를 보았지만 산 위에서 일어난 폭발에 관한 보도는 없었다. 다음 날 '나'는 '제이'를 만나 '쥐' 이야기를 하고 수표를 맡기면서 '나'와 '쥐'를 가게의 공동 운영자로 해달라고 부탁한다. '제이스 바'를 나온 '나'는 강을 따라 하구까지 걸어가 5미터밖에 남지 않은 모래사장에 앉아 두 시간이나 울었다.

발행일	1985년 6월 15일
출판사	신초샤(新潮社)
장르	4번째 장편소설
수상	제21회 다니자키 준이치로상(1985년)

등장인물

이 작품은 홀수장은 [하드보일드 원더랜드, 짝수장은 [세계의 끝]
이라는 두 세계로 구성되어 있으며, 각 장의 주인공이 우리말로는
1인칭 자칭대명사인 '나'로 되어 있지만, 일본어로는 '私'과 '僕'로
구분되어 있다. 작품은 두 세계가 번갈아가며 나오지만 작품의 이
해를 돕기 위해 장별로 정리했다.

1. [하드보일드 원더랜드]의 장

- 나(私): 주인공. 35세. 암호를 해독하는 계산사
- 노박사: 생물학자. '나'에게 샤프링 작업을 의뢰함.
- 뚱뚱한 아가씨(太った娘): 17세. 노박사의 손녀딸. 박사에게서 영
  재 교육을 받아 다양한 방면에 특출한 능력이 있음.
- 도서관 여자(リファレンス係の女の子): 29세. 도서관에서 자료를 찾아
  주는 여자. 위확장증으로 대식가
- 야미쿠로(やみくろ): 도쿄 지하에 서식하고 있는 물체이지만 사람

들의 눈에는 띄지 않음.

2. [세계의 끝]의 장

- 나(僕): 주인공. 도서관에서 '꿈 읽기' 작업을 함.
- 그림자(影): '나'의 그림자. '거리'에 들어올 때 문지기에 의해 '나'에게서 분리됨.
- 문지기(門番): '거리'의 유일한 문을 지키는 남자
- 대령(大佐): 원래 군인 출신으로 이 '거리'를 지키는 역할을 했었음.
- 도서관 사서(図書館の少女): 도서관의 사서로 '나'의 꿈 읽기 작업을 도와줌.
- 짐승(獣): '거리'에 사는 일각수로 청아하고 아름다운 생명체

줄거리

1. 『하드보일드 원더랜드』 (홀수장)

'나(私)'가 탄 엘리베이터는 작은 사무실만큼 넓었고 청결했고 오싹하리만치 조용했다. 그리고 아주 완만한 속도로 올라가다가 멈춰섰지만 문이 열리지 않았다. 드디어 문이 열리자 그곳에는 핑크색 투피스와 하이힐을 신은 젊고 통통한 여자가 있었다. 그녀는 '나'를 노박사의 비밀 연구실로 안내했는데, 그곳은 길고 긴 복도를 지나고 폭포를 지나 그 안쪽에 있었다. 노박사는 '야미쿠로'가 침입한 것 같아 '나'를 마중나와 있었다고 한다. 박사는 자신이 생물학자이고 젊었을 때부터 포유류의 두개골을 모으고 있으며 '나'를 여기까지 안내해 준 여자가 자신의 손녀딸이라고 소개했다. 아울러 암

호 해독 계산사인 '나'에게 통상 요금의 2배로 샤프링(무의식의 핵을 이용하여 정보를 암호화하거나 암호화된 정보를 다시 알기 쉬운 수치로 나타내는 일)을 의뢰했다. '나'는 노박사의 연구실에서 몇 시간 동안 세뇌 작업을 했는데 집으로 돌아갈 때 박사의 손녀딸은 둥근 모자 상자 같은 것을 건네주었다.

일이 끝나고 택시를 타고 집으로 돌아온 '나'는 10시간 정도 자고 일어나 상자 안을 확인했는데 거기에는 동물의 두개골이 들어 있었다. '나'는 그 두개골이 어떤 동물의 것인지 조사하기 위해 근처 도서관에 가서 안내 데스크에 있는 여자에게 포유류의 두개골에 관한 자료를 찾아 달라고 부탁하자 그녀는 3권의 책을 찾아서 주었다. 아파트로 돌아와 그 책을 읽으려고 하다가 한 남자의 방문을 받는데 그 남자는 부엌 테이블 위에 놓인 그 두개골을 훔치려고 했고 '나'는 그 일을 시킨 사람들이 기호사들이라고 짐작한다. '나'는 그들이 왜 그것을 훔치려는지를 알아내기 위해 두개골을 두드려 보고는 그것이 일각수의 뼈라는 걸 알아낸다.

'나'는 도서관에 전화를 걸어 안내 데스크의 여자에게 일각수에 대한 조사를 의뢰하고, 관련된 책을 가져다주려고 온 그녀와 깊은 관계가 된다. 그녀는 날씬한 미인인데 위확장증으로 대식가였다. 그녀는 '나'가 준비한 많은 식사를 해치웠고 식사 후에 그녀와 관계를 가지려고 했지만 '나'의 페니스가 제대로 발기되지 않았다. 그녀가 돌아간 뒤에 '나'는 '세계의 끝'이라는 패스워드를 사용하여 샤프링 작업을 하고 잠자리에 들었다.

새벽 4시 18분에 박사의 손녀딸로부터 전화가 와서는 노박사가

'야미쿠로'에게 납치당했다고 하며, '야미쿠로'와 기호사들이 노박사의 연구를 손에 넣으려고 하고 있으니 '나'에게 급히 와달라고 했다. '나'는 그녀가 위험하니 아오야마에 있는 슈퍼마켓으로 오라고 하고 약속 장소로 나가지만 그녀는 나타나지 않았다.

'나'는 할 수 없이 집으로 돌아가 잠에 빠져 들었는데 11시쯤에 거구의 남자와 작은 남자가 아파트 문을 부수고 쳐들어왔다. 작은 남자는 노박사가 계산사와 기호사가 서로 버티는 이 세계의 구성을 바꾸려는 연구를 하고 있고, 그 때문에 '나'라는 존재가 필요했던 거라고 설명했다. 큰 남자는 아무 의미도 없이 '나'의 방의 집기를 다 부수었고, 작은 남자는 내 배꼽에서 5센티미터쯤 아래 부분을 6센티미터가량 옆으로 그어 상처를 내고는 돌아갔다. 30분 뒤에는 조직의 멤버들 3명이 와서 '나'가 당한 사건을 조사하고 배신하면 죽인다고 협박하고 돌아갔다. 아수라장이 된 방에서 잠들어 있는데 손녀딸이 찾아와 나를 깨우면서 이대로는 세계가 끝나버린다고 했다. '나'는 손녀딸과 작은 남자의 이야기로 미루어, 노박사가 '나'에게 일을 의뢰하는 척하며 샤프링을 시키고, 거기에 숨겨진 특정한 코드에 '나'의 의식이 반응하는 일종의 시한폭탄을 장치했다는 것을 알아챘다.

'나'와 손녀딸은 노박사를 찾아 나섰다. 우선 노박사의 사무실에서 '세계의 끝'까지 앞으로 36시간밖에 남지 않았다는 것을 알고 그를 구하기 위해 '야미쿠로'가 사는 지하 세계로 내려간다. 노박사는 지하 암흑세계에 있는 '야미쿠로' 신을 모시는 제단의 안에 있었다. 박사를 만난 '나'는 그가 '나'에게 준 일각수의 뼈가, 사실은

'나' 자신이 가지고 있는 특수한 의식의 시각적 이미지를 본뜬 것이라는 것을 알게 된다. 그리고 '세계의 끝'이란 지금 존재하는 이 세계가 끝나는 게 아니라, '나'의 의식이 종료되는 것을 뜻하며, 그 일로 '나' 자신은 불사(不死) 상태에 이르게 된다는 설명을 듣는다.

'나'와 손녀딸은 노박사가 알려준 대로 '야미쿠로'를 피해 지상으로 나오는데 그곳은 지하철 긴자(銀座)선 아오야마(靑山) 1번지역 부근이었다. 거기에서 택시를 타고 둘이서 '나'의 아파트로 돌아와 보니 아수라장이었던 '나'의 방은 깨끗하게 정리되어 있었다. '나'는 손녀딸이 목욕하는 동안에 '도서관 여자'에게 전화를 해서, 방을 정리한 것이 그녀라는 것을 알게 된다. 그녀와 만나기로 약속을 하고 전화를 끊은 '나'는 박사의 손녀딸의 옷을 세탁하러 세탁소로 간다. 빨래를 마치고 집에 돌아와 보니 손녀딸이 죽은 듯이 잠들어 있었다.

'나'는 '도서관 여자'를 만나 차로 15분 정도 걸리는 곳에 있는 이탈리아 레스토랑에서 엄청난 양의 식사를 하고, 그녀의 집으로 가서 3번 섹스했다. 그 후 둘이서 빙 크로스비(Bing Crosby)의 레코드를 듣고, 그의 노래에 맞춰 '나'는 '대니 보이(Danny Boy)'를 불렀는데 까닭도 없이 애처로워졌다.

얼마나 잤는지 모르지만 그녀가 깨워 일어나 보니 테이블 위에 있던 일각수의 두개골이 크리스마스트리처럼 빛나고 있었다. 새벽 4시 16분이었다. 날이 밝자 두개골의 빛도 사라지고 볼품없는 밋밋하고 허연 해골로 되돌아갔다. 우리는 히비야(日比谷) 공원 옆에 차를 세우고 공원의 잔디에 누워 뒹굴며 맥주를 마시면서 이야기했다.

'나'는 그녀를 집까지 데려다주겠다고 했지만 그녀는 지하철로 돌아가겠다고 하며 떠났다. 그녀가 돌아간 후 공원의 공중전화로 '나'의 방에 전화해 보니 박사의 손녀딸이 받았다. 그녀는 '나'의 방에 살기로 했다며 의식을 잃은 '나'를 냉동시켜 두겠다고 했다. '나'는 지금부터 하루미(晴海) 부두로 갈 거니까 거기에서 거두어 가라고 말한다. 항구에 도착한 '나'는 밥 딜런의 테이프를 자동 반복되도록 틀어놓고, 노박사와 뚱뚱한 손녀딸과 '도서관 여자'를 축복했다. 이윽고 비가 내리고 잠이 찾아왔다. '나'는 곧 소멸될 것이고 '나'는 상실했던 모든 것을 되찾을 수 있을 것이다. 밥 딜런이 계속해서 'hard rain'을 부르고 있다.

2. 『세계의 끝』(짝수장)

'나(僕)'가 맨 처음 이 마을에 왔을 때는 봄이었다. 짐승들은 여러 색깔의 짧은 털을 몸에 감싸고 있었는데 가을이 다가오면 그들의 몸 전체는 황금색의 긴 털로 뒤덮였다. 어둠이 다가오면 문지기는 서쪽 망루에 올라 뿔피리를 불며 짐승들을 모으는 의식을 행했다. 뿔피리 소리를 따라 짐승들이 북쪽에서 내려와 서쪽 다리를 넘어 문에 다다르면 '문지기'가 문을 열어준다. 짐승들이 모두 문을 통과하면 문지기는 문을 닫고 자물쇠를 채웠다. 이 서쪽문은 이 도시의 유일한 출입구로 도시의 경계선은 7, 8미터나 되는 높이의 장대한 벽으로 둘러싸여 있다.

'문지기'는 '나'에게 매일 도서관에 가서 꿈 읽기를 하라고 시키면서 '나'의 눈을 칼로 찔러 표시했다. '나'는 며칠 후에 도서관에 가서 안내데스크에 있는 여자를 보게 되는데 그 얼굴은 '나'에게 뭔가를 생각나게 했다. 꿈 읽기 작업은 일각수의 두개골에 배어들어 있는 오래된 꿈을 읽어 내는 일이었다. '나'가 이 도시로 들어올 때 '문지기'는 '나'의 '그림자'를 떼어 놓았고 그럼으로써 '나'의 이전 세계의 기억은 모두 사라졌다. 이 도시에서는 아무도 그림자를 가질 수 없었고 한 번 이곳에 들어온 사람은 두 번 다시 문밖으로 나갈 수가 없었다.

'나'는 마을 남서부에 있는 관사 지구에 살고 있는 대령을 찾아가는데 그는 '나'가 그림자를 되찾을 가능성이 없다고 했다. '나'는 이 도시에 대해 모를뿐더러 모든 것이 이해가 안 간다고 털어놓는데 대령은 이 도시가 완전한 도시이고 모든 것은 공평하며 아무 걱정도 필요 없다고 타이른다.

어느 날 오후에 '문지기'를 방문했더니 '나'의 '그림자'가 '문지기'를 도와 손수레를 수리하고 있었다. 그는 '나'를 힐끔 쳐다보았는데 그 표정은 화가 난 것 같았다. '문지기'가 없는 틈을 타 '그림자'는 '나'에게 이 거리의 지도를 만들라고 했다. 다음 날부터 '나'는 지도를 만들기 위해 거리의 서쪽 끝, 즉 '문지기'의 오두막집이 있는 서쪽 문 근처부터 조사를 시작했지만, 결국 가을이 되어도 나는 이 거리의 막연한 윤곽밖에 그리지 못했다.

대충 파악한 것은 이 도시의 지형은 동서로 길고, 북쪽의 숲과 남쪽의 언덕 부분이 부드럽게 남북으로 솟아올라 있다는 것, 거리 동쪽에는 몹시 거칠고 음산한 숲이 강을 끼고 펼쳐져 있고, 강을 따라 동쪽 문까지 걸어갈 수 있는 길이 있긴 하지만 그 동쪽 문은 시멘트

같은 것으로 빈틈없이 발려 있어서, 아무도 드나들 수 없을 것 같았다. 강물은 동쪽 문 옆에서 벽 아래를 빠져나가 우리들 앞에 모습을 드러내고, 마을 중앙을 지나 서쪽을 향해 일직선으로 흐르고 있다. 강에는 세 개의 다리가 놓여 있는데, 각각 동쪽 다리(東橋), 오래된 다리(旧橋), 서쪽 다리(西橋)라고 불렀다. 서쪽 다리를 빠져나간 근처에서 강은 갑자기 남쪽으로 휘어 돌며, 조금 동쪽으로 돌아가는 듯한 모양새로 남쪽 벽에 도달하고 있다. 하지만 강은 남쪽 벽을 빠져나가지 못하고 바로 직전에 물웅덩이를 만들고, 거기에서 석회암으로 만들어진 물밑 동굴로 빠져들어 간다. '도서관 사서'는 '나'가 지도를 손에 넣어봤자 영원히 이 도시를 빠져나갈 수 없는 이곳이 바로 '세계의 끝'임을 강조했다.

가을이 끝나가는 어느 날 대령은 '나'에게 겨울은 위험하니 지도는 봄에 완성하라고 당부한다. 하지만 숲만 조사하면 지도가 완성되기 때문에 '나'는 겨울이 되기 전에 이것을 완성하고 싶어서 숲으로 들어간다. 사흘인가 나흘 동안 숲속 이곳저곳을 찾아 돌아다니다가 잠깐 잠이 든 '나'가 깨어나 보니 눈이 내리고 있었고 기온은 놀랄 만치 내려가 있었다. 겨울이 찾아온 것이다. '나'는 숲에서 나와 겨우 도서관에 도착해 쓰러져 버린다. '나'는 열흘 동안 대령의 집에서 요양하면서, 그곳에서 '도서관 사서'의 그림자가 그녀 나이 17세 때 죽었고, 규정대로 사과나무 숲에 매장되었다는 이야기를 듣는다.

몸이 나아서 겨우 도서관에 간 '나'는 꿈 읽기 작업에 복귀하는데 오래된 꿈을 읽으면 읽을수록 또 다른 형태의 무력감이 밀려들었고 이 사실을 '도서관 사서'에게 이야기하자 그녀는 마음을 열라고 조언한다. 본격적으로 겨울이 찾아오자 짐승들은 죽기 시작했다. 짐승들이 죽으면 먼저 그 머리를 자르고 뇌와 눈을 뺀 후에 큰 냄비에 끓여 깨끗한 두개골을 만들고 남은 몸통은 불을 붙여 태운다. 그리고 그 짐승들의 두개골에 오래된 꿈을 집어넣어 도서관의 서고에 보관하는 것이었다.

어느 날 '나'는 '도서관 사서'와 이야기하다가 노래가 부르고 싶어져서 악기를 찾기 위해 도서관의 자료실에 간다. 거기에는 먼지투성이의 여행용 트렁크와 가방들이 있었다. '나'는 '문지기'에게 가서 자료실에 있는 옷가지를 가져도 되는지 물었는데 그는 '나'가 악기를 찾고 있다는 것을 이미 알고 있었고 발전소에 가보라고 조언해 주었다.

꿈 읽기가 끝나고 '나'는 그녀와 함께 숲속의 발전소로 가서 발전소의 관리인이 소유하고 있던 몇 개의 악기 중에서 아코디언을 골랐다. '나'는 한두 시간 연습을 한 후에 간단한 코드를 누를 수 있게는 되었지만 멜로디는 하나도 기억나지 않았다. 그날 '나'는 일을 마치고 돌아온 대령에게서 '나'의 '그림자'가 쇠약해졌다는 이야기를 듣고 '문지기'의 오두막으로 향한다. '그림자'는 '나'에게 '문지기'가 혼자서 짐승을 태우는 작업을 하는 사이에 이 거리에서 탈출하자고 제안했다.

다음 날, 도서관의 서고에서 '도서관 사서'에게 아코디언으로 겨우 연주하게 된 '대니 보이'를 들려주었다. 그녀는 음악을 들으며 눈물을 흘리고 있었다. 그런 그녀의 얼굴을 무언가 부드러운 빛이 비추고 있었는데 그것은 두개골에서 나오고 있는 것이었다. 날이 밝을 때까지 '나'는 두개골을 쓰다듬으며 그녀의 마음을 확인했다.

한잠 자고 그녀에게 아코디언을 맡긴 '나'는 '그림자'에게 가서 다리가 쇠약해진 '그림자'를 이끌고, 그의 지시대로 남쪽 웅덩이로 향했다. '나'는 '문지기'가 우리 뒤를 쫓아오는 모습을 상상하면서 한 발자국이라도 더 나가려고 애썼다. 그러는 와중에도 도서관에서 '나'를 기다리고 있을 그녀를 떠올렸다.

겨우 웅덩이에 이르렀을 때 '그림자'는 웅덩이 저편에 바깥 세계가 있으니 서로의 벨트를 묶어 떨어지지 않게 해서 웅덩이를 건너자고 했다. 하지만 '나'는 '그림자'에게 여기에 머물면서 그녀와 둘이서 숲에서 살겠다고 말한다. 이 세계는 다름 아닌 '나'가 만들어 낸 세계이고 '나'는 그렇게 만들어 낸 세계와 사람들을 버리고 갈 수 없다고 덧붙인다. 결국 '그림자'는 혼자 떠나겠다고 하고 둘은 서로의 행운을 빌었다. 웅덩이가 '나'의 '그림자'를 완전히 집어 삼켜버린 뒤에도 '나'는 오랫동안 그 수면을 바라보고 있었다. 세차게 내리는 눈 속을 한 마리 새가 날아가는 모습이 보였다. 새는 벽을 넘어 눈에 싸인 남쪽 하늘로 빨려들어 갔다. 그 뒤에는 '나'가 밟는 눈 소리만이 남아 있었다.

5. 노르웨이의 숲

발행일	1987년 9월 4일
출판사	고단샤(講談社)
장르	5번째 장편소설
수상	제23회 신푸상(新風賞, 1988년) (이 상은 그해에 출판계에 새바람을 몰고 와 서점의 활성화에 기여한 출판물과 발행자를 표창하기 위해 1966년에 신설되었다.)

등장인물

- **나**: 와타나베 도루(ワタナベトオル). 소설의 주인공. 고베에 있는 고등학교를 졸업한 후에 도쿄의 사립대학 문학연구과에 입학. 소설의 현재 시점에 37세

- **기즈키**(キズキ): '나'의 고등학교 동창이자 나오코의 남자친구. 고등학교 3학년 때 자살함.

- **나오코**(直子): 기즈키의 애인. 고베에서 고등학교를 졸업한 후에 도쿄의 무사시노에 있는 여자대학에 진학. 기즈키가 죽은 후 '나'와 관계를 갖지만 정신적인 병을 앓다가 자살함.

- **미도리**(緑): '나'와 같은 대학교 학생. 쾌활하고 긍정적인 성격으로 나오코와의 관계에 지친 '나'에게 정신적인 위안을 주는 존재

- **레이코**(レイコ): 나오코가 입원한 정신요양소의 환자. 38세. 어렸을 때부터 피아노에 재능을 보여 피아니스트를 꿈꾸지만 손가락을 다쳐 꿈이 좌절된 이후 정신병원에 세 차례에 걸쳐 입원함.

- 나가사와(永沢): '나'와 같은 기숙사에 사는 선배로 도쿄대학 법학부를 나와 외무성에 들어간 엘리트
- 하쓰미(ハツミ): 나가사와의 애인. 고급스러운 옷차림에 지적이고 유머 감각을 겸비한 인텔리 여성. 나가사와와 헤어지고 다른 남성과 결혼하지만 나중에 자살함.

줄거리

서른일곱 살이었던 '나'는 그때 보잉 747에 앉아 있었다. 비행기가 함부르크공항에 착륙하는 중이었다. 천정 스피커에서는 어느 오케스트라가 연주하는 비틀즈의 '노르웨이의 숲'이 조용히 흘러나왔는데 그 멜로디는 '나'를 혼란스럽게 만들었다.

20년 전에 '나'는 어느 사립대학의 기숙사에 살고 있었다. 그 방은 2인실이었고, 병적일 정도로 청결하고 말을 더듬는 국립대학생 '돌격대'가 내 룸메이트였다. 그는 매일 아침 라디오 체조를 했는데 '나'가 그 이야기를 하면 나오코는 쿡쿡 웃었다. 그녀와는 1년 만에 재회했는데 그녀는 그사이에 몰라보리만치 말라 있었다.

'나'가 그녀를 처음 만난 것은 고등학교 2학년 봄이었다. '나'에게는 유일한 친구 기즈키가 있었는데 그녀는 기즈키의 애인이었다. 우리는 항상 셋이 만났지만 '나'와 나오코 사이에는 공통 화제가 없어서 거의 대화가 없었고 기즈키가 항상 대화를 즐겁게 이끌어주는 식이었다. 그러던 5월의 어느 날 오후 기즈키는 수업을 빼먹고 '나'와 당구를 치자고 했다. 게임을 하는 중에 농담조차 하지 않았던 기즈키는 그날 저녁 자기 집 차고에 세워둔 차 안에서 자살했다. 아무

유서도 없이. 그의 죽음을 경계로 '나'는 '죽음이란 생의 정반대 편에 있는 것이 아니라 그 일부로서 존재한다.'는 사실을 깨닫는다.

고등학교를 졸업하고 대학에 입학한 '나'는 기즈키가 죽고 1년 만에 나오코를 도쿄에서 만난다. 나는 대학에서 연극을 전공하고 있었고 그녀는 무사시노에 있는 여자대학에 다니고 있었다. 그렇게 재회한 우리는 가끔 만나서 데이트를 했지만 데이트라고는 해도 주로 나오코가 앞에서 걷고 내가 그 뒤를 따라가는 식이었다. '나'는 나오코를 좋아했지만 나오코는 그렇지 않은 것 같았다.

1969년 4월에 나오코는 스무 살 생일을 맞이했다. 우리는 어느 때처럼 여기저기를 걸어다니다가 그녀의 아파트로 가서 축하 파티를 하고 관계를 가졌다. '나'는 당연히 그녀가 기즈키와 잤을 것으로 생각했는데 그녀는 처녀였다. 그 후 일주일이 지나도 나오코에게 연락이 오지 않아 그녀의 아파트로 찾아가 보지만 그녀는 모습을 감춘 뒤였다. '나'는 나오코의 고향 집으로 편지를 보냈지만 그녀로부터는 아무 연락도 오지 않았다. 7월 초가 되어 나오코에게 짧은 편지가 도착하는데 학교를 휴학하고 교토에 있는 요양소에 들어간다는 내용이었다.

당시 학교는 대학 분쟁 때문에 수업이 없었는데 9월에 수업이 재개되었을 때 '나'는 대학 근처의 레스토랑에서 이전에 연극론 수업 시간에 본 적이 있는 미도리라는 여자와 만난다. 그녀는 성격이 자유분방하고 밝았는데 그녀의 집은 오쓰카에서 작은 서점을 하고 있었고 어머니는 뇌종양으로 몇 년 전에 돌아가셨다.

여름이 되자 나오코로부터 긴 편지가 도착했는데 그녀는 교토에 있는 '아미료(阿美寮)'라는 정신요양 시설에 있다고 했다. '나'는 나오코를 만나러 아미료에 가서 레이코라는 여성을 만난다. 그녀는 나오코의 룸메이트였는데 이 시설에 8년이나 있으면서 환자들에게 피아노를 가르치고 있었다.

'나'는 아미료에 3일 동안 있으면서 레이코가 결혼을 했고 아이도 있다는 사실을 알게 된다. 그녀는 어렸을 때부터 피아니스트가 되는 것이 꿈이었는데 손가락을 다쳐 좌절하고 그 충격으로 정신병원에 세 번이나 입원했다는 것. 그래도 자신을 좋아하는 남성을 만나 결혼을 했고 결혼 후에는 동네에서 피아노 학원을 하면서 아이들에게 피아노를 가르쳤다. 그런데 학원 원생 중 한 명인 열세 살짜리 여자아이가 그녀를 성추행하고 그 이상한 관계를 끝내려고 하자 그 아이는 거꾸로 자신이 레이코에게 성추행을 당했다고 거짓말을 하는 바람에 동네에 이상한 소문이 났고 다시 정신이상을 일으켜 아미료에 입원하게 되었다는 것이다.

도쿄로 돌아온 '나'는 대학병원에 입원 중인 미도리의 아버지를 만나러 가는데 공교롭게도 그녀의 아버지 역시 어머니와 마찬가지로 뇌종양을 앓고 있었고 수술을 했지만 끝내 사망하고 만다. 미도리는 그 때문인지 학교에 나오지 않았다.

연말이 되어 다시 아미료를 찾은 '나'는 나오코에게 병원을 나오면 같이 살자고 한다. 1970년이 되었다. '나'는 기치죠지 근처에 적당한 집을 찾아 이사를 하고 3일 뒤에 나오코에게 편지를 쓰지만 답장은 없었다. 한 달 정도 지나서 레이코로부터 편지가 왔는데 나오코의 상태가 아주 심각하다고 했다. 나오코가 병원에서 나와 '나'와 같이 살 수 있으리라고 기대하고 있던 '나'는 충격을 받고 그 때문에 미도리에게도 무뚝뚝하게 대하는 바람에 미도리가 내 곁을 떠나게 된다. 그러는 사이에 나오코가 결국 자살하고 만다. 8월에 나오코의 장례식을 마치고 '나'는 한 달 동안 정처 없이 여행길에 오른다.

다시 도쿄로 돌아와보니 레이코로부터 편지가 와 있다. 친구를 만나러 홋카이도로 가는데 도중에 도쿄에 들리니 마중을 나와 달라는 내용이었다. 레이코는 '나'의 방에서 묵게 되었고 '나'는 그녀로부터 나오코가 자살할 때의 상황에 대해 자세하게 설명을 듣는다. 나오코와 체형이 비슷한 레이코는 나오코의 옷을 물려받아 입고 있었다. 우리 둘은 나오코의 장례식을 다시 치르기로 하고, 레이코가 기타를 치기 시작했는데 첫 번째 곡은 헨리 맨시니의 '디어 하트'였고 50번째 곡은 비틀즈의 '노르웨이의 숲'이었다. 51번째 곡까지 연주를 마치고 '나'와 레이코는 4번이나 관계를 갖는다.

그녀가 홋카이도로 떠난 뒤 '나'는 미도리에게 전화를 걸어서 모든 것이 정리되었고 너와 이야기하고 싶다고 말한다. 미도리는 오랫동안 침묵을 지키다가 '나'가 어디 있는지 물었다. '나'는 수화기를 든 채 전화박스 주변을 둘러보지만 '나'가 어디 있는 건지 알 수 없었다. '나'는 어딘지도 모르는 그 한복판에서 미도리의 이름을 계속 불렀다.

6. 국경의 남쪽, 태양의 서쪽

발행일 1992년 10월 5일

출판사 고단샤(講談社)

장르 7번째 장편소설

등장인물

- 나(僕): 하지메(ハジメ). 1951년생. 중류 가정의 외동아들로 태어나 고등학교 졸업 후 도쿄로 상경. 대학 졸업 후 교과서 전문 출판사에 근무하다가 결혼한 후에는 아오야마에서 재즈바를 운영하고 있음.
- 시마모토(島本さん): '나'의 초등학교 시절 여자친구. 5학년 때 전학 왔는데, 어렸을 때는 소아마비로 왼쪽 다리를 절었지만 성인이 되고나서 수술함.
- 유키코(有紀子): '나'의 아내로 '나에게 다른 여자가 있다는 것을 알고도 끝까지 믿고 기다려 줌. '나'보다 5세 연하
- 이즈미(イズミ): '나'의 고등학교 시절 애인. '나'가 그녀의 사촌 언니와 사귀는 것을 알고 상처받아 헤어졌는데, 그 상처로 피폐한 인생을 살다 죽음
- 이즈미의 사촌언니: '나'보다 두 살 연상으로 '나'가 고등학교 3학년 때 만나 오로지 성적(性的)으로만 관계를 유지했던 사이

줄거리

'나'는 1951년 1월 4일에 큰 증권회사에 다니는 아버지와 평범한 전업주부이던 어머니 사이에서 외동아들로 태어났다. 20세기 후반에 접어든 첫해 첫 달 첫 주였기 때문에 부모님은 이것을 기념하는 의미로 (일본어로) '시작'이라는 의미의 '하지메(始)'라는 이름을 붙여주었다. '나'가 다니는 학교에는 '나' 이외에 외동아이가 딱 한 명 있었는데, 그녀의 이름은 시마모토이고 어렸을 때 소아마비를 앓아서 왼쪽 다리를 절었다. 그녀는 아버지 일 관계로 여러 번 전학을 다녔는데 성적도 좋았고 누구에게나 공평하고 친절했지만, '나' 말고는 친구가 한 명도 없었다.

그녀는 몸집이 크고 이목구비가 또렷했는데 몇 년 후에는 사람들의 눈길을 사로잡을 정도로 뛰어난 미인이 되었다. 시마모토네 집에는 신형 오디오가 있었고 '나'는 그것을 듣기 위해 종종 그녀의 집에 놀러 갔다. 크리스마스를 며칠 앞둔 12월의 어느 날, '나'는 시마모토와 그녀의 집 거실에서 냇킹콜의 '국경의 남쪽'을 들었다. 그녀도 나도 서로에게 이성으로서 호감을 느끼고 있었지만 그것을 어떻게 다루어야 할지 알지 못했다. 언젠가 그녀가 '나'를 어딘가로 안내하면서 '나'의 손을 10초가량 잡은 적이 있는데 '나'는 아직도 그 감촉을 뚜렷이 기억하고 있다.

초등학교를 졸업하고 우리는 서로 다른 중학교에 진학하게 되었고, 우리 집이 다른 소도시로 이사가면서 못 만나게 되었다. 하지만 그 이후에도 '나'는 언제나 그녀를 그립게 떠올렸고 그녀와 함께했던 그 순간 속에 너무나도 소중한 그 무엇인가가 숨어 있다는 것을 느끼고 있었다.

'나'는 고등학교 2학년 때 이즈미라는 이름의 여자친구를 사귀었는데 우리는 세 번째 만났을 때 키스했다. '나'와 이즈미는 그 후 1년 넘게 사귀었다. 그동안 '나'는 그녀의 몸을 간절히 원했지만 완고한 성격의 그녀는 허락하지 않았다. 그리고 그녀는 고등학교를 졸업한 뒤에 도쿄의 대학으로 진학할 예정인 '나'가 자신을 잊을 것을 두려워하며 울었다.

'나'가 처음으로 여자와 잔 것은 고등학교 3학년 때였다. 그녀는 대학교 2학년이었는데, '나'는 그녀와 처음 만났을 때부터 이 여자와 자고 싶다고 생각했다. 그런데 하필이면 그녀는 이즈미의 사촌 언니였다. 그리고 '나'와 그녀는 두 달 동안 뇌수가 녹아내릴 정도로 격렬하게 섹스를 했다. 둘은 만나면 먹지도 마시지도 않고 그저 서로를 탐닉하기만 했다. 그러나 우리의 관계는 이즈미에게 들통이 났고 이로 인해 이즈미는 참혹한 마음의 상처를 입게 되었다.

'나'는 대학을 졸업한 뒤에 교과서를 출판하는 회사에 취직했다. 일은 지루했고 기계적으로 일하는 동안 4, 5년이 흘렀다. 28세 때 나는 시부야(渋谷) 거리의 혼잡한 인파 속에서 시마모토와 똑같은 모습으로 다리를 저는 여자를 만난다. '나'는 그녀와 일정한 거리를 두면서 40분 정도를 뒤따라갔는데 갑자기 40대 중반의 남자가 나타나 제지를 했다. 그는 '나'에게 왜 그녀를 미행하는지 묻더니 10만 엔이 들어 있는 흰 봉투를 주고 사라졌다.

서른 살에 '나'는 다섯 살 연하의 유키코와 결혼했다. 그리고 장인 소유의 건물 지하에 고급 바(bar)를 열었는데 가게는 번창했고 2년 후에는 아오야마(青山)에 가게를 하나 더 내게 되었다. 그 사이에 두 딸이 태어났다. '나'의 수입은 안정적이었고, 36세 때는 하코네(箱根)에 별장을 갖게 되었다.

'나'가 운영하는 바가 잡지에 실리고 시마모토가 찾아온다. 그녀는 8년 전에 '나'가 미행했던 여성이 자기였다고 말했다. '나'는 '나'의 결혼생활에 대해 말하고, 그녀는 자기 아버지가 5년 전에 직장암으로 돌아가셨다는 이야기를 하면서 중학교 이후 연락을 못 했던 이유에 대해 말했다. 시마모토는 4년 전에 소아마비 수술해서 더 이상 다리를 절지 않았다.

재회한 지 세 달 후에 우리는 온천으로 당일치기 여행을 떠났다. 강을 따라 산책하면서 이런저런 이야기를 하다가 그녀는 주머니에서 단지를 꺼내 그 속의 재를 강물에 흘려보냈다. 그것은 시마모토의 딸로, 태어나자마자 그다음 날 죽었다고 한다. 그녀는 그 이야기를 할 때 얼굴이 백지장처럼 하얗게 되면서 온몸이 굳어버렸다. 약을 먹이자 원래 상태로 돌아왔는데, 비행기가 연착되는 바람에 우리는 간신히 도쿄로 돌아왔다.

여행 사흘 후 장인이 자기 사무실로 '나'를 불러서 회사를 만드는 데 명의를 빌려달라고 한다. 덧붙여서 남자가 젊을 때는 적당히 노는 것이 좋다고 하며 아내 유키코가 22세 때 약혼자 때문에 자살을 시도한 적이 있다는 사실을 알려준다. 그 이후 두 달 동안 '나'는 시마모토와 매주 만나는데 '나'는 그녀와 나란히 걸으면서 그녀의 마음속에는 그녀만의 고립된 작은 세계가 있다는 것을 느끼게 된다. 그러던 어느 날 그녀는 홀연히 사라지고 '나'는 막연히 불안함을 느끼는데 아내 유키코가 이것을 눈치챈다.

얼마 뒤에 다시 재회한 '나'와 시마모토는 '나'의 별장이 있는 하코네로 향한다. 거기에서 '나'는 '나'에게 무언가가 결락되어 있고 그 결락을 메워줄 사람은 시마모토밖에 없다고 고백한다. 그리고 둘은 뜨거운 관계를 가지며 하룻밤을 보내지만 눈을 뜨자 그녀는 또 자취를 감추어 버린다. 집에 돌아오니 유키코는 '나'에게 자기와 헤어지고 싶으냐고 묻는다. '나'는 확실하게 대꾸하지 못하고 서로 각방을 쓰는데 그동안에도 '나'는 줄곧 시마모토와의 추억에서 벗어나지 못한다.

그다음 주에는 몇 가지 기묘한 일이 일어난다. 월요일에는 10만 엔이 들어 있는 흰 봉투를 찾아보지만 못 찾고, 수요일에는 자동차로 길을 달리다가 시마모토와 아주 비슷한 여자를 보고 뒤따라가지만 다른 사람이었고, 옆에 서 있는 택시의 뒷좌석에는 이즈미가 앉아 있었다. 20년 만에 만난 그녀의 얼굴에는 표정이라는 것이 전혀 없었고, 그 충격으로 '나'는 며칠 동안 아무하고도 말을 못 한다.

그런데 이즈미와 해후한 후에 '나'의 주변을 감싸고 있던 시마모토의 환영은 옅어지고, 모든 주변 환경이 본디 색깔을 찾기 시작했다. 그리고 '나'는 유키코에게 헤어지고 싶지 않다고 말한다. 그녀는 몇 번이고 자살하고 싶었지만 '나'가 언젠가 돌아올 거라고 믿고 있었기 때문에 죽지 않았다고 설명한다. '나'는 유키코에게 내일부터 새로 시작하자고 말한다.

발행일　　1부「도둑 까치」편, 2부「예언하는 새」편: 1994년 4월 12
일, 3부「새 잡는 남자」편: 1995년 8월 25일 (한국어 번역본은 4
권으로 구성됨)

출판사　　신초사(新潮社)

장르　　8번째 장편소설

수상　　제47회 요미우리 문학상 '소설상'(1995년)

등장인물

- **나**: 오카다 도루(岡田亨). 30세. 법률사무소 사무원을 하다가 그만
두고 현재는 무직

- **구미코**: 오카다 구미코(岡田久美子). '나'의 부인. 편집 일을 하면서
부업으로 일러스트를 그리고 있음. 3형제 중 막내. 아버지는 운
수성에서 일했고 어머니는 고급 관료의 딸

- **와타야 노보루**(綿谷昇): 구미코의 오빠. 도쿄대학 경제학부를 졸업
하고 예일대학 대학원에 유학한 뒤 도쿄대에 돌아와 연구원으로
재직중. 결혼했다가 이혼

- **가노 마루타**(加納マルタ): 물을 매개로 점을 치는 점쟁이. 몰타섬에
서 수행한 경력 때문에 마루타(몰타의 일본식 발음)라고 이름을 붙임.

- **가노 크레타**(加納クレた): 가노 마루타의 언니. 여동생과 같은 능력
을 소유하고 있으며 마루타의 일을 돕고 있음.

- 가사하라 메이(笠原メイ): '나'의 집 근처에 사는 여자 고등학생. 오토바이 사고로 학교를 그만두고 가발 공장에서 아르바이트를 하고 있음.
- 혼다 오이시(本田大石): 노몬한 사건 때 청력을 잃음. '나'와 구미코가 결혼할 때 전폭적인 지원을 해준 사람
- 마미야 중위(間宮德太郎): 노몬한 사건 전에 일어난 소규모 작전 때 죽을 뻔한 고비를 넘김. 전후 시베리아에 억류됐다가 귀국 후에는 교편을 잡아 일하다가 퇴임
- 아카사카 너트메그(赤坂ナツメグ): 만주국 신징에서 태어남. 패전 직전에 만주를 탈출하는 데 성공. 귀국 후 유명한 패션 디자이너로 일하다가 현재는 비밀스러운 특수한 일을 하고 있음.
- 아카사카 시나몬(赤坂シナモン): 너트메그의 아들. 6세 때 목소리를 잃었지만 지적 능력은 뛰어남. 현재는 어머니의 일을 돕고 있음.

1. 제1부 「도둑 까치」 편(1984년 6~7월)

'나'는 8년간 근무하던 법률사무소를 그만두고 집에서 살림을 하고 있고, 아내 구미코는 어느 잡지사에서 편집 일을 하고 있다. 어느 날 낮에 구미코는 집으로 전화를 걸어와 집을 나간 뒤 돌아오지 않는 고양이를 찾으라고 한다. '나'는 고양이를 찾으러 골목을 돌아다니다가 건너편 집 뒤뜰에서 열대여섯 살 정도의 소녀 가사하라 메이를 만난다. 다음 날 '가노'라는 여성이 '나'에게 전화를 걸어와 물방울 무늬 넥타이를 하고 시나가와(品川)의 퍼시픽 호텔로 오라고 한다. 호텔에서 만난 그녀는 자신을 가노 마루타(加納マルタ)라고 소개한

뒤 다섯 살 아래 여동생인 가노 크레타가 구미코의 오빠이자 나의 처형인 와타야 노보루에게 능욕당했다고 털어놓는다. 그리고 구미코가 찾고 있는 고양이는 흐름이 바뀌어 집 근처에는 없다고 한다.

'나'는 외동아들인데 구미코에게는 아홉 살 위의 오빠와 다섯 살 위의 언니가 있었다. 구미코는 집안 사정으로 세 살부터 여섯 살 때까지 친할머니의 손에서 자라다가 여섯 살 때 다시 집으로 돌아왔지만 집안 분위기에 적응하지 못하고 마음을 닫아 버린다. 그런 구미코의 마음을 열게 해 준 것이 언니였는데 구미코가 집으로 돌아온 다음 해에 식중독으로 죽고 만다. 오빠 노보루는 부모님의 기대를 한 몸에 받으며 엘리트 코스를 밟으며 자랐다. 서른네 살이라는 젊은 나이에 경제학에 관한 획기적인 저서를 발표했고, 지금은 대중 매체에도 자주 등장하는 유명인이 되었다. 그는 결혼했다가 2년 만에 이혼하고 지금은 혼자 살고 있다.

어느 날 가노 크레타가 '나'의 집의 부엌과 목욕탕의 물을 채취하러 와서는 자신의 인생에 대해 들려주었다. 그녀는 삼남매 중 막내로 아버지는 가나가와(神奈川)현에서 병원을 경영하고 있는데, 다섯 살 위인 언니 마루타는 어렸을 때부터 예지 능력이 있었고, 고등학교를 졸업하자마자 돈을 모아 가출하여 5년 동안 하와이, 캐나다, 미국과 유럽의 여러 나라를 거쳐 몰타섬에 도착했다. 그렇게 해서 언니는 자기 이름을 마루타라고 짓고 동생에게는 크레타라는 이름을 지어 주었다고 한다. 크레타는 1987년 5월 29일에 스무 살 생일이 될 때까지 온갖 육체적인 고통에 시달리다가 오빠의 차로 자살을 시도하는데 기적적으로 갈비뼈 하나만 부러지고 목숨을 건진 뒤에는 통증에서 해방되었다. 그리고 사고 때 진 빚을 갚기 위해 창녀가 되었는데, 그때 손님으로 온 와타야 노보루를 만났다고 했다.

며칠 지나 마미야 도쿠타로(間宮德太郎)라는 사람으로부터 등기가 도착하는데 '나'와 구미코가 집안의 반대로 결혼하기 힘들었을 때 전폭적인 지지를 해주었던 혼다 노인이 죽었고, 그가 '나'에게 유품을 남겼다는 내용이었다. 사흘 후 마미야 도쿠타로가 '나'의 집으로 찾아와서 혼다 노인의 유품을 전해주는데 그것은 선물용 위스키 상자 같은 것이었다.

'나'는 마미야 노인에게 혼다 노인과의 관계에 대해 묻는데 그는 누구에게도 이야기한 적 없는 내용이라며 만주에서 그가 중위, 혼다 노인이 하사로 만나게 된 이야기를 들려준다. 둘은 '노몬한 사건(1939년에 만주와 몽골의 국경 지대인 노몬한에서 일어난 일본군과 소련군의 충돌 사건)'이 일어나기 얼만 전에 작은 작전을 수행하기 위해 야마모토라는 비밀첩보원과 하마노 중사와 같이 하루하강을 건너다가 몽골군에게 발각되는데, 하마노는 이미 죽어 있었고 혼다는 자취를 감추었고 야마모토와 마미야 두 사람만이 잡히게 된다.

비밀문서의 소재를 밝히라고 소련군 장교가 재촉하지만 야마모토는 끝내 불응하고 결국은 산채로 가죽이 벗겨지는 고문에 처해진다. 마미야 노인은 북쪽으로 두세 시간을 더 끌려가다가 어느 물이 없는 우물로 떨어지는데, 사흘 정도 지난 아침에 혼다 노인에게 기적적으로 구출되었다고 한다. 마미야 노인이 돌아가고 난 다음 '나'는 혼다 노인의 유품을 열어보는데 안에 아무것도 없는 빈 상지였다.

2. 제2부 「예언하는 새」 편 (1984년 7~10월)

마미야 노인이 우리 집에 온 날, 구미코는 집에 들어오지 않았다. 다음 날 아침 9시 반에 회사에 전화를 걸어 보았지만 그녀는 회사에도 출근하지 않았다. 오후에 '나'는 가사하라 메이에게 구미코의 회사에 전화해 달라고 부탁하는데 그때도 역시 구미코는 출근하지 않았다. 저녁에 가노 마루타가 전화를 걸어와 다음 날 시나가와의 퍼시픽 호텔 커피숍에서 구미코의 오빠인 와타야 노보루와 같이 만나자고 했다. 3년 만에 만난 와타야 노보루는 스마트하고 인공적인 새로운 가면을 손에 넣고 있었다. 그는 구미코가 집을 나간 거라고 했다. 가노 마루타는 구미코가 두 달 반 전부터 사귀는 남자가 있었고, 그 일을 상담해 왔길래 '나'와 이혼하라고 했다고 한다.

다음 날 '나'는 예전에 미야자키 씨가 살던 집의 우물로 가서 사다리를 타고 아래로 내려가 우물 바닥에서 구미코와 만났던 8년 전 일을 회상했다. 구미코를 만난 것은 간다(神田)에 있는 대학병원에서였다. 그 무렵 '나'는 어느 자산가의 유언장을 수정하는 일을 맡고 있었는데, 그는 정기적으로 유언장을 고쳐 쓰는 취미를 가지고 있었다. 구미코는 12층에 위궤양 수술로 입원한 어머니를 간호하기 위해 매일 그 병원에 왔다. 계절은 11월 초였고, 기다리는데 지친 우리 두 사람은 몇 번인가 얼굴을 마주하는 사이에 친해졌고 더 이상 병원에 갈 필요가 없어졌지만 주말마다 만나게 되었다.

다음 해 어느 날 구미코가 '나'의 아파트에 찾아와 자연스럽게 육체 관계를 갖는데 그것은 구미코에게 있어 첫 경험이었다. 그런데 '나'는 관계를 하면서 그녀의 몸에서 뭔가 위화감을 느낀다.

구미코의 부모님이 반대했지만 우리는 결혼했고 평범하지만 행복한 삶을 이어갔다. 그런데 결혼한 지 3년째 되던 어느 날, 평소에 주의하고 있었는데도 불구하고 구미코가 임신을 한다. 공교롭게도 그때 '나'는 홋카이도에 출장 가 있었고 그사이에 그녀는 혼자서 낙태 수술을 받았다. 출장에서 돌아온 뒤에 '나'와 구미코는 병가를 내어 가루이자와(軽井沢)로 여행을 떠났는데 그녀는 호텔 방에서 두 시간 가까이 울었다. 구미코는 수술에 관한 것, 고독감과 상실감 같은 것에 대해 이야기했지만 뭔가 정확하게는 이야기하지 못했고, '나'는 만약 그때 그것을 잘 들어 두었더라면 그녀를 이렇게 잃어버리지 않았을 거라고 생각한다.

'나'가 우물에서 잠깐 잠이 든 사이에 사다리가 없어지고 우물 뚜껑까지 닫혔지만 가노 크레타의 도움으로 지상으로 올라온다. 집에 돌아왔더니 구미코에게서 온 편지가 도착해 있었다. 세 달 전부터 어느 남자와 깊은 관계에 있고, '나'와의 사이에 있었던 친밀하고 미묘한 감정이 사라졌다는 내용이었다.

어느 날 면도를 하다 보니 '나'의 오른쪽 뺨에 어린아이 손바닥 크기의 검푸른 반점이 생겨 있었는데 만져 보니 열이 조금 나는 것 같았다. 어느 날인가는 자다가 문득 깨어나 보니 가노 크레타가 나체로 '나'의 옆에서 자고 있었다. 그녀는 일어나서 와타야 노보루와 만난 일에 대해 이야기해 주었다. 노보루는 6년 전에 그녀가 창녀로서 만난 마지막 손님이었는데 여느 손님들과는 달랐다고 한다. 크레타는 그때 노보루와의 이상한 성적 경험을 거쳐 새로운 자신이 되었다고 하면서 자살 미수까지가 제1의 자신, 그 이후가 제2의 자신이라고 한다면, 새로운 자신이란 제3의 자신이라고 했다. 그렇게 해서 크레타는 매춘을 그만두고 평범한 생활로 돌아왔다. 이야기가 끝나자 크레타는 '나'에게 같이 크레타섬에 가자고 하면서 육체적으로도 의식적으로도 창녀를 그만두고 싶다고 했고 그날 밤 둘은 육체적인 관계를 가진다. 아침이 되자, 그녀는 가노 크레타는 이름을 잃어 버렸다.

'나'는 신주쿠역 앞의 화단에 앉아 11일 동안 지나가는 사람들의 얼굴을 보기 시작했다. 딱 한번 잘 차려입은 중년 여성이 말을 걸어온 것을 빼고는 아무것도 바뀌지 않았다. 11일째 저녁 무렵 '나'는 홋카이도에 출장 갔을 때 바에서 마술을 보여 주던 남성을 발견하고 그의 뒤를 쫓아간다. 그를 쫓으면서 '나'는 3년 전에 구미코가 아이를 낙태했을 때를 경계로 뭔가가 바뀌기 시작했고, 그때 구미코가 말하려고 했던 것은 낙태보다는 임신에 관한 일이었다는 것을 깨닫는다. 그날 밤은 새벽까지 잠들 수 없었다. 결국 '나'는 크레타섬에 가지 않았다.

가사하라 메이가 오랜만에 모습을 드러낸 것은 8월 말쯤이었는데 그녀는 학교로 돌아가게 되었다고 했다. 10월 중순의 오후, 구립 수영장에서 수영하다가 '나'는 거대한 우물 안에 있는 환영을 보고, 구미코가 암흑 속에서 208호실에 갇혀 있다는 것을 알게 된다.

3. 제3부 「새 잡는 남자」 편 (1985년 5~12월)

'나'는 미야자키 씨 저택의 정원에 있는 우물을 손에 넣어야겠다고 결심한다. 작년 여름과 마찬가지로 '나'는 신주쿠에 나가 이전

과 똑같은 벤치에 앉아 지나가는 사람들의 얼굴을 바라보기 시작하는데, 8일째 오후에 작년과 똑같은 장소에서 말을 걸어왔던 중년 여성을 만난다. 그녀에게 사정을 이야기하자 그녀는 아카사카에 있는 어느 사무실을 알려주면서 가보라고 했고 '나'는 거기에서 어느 청년의 도움으로 가노 크레타와 같은 일을 하면서 돈을 벌기 시작했다. 사무실의 청년은 그 중년 여성의 아들이었는데 그녀의 이름은 '너트메그(ナツメグ, nutmeg)', 아들은 '시나몬(ツナモン, cinnamon)'이었다.

아카사카 너트메그는 1945년 8월에 당시 만주국 신징(新京)에서 일어난 일본 군대의 동물원 학살 사건에 대해 이야기해 주었다. 그녀는 스물일곱 살부터 의상 디자이너로 두각을 나타내기 시작했고 신인 남자 디자이너와 만나 결혼을 했다. 그리고 다음 해, 도쿄올림픽이 열리던 해에 시나몬이 태어났다. 너트메그는 동물원 학살 이야기를 아들 시나몬에게 몇 번이고 들려주었다. 그 결과 시나몬은 말을 하지 않게 되었다.

너트메그와 남편이 세운 회사는 1970년대에 세상에 이름을 알릴 정도로 성장했지만 1975년 말에 남편은 아카사카의 어느 호텔 방에서 엽기적으로 살해됐는데 범인은 찾지 못했다. 너트메그는 그 사건 후에 의상 디자인에 관한 정열을 완전히 상실하여 회사를 처분했다. 일 년이 지났을 무렵, 그녀는 자신에게 특수한 능력이 있다는 것을 자각하고 저명한 인사들의 부인들을 상대로 그녀들의 내면의 병을 치료해 주는 일을 시작했고, 시나몬도 돕게 되었다. 너트메그는 그 일을 7년 이상 하다가 '나'를 우연히 만났던 것이다.

너트메그의 아버지는 신징의 동물원 주임 수의사였는데, 그의 오른쪽 뺨에는 아이 손바닥 만한 크기의 반점이 있었다. '나'의 얼굴에도 그 같은 반점이 있었기 때문에, 너트메그는 '나'를 자신의 후계자라고 확신했던 것이다. 그 일 덕분에 '나'는 미야자키 집안의 땅을 장기 임대 계약으로 입수할 수 있게 되었는데 이 사실을 알게 된 와타야 노보루는 우시카와(牛河)라는 사람을 보내서 '나'에게 손을 떼라고 압력을 가해 온다. '나'는 컴퓨터 통신으로 와타야 노보루와 이야기를 하는데 그 뒤에 갑자기 시나몬과 연락을 할 수 없게 된다. 그 후 닷새간, 시나몬뿐만 아니라 너트메그와도, 우시카와와도 모두 연락을 할 수 없었다. 5일째에 우연히 우시카와를 만난 '나'는 구미코가 어떤 곳에 틀어박혀 있다는 사실을 듣게 된다.

'나'는 미야자키 저택에 있는 우물로 가서 바닥으로 내려가 예전에 우물벽에 세워져 있던 야구 방망이를 찾지만 찾을 수가 없었다. 그 뒤에 '나'는 우물 벽을 빠져나가 어느 호텔 로비로 가는데 그곳에 있는 텔레비전에서 와타야 노보루가 누군가에게 야구 방망이로 맞았다는 뉴스를 듣는다. 범인의 특징은 '나'와 일치했고 얼굴에 반점까지 있다고 했다.

너트메그가 가져온 신문에는 와타야 노보루가 나가사키(長崎)에서 뇌출혈로 쓰러졌다고 되어 있었다. 그리고 미야자키 씨네 집터가 헐리고 우물이 메워지게 된다는 것도 알게 되었다. 3일 만에 거울 앞에 섰을 때, '나'의 얼굴에 있는 반점이 사라졌다. 5일째 되던 날 새벽 2시가 좀 지나서 '나'는 컴퓨터를 통해 구미코와 이야기를 나눴다. 그녀는 자신과 죽은 언니가 오빠 노보루에게 육체적으로만이 아니라 그 이상으로 능욕당했다고 말하며 입원 중인 노보루를 죽이겠다고 이야기한다.

얼마 뒤 '나'는 가사하라 메이와 만나서 구미코가 현재 보석을 거부하고 있고 그녀의 재판이 끝날 때까지 기다리겠노라고 말한다. 가사하라 메이와 헤어지고 난 뒤에 '나'는 어디에서도 그 누구한테서도 멀리 떨어진 장소에서 조용히 잠깐 동안 잠이 들었다.

8. 언더그라운드

발행일 1997년 3월 13일

출판사 고단샤(講談社)

장르 1번째 논픽션 (1995년 3월 20일에 도쿄의 지하철에서 일어난 '지하철 사린 사건'의 피

해자들을 대상으로 한 인터뷰 집)

등장인물 [인물명은 모두 가명임]

- **치요다선: 피해자 9명**(이즈미 기요카, 유아사 마사루, 미야타 미노루, 도요타 도시아 키, 노자키 아키코, 다카쓰키 도모코, 이즈쓰 미쓰테루, 가자구치 아야, 소노 히데키), **관계자 1명**(나카노 간조 – 정신과 의사)

- **마루노우치선**(오키쿠보 행): **피해자 7명**(아리마 미쓰오, 오하시 겐지, 이나가와 소 이치, 니시무라 스미오, 사카타 고이치, 아카시 다쓰오, 아카시 시즈코), **관계자 1명**(나카무 라 유지 – 변호사)

- **마루노우치선**(이케부쿠로 행): **피해자 2명**(고마다 신타로, 나카야마 이쿠코), **관 계자 1명**(사이토 도오루 – 의사)

- **히비야선**(나카메구로 발): **피해자 7명**(스가사키 히로시게, 이시고 고조, 마이클 케네 디, 시마다 사부로, 이즈카 요코, 다케다 유스케, 나카지마 가쓰유키), **관계자 1명**(야나기사 와 노부오 – 의사)

- **히비야선**(기타센주 발): **피해자 28명**(히라나카 아쓰시, 이치바 다카노리, 야마사키 겐 이치, 마키다 고이치로, 요시아키 미쓰루, 가타야마 히로시, 마쓰모토 도시오, 미카키 마사유키, 히라야마 노리코, 도키타 스미오, 우쓰미 데쓰지, 데라시마 노보루, 하시나카 야스지, 오쿠야마 마사노리, 다마다 미치아키, 나가히마 히로시, 미야자키 세이지, 이시하라 다카시, 하야미 도시미 쓰, 오가타 나오유키, 미쓰노 미쓰루, 가타키리 다케오, 나카타 야스시, 이토 다다시, 안자이 구니 에, 하쓰시마 마코토, 가네코 아키히사, 오누마 요시오)

- **기타 5명: 이시쿠라 게이치, 스기모토 에쓰코, 와다 기치로&사나 에, 와다 요시코**

작품 요약

작품 구성은 「머리말(はじめに)」, 다섯 개 노선별(치요다선, 마루노우치선 – 오기쿠보행, 마루노우치선 – 이케부쿠로행, 히비야선 – 나카메구로 발, 히비야선 – 기타센주발 나카메구로행) 인터뷰 내용, 「지표 없는 악몽(目じるしのない悪夢)」, 「해제(開題)」 (「해제」는 단행본에는 수록되어 있지 않다가, 나중에 『무라카미 하루키 전작품 1990~2000』 간행 시 덧붙여졌다.) 순으로 되어 있다. 다섯 개 노선 인터뷰를 제외한 나머지 장은 하루키의 창작 의도나 계기, 작품 해설 등이 수록되어 있는 해설서적인 역할을 하고 있다.

각 장은 사건 범인들에 대해 간략한 소개(사건의 개요와 범인의 교단 내 위치, 사건 당일의 역할, 성격 등)와 피해자와 관계자들의 인터뷰로 이루어져 있는데, 하루키가 내레이션 식으로 사건의 개요나 인물에 대한 성장 배경, 성격, 직업을 설명하고, 인터뷰 내용을 수록하고 있다.

「머리말」 이 인터뷰는 1996년 1월 초부터 같은 해 12월 말에 걸쳐 이루어졌다. 대부분 한 시간에서 두 시간에 걸쳐 피해자의 이야기를 듣고 그것을 녹음한 후에 테이프를 전문가에게 넘겨 문장화하였다. 인터뷰 대상자는 신문이나 매스컴에 보도됐거나 주변에서 탐문하여 700명을 1차적으로 리스트로 만든 후에 연락을 취해 140명을 선정했고 그중 약 40퍼센트에 해당하는 사람만이 인터뷰에 응하기로 했다. 취재할 때 가장 먼저 던진 질문은 피해자의 개인적인 배경, 즉 어디에서 태어나 어떻게 자랐는지, 취미는 무엇이고 어떤 일을 하는지 그중에서도 직업에 관해서는 구체적으로 질문을 했다.

[인터뷰 내용]-양이 많아 대표적으로 두 노선에 대한 것만 게재합니다.

1. 치요다선

치요다선의 범인은 하야시 이쿠오와 니미 도모미쓰였다. 하야시는 사건 전에 교주인 아사하라 쇼코에게서 "사린을 뿌려라"라는 명령을 듣는 순간 "심장이 쪼그라드는 것 같은 느낌이 들었다"고 한다. 1947년생인 그는 시나가와 구의 개업 의사의 차남으로 태어나 게이오대학 부속 중고등학교에서 동대학 의학부로 진학하여 심장혈관외과 전문의로 게이오대학병원에 근무했다. 하지만 그는 의사라는 일에 회의를 품고 있었고 1990년에 직장을 버리고 가족과 함께 출가하여 '옴진리교'에 들어가게 된다.

지하철에 사린(sarin, 화학 가스 일종 – 편집자 주) 살포 실행자로 지명된 하야시는 20일 새벽 3시에 다른 네 명의 실행자와 함께 사린 봉지를 찔러 터뜨리는 연습을 한다. 그러나 사건 당일에 막상 전철을 타서는 어린아이와 여자들의 모습을 보고 당황하지만 나약한 마음을 먹어선 안 된다고 스스로를 설득하며 사린 봉지를 우산 끝으로 찌른다. 그가 살포한 사린에 의해 두 명이 죽고 231명이 상해를 입었다.

외국 항공회사의 홍보실에 근무하고 있는 '이즈미 기요카'는 운전석 가까이 탔다가 사린 가스를 들이마셨지만 침착하게 지상으로 올라와 그 장면을 촬영 중이던 '텔레비전 도쿄'의 운전사에게 말해 환자들을 근처 병원으로 후송한다.

가스미가세키역에 근무하던 '유아사 스구로'는 플랫홈에 쓰러진 동료 '다카하시'를 들것에 눕혀 지상으로 옮긴 뒤 '텔레비전 도쿄'의 밴을 타고 히비야의 병원으로 간다. 하지만 담당 의사가 없다는 이유로 병원에서 받아주지 않자 필사적으로 도와달라고 울부짖는다. 마침내 병원에서 받아주지만 끝내 다카하시는 숨을 거두고 만다. 같은 역에 근무하던 '도요타 도시아키'는 지하철 바닥에 떨어져 있던 사린 봉지를 직접 치우다가 가스에 중독됐다. 오랜 치료 끝에 살아났는데 불면증과 강한 분노, 심각한 정신적 후유증에 힘들어하면서도, 살아남은 것에 감사하고 자신은 '사린 피해자가 아니라 체험자'라고 생각하며 긍정적으로 살아가기로 결심한다.

성누가 국제병원의 정신과장으로 근무하던 '나카노 간조'는 '지하철 사린 사건'에 관련된 50여 명의 PTSD(심적 외상 후의 스트레스 장애) 환자를 돌보게 된다. 그들의 대표적인 증상은 불면, 악몽, 공포심이었는데 그로 인해 직장을 그만둔 사람도 있었다. 외형적으로는 멀쩡해 보이기 때문에 아픈 것을 드러낼 수 없는 사회 분위기, 그것을 나카노는 일본 사회의 전통적인 '부정(ケガレ)'으로 설명한다. 즉 부정 탄 사람을 멀리하는 사회 분위기를 말하는데 그것이 과거에는 단순한 격리가 아니라 보호하고 치유하는 기능을 했다고 하면, 현대 사회에서는 공동체 시스템이 사라지고 오로지 부정 탄다는 의식만 남아 격리시키고 방치해 버린다는 것이다.

2. 마루노우치선(오기쿠보행)

이 전철의 실행범은 히로세 겐이치와 기타무라 고이치이다. 히로

세는 1964년생으로 도쿄에서 태어나 와세다고등학원에서 와세다대학 이학부에 진학해 응용물리학을 전공하고 학과를 수석으로 졸업한 재원인데, 1989년에 대학원 연구과를 졸업한 후에 내정된 자리를 박차고 출가한다. 사건 당일에는 심각한 긴장을 이기지 못해 도중에 한 번 내렸다가 다시 올라타 실행에 옮기는데 그 결과 1명이 죽고 358명이 중경상을 입게 된다.

한 달에 한 번 있는 임시회의에 참가하기 위해 마루노우치선을 탔다가 사린에 중독된 '아리마 다쓰오'는 옴진리교에 우수한 인재가 많지만 결국은 집단적 폭력으로 치닫게 된 이유가 개인의 나약함 때문이라고 지적한다.

자동차 딜러로 근무하던 '오하시 겐지'는 '이 사건'으로 인해 심한 두통과 무력감 같은 심각한 후유증에 시달리고 있었는데, 회사에 피해를 주면 안 된다고 생각해 고통을 참고 무리해서 일했지만 후유증은 점차 심각해지고, 결국은 맡았던 일에서 물러나 '명예퇴직' 대상이 된다. 지금까지 열심히 일한 보람도 없고 억울한 생각도 들지만 긍정적으로 생각하려고 노력하고 있다.

사린 봉지를 직접 손에 들고도 운 좋게 살아남은 역무원 '니시무라 스미오'는 사건 범인들에 대한 강한 분노와 함께 사형을 강력히 주장한다.

'아카시 다쓰오'는 이 사건의 후유증으로 식물인간이 되어 버린 '아카시 시즈코'의 오빠이다. 동생 시즈코는 1년에 한 번 열리는 강습회에 참석하기 위해 이 전철을 탔는데 공교롭게도 사린 봉지가 놓인 차량에 탔고, 병원으로 옮겼지만 생명이 위험하다는 이야기를 들는다. 그리고 그녀를 간호하기 위해 오빠 다쓰오는 매일 병원으로 다니는데, 그 와중에 아버지마저 암에 걸려 여동생과 아버지의 병원을 오가는 생활을 한다. 일요일마다 병원에 가는 통에 아이들과 아내에게 미안한 마음이 가득하지만 가족이니까 마땅히 그래야 한다고 생각한다. 그 덕분에 시즈코는 오빠가 하는 말을 알아듣게 되고, 조금씩 말을 할 수 있는 상태가 되었다.

하루키는 오빠에게 양해를 구해 어렵사리 시즈코와의 면회에 성공한다. 그는 그녀를 만나서 자기 손을 잡아보라고 하는데 꼭 쥔 그녀의 손에서 무언가를 갈구하는 또렷한 의지를 읽게 된다. 그녀를 방문하기 전에 하루키는 그녀에게 어떻게 하면 용기를 줄 수 있을까 고민했는데, 결국 그것은 전혀 불필요한 것이었고, 오히려 자기자신이 그녀로부터 용기를 얻게 된다.

'사카모토 변호사와 그 가족을 돕는 전국 변호사 모임'(1989년 11월 4일에 옴진리교 피해자 대책에 관여하고 있던 사카모토 변호사 일가족이 실종된 사건. 옴진리교에 의해 자행된 것으로 가족의 시체가 니이가타, 도야마, 나카노의 산속에서 발견되었다.)에 참가하여 그 운동을 열심히 하고 있는 '나카무라 유지' 변호사는 '지하철 사린 사건'이 일어나기 전부터 이미 옴진리교 교단이 위치한 '가미쿠이시키무라(上九一色村)'에서 사린 잔유물이 검출되었고 위기 의식을 느낀 일부 변호사들이 그 가능성에 대해 경시청에 건의서까지 냈지만 사태의 심각성을 인식하지 못한 경찰들이 안이하게 대처하여 사태가 이 지경에 이르렀다고 지적한다.

[지표 없는 악몽]

　1995년 3월 20일 오전 11시경에 매스컴 관계의 일을 하는 아는 사람에게 전화가 걸려왔다. 지하철에서 이상한 사건이 일어나 다수의 피해자가 발생했는데 옴진리교의 소행이 분명하다, 당분간 도쿄로 나오지 말라는 내용이었다. 도대체 무슨 일이 벌어진 걸까, 그것이 '나(하루키)'가 가진 의문이었다. 하지만 내가 알고 싶어 하는 것을 가르쳐 주는 사람은 없었다. 그도 그럴 것이 매스컴이란 정의와 악, 건전함과 광기의 대립이라는 명백한 원리를 근거로 삼기 때문이다. 결국 '옴진리교'나 '지하철 사린 사건'은 광적인 집단이 일으킨 무의미한 범죄라고 간단히 정리해 버리지 않을까 하는 생각이 들었다. 만약 이 불행한 사건을 통해 진실로 무언가를 배우려고 한다면 그것을 다른 각도에서 다른 방식으로 철저하게 분석하고 조사해야 한다고 생각했다.

　'옴진리교'를 완전히 남의 일이라고 건너편에서 망원경으로 바라볼 수만은 없다. 왜냐하면 우리 모두에게는 자기 자신이라는 시스템 속에 '옴진리교'적인 요소가 어느 정도 포함되어 있을지 모르기 때문이다. 내가 이렇게 생각하게 된 것은 1990년 2월 옴진리교가 중의원 선거에 대거 입후보하게 되었을 때 경험한 일 때문이다. 후보 선전을 위해 옴진리교 신자들이 괴상한 가면을 쓰고 손을 흔들거나 춤을 추고 있었는데 그 순간 나도 모르게 눈길을 돌리고 만 것이다. 왜일까? 그것은 '옴진리교'라는 사상(事象)이 사실은 나에게 전혀 남의 일이 아니었기 때문이다. 심리학적으로 말하자면 우리가 생리적으로 싫어하거나 격한 혐오감을 가질 때, 그것은 자기 이미지의 부정적 투영인 경우가 적지 않다고 한다. 결국 거기에는 나의 자아와 그 자아가 만들어 내는 이야기가 관련되어 있다고 할 수 있다.

아사하라 쇼코라는 인물은 결정적으로 손상된 자아의 불균형을 하나의 한정된 시스템으로 확립하는 데 성공한 것 같다. 옴진리교에 귀의한 사람들 대부분은 자율적으로 목표를 달성할 수 있는 '파워 프로세스'를 획득하기 위해 자아라는 귀중한 자산을 아사하라 쇼코라는 '정신 은행'의 금고에 열쇠째 맡겨 버린 것이다. 충실한 신자들은 자진해서 자유를 버리고 재산과 가족도 버리고 세속적 가치 판단 기준(상식)도 버렸다. 이해가 안 가겠지만 일단 누군가에게 모든 것을 맡겨 버리면 그다음은 일일이 혼자서 고생해서 생각하여 자아를 컨트롤할 필요가 없기 때문에 어떤 의미에서는 지극히 기분 좋은 일이기 때문이다.

「머리말」에서도 밝혔듯이 이 책을 위한 취재는 사건 발생 후 9개월이 경과된 시점에 시작되어 1년 9개월 뒤까지 이어졌다. 그렇기 때문에 어느 정도 냉각 기간을 거친 시점에 이루어진 것이다. 그렇지만 워낙 충격적인 사건이라 그것을 경험한 사람들의 기억이 완전히 흐려지지는 않았다. 그렇다고는 해도 그것은 어디까지나 기억이다. 때로 우리가 자신의 기억을 얼마나 기묘하고 이상한 방법으로 다루는지에 대해서는 독자 여러분들도 어느 정도의 경험이 있을 것이다.

극단적으로 말하자면 '우리는 자기가 체험한 기억을 많든 적든 이야기화한다'는 말이 될지도 모르겠다. 많고 적음의 차이는 있지만 이것은 인간의 극히 자연스런 기능이다. 그런 가능성이 어느 정도 피해자들이 서술한 내용 속에 포함되어 있을지도 모른다는 기본적인 인식을 독자들이 가졌으면 한다. 인터뷰 내용의 사실성은 정밀한 의미에서의 사실성과는 다를지도 모른다. 하지만 그것은 '거짓말'과 동의어는 아니다. 그것은 '다른 형태'를 취한 틀림없는 진실이다. 그렇기 때문에 나는 하나하나의 증언에 대해 그 진위 여부를 가리지 않았다. 그리고 이번 취재를 통해 나는 한 사람의 작가로서도 한 사람의 개인으로서도 처음에 예상한 이상으로 의미 깊은 경험을 했다고 생각한다.

내가 이 책을 쓴 가장 큰 이유는 한마디로 말하자면 일본이라는 나라에 대해 깊게 알고 싶었기 때문이다. 오랜 해외 생활을 하는 동안 나는 절실하게 '일본이라는 나라'에 대해 알기를 원했다. 결론적으로 '지하철 사린 사건'에 대한 장기 취재는 내가 '일본에 대해 더 깊이 알기' 위한 작업을 전개하는 데 하나의 실마리였다. 그리고 '이 책은 나 자신을 위해서가 아니라 다른 무언가를 위해 조금이라도 가치 있는 것으로 만들어야 한다'는 생각에서 시작했다.

1995년 1월에 일어난 고베 대지진과 3월 20일의 '지하철 사린 사건'은 일본의 전후 역사를 경계 짓는 중대한 의미를 가진 비극이었다. 이 두 사건의 공통점을 든다면 '엄청난 폭력'이라고 할 수 있다. 하나는 불가피한 천재(天災)였고 다른 하나는 불가피하지만 '인재=범죄'였다. 물론 사건 후에 몇 가지 면에서는 지금까지 없었던 긍정적인 흐름이 자연발생적으로 생겨났다. 예를 들면 지진 직후의 고베와 오사카에서 젊은이들을 중심으로 자선 활동이 큰 힘을 발휘하였고, '지하철 사린 사건'에서도 피해를 입은 승객끼리 자신을 돌보지 않고 열심히 구조 활동을 벌였던 용기 있는 행동이 그것이다.

　하지만 지하철이나 소방청이나 경찰청의 지도자는 현장 근무자들이 목숨을 걸고 수행한 양심적인 행동에 걸맞게 기민하고 성실하게 사건에 대처했다고 볼 수는 없다. 물론 나는 여기서 이런 상황을 일일이 비난하고 질책할 생각은 없다. 중요한 것은 '우리들 사회 시스템이 준비했던 위기관리 체제 그 자체가 상당히 부실하고 불충분했다'는 엄청난 현실을 절실히 인식하는 것이다. 그러나 그보다 내가 심각한 위기감을 느끼는 것은 당일 발생한 수많은 과실의 원인과 책임, 또한 거기에 이르기까지의 경위나 그러한 과실에 의해 발생한 결과의 실태가 아직도 정보의 형태로 일반에게 충분히 공개되고 있지 않다는 사실이다.

　우리는 이 거대한 사건을 통과하여 도대체 어디로 향해 나가려고 하는가? 그것을 모른다면 우리는 이 '지하철 사린 사건'이라는 '지표 없는 악몽'에서 해방될 수 없는 것은 아닐까?

9. 스푸트니크의 연인

발행일   1999년 4월 20일
출판사   고단샤(講談社)
장르   9번째 장편소설

등장인물

- 나(ぼく): 주인공. 24세. 도쿄에 있는 사립대학에서 역사학을 전공한 후 초등학교 교사가 됨. 스미레를 좋아하지만 고백하지 못하고 연상의 여자친구와 정기적으로 관계를 가짐.
- 스미레(すみれ): 22세. '나'와 같은 대학에 다니다가 대학 분위기에 실망하여 중도에 자퇴한다. 2학년 때부터 소설가의 꿈을 키움. 대단한 흡연가(뮤와 사귄 후 금연)이고 성격은 낭만적이면서도 냉소적
- 뮤(ミュウ): 39세의 한국 국적의 여성. 아버지의 죽음을 계기로 일본에 돌아와 무역회사를 운영하다가 남편과 남동생에게 일을 맡기고 현재는 와인 수입을 함. '스미레'가 사랑하는 여자
- 여자친구(ガールフレンド): '홍당무'의 엄마이자 '나'와 관계를 갖는 여성. 남편과 사이가 좋지 않고, 이를 눈치챈 아들이 정신적 혼란을 겪음.
- 홍당무(にんじん): '나'가 맡은 학급의 학생이자, '나'와 관계를 갖는 '여자친구'의 아들. 얼굴이 빨갛고 머리가 구불거린다고 해서 붙은 별명. 과묵하고 어른스러운 성격

줄거리

스물두 살 봄에 스미레는 태어나서 처음으로 사랑에 빠졌다. 상대는 스미레보다 열일곱 살이나 연상에 결혼까지 한 여성이었다. 스미레는 도쿄의 작은 사립대학 문예과에 다녔는데 3학년이 되기 전에 자퇴를 하고 지금은 소설가가 되기 위해 안간힘을 쓰고 있다. 스미레가 사랑에 빠진 대상은 '뮤'라고 하는데 한국 국적의 일본인 여성으로, 프랑스 음악원에 유학한 덕분에 일본어 이외에도 프랑스어와 영어를 유창하게 구사했다. 둘은 스미레의 사촌 언니의 결혼식 때 옆자리에 앉아 있었는데, 스미레는 그 당시 잭 케루악의 소설에 빠져 있을 때였고 자연스레 이 작가를 화제에 올렸다. 뮤는 이 사람의 이름은 들어서 알고 있지만 자세하게는 몰랐기 때문에 비트니크(beatnik)와 혼동하여 그 사람이 혹시 '스푸트니크'라고 불리는 사람이 아니냐고 반문한다. 그 후 스미레는 뮤를 '스푸트니크의 연인'이라고 부르게 되었다.

뮤는 아버지의 가업인 무역회사를 이어받았지만 지금은 남편과 남동생에게 맡기고 자신은 와인 수입과 음악 관계의 일을 하고 있으며 스미레에게 자기 밑에서 일해 달라고 부탁한다. 그 뒤 스미레는 진구(神宮)에 있는 뮤의 사무실에서 일하게 된다. 어느 날 뮤는 스미레에게 여기에 있는 자신은 진정한 자신이 아니고, 14년 전에 자신은 진정한 자신의 절반이 되었다고 고백한다.

지극히 평범한 가정에서 자란 '나'에게는 대기업 식품회사 연구소에 근무하는 아버지와 다섯 살 위의 누나가 있었다. 1등을 하지 못하면 견디지 못하는 누나와 달리 학교 공부에 전혀 흥미를 갖지 못했던 '나'는 적당히 공부해서 대학에 들어가 졸업 후에는 친척의 권유로 초등학교 교사가 된다. '나'는 스미레를 좋아했지만 그녀는 '나'에게 전혀 이성적인 관심을 갖지 않았던 탓에 '나'는 스미레의 빈자리를 채우고자 다른 여성들과 육체관계를 갖게 된다.

뮤의 사무실에 취직한 스미레는 나날이 모습이 달라진다. 아파트도 요요기(代々木)의 맨션으로 옮겼는데, 이사를 도와준 '나'는 스미레와 그다음 주쯤 저녁을 하기로 약속한 후 헤어지지만 결국은 만나지 못한다. 8월 초에 '나'는 로마에서 보내온 스미레의 편지를 받는다. 내용은 일 때문에 뮤와 유럽에 오게 되었다는 것과 그녀와 지내면서 느끼게 된 감정, 특히 뮤에 대한 동성애적 사랑에 대한 고백이었다. 그녀가 돌아올 예정이 지났는데도 돌아오지 않고, '나'는 그사이 7세 연상으로 '나'가 담임을 맡고 있는 학급의 학부모와 관계를 갖는다.

그날 밤 뮤가 '나'에게 전화를 걸어와서 그리스의 어느 섬으로 와 달라고 한다. '나'는 아테네에서 로도스에 도착해, 섬으로 가는 페리를 타고 가서 뮤를 만나서 스미레가 연기처럼 사라졌다는 이야기를 듣는다. 사건은 뮤와 스미레가 이 섬에 오고 사흘째 되던 날, 신문에는 자기가 기르던 고양이에게 먹혀 버린 일흔 살 여성의 이야기가 실려 있었고, 스미레는 자기가 어렸을 때 키우던 고양이가 나무 위로 올라간 채 영영 돌아오지 않았다는 에피소드를 뮤에게 이야기한다.

그리고 그날 밤 여느 때처럼 잠자리에 든 뮤는 이상한 기척에 눈을 뜬다. 자세히 살펴보니 스미레가 고양이처럼 웅크린 채 문 앞에 앉아 있는 것이었다. 뮤는 온통 땀으로 젖은 스미레의 옷을 벗기고 타월로 닦아 주고 두려워하는 스미레와 같은 침대에서 자게 된다. 스미레는 뮤를 사랑했기에 뮤의 몸을 애무한다. 뮤 또한 자신의 몸이 뜨거워지는 것을 느끼지만 그 이상은 호응하지 않는다. 스미레는 한 차례 울다가 자기 방으로 돌아간다.

그리고 아침 7시에 일어났을 때 스미레의 모습은 집 안 어디에도 없었다. 경찰에 신고하여 항구와 집 근처를 탐문 수사했지만 스미레의 모습을 본 사람은 없고, 하는 수 없이 뮤는 '나'에게 전화한 것이다. '나'는 스미레의 가방에 비밀번호를 입력해 그 안에서 소형 일기장과 '문서1', '문서2'라는 번호가 붙은 디스크 두 장을 발견하여 내용을 읽어본다. '문서1'에는 스미레가 꾼 엄마에 관한 꿈이 적혀 있었고, '문서2'에는 뮤가 경험했던 관람차 이야기가 실려 있었다.

'문서2'에 따르면 뮤는 25세 때 스위스의 작은 마을에서 혼자 살게 되는데, 마을 외곽에는 큰 유원지가 있었고 거기에는 커다란 관람차가 있었다. 그녀는 마을에서 페르디난도라는 50세 정도의 라틴계 남자와 알게 된다. 그리고 그녀는 열흘 정도 그 마을에서 살게 되면서 어떤 종류의 폐쇄감을 느끼게 되어 그 마을을 떠나려고 하지만 어쩌된 일인지 자신을 그 마을에서 제대로 빼내지 못한다. 그녀는 기분전환 삼아 유원지의 관람차를 탄다. 관리인은 마감시간이 다가왔고 이제 한 바퀴만 돌면 끝이라고 말한다.

그녀는 관람차를 타고 쌍안경으로 자신의 아파트를 찾지만 못 찾고, 드디어 관람차는 지상에 도착한다. 관람차 문을 열려고 하지만 밖에서 문을 잠근 것이라 안에서는 열지 못한다는 것을 알아차린다. 당황한 그녀는 관리인을 찾지만 보이지 않고 관람차는 다시 올라가기 시작했다. 그리고 하강하기 시작한 관람차는 갑자기 큰 소리를 내며 공중에서 멈추어 버렸다. 사람을 찾다가 지친 뮤는 그대로 관람차 안에서 잠들었다가 새벽에 깨어나 쌍안경으로 자신의 아파트를 찾아본다. 그리고는 자기 침실 창문을 통해 벌거벗은 남녀가 농밀하게 육체관계를 맺고 있는 모습을 보게 되는데, 여자는 바로 뮤 자신이었고, 남자는 페르디난도였다.

정신을 차리고 보니 뮤는 병원 침대에 누워 있었고 그녀는 자신의 머리카락이 한 올도 남기지 않고 하얗게 세어 버린 것을 알게 된다. 그 사건 이후에 그녀는 자기 존재를 잃어버리게 된 것이다. 그녀는 스미레에게 지금 여기에 있는 자신은 진짜 자신이 아니라고 말한다.

'나'는 문서를 다 읽고 스미레의 꿈과 뮤의 분열을 다시 분석하고 이것이 스미레의 실종과 관계가 있는지 생각해 본 끝에 결국은 스미레가 '저쪽 세계'로 간 것이라고 결론을 내린다. 결국 스미레의 행방을 찾지 못한 채 '나'는 신학기가 시작되기 전에 섬을 나온다. 그리고 '나'는 돌아오는 배 안에서 스미레가 '나'에 얼마나 소중한 존재였는지를 깨닫는다.

신학기가 시작되고 두 번째 맞는 일요일 오후에 '나'는 여자친구(7세 연상의 학부모)로부터 중요한 일이니 슈퍼마켓으로 와 달라는 전화를 받는다. 가보니 홍당무라는 별명을 가진 그녀의 아들이 슈퍼마켓에서 호치키스 여덟 개를 훔치다가 들켰는데, 이번이 세 번째라

용서할 수 없다는 관리인의 설명을 듣는다. 관리인과 사건에 대한 이야기를 나누는 도중에 누군가가 들어와 보관 창고의 열쇠를 달라고 하는데, 담당자는 한동안 책상서랍을 찾지만 발견하지 못한다. '나'는 관리인을 설득하여 겨우 아이를 데리고 나와 여자친구는 먼저 집으로 돌려보내고 홍당무와 함께 카페로 간다. 그리고 그리스에 다녀온 이야기를 독백처럼 이야기한다. 카페에서 나온 '나'는 홍당무를 집으로 데려다준다. 가는 도중에 홍당무는 자신의 주머니에서 아까 슈퍼마켓 경비원이 찾았던 열쇠를 꺼낸다. '나'는 강물 속에 그것을 던져버린다. 그리고 여자친구에게 헤어지자고 말한다.

해가 바뀌고 홍당무는 5학년이 되었고 '나'와는 마주칠 일이 없었지만 '나'는 가끔 그 아이를 생각한다. 그리고 '나'가 그 아이에게 솔직히 이야기한 것은 잘한 일이었다고 생각한다. '나'가 이야기함으로써 그 아이는 '나'를 받아들이고 용서해 주었던 것이라고.

스미레가 사라지고 반년 후 '나'는 도쿄에서 뮤를 한 번 보게 되는데 그녀는 마치 빈 껍데기 같아 보였다. '나'는 스미레가 '나'에게 전화를 거는 꿈을 자주 꾼다. 그러던 어느 날 갑자기 전화벨이 울린다. 전화기 너머로 스미레가 아무 일도 없었다는 듯이 자기가 돌아왔다고 이야기한다. 그리고 자기가 있는 데로 마중 나와 달라고 하고는 전화가 끊긴다. '나'는 다시 전화벨이 울리기를 기다린다. 그리고 스미레와 '나'가 같은 세계의 같은 달을 보고 있고, 확실히 한 가닥의 줄로 현실과 이어져 있다는 것을 깨닫는다.

10. 해변의 카프카

발행일	2002년 9월 12일
출판사	신초샤(新潮社)
장르	10번째 장편소설
수상	2006년 프란츠 카프카상

등장인물

- 나: 주인공. 다무라 카프카(田村カフカ), 어렸을 때부터 아버지에게 저주의 말을 듣고 자라다가 15세 때 가출하여 시코쿠에서 여러 가지 경험을 하며 성장함.
- 까마귀라고 불리는 소년(カラスと呼ばれる少年): 카프카 소년에게 어드바이스를 해주는 소년
- 오시마(大島): 다카마쓰(高松)에 있는 고무라(甲村)기념도서관의 사서. 혈우병 환자이고 성소수자. 시코쿠에 간 카프카를 여러 면에서 도와주는 인물
- 사에키(佐伯): 고무라기념도서관의 관장. 카프카가 어머니가 아닐까 하고 생각하는 인물
- 사쿠라(さくら): 카프카가 다카마쓰로 가는 심야버스에서 만난 미용사
- 나카타(ナカタサトル): 나카노구에 사는 60대 중반의 남성으로 지적 장애가 있으며 고양이와 말하는 능력의 소유자. 초등학교 때 '오

왕야마(お椀山) 사건'의 후유증으로 기억 상실과 읽고 쓰는 능력을 상실함.

- 호시노(星野): 20대 중반의 트럭 운전수. 나카타 노인을 도와줌.

줄거리
「카프카 소년의 장」

'나(다무라 카프카)'는 도쿄에서 아버지와 둘이 살고 있다. 아버지는 유명한 예술가인데 '나'가 어렸을 때부터 '너는 언젠가 그 손으로 아버지를 죽이고 어머니와 누나를 범할 것'이라는 저주를 되풀이해서 말했다. 어머니는 '나'가 세 살 정도 되었을 때 양녀로 입양된 여섯 살 위인 누나만 데리고 집을 나갔고 '나'는 그 상처를 마음에 안고 살고 있다. 드디어 만 열다섯 살 생일이 되었을 때 '나'는 '까마귀라고 불리는 소년'에게 충고를 받아 가출을 하여 시코쿠행 심야버스를 탄다. 버스 안에서 사쿠라라는 여자를 만나 옆자리에 앉아 같이 간다.

시코쿠에 도착하자 사쿠라는 '나'에게 자기 핸드폰 번호를 알려주고 둘은 헤어진다. '나'는 다카마쓰 시내의 비즈니스호텔을 예약하고 이전에 「태양」이라는 잡지에서 본 '고무라 기념 도서관'으로 가서 사서인 오시마를 만난다. 그리고 2시가 될 때까지 책을 읽다가 도서관의 관장인 사에키 씨가 진행하는 도서관 투어에 참가하는데, 사에키 관장을 보면서 '나'는 그녀가 엄마였으면 좋겠다고 생각한다.

시코쿠에 도착한 지 8일째 되던 어느 날, 잠에서 깨어 보니 '나'

는 깊은 덤불 속에 있고 게다가 티셔츠의 가슴 부분에 검붉은 피가 묻어 있는 것을 발견한다. 왼쪽 어깨에는 둔탁한 통증이 있었지만 '나'는 이곳이 어디인지, 어떻게 오게 된 건지 전혀 기억나지 않는다. '나'는 심야버스에서 만난 사쿠라에게 전화를 하고 그녀의 집에 묵게 된다.

사쿠라의 집을 나온 '나'는 고무라 도서관으로 가서 오시마를 만나 의논하는데 그는 자신의 별장에서 묵으라며 '나'를 고치(高知)로 데려간다. 도착한 곳은 산속에 있는 통나무집으로 오시마의 형이 만들었다고 한다. 그곳에서 '나'는 오시마도 '나'의 나이 때 학교에 가지 않았고 중학교를 졸업한 후에는 혼자 공부했다는 이야기를 듣는다. 사흘 동안 지내면서 책을 읽거나 숲을 산책하며 지내다가 사흘째 되는 날부터는 도서관에서 기거하면서 오시마를 도와 도서관 보조 일을 하게 된다.

오시마는 사에키 관장에 대해 몇 가지 알아둬야 할 일이 있다면서 그녀에 대한 이야기를 들려준다. 그에 따르면 사에키는 초등학교 때부터 애인이 있었는데 그 사람이 고무라 가문의 장남이었고 둘은 성장해서 사랑하게 되었다고 한다. 남자는 고등학교 졸업 후에 도쿄의 대학으로 진학했고 사에키는 그 고장의 음악대학에서 피아노를 전공했다. 비록 두 사람은 떨어져 있었지만 편지를 주고받으며 사랑을 싹틔웠다.

열아홉 살 때 그녀는 자기가 쓴 시에 멜로디를 붙여 피아노 반주에 맞춰 노래를 불렀다. 그 노래는 음반으로 출시됐고 발매되자마자 히트를 쳤는데 그 곡의 제목은 '해변의 카프카'였다. 그녀가 스무 살 되었을 때 그녀의 애인은 한창 데모 중인 학교의 농성장으로 친구에게 줄 음식물을 가지고 가다가 스파이로 오인받아 구타당해 죽는다. 그 후 그녀는 다시는 노래를 부르지 않았고 학교도 자퇴하고 그 고장을 떠나 버렸다. 그리고 25년이 지난 후에 어머니의 장례식 때문에 다시 다카마쓰로 돌아왔다가 고무라 기념 도서관의 관리 책임자가 되었다.

어느날 아침, 신문에 아버지가 살해되었다는 기사가 실렸다. '나'는 오시마에게 '나'가 아버지를 죽이지 않았다고 말하는데, 생각해 보니 아버지가 살해당한 날이 '나'의 옷에 피가 묻어 있던 날이었다. 그리고 '나'는 어렸을 때부터 들었던 아버지의 저주에 대해 오시마에게 이야기하면서 아버지는 '나'를 통해 엄마에게 복수하려고 했고, 아버지는 주위 사람들을 상처 낸 사람이라고 하며 어쩌면 '나'가 꿈의 회로를 통해 아버지를 죽인 걸지도 모른다고 고백한다.

'나'가 도서관에서 머물게 된 방은 사에키의 죽은 애인이 쓰던 방이었는데 그 방에는 매일 밤 열다섯 살의 사에키의 유령이 찾아오고 '나'는 그녀를 사랑하게 된다. '나'는 사에키가 내 어머니가 아닐까 생각하고 오시마에게 그녀의 행적을 물어보며 공통점을 찾으려하지만 찾지 못하고, 사에키 씨에게 직접 어머니가 아닐까 물어보지만 확실한 대답은 듣지 못한다.

한편 아버지 살해와 관련하여 경찰이 '나'를 찾으러 오자 오시마는 '나'를 지난번의 오두막집으로 피신시켜 주었다. 통나무집에 혼자 남은 '나'는 하염없이 사에키를 그리워하며 보낸다. 오시마는 숲 속 깊이는 들어가지 말라고 했지만 '나'는 여러 도구를 준비해서 숲

속으로 들어간다. 들어가면서 '나'는 어젯밤 꿈속에서 사쿠라를 범한 것을 후회하고 혹시 '나'가 아버지를 죽인 건 아닌가 하며 혼란스러워 한다. 그리고 가지고 온 짐을 하나씩 숲에 버리고 홀가분한 느낌으로 숲속으로 들어가다가 전쟁 중에 거기서 훈련하다가 행방불명이 된 두 명의 병사를 만난다. 그들은 그 장소가 시간 개념이 없고 입구는 조금 후에 닫히니 들어가려면 지금 들어가라고 한다. 병사들을 따라간 곳에는 열다섯 살 때의 사에키와 책이 없는 도서관, 그리고 현재의 사에키가 있었다.

사에키는 '나'에게 자신의 기억을 전부 태워버렸다고 하며 어서 빨리 여기서 나가서 본래의 곳으로 돌아가라고 한다. 입구가 닫히기 전에. 그리고 마지막 부탁으로 도서관의 사에키의 서재에 걸려 있는 '해변의 카프카'라는 그림을 가져가 달라고 한다. 그리고 그녀는 자신을 용서해 달라고 한다. '나'는 병사들을 따라 다시 왔던 길을 돌아가 오시마의 통나무집에 도착한다.

다음 날 아침 오시마의 형이 '나'를 고무라 도서관에 데려다 주었고 '나'는 오시마에게 사에키가 죽었으며 유품으로 몽블랑 만년필과 '해변의 카프카' 그림을 남겼다는 이야기를 듣는다. '나'는 사에키의 방에서 그녀의 모습을 회상해 보고 도쿄로 떠날 결심을 한다. 마지막으로 사쿠라에게 이별을 고한다. 도쿄로 돌아오는 신칸선 안에서 '까마귀 소년'은 '나'가 옳은 일을 했고 세상에서 가장 터프한 열다섯 소년이라고 말해 주었다.

「나카타 노인의 장」

이 문서는 1986년에 일반 공개가 허용된 것으로 내용은 1945년 6월에 일어났던 '오왕야마 사건'에 관해 1946년 3월부터 4월에 걸쳐 이루어진 면접에 관한 것이다. 면접자 중 당시 모 초등학교 4학년 을반 담임교사였던 오카모치 세쓰고(岡持節子)라는 여성의 인터뷰 내용에 따르면 사건은 다음과 같다. 그녀는 히로시마 출신으로 1941년에 이곳으로 왔으며 남편은 1943년에 소집되어 1945년 6월에 전사했다. 그녀는 그날 남녀 학생 열여섯 명을 이끌고 야외 실습을 하러 '오왕야마'에 갔는데 가는 도중에 상공에 뜬 B29 폭격기를 보았고, 숲속에 들어가 탁 트인 광장에 이르렀을 때 갑자기 학생들이 땅바닥에 쓰러지기 시작했다고 한다. 당시 읍내에서 내과 병원을 운영 중이었던 나카자와 주이치가 초등학교 교장 선생님의 연락을 받고 사건 현장에 갔는데 어느 정도 시간이 경과하자 나카타 사토루라는 학생만 제외하고 모두 자연스럽게 의식이 돌아왔다.

노인이 된 나카타는 현재 도쿄에서 생활보조금을 받으며 살아가고 있는데 어렸을 때 겪었던 사고 이후에 모든 기억이 사라지고 읽고 쓰는 능력도 상실했지만, 고양이와 대화하는 능력이 있어 잃어버린 고양이를 찾아주는 일을 하고 있다.

그러던 어느 날 고양이 '고마'를 찾으러 여기저기 공터를 찾아다니고 있던 나카타 노인 앞으로 커다란 검은 개가 나타나 따라오라고 하며 어느 주택으로 인도한다. 그 집에는 검은 실크해트를 쓴 키가 큰 남자가 있었는데 자신의 이름이 조니워커라고 했다. 그는 공터에서 잡아온 고양이를 꺼내서 한 마리씩 살해하고 고양이의 심장을 먹기 시작하는데 그 모습을 나카타 노인에게 지켜보도록 명령한다. 평소 자기가 알던 고양이들이 살해당하는 모습을 볼 수 없었던 나카타 노인이 괴로움을 호소하자 조니워커는 그에게 더 이상 고양이를 죽게 하고 싶지 않으면 자신을 죽이라고 한다. 결국 나카타 노인은 조니워커의 가슴을 찔러 죽인다. 그리고 조니워커의 가방 안에서 자신이 찾던 고양이 '고마'를 찾아서 나온다.

정신을 차리고 보니 나카타 노인은 풀숲에 누워 있었는데 이상하게도 옷은 집을 나왔을 때 그대로였고 피도 전혀 묻어 있지 않았다. 그는 '고마'를 주인에게 돌려주고 경찰서에 들러 자수를 하지만 경찰은 행동거지나 말투가 이상한 나카타 노인의 말을 거짓말이라고 생각하고 이름도 주소도 연락처도 받지 않은 채 돌려보낸다. 나카타 노인은 경찰서를 나서면서 하늘에서 정어리와 전갱이가 비처럼 쏟아질 것이라는 의미심장한 말을 하고 가는데 그 이튿날 실제로 나카노구에 정어리와 전갱이가 떨어지자 그 경찰관은 당황했고, 그제서야 어젯밤 그 노인의 말이 사실일지도 모른다고 생각하며 태만했던 자신의 태도를 후회한다. 정어리가 떨어지고 난 다음 날 근처 주택가에서 칼에 찔려 죽은 남자 시체가 발견되는데 그것은 저명한 조각가였다. 놀란 경찰관은 그렇다고 이제 와서 상부에 보고할 수도 없었다. 그 시간에 이미 나카타 노인은 그 동네를 떠나고 없었다.

나카타 노인은 히치하이킹으로 서쪽으로 향하고 있었다. 운 좋게 냉동 트럭과 승용차, 트럭 운전사들이 나카타 노인을 목적지까지 데려다 주었다. 마지막으로 고베까지 나카노를 데려다 준 것은 호시노라는 청년이었는데, 그는 자신의 할아버지와 나카노 노인이 닮았다며 고베에서 자신의 일을 마치고는 시코쿠의 다카마쓰까지 데려다 준다. 다카마쓰에 도착한 나카타 노인은 호시노에게 '입구의 돌'이라는 특별한 돌을 찾고 있다고 말한다. 다음 날 둘은 돌을 찾기 위해 역 근처의 관광안내소와 시립도서관을 찾아가지만 수확이 없었다. 그날 저녁 호시노는 여관 근처의 맥줏집에서 맥주를 한잔 마시고 여관으로 돌아가는 길에 커넬 샌더스라는 노인을 만난다. 그는 자신을 따라오라며 어느 신사 근처의 러브호텔에서 멋진 여성에게 성적인 접대를 받게 해준다. 호시노가 관계를 마치고 신사로 돌아오자 커넬 샌더스는 '입구의 돌'이 바로 이 신사 안에 있다고 알려준다. 커넬 샌더스는 신사 안의 사당으로 호시노를 데리고 가더니 사당 안의 돌을 꺼내라고 한다. 굉장히 무거운 돌이었는데 숙소로 가져가서 머리맡에 놓으면 나머지는 저절로 일이 될 것이라고 한다.

다음 날 잠에서 깬 나카타 노인은 호시노가 가져온 '입구의 돌'을 보고 그것을 열면 여러 가지 것들이 있어야 할 장소에 자연스럽게 돌아간다고 하며 호시노에게 돌을 뒤집으라고 한다. 돌은 어제보다 굉장히 무거워져서 호시노는 있는 힘을 다해 뒤집는 데 성공하고 드디어 돌의 입구가 열린다. 그 일을 마치자 갑자기 나카타 노인은 피곤해서 자겠다고 하며 사흘 동안 내리 잔다. 그 사이에 커넬 샌더스는 호시노에게 전화를 걸어와 일을 마치면 돌을 닫고 다시 원래 위치로 돌려놓아야 한다고 알려준다. 그리고 어딘가의 주소를 알려주며 나카타 노인을 데리고 거기에 피신해 있으라고 한다. 호시노는 나카타 노인을 겨우 깨워 돌을 싸서 그 맨션으로 향한다.

이튿날 렌트카를 빌린 두 사람은 나카타 노인이 찾는 그 무언가를 찾기 위해서 다카마쓰 시내를 돌아다닌다. 그다음 날 다시 시내를 돌아다니다가 나카타 노인은 고무라 기념 도서관을 발견하고 그곳에 들어가서 사에키가 안내하는 도서관 견학을 한다. 견학을 마친 나카타 노인은 사에키의 서재로 들어가 '입구의 돌'에 대해 이야기한다. 사에키는 자신이 나카타 노인을 기다린 것 같다고 하고, 나카타 노인은 자신이 며칠 전에 '입구의 돌'을 열었다고 알린다. 사에키는 나카타 노인에게 지금까지 자기가 써온 기록을 없애 달라고 부탁한다. 나카타 노인과 호시노가 돌아간 후에 도서관 사서인 오시마가 분주한 일을 마치고 사에키의 서재로 들어가 보니 그녀는 엎드린 채 죽어 있었다.

한편 호시노와 나카타 노인은 사에키가 부탁한 세 권의 파일을 어느 강가 자갈밭에서 불태우고 자신의 임무를 마친 나카타 노인은 맨션에 도착하자 잠이 들었고 다음 날 아침에는 죽어 있었다. 이제 '입구의 돌'을 닫는 임무를 맡게 된 호시노는 때가 올 때까지 나카타의 시신과 같이 지낸다. 하지만 기다리던 때는 오지 않고 호시노는 어쩔 줄 몰라 돌을 보며 이야기를 하는데 이야기를 마치고 나자 갑자기 고양이와 이야기를 할 수 있게 되었다. 당황해 하면서도 호시노는 고양이에게 돌 문제를 의논한다. '도로'라는 이름의 고양이가 호시노를 찾아와 돌 문제는 '그 녀석'이 나타나면 죽여 버리면 된다고 알려준다.

고양이가 자취를 감추자 호시노는 부엌에서 부엌칼과 아이스픽 같은 도구를 가져다 놓고 그 녀석이 나타나기를 기다린다. 그런데 새벽 세 시가 되었을 때 나카타 노인의 시체가 있는 방에서 스르륵 스르륵하는 소리가 나서 가보니 그 녀석은 죽은 나카타 노인의 입에서 꿈틀거리며 나오고 있었다. 호시노는 회칼로 그 물체의 머리 부분을 수차례 찔렀지만 소용이 없었고, 이런저런 시도를 하다가 부엌칼로 그 녀석의 머리를 절단하는 데 성공한다. 하지만 머리만 잘려나갔을 뿐 몸통 부분은 계속 움직였다. 그 과정에서 호시노는 그 녀석이 '입구의 돌'로 들어가려고 한다는 것을 알고 그 입구를 닫기 위해 돌을 들어 뒤집어버린다. 갈 곳을 잃은 그 물체는 여기저기 방 안을 돌아다니며 숨을 곳을 찾았다. 호시노는 도망갈 힘을 상실한 물체를 부엌칼로 여러 개로 절단한다. 마지막으로 호시노는 나카타 노인에게 작별을 고하고 맨션을 나선다.

발행일   2004년 9월 7일

출판사   고단샤(講談社)

장르   11번째 장편소설

등장인물

- 우리들(私たち): 작품의 화자이자 관찰자. 무비 카메라처럼 이동하면서 하나의 시점이 되어 사물을 관찰하는데 모든 벽과 장애물을 통과하고 공간 이동이 자유로운 초월적 존재이지만, 사건에 개입하거나 해결하거나 하지는 않음.

- 아사이 마리(浅井マリ): 19세. 대학생. 독서를 좋아하고 남자아이 같이 야구 모자를 쓰고 파카 차림으로 다님. 미인인 언니 에리에게 콤플렉스를 느껴 자신을 '양치기 소녀'에 비유함.

- 아사이 에리(浅井エリ): 마리의 언니. 사회학 전공의 대학생. 어렸을 때부터 잡지 모델을 할 정도로 뛰어난 미모의 소유자. 2개월 전부터 깊은 잠에 빠져 있음.

- 다카하시(高橋): 법학과 대학생. 재즈 트롬본 연주자이지만 연주를 그만두고 사법시험에 전념하려고 함. 마리와 에리를 중재해 주는 역할

줄거리

1장 (11:56 pm)

도시의 모습이 보인다. 우리는 하늘을 나는 새의 눈을 통해 도시의 모습을 상공에서 바라보고 있다. 넓은 시야 속에서 도시는 거대한 생물처럼 보인다. 우리는 '데니즈(dennys, 미국 레스토랑 체인점 - 필자 주)'로 들어간다. 창가 쪽에 앉아 열심히 책을 읽고 있는 한 여자아이가 눈에 띈다. 그때 트롬본을 든 키 큰 젊은 남자가 매장 안으로 들어오더니 그녀에게 '아사이 에리'의 여동생이 아니냐고 묻는다. 그는 2년 전 여름에 자기 친구가 언니와 사귀었고, 넷이 같이 시나가와(品川)에 있는 호텔 수영장에 갔던 이야기를 한 후에 자신의 휴대전화 번호를 주고 가게를 떠난다.

2장 (11:57 pm)

어두운 방 안, 마리의 언니 에리가 잠들어 있다. 우리는 하나의 시점이 되어 그녀를 보고 있다. 시점은 공중에 떠 있는 카메라가 되어 방 안을 자유롭게 이동할 수 있다. 그녀의 잠은 뭔가 예사롭지 않다. 시계가 0:00이라는 숫자를 보여준다. 지지직 하는 잡음이 들리고, 그와 동시에 방 안에 있는 텔레비전 화면이 희미하게 깜박거리기 시작한다. 텔레비전의 전원 플러그는 뽑혀 있다. 잠들어 있는 에리는 실내의 변화를 눈치채지 못하는 것 같다. 텔레비전의 영상이 안정되자 꽤 넓은 방의 내부가 비춰지고 있다. 잘 보니 방 한가운데 의자가 하나 있고 거기에 한 남자가 앉아 있다.

3장 (0:25 am)

마리는 계속 책을 읽고 있는데 덩치가 큰 여자가 들어와서는 마리 앞에 앉는다. 그 여자는 마리가 중국어를 할 줄 안다는 것을 다카하시 데쓰야(트롬본을 든 남자)한테 들었다면서 근처에 있는 '알파빌'이라는 러브호텔로 데려간다. 그녀는 그 호텔 매니저인 가오루였다. 호텔에는 종업원 고무기와 고로기가 밀입국한 19세 중국인 매춘부를 보호하고 있었는데 그녀의 이름은 궈둥리(郭冬莉)였다. 잠시 뒤에 그녀가 속해 있는 매춘 조직에서 그녀를 데리고 간다.

4장 (0:37 am)

방 안에는 아무 변화가 없다. 에리는 침대 속에서 아직 자고 있다. 화면 속의 남자도 아까와 똑같은 자세로 의자에 앉아 있다. 카메라는 앞으로 돌아가 남자의 얼굴을 정면에서 비추어 보지만 얼굴 전체가 반투명 마스크로 덮여 있어서 확실하게 보이지 않는다.

5장 (1:18 am)

마리는 가오루에게 어렸을 때부터 미인인 언니와 비교당했던 이야기를 한다. 그리고 집에 돌아가지 않겠다고 하자 가오루는 마리가 아침까지 머물 수 있도록 근처에 있는 '스카이락'의 점장에게 부탁해 주겠다고 한다.

(1:56 am)

'스카이락'의 세면장에서 마리가 손을 씻고 있다. 우리는 마리가 나간 뒤에도 세면장에 머물러 있다. 세면장에는 아무도 없는데 자세히 들여다보면 거울에 마리의 이미지가 비치고 있다. 거울 속의 마리는 저쪽에서 이쪽을 진지한 눈으로 바라보고 있다.

6장 (2:19 am)

가오루는 호텔 '알파빌' 사무실에서 CCTV 기록을 조사하여, 중국인 매춘부를 때리고 호텔비까지 떼먹고 달아난 남자를 찾아내어 매춘 조직에 알려준다.

7장 (2:43 am)

호텔 '알파빌'의 CCTV에 비친 남자가 사무실에서 일하고 있다. 그의 이름은 시라카와(白川). 결코 성매매를 할 것 같지 않아 보이는 타입이지만 현실적으로 그는 그렇게 하지 않을 수 없었다.

8장 (3:03 am)

우리의 시점은 에리의 방으로 돌아와 있다. 그런데 침대가 비어 있다. 얼굴 없는 남자는 의자에 앉아 텔레비전 화면을 응시하고 있다. 그 안에는 이쪽과 똑같은 침대가 비치고 있고, 에리가 거기에서 계속 잠들어 있다.

9장 (3:07 am)

마리가 '스카이락' 창가에 앉아 책을 읽고 있는데 다카하시가 들어와 감사 인사를 한다. 다카하시는 음악을 그만두고 법률 공부를 하고 싶다고 말한다.

10장 (3:25 am)

에리는 아직도 잠들어 있다. 하지만 얼굴 없는 남자는 사라졌다. 에리의 입술 끝이 희미하게 움직이는 것 같다. 카메라 렌즈가 다가 간다. 이쪽에서 텔레비전 화면을 통해 그녀를 보다가 저쪽으로 이 동한다. 에리가 눈을 떴다가 다시 잠든다. 침대에 누워 있는 그녀의 모습을 우리는 위에서 내려다보고 있다. 문득 깨닫고 보니 우리는 다시 그녀의 방에 돌아와 있다. 에리의 모습은 방 안에 없고, 텔레비 전 화면에는 영화 '샌드스톰(sandstorm)'이 방영되고 있다. 완전한 암 흑이 찾아든다.

11장 (3:42 am)

마리와 다카하시는 작은 공원에서 이야기를 하고 있다. 다카하시 는 올 4월경에 에리와 우연히 만나 개인적인 이야기까지 나눴는데 그 이야기를 듣고 마리는 언니 에리가 오히려 자신에게 콤플렉스를 가지고 있다는 것을 알게 된다.

12장 (3:58 am)

시라카와는 호텔 '알파빌'에서 가져온 짐 중에서 휴대전화를 제 외한 나머지를 종이 봉지에 넣는다. 그리고 택시를 타고 집으로 가 는 도중에 세븐일레븐에 들러 저지방 우유를 사면서 치즈 상자 옆 에 휴대전화를 놓고 나온다.

13장 (4:09 am)

다카하시는 마리를 호텔 '알파빌'까지 데려다 주면서 그가 7세 때 어머니가 유방암으로 죽고, 아버지는 감옥에 있었다는 이야기를 한다.

14장 (4:25 am)

잠옷 차림의 에리가 텔레비전 화면 안쪽에서 이쪽을 보고 있다. 그녀는 자신이 처한 그 불가해한 상황을 조금이라도 이해하려고 노력하고 있다. 하지만 유감스럽게도 우리가 그녀에게 해줄 수 있는 것은 아무것도 없다. 그런데 도대체 그 얼굴 없는 남자는 누구였을까, 그는 에리에게 무슨 짓을 한 걸까, 그리고 어디로 가 버린 걸까?

15장 (4:33 am)

호텔 '알파빌'의 객실에서 마리와 고로기가 이야기하고 있다. 고로기는 고베에서 지진이 일어났을 때 오사카에서 근무하고 있었는데 어떤 일이 있어 회사를 그만두었다고 한다. 마리는 두 달 전부터 언니가 잠자는 공주처럼 됐는데, 자기는 제대로 잘 수 없게 되어서 심야에 거리를 방황하고 있다고 고백한다.

16장 (4:52 am)

창고 같은 지하실. 열 명 정도의 남녀가 자유롭게 재즈 연주를 하고 있다. 연주가 끝나자 다카하시는 뒷정리를 부탁하고 용무가 있다며 먼저 자리를 뜬다.

(5:00 am)

시라카와의 집 부엌. 아침 5시 뉴스가 시작된다. 시라카와는 좀처럼 잠들지 못하고 뉴스를 보고 있다.

(5:07 am)

호텔 '알파빌' 객실에서 마리가 일인용 의자에 몸을 묻고 눈을 붙이고 있다.

(5:09 am)

에리의 방. 그녀는 어느새 이쪽에 있는 자기 침대에서 자고 있다. 아침이 다가오고 있다. 한밤중 어둠 속의 가장 깊은 부분은 이미 지나가 버린 걸까? 정말로 그럴까?

(5:10 am)

세븐일레븐 매장 안. 아무도 없는 세븐일레븐 안에서 다카하시가 물건을 고르고 있다. 그때 치즈 선반 위에 누군가 놓고 가버린 휴대전화의 벨이 계속 울린다. 점원도 없어서 다카하시는 하는 수 없이 전화를 받는다. '아무리 도망쳐도 소용없어, 네가 어디로 도망가든 난 널 잡고말 거야' 하고 어떤 남자가 억양이 없는 목소리로 불쑥 말하고는 전화를 끊는다. 다카하시는 말려들고 싶지 않아 휴대전화를 원래 있던 곳에 놓고 자리를 뜬다.

(5:24 am)

다카하시는 마리에게 전화를 걸어 같이 아침을 먹자고 한다.

17장 (5:38 am)

다카하시는 마리에게 가까운 시일 내에 다시 만나고 싶다고 하지만, 마리는 다음 주 월요일에 교환학생으로 베이징의 대학에 가기 때문에 힘들다고 말한다. 다카하시는 마리가 베이징에서 돌아올 때까지 기다리겠다고 말한다. 마리는 자기가 어렸을 때 언니와 아파트 엘리베이터에 갇혔던 에피소드를 이야기한다. 칠흑 같은 어둠 속에서 두려움에 떨던 마리를 언니 에리가 있는 힘을 다해 지켜주려고 꼭 안아 주었고, 그 어둠 속에서 둘은 완전히 하나가 될 수 있었지만 그것이 언니에게 다가갈 수 있었던 마지막이었다고 말한다.

18장 (6:40 am)

에리는 침대에서 자고 있다. 마리가 조용히 에리의 방에 들어가 언니의 얼굴을 유심히 살펴본다. 그리고 입고 있던 옷을 벗고 언니 침대로 살그머니 들어간다. 마리는 언니의 심장 고동을 느끼려고 몸을 밀착시키고 눈을 감고 귀를 기울인다. 그러자 그녀의 감은 눈에서 눈물이 흘러내린다. 그녀는 에리의 입술에 아주 길고 진하게 입맞춤한다. 그리고 언니에게 돌아오라고 말한다.

(6:43 am)

세븐일레븐 매장 안에서 휴대전화 벨이 계속 울린다. 점원이 휴대전화를 발견하고 통화 스위치를 누른다. '아무리 도망쳐도 소용없어' 하고 남자가 말한 뒤 끊는다.

(6:50 am)

우리는 하나의 순수한 시점이 되어 도시의 상공에 있다. 새로운 태양이 새로운 빛을 거리에 쏟아내고 있다. 고층 빌딩 유리창이 눈부시게 빛난다. 빌딩 사이에 있는 많은 거리는 아직 냉랭한 그림자 속에 있다. 거기에는 지난밤의 기억들이 고스란히 남아 있다.

(6:52 am)

우리의 시점은 도시 상공을 지나 한적하고 고요한 교외 주택지로 이동한다. 비슷비슷하게 보이는 집들 중에서 하나를 향해 곧장 하강해 간다. 크림색 차양이 드리워진 2층 유리창을 통과해 에리의 방으로 들어간다. 마리가 언니의 몸에 몸을 기댄 채 잠들어 있다. 마리의 입언저리에 희미한 미소가 떠오른다. 에리 쪽은 아무 변화도 없는 것 같다. 그러나 에리의 입술이 무언가에 반응하듯 살짝 움직인다. 무언가 이쪽에 표시를 보내려고 하고 있다. 이제 막 아침이 밝았다. 다음 어둠이 찾아오기 전까지 아직 시간은 있다.

12. 1Q84

발행일	『BOOK1』, 『BOOK2』: 2009년 5월 30일
	『BOOK3』: 2010년 4월 16일
출판사	신초샤(新潮社)
장르	12번째 장편소설
수상	제63회 마이니치 출판문화상 '문학예술부분'(2009년), 제44회
	신푸상(2009년)

등장인물

• 아오마메(青豆雅美): 29세. 고급 스포츠클럽 강사. 버드나무 저택
  의 노부인의 의뢰로 가정폭력 가해자를 살해하는 청부 살인도
  하고 있음.

• 덴고(川奈天吾): 29세. 학원에서 수학 강사를 하면서 소설을 쓰고
  있음. 아오마메의 초등학교 동창

• 고마쓰(小松祐二): 45세. 문예지 편집자. 덴고에게 후카에리의 작
  품을 리라이팅하도록 시킴.

• 후카에리(深田絵里子): 17세. 소설 『공기 번데기』의 저자. 난독증
  을 앓고 있는 반면 소설의 내용을 통째로 외우는 능력을 가지
  고 있음.

• 후카다 다모쓰(深田保): 후카에리의 아버지. 대학 교수로 재직 중
  에 학교 투쟁에 뛰어들어 해고됨. 그 후 농업 코뮌인 '선구'를 창
  시하여 나중에는 종교법인으로 만듦.

- 에비스노 선생(戎野隆之): 후카다 다모쓰와 같은 대학에서 교수를 하다가 대학 투쟁 때 사직. 현재는 7년 전에 '선구'에서 탈출한 후카에리와 자신의 딸 아자미와 셋이서 생활함.
- 노부인 또는 마담: '버드나무 저택'에 사는 70대 여성. 딸이 남편의 폭력에 못 이겨 자살한 것을 계기로 사재를 들여 가정폭력에 시달리는 여성을 보호하고 아오마메에게 가해자들의 살해를 청부함.
- 다마루(田丸健一): '버드나무 저택'의 보안 담당. 자위대 출신으로 가라테 유단자. 남성 동성애자(게이)로 미용사 남자 친구와 살고 있음.
- 오쓰카 다마키(大塚環): 아오마메의 고등학교 친구. 결혼 후 남편의 폭력에 시달리다가 26세 때 자살
- 아유미(中野あゆみ): 25세. 여자 경찰로 아오마메와 같이 바에서 남자를 헌팅하다가 친해짐.

줄거리

1. 『BOOK1』 4~6월

「아오마메의 장」-홀수 장

아오마메는 일 때문에 시부야로 가는 도중에 택시 안에서 1926년에 야나체크가 작곡한 '신포니에타'를 들으며 뒤틀림에 가까운 기묘한 감각을 느낀다. 고속도로가 심각하게 정체되자 택시 기사는

비상계단으로 내려가라고 한다. 계단을 내려오며 아오마메는 고등학교 시절 단짝이었던 오쓰카 다마키를 떠올렸다.

지상에 내려온 그녀는 산겐자야(三軒茶屋)역으로 가는 도중에 마주친 젊은 경찰의 옷차림과 권총이 늘 보던 것과 다르다는 것을 깨닫고는 의아하게 생각한다. 시부야역에 도착한 아오마메는 중급 시티 호텔 426호실로 가서 투숙객 미야마(深山)를 아이스픽으로 살해한다. 그는 상습적으로 자기 부인에게 폭행을 휘둘렀던 인물이다. 일을 마친 그녀는 바에서 모르는 남성과 술을 마시고 하룻밤을 보낸다. 언제부터인가 아오마메에게는 이렇게 하는 것이 습관이 되었는데 그 의미에 대해서는 그녀 자신도 설명하기 어렵다.

토요일 오후에 아오마메는 ‘버드나무 저택’을 방문하여 경호원 다마루(田丸)의 안내로 큰 온실로 들어가 70대 중반에 몸집이 작은 노부인을 만난다. 노부인은 아오마메에게 폭력의 흔적이 남아 있는 젊은 여성의 몸을 찍은 일곱 장의 폴라로이드 사진을 보여 주며, “우리는 옳은 일을 했어요.”라고 했다.

집으로 돌아갈 때 아오마메는 다마루에게 경찰관들의 장비가 언제 바뀐 건지 물었다. 그는 그것이 1981년 10월 중순경의 모토스(本栖) 호수 근처에서 벌어진 야마나시(山梨) 경찰과 과격파 사이의 총격전 때문이라고 설명해 주었다. 사건에 대해 알지 못했던 아오마메는 집 근처 구립 도서관에 가서 1981년 9월부터 11월까지의 신문을 열람하고 그것이 10월 19일에 일어났으며 경찰관 세 명이 사망했다는 것을 알게 된다. 그녀는 범죄와 관련된 뉴스는 특히 신경 써서 읽고 있었기 때문에 그런 큰 사건을 몰랐다는 것에 충격을 받고 최근

들어 주변 상황에 위화감을 느낀 것과 관련이 있다고 생각한다. 그리고 그녀는 어느 시점에서 자신이 알고 있던 세계는 소멸하고 레일 포인트가 바뀌듯이 다른 세계로 교체되었다고 생각한다. 아오마메는 이 새로운 세계를 '1Q84년'이라 부르기로 한다.

아오마메는 체육대학을 나와 어느 회사의 여자 소프트볼팀에서 4번 타자로 활약했다. 그러나 절친한 친구 오쓰카 다마키가 죽은 다음 달에 퇴직하여 소프트볼도 그만두고 스포츠클럽의 강사가 되었다. 그곳에서 '버드나무 저택'의 노부인과 알게 되었고, 그녀에게 개인 레슨을 해 주고 있었다.

어느 날 아오마메가 혼자 호텔 라운지에서 술을 마시고 있는데 어떤 젊은 여자가 말을 걸어왔다. 그녀의 이름은 나카노 아유미(中野あゆみ)로 경찰이었는데 가끔 남자를 찾으러 그 바에 온다고 했다. 그날 두 사람은 팀이 되어 두 명의 중년 남자와 하룻밤을 보낸다.

아오마메는 여전히 고등학교 절친이었던 오쓰카 다마키가 죽기 전후의 일을 똑똑히 기억하고 있다. 다마키는 부유한 가정에서 태어났지만 부모님의 사이가 안 좋았다. 고등학교를 졸업하고 일류 사립대학의 법학부에 진학하여 사법시험을 목표로 했지만 스물네 살 때 두 살 연상의 남자와 결혼했고 그와 동시에 그녀는 다니던 대학원을 그만두고 법률 공부도 포기했다. 아오마메는 처음부터 그 상대가 마음에 들지 않았다. 결혼 후 두 사람은 좀처럼 만나지 못했고, 다마키는 스물여섯 살 생일 3일 전에 자살하고 말았다. 결혼 직후부터 계속된 남편의 폭력이 원인이었지만 사인은 분명히 자살이었다. 다마키의 죽음을 알고서도 아오마메는 거의 놀라지 않았다.

예상하고 있었기 때문이다. 아오마메는 다마키의 남편에게 제재를 가하기 위해 주도면밀하게 계획을 세워 실행에 옮겼다. 그때부터 아오마메에게는 낯선 남자들을 찾는 습관이 시작되었다.

어느 날 아유미가 아오마메의 집에서 자게 되었다. 그런데 아유미가 잠든 뒤에 아오마메가 무심코 하늘을 올려다보니 거기에는 눈에 익은 크고 노란 달과 함께 녹색의 작은 달이 떠 있었다. 다음 날 밤에도 달은 두 개였다. 그다음 날 아오마메가 스포츠클럽에 출근해 보니 노부인이 집으로 와달라는 메시지가 도착해 있었다. 언제나처럼 개인 레슨을 마친 후에 노부인은 아오마메에게 '쓰바사(つばさ)'라는 열 살짜리 소녀를 소개시켜 주었다. 쓰바사는 자궁이 파괴되었고 평생 임신을 할 수 없는 상태였다. 쓰바사를 몇 번이나 강간한 것은 '선구(さきがけ)'라는 종교 단체의 교주였다. 노부인은 가급적 빠른 시일 안에 '선구'의 교주를 없애야 한다고 했다. 한편 그날 밤 노부인과 한방에서 잠들어 있던 쓰바사의 입에서 다섯 명의 '리틀 피플 (little people)'이 모습을 드러냈다.

아오마메는 아유미에게 연락해서 '선구'에 관한 정보를 부탁한다. 3일 뒤에 아유미는 전화를 걸어와 '선구'가 예상보다 자금이 꽤 있고, 야마나시현뿐만 아니라 도쿄나 오사카에 토지와 건물을 소유하고 있다는 것, 교단 내에 상당수의 아이가 있지만 학교에 다니지 않는다는 것을 알려 주었다. 이틀 뒤에 다마루에게 연락이 왔는데 세이프 하우스를 지키던 개가 죽었고, 무언가 미묘한 일이 일어나고 있으며 이것은 시작에 불과하다는 말을 덧붙였다.

「덴고의 장」-짝수 장

덴고의 첫 기억은 한 살 반 때의 것인데 어머니가 아버지가 아닌 다른 남자에게 젖꼭지를 빨리고 있는 것이다. 시간으로 치면 10초 정도에 불과한 그 선명한 영상은 예고도 없이 덴고를 덮친다. 어느 날 평소보다 오랫동안 그 영상에 사로잡혀 발작을 일으키고 있는데 누군가 덴고를 부른다. 그는 업계에서 유명한 편집자 고마쓰(小松)였는데 후카에리(ふかえり)라는 소녀가 쓴 『공기 번데기』라는 작품을 덴고가 수정, 가필하여 아쿠타가와상을 받게 하자는 것이었다.

덴고는 치바현(千葉県) 이치카와시(市川市) 태생인데 어머니는 그가 태어난 뒤 얼마 뒤에 죽었고, 형제는 없다. 아버지는 재혼하지 않고 NHK 수금원으로 일하면서 그를 키웠지만, 지금은 알츠하이머로 요양원에 입원해 있다. 덴고 자신은 쓰쿠바(筑波) 대학을 졸업한 다음 요요기에 있는 학원에서 수학 강사를 하면서 소설을 쓰고 있으며 지금은 고엔지의 작은 아파트에서 살고 있다. 덩치가 커서 중학교부터 대학까지 줄곧 유도부의 대표 선수였던 덴고는, 문학 청년으로도 수학 강사로도 보이지 않았다. 고마쓰는 그런 덴고에게 소설에 대해 한 수 가르쳐 주고, 글 쓰는 일을 맡기는 등 여러 가지 일을 하게 해 준 사람이다.

다음 날 저녁 덴고는 고마쓰의 지시로 후카에리와 만난다. 그녀는 자그마한 몸집에 예쁜 얼굴을 하고 있었는데 무서우리만치 말이 없었다. 고마쓰와 덴고의 제안에 대해 그녀는 좋다고 했다. 덴고는 워드 프로세스를 구입하여 『공기 번데기』를 고쳐 쓰기 시작했다. 『공기 번데기』의 주인공은 열 살 소녀로 산속의 공동체에서 한 마리 눈먼 산양을 돌보는 일을 하고 있었는데, 잠깐 한눈파는 사이에 그만 산양이 죽어 버린다. 죽은 산양과 함께 소녀는 열흘간 완전히 격리 되는데 그 사이에 산양의 사체를 통해 리틀 피플들이 찾아와서 그녀에게 공기 번데기 만드는 법을 가르쳐 준다.

일요일에 덴고는 후카에리와 만나 다카오(高尾)로 가다가 그녀가 타고난 난독증(dyslexia) 환자라는 것을 알고 깜짝 놀란다. 그렇다면 『공기 번데기』를 쓴 것이 후카에리일 리가 없기 때문이다. 전철을 갈아타고 후타마타오(二俣尾)역에서 내린 둘은 다시 택시를 타고 작은 산의 정상 근처에서 내렸다. 그곳에서 덴고는 60대 중반의 에비스노(戎野)라는 노인과 만났다. 에비스노는 후카에리를 믿고 있으며, 그녀가 덴고에게 작품을 맡겨도 좋다고 했다면 자기로서는 그것을 따를 수밖에 없다고 했다. 다만 알아 두어야 할 것이 있다면서 후카 에리의 과거를 말해 주었다.

후카에리의 아버지는 후카다 다모쓰(深田保)라는 학자로 에비스노 와 같은 대학의 동료였다. 1970년 안보 조약에 맞서 학생 운동이 고 조되기 시작했을 때, 에비스노가 대학을 그만두고 2년 뒤에 후카다 도 그 뒤를 이었다. 다만 후카다의 경우는 급진적인 학생 조직을 만 들었다고 해서 사실상 제적되었고, 그는 자기와 마찬가지로 대학에 서 제적된 학생들과 함께 '다카시마 학원(タカシマ塾)'이라는, 농업으 로 생계를 유지하는 공동체에서 다양한 노하우를 습득해서 독립했 다. 후카다 그룹은 그 수가 많아지자 야마나시현의 산속 마을에서 농사를 시작했다. 그것이 1974년에 탄생한 코뮌 '선구'이다. 그러나 1970년대의 일본에서는 이미 혁명이 불가능해졌고, 1976년에 '선

구'는 온건파와 무투파(무장투쟁파)로 분열되었다. 후카다 다모쓰는 온건파 '선구'의 리더를 맡았고, 무투파는 '여명'이라는 단체로 분리되었다.

후카에리가 에비스노에게 온 것은 그 무렵이었고 그녀는 열 살이었는데도 말을 전혀 하지 못하는 상태였다. 에비스노는 후카다 부부에게 연락을 취하려고 했지만 닿지 않았고, 이후 7년간이나 소식이 끊어졌다. 그녀의 부모는 딸 후카에리의 행방을 찾으려고도 하지 않았다.

'선구'는 개방적인 코뮌에서 폐쇄적인 조직으로 변했고 농업 이외의 무언가가 그곳에서 진행되었다. 후카에리는 학교에는 가지 않고, 에비스노의 딸 아자미(アザミ)의 도움으로 같이 생활하게 되었다. 그리고 밤이 되면 아자미에게 '공기 번데기' 이야기를 들려주었는데 그것을 아자미가 메모나 테이프에 담아 두었다가 워드 프로세서를 사용하여 문장으로 만들었다. '선구'는 1979년에 단순한 농업 코뮌에서 종교법인이 되었다.

며칠 뒤 덴고는 신주쿠역 근처의 찻집에서 고마쓰와 만났는데 고마쓰는 덴고가 고쳐 쓴 『공기 번데기』 중에서 딱 한 곳, 리틀 피플이 공기 번데기를 완성했을 때 달이 두 개가 되는 장면을 다시 쓰라고 지시한다.

덴고는 환영 속에서 어머니의 젖꼭지를 빨고 있던 젊은 남자가 자신의 생물학적 아버지가 아닐까 하는 생각을 가지고 있었다. 자신의 아버지라고 되어 있는 NHK의 수금원과 자신이 외형적으로도 성격적으로도 비슷한 점이 전혀 없었기 때문이다. 대부분의 사람들에게 일요일은 쉬는 날이었지만, 어린 시절의 덴고에게는 아버지와 함께 수금을 하는 날이었다. 전쟁이 끝나던 해에 만주에서 무일푼으로 돌아온 덴고의 아버지는 일부러 어린 덴고를 데리고 수금하러 다녔다. 초등학교 5학년 때 덴고는 작정하고 수금하러 가는 것을 거부했다. 그러자 아버지는 덴고에게 집을 나가라고 했고, 그 당시 담임이었던 여교사가 겨우 아버지를 설득해 준 일도 있었다.

열흘에 걸쳐 『공기 번데기』를 고쳐 써서 고마쓰에게 넘긴 뒤에 덴고에게는 평온한 날들이 찾아왔다. 그에게 있어 『공기 번데기』를 다시 쓰는 것은 하나의 자극이 되었고 작가로서의 자각 같은 것이 생겨났다. 5월이 되자 고마쓰에게서 심사위원 만장일치로『공기 번데기』가 신인상 수상작으로 결정되었다는 연락이 왔다. 아울러 고마쓰는 덴고에게 5월 16일에 시상식과 기자 회견이 있으니 그에 대비해서 후카에리를 연습시키라고 지시한다. 어쩔 수 없이 덴고는 후카에리를 만나 수상 소감 같은 것을 연습시킨다.

무사히 기자 회견을 마치고 고마쓰는 덴고에게 전화를 걸어 모든 것이 차질 없이 진행되었다고 알려 주며, 『공기 번데기』가 틀림없이 베스트셀러가 될 것이라고 장담했다. 『공기 번데기』는 출간 2주 만에 베스트셀러가 되었고, 3주째에는 문학 부문 톱으로 뛰어올랐다.

7월 중순의 어느 목요일 장을 보러 나가던 덴고는 우편함에서 두꺼운 갈색 봉투를 발견하고 내용물을 확인하니 그것은 후카에리의 메시지가 녹음된 카세트 테이프였다. 내용은 더 이상 책을 낼 생각이 없다, 리틀 피플에게 신경을 쓰라는 것이었다.

2. 『BOOK2』 7~9월

「아오마메의 장」-홀수 장

아오마메가 '버드나무 저택'을 방문하자 노부인은 쓰바사가 사라졌다고 했다. 그리고 두 사람은 '선구'의 리더를 살해할 계획에 대해 상의한다. 노부인이 조사한 바에 따르면 쓰바사는 리더의 네 번째 피해자였고, 첫 번째 피해자는 리더의 친딸이었다. 이번이 아오마메의 마지막 일이 될 것이고, 끝난 뒤에는 성형수술을 하라고 했다. 아오마메는 그 집에서 나오면서 다마루에게 자살용 권총을 준비해 달라고 부탁한다.

7월 말의 어느 날 다시 노부인의 호출을 받은 아오마메가 버드나무 저택을 방문하자 노부인은 '선구'의 리더가 육체적인 문제를 안고 있으며, 야마나시현에서 도쿄로 올라와 시내의 호텔에 묵는데 그때 아오마메에게 스트레칭을 받도록 계획해 두었다고 한다. 나올 때 다마루는 준비해 놓은 권총과 호출기를 아오마네에게 건넨다.

한 달이 지난 어느 날, 아오마메는 신문에서 아유미가 시부야의 어느 호텔에서 교살되었다는 기사를 읽는다. 아오마메는 다마키가 죽은 이래 처음으로 울었고 자기가 생각했던 것보다 훨씬 더 아유미를 좋아했다는 것을 깨달았다. 아유미가 죽은 지 닷새 뒤의 아침에 다마루한테 연락이 왔다. 그날 저녁 7시에 오쿠라호텔 로비에서 작업 준비를 하라는 지시였다. 정각 7시가 되자 남자 둘이 나타나 그녀를 7층의 스위트룸으로 데리고 갔다. 방은 캄캄했고 방 안에는 40대 후반에서 50대 초반으로 보이는 거구의 남자가 있었다. 그는 자신이 어떤 병에 걸려 한 달에 한두 번 온몸의 근육이 경직되는데 그러는 동안 발기가 지속되고 세 명의 여자와 관계한다는 사실을 털어놓았다. 자신은 프레이저(James George Frazer)의 『황금 가지』에 있는 그들의 목소리를 듣는 자로서의 '왕'이며, 임기를 마치면 그들에게 살해될 운명이라고 했다. 또한 지금 여기에서 자신이 죽으면 그들에게 공백이 생기니 자신을 죽여 달라고 했다. 아오마메는 그것은 범죄자가 자신의 반사회적 행위를 정당화시키는 궤변에 불과하다고 반박한다. 그러자 리더는 아유미에 관한 일과 덴고에 관한 일, 그리고 아오마메밖에 모르는 1Q84년에 관한 이야기까지 거론한다.

아오마메는 리더에게 '1Q84년이란 평행 우주 같은 것이냐'고 질문하는데, 리더는 1984년은 더 이상 어디에도 존재하지 않고 1Q84년밖에 존재하지 않는다. 1Q84년은 달이 두 개 떠 있다. 그러나 이 세계가 레일의 포인트가 전환되는 것처럼 1984년에서 1Q84년으로 바뀐 것을 아는 사람은 거의 없다. 그렇기 때문에 그들은 달이 두 개 있다는 것을 깨닫지 못하는 것이라고 했다.

이어서 아오마메가 리틀 피플에 대해 질문하자 리더는 리틀 피플이란 언제나 형태와 이름을 갖는다고 할 수는 없다. 가장 중요한 것은 선과 악의 비율이 균형을 잡고 유지되고 있다는 것, 맨 처음 리틀 피플을 데려온 것은 자신의 딸이고, 딸은 퍼시버(=지각하는 자), 자신은 리시버(=받아들이는 자)로서 자신은 딸과 관계를 가졌다고 했다. 쓰바사에 대해서는 그녀는 관념의 모습이지 실체가 아니고 그녀와 자신이 관계를 가진 것은 맞지만 그것은 관념의 세계에서 행해진 것이라고 했다. 마지막으로 리더는 아오마메에게 자신을 죽여 준다면, 아오마메의 목숨은 보장할 수 없지만 덴고의 목숨만은 구해 주겠다고 제안한다. 그녀는 그 제안을 받아들여 살해를 감행한다.

일을 마친 아오마메는 재빨리 호텔을 탈출해서 고엔지의 세이프 하우스로 갔다. 그곳은 새로 지은 6층짜리 맨션이었다. 아오마메는 뉴스에서 베스트셀러『공기 번데기』의 저자인 열일곱 살 난 후카다 에리코라는 소녀가 행방불명이라는 사실을 알게 된다. 방 안에는 한동안 지낼 수 있는 생활용품들이 준비되어 있었는데 그중에『공기 번데기』도 있었다. 그녀는 그것이 덴고의 손에 의해 다시 쓰였다는 리더의 말에 이끌려 읽기 시작했다.

『공기 번데기』의 내용은 다음과 같았다. 어느 코뮌에 살고 있는 소녀가 죽은 양의 입에서 나오는 7명의 리틀 피플을 발견하고 그들과 같이 누에고치 같은 것을 만든다. 완성된 누에고치, 즉 공기 번데기 속을 들여다보면 소녀 자신이 누워 있다. 그들은 공기 번데기 속의 소녀를 도터(daughter)라고 부르고 실제 소녀는 마더(mother)가 된 것이라고 했다. 소녀는 자기 분신과 생활하기는 어렵다고 생각해서 도터가 잠에서 깨기 전에 코뮌을 탈출한다. 그리고서 하늘에는 달이 2개 나타났다.

소녀는 학교에서 한 소년과 사이좋게 지내는데, 어느 날 소년의 방에 공기 번데기가 나타나 그 안을 들여다보니 세 마리의 검은 뱀이 나오는 꿈을 꾼다. 며칠 뒤 소년은 갑자기 병이 나서 요양소로 보내진다. 소녀는 그것이 그들의 경고라고 생각한다. 소녀는 학교에 가지 않고 자기의 공기 번데기를 만들기 시작한다. 리틀 피플은 통로를 통해 다니기 때문에 자신도 통로를 만들어 그 반대 방향에 있는 곳으로 갈 수 있지 않을까 생각한 것이다. 그리고 이야기는 소녀가 통로의 문을 여는 데서 끝나고 있었다. 아오마메는 리더의 이야기와 소설의 내용으로부터 쓰바사도 실체가 아닌 도터이고 '선구'라는 그룹에서는 도터가 여러 명 만들어져 있을 거라고 확신한다.

소설을 다 읽고 아오마메는 달을 보기 위해 베란다로 나간다. 그리고 도로 맞은편 놀이터의 미끄럼틀 꼭대기에 젊은 남자 하나가 앉아 있다는 것을 발견한다. 게다가 그가 자신과 마찬가지로 두 개의 달을 보고 있다는 것을 눈치챈다. 덴고였다. 아오마메는 잠시 망설이다가 비상계단을 뛰어 내려가 놀이터로 갔다. 하지만 이미 덴고의 모습은 없었다. 그래도 그 모습을 본 것만으로도 감사하며 뭔가를 결심한다. 그것은 자신이 1Q84의 세계로 왔던 통로였던 고속도로의 비상계단으로 되돌아가면 1984년으로 갈 수 있을지를 확인하는 것이었다.

아오마메는 택시를 잡아타고 일부러 멀리 돌아가 정체가 확실한 수도 고속도로 3호선을 타고 이케지리(池尻) 출구 직전까지 가 달라고 했다. 운전사가 싫다고 했지만 요금을 더 준다고 하고는 반강제로 차를 몰게 했다. 예상대로 고속도로는 막혀 있었다. 겨우 '고마자와(駒沢)'라는 표시가 있는 곳까지 도착하자 아오마메가 봤던 적이 있는 엣소(エッソ) 석유의 커다란 간판이 보였다.

이전과 마찬가지로 고속도로를 타고 가다가 같은 장소에서 내려서 아래로 내려가려고 비상계단을 찾았지만 비상계단은 어디에도 없었다. 출구가 막혀 버린 것이었다. 그녀는 숄더백 속에서 권총을 꺼내 총구를 입안에 넣었다. 기도문은 생각할 필요도 없이 입에서 저절로 나왔다. 어린 시절엔 의미를 거의 이해할 수 없었지만 그 말들이 뼛속까지 스며들었다. 아오마메는 '덴고' 하고 불렀다. 그리고 방아쇠를 건 손가락에 힘을 주었다.

- **「덴고의 장」-짝수 장**

학원의 점심시간에 '재단법인 신일본학술예술진흥회 상임이사'라는 명함을 가진 우시카와 도시하루(牛河利治)라는 남자가 덴고를 찾아와서는 자신이 덴고와 후카에리의 관계를 알고 있다는 것을 이야기한다. 덴고는 문득 아오마메를 떠올리며 아오마메가 아직 '증인회'의 신자일까 하고 생각했다. 그는 그 옛날 초등학교의 빈 교실에서 아오마메가 자신의 손을 강하게 잡던 날, 그녀가 그의 일부를 가져가 버렸고 그녀의 일부를 자신의 몸속에 남기고 간 것 같은 느낌이 들었다. 성장하면서도 내내 그녀에 대한 생각은 사라지지 않았고 그녀와 손을 잡았던 순간의 그 느낌을 한순간도 잊은 적이 없다.

어느 날 덴고는 요양소에 있는 아버지에게 간다. 아버지는 덴고에게 "넌 아무것도 아니었고, 아무것도 아니고, 앞으로도 아무것도 아닐 거야."라고 말했다. 또한 "네 어머니는 공백(空白)과 관계해서 너를 낳았어. 내가 그 공백을 채웠어."라고도 했다. 덴고는 아버지에게 작별을 고하며 이 남자가 진짜 아버지가 아니라는 확신을 얻었지만 어쨌든 어머니가 떠난 뒤에 자신을 키워 준 데 대한 감사 인사를 했다. 다음 날 아침에 덴고는 자신이 새로운 인간이 되었다는 것을 깨달았다.

9월 어느 날 실종 중이었던 후카에리에게 전화가 걸려와 덴고는 그녀를 자신의 아파트에 숨어 지내게 한다. 그날 아침에 덴고가 학원 수업을 마쳤을 때, 우시카와가 다시 찾아와 자신들이 주겠다는 후원금을 받을 것인지에 대한 대답을 독촉했지만 덴고는 거부한다.

덴고가 자기 집에 있는 후카에리에게 전화를 해보니 그녀는 리틀 피플이 마구 날뛰고 있는데, 그것은 뭔가 이변의 징조라며 빨리 집으로 오라고 한다. 덴고는 귀가를 서둘렀다. 9시가 되자, 멀리서 희미하게 천둥소리가 들리는 것 같았다. 빨리 자는 게 좋을 것 같다며 후카에리는 잘 준비를 서두르고는 덴고에게 책을 읽어 달라고 한다. 그는 『고양이 마을』 이야기를 들려주었는데 후카에리는 자기는커녕 그에게 '액막이를 했냐.'고 물었고 결국 그녀가 시키는 대로 관계를 갖는다.

다음 날 1시쯤 덴고는 고마쓰의 회사에 전화를 걸어보지만 그는 일주일 전부터 회사에 나오지 않고 있었다. 덴고가 후카에리에게 누군가를 찾고 있다고 말하니 그녀는 그 사람이 가까이에 있을지도 모른다고 말하며, 그 사람에 대해 생각나는 게 있을 텐데 그것이 도움이 될지도 모른다고 한다. 덴고는 그 의미를 생각하며 다시 한번 아오마메와 손을 잡았던 정경을 떠올려본다. 그리고 그 교실 안에서 달을 보았던 것을 생각해내고는 달이 보이는 곳을 찾는다.

정처 없이 걷다가 근처 놀이터로 가서 미끄럼틀 위로 올라가 밤하늘을 올려다보았다. 공원 북쪽에는 6층짜리 새 맨션이 세워져 있었다. 덴고는 남서쪽 방향에서 달을 발견했다. 달은 4분의 3 크기였다. 20년 전에 보았던 달과 똑같다고 덴고는 생각했다. 그리고 그 달에서 조금 떨어진 하늘의 한 모퉁이에 또 하나의 달이 떠 있는 것을 깨달았다. 틀림없이 달은 두 개 있었다. 그는 '이건『공기 번데기』와 똑같잖아' 하고 생각했다.

그가 집으로 돌아오자, 후카에리가 요양소에서 전화가 왔었다고 알려주었다. 요양소에 전화해 보니 아버지가 혼수상태에 빠졌다고 한다. 덴고는 요양소에 가서 인생의 마지막을 맞이하고 있는 아버지를 향해, 그가 지금까지 보내 온 인생에 대해 말하기 시작했다. 그날 저녁에 아버지는 검사실로 옮겨졌고 병실로 돌아온 덴고는 아버지가 누워 있던 침대의 움푹 들어간 곳에 지금까지 본 적이 없는 흰 물체가 놓여 있는 것을 발견한다. 그것은 공기 번데기였다. 번데기의 맨 윗부분에는 세로로 한 줄기 금이 가 있었고 공기 번데기는 둘로 갈라지려는 참이었다. 한참을 고민하다가 큰맘 먹고 갈라진 틈 사이로 손가락을 넣어 안에 있는 것이 무엇인지 확인해 보았더니 그 안에는 아름다운 열 살가량의 소녀가 누워 있었다. "아오마메" 하고 덴고는 말했다. 공기 번데기가 서서히 빛을 잃으면서 사라지자 소녀 아오마메의 모습도 사라져 버렸다. 덴고는 새로운 세계에서 살아가기로 결심하고 아오마메를 찾아야겠다고 마음먹는다.

3.『BOOK3』10~11월

「우시카와의 장」

우시카와는 '선구'의 리더 후카다 다모쓰의 보디가드 온다(穩田, 스킨 헤드)와 포니테일의 남자를 만나고 있었다. 리더가 죽고 이미 3주가 지나서 온 조직이 아오마메의 행방을 쫓았지만 성과를 얻지 못

하자 우시카와의 차례가 된 것이다. 우시카와는 리더와 개인적으로 관계가 있었고, 조직과는 다른 루트로 아오마메에 대해 조사를 하고 있었기 때문에 온갖 수단과 방법을 다 동원한 보디가드가 그를 연줄로 하여 찾아온 것이었다.

'선구'는 우시카와에게 리더의 살해 배후와 아오마메가 있는 곳을 찾으라고 요구했다. 그는 타고난 감각으로 아오마메가 '버드나무 저택'의 노부인에게 보호를 받고 있을 것이라고 생각하고 저택 주변을 돌아다녔지만 성과가 없었다. 이번에는 아오마메와 덴고가 같은 초등학교에 다녔다는 사실을 알아내고는 둘이 만날 수도 있다고 생각하여 덴고가 사는 아파트 1층을 빌려 망원 렌즈가 달린 카메라로 현관을 감시하기 시작한다. 하지만 덴고의 모습은 전혀 보이지 않았고 한 소녀의 모습이 눈에 띄었다. 그는 그녀가 『공기 번데기』의 저자인 후카 에리라는 것을 알아챘다. 그녀는 렌즈 너머에 있는 우시카와의 존재를 인식하고 있는 거 같았다. 며칠 뒤에 그녀가 다시 모습을 드러냈고 이번에도 마찬가지로 망원 렌즈 너머로 우시카와를 응시했는데 그는 그녀가 더 이상 여기로 돌아오지 않을 것이라고 생각했다.

덴고가 현관에 모습을 드러낸 것은 그날 오후 4시경이었는데 아파트에 들어갔다가 7시가 지나 외출하려고 나오는 모습이 포착되었다. 우시카와는 덴고가 어쩌면 아오마메하고 만날지도 모른다고 생각하고 그의 뒤를 미행했다. 하지만 덴고는 혼자 '보리머리'라는 식당에 들어갔다가 식사를 하고 나와서는 근처의 놀이터로 가서 미끄럼틀에 올라가는 것이었다. 덴고가 떠나자 우시카와는 덴고가 미끄럼틀 위에서 무엇을 하고 있었는지 확인하려고 똑같이 올라갔다가 깜짝 놀란다. 왜냐하면 하늘에 달이 두 개 떠 있었기 때문이다.

일요일 저녁에 우시카와는 외출하는 덴고의 모습을 현관에서 확인했지만 그를 미행하는 대신에 놀이터의 미끄럼틀로 가서 달이 두 개인 것을 다시 확인한다. 그날 덴고는 집에 돌아오지 않았다. 그 시간 덴고는 아버지의 요양병원으로 향하고 있었기 때문이다.

우시카와는 덴고의 모습이 며칠 동안 보이지 않자 학원에 전화를 걸어보고 그의 아버지가 죽었다는 사실을 알게 된다. 우시카와는 이제 덴고가 천애고아가 되었다고 생각했다. 그는 덴고의 어머니가 젊은 남자와 도망간 곳에서 교살되었다는 것을 알고 있었기 때문이다.

우시카와가 눈을 떴을 때 주위는 깜깜했다. 누군가가 그의 목에 팔을 둘러 우시카와는 정신을 잃었다. 의식이 돌아온 것이 월요일인지 화요일인지 알 수 없었다. 등 뒤에서 우시카와가 맞는지 확인하는 소리가 들리더니 왼쪽 허리에 강한 일격이 가해지고 우시카와는 다마루 손에 죽고 만다. 아무것도 없는 방에 누워 있는 우시카와의 입속에서 여섯 명의 리틀 피플이 나타나 새로운 공기 번데기를 만들기 시작했다.

「아오마메의 장」
주변이 어두워지자 아오마메는 길 건너에 있는 놀이터를 바라보다가 목욕을 하고 침대에 들어가 잠을 청했다. 그녀는 권총의 방아쇠를 당기지 않았다. 어떤 소리를 들었기 때문이었다. 그리고 그 놀이터에서 덴고와 다시 만나기 위해 그녀는 매일같이 그곳을 감시했다. 자살할 생각을 단념한 다음 날, 다마루가 전화를 걸어오자 아오마메는 이름도 얼굴도 바꾸지 않고 여기에서 움직이지도 않겠다고 말한다. 아오마메에게 은신처에서의 생활은 별로 괴롭지 않았다. 10월의 어느 날 오후 3시에 NHK 수금원이라는 남자가 집요하게 문을 열라고 요구했다. 그녀가 숨을 죽이고 응하지 않자 그 남자는 다시 방문하겠다는 말을 남기고 갔다.

아오마메는 별로 꿈을 꾸지 않는 편이었는데, 이 은신처에 살게 된 뒤부터는 매일 밤 생생한 꿈을 꾸게 되었다. 꿈은 대략 세 종류였는데 그 하나는 천둥이 치고 어둠에 싸인 방 안에서 무언가가 돌아다니다가 나간다. 그녀가 불을 켜고 살펴보니 침대 맞은편에 구멍이 뚫려 있고 무언가가 그 구멍으로 나간 것이다. 다른 하나는 고속도로의 갓길에 그녀가 벌거벗은 채 서 있는데 생리가 당장 시작되려고 한다. 아오마메가 망연자실하고 있을 때 은색 메르세데스 쿠페에서 품위 있는 중년 여성이 내려 그녀에게 딱 맞는 스프링코트를 입혀 주는 것이었다. 세 번째는 단지 이동하고 있다는 감각만 느낄 수 있는 말로는 표현할 수 없는 꿈이었다.

아오마메가 다마루에게 임신 테스트 키트를 보내달라고 하자 버드나무 저택의 노부인이 전화를 걸어왔다. 아오마메는 생리가 3주 정도 늦어지고 있으며, 리더를 살해한 날에 성관계를 갖지도 않았는데 임신이 된 것 같다고 말한다. 다음 날 도착한 테스트 키트로 아오마메는 자신이 임신했다는 사실을 확인한다. 그러고 보니 그녀의 생리가 시작된 것은 초등학교 교실에서 덴고의 손을 잡은 몇 달 뒤부터였다. 어쩌면 덴고의 아이일지도 모른다고 생각했다. 그리고 수도 고속도로의 비상계단을 거꾸로 올라감으로써 원래의 세계로 돌아갈 수 있을지도 모른다는 것을 깨닫는다. 그녀는 출산 직전의 자신이 스킨헤드와 포니테일이 지키는 하얀 방에 감금되어 있는 새로운 꿈을 꾸게 되었다.

바람조차 불지 않는 일요일 저녁에 그녀가 놀이터를 감시하는 동안 세계는 완벽히 정지한 것처럼 고요했다. 아오마메는 평온한 하루를 마무리하려 하고 있었다. 세계가 정지하기를 멈춘 것은 8시 23분의 일이었다. 아오마메는 미끄럼틀 위에 한 남자가 있다는 것을 깨달았다. 반사적으로 덴고라고 생각했지만 아니었다. 어젯밤에 보았던 후쿠스케(福助, 복을 가져다 준다는 인형. 큰 머리와 상투를 튼 헤어스타일이 특징으로, 머리가 큰 사람을 비유해서 말하기도 한다) 머리를 한 우시카와였다.

아오마메는 자신의 아파트로 돌아와 다마루에게 연락을 했다. 며칠 지나 다마루에게 연락이 왔는데 후쿠스케 머리가 이제 그 아파트에 없다고 했다. 또한 '선구' 교단이 더 이상 아오마메의 목숨을 노리지 않는다는 이야기도 했다. 아오마메는 다마루에게 '어두워진 뒤에 미끄럼틀 위로 와 달라.'는 말을 덴고에게 전해 달라고 당부한다. 다음 날 오후 2시에 다마루로부터 오늘 밤 7시 정각에 덴고가 미끄럼틀에 올 거라는 연락을 받는다.

덴고와 아오마메는 미끄럼틀 위에서 재회했고, 아오마메가 덴고에게 눈을 뜨라고 하자 세계는 다시 시간이 흐르기 시작했다. 두 사람이 소리 없는 교감을 나눈 후에도 하늘에는 달이 두 개 떠 있었다.

「덴고의 장」

덴고는 11월 중순에 친구에게 학원 강의를 대신해 달라고 부탁하고 후카에리를 아파트에 남겨 둔 채 요양소로 가서 여관에 머물며 매일 아버지의 병실에 갔다. 침대 옆에 앉아서 그는 가져온 책이나 새로 쓰기 시작한 소설의 원고를 아버지에게 읽어 주었다. 저녁이 되어 아버지는 검사를 하기 위해 검사실로 가고 식당의 공중전화로 후카에리에게 전화를 걸었더니 그녀는 덴고에 대해 잘 알고 있다는 NHK 수금원이 찾아왔다고 했다.

덴고가 2주 가까이 아버지의 병실에 간 목적은 아버지를 간호하기 위해서가 아니다. 그는 다시 한번 공기 번데기 속에서 잠든 아오마메를 보고 싶었던 것이다. 며칠이 지나도 그 꿈이 실현되지 않자 포기하고 도쿄로 돌아가기로 하는데, 마지막으로 아버지의 병실을 방문한 덴고는 자신의 집에 찾아오는 NHK 수금원이 아버지라는 생각이 든다며, 이제 찾아오지 말라는 말을 남기고 떠난다.

덴고가 아버지의 병원을 떠나 집에 돌아와 보니 후카에리는 없었고 덴고는 해질 무렵의 고엔지 거리를 방황하다가 놀이터의 미끄럼틀에 올라가 달을 바라보았다. 다음 날 덴고는 학원에 나가서 후카에리가 맡겨 놓은 편지를 읽었다. 거기에는 누군가 우리를 지켜보고 있기 때문에 덴고의 집을 떠난다고 씌어 있었다.

그동안 연락이 안 되었던 고마쓰에게 연락이 되고 둘은 오랜만에 만났다. 고마쓰는 8월 말부터 9월 중순에 걸쳐 자신이 감금되어 있었다는 이야기를 한다. 그리고 『공기 번데기』를 더 이상 출판하지 않을 것을 약속했고, 후카다 다모쓰와 그의 아내는 죽었고 후카에리도 무녀로서의 역할이 끝났다는 이야기를 들었다고 했다.

전화벨이 울린 것은 월요일 새벽 2시 4분이었다. 아버지가 입원한 요양소의 간호사인 아다치가 아버지의 사망 소식을 알려주었다. 아버지의 유품 속에 어머니의 사진이 있었다. 아다치는 아버지가 가끔 침대의 나무 테두리를 두드렸다고 했다. 아버지는 아다치가 맡아 놓았던 NHK 수금원 제복을 입고 화장되었다. 수요일 아침에 덴고는 전화로 아오마메를 아는 사람이라고 밝힌 남자로부터 필요한 것들을 챙겨서 미끄럼틀로 와 달라는 이야기를 듣는다. 그는 집필중인 소설과 재산이라고 부를 만한 것들을 숄더백에 넣었다.

놀이터에 도착한 것은 7시 7분 전이었다. 7시 3분이 되었을 때, 덴고는 눈을 감고 귀를 기울였다. 정신을 차리니 누군가가 옆에서 그의 손을 잡고 있었다. 아오마메였다. 공원을 나온 두 사람은 택시를 잡아타고 산겐자야로 향했다. 차 안에서 아오마메는 9월 초에 천둥이 치던 날에 덴고의 아이를 임신했다고 고백했다. 덴고는 짐작 가는 바가 있다면서 그것을 자연스럽게 받아들였다. 그리고 "너희 둘은 아무에게도 넘겨주지 않아. 무슨 일이 있어도. 너도, 그 작은 것도."라고 덧붙여 말했다.

• 「덴고와 아오마메의 장」

둘은 비상계단을 찾았다. 실제로는 계단이라기보다는 거의 사다리에 가까운 허술한 물건이었다. 9월 초에 아오마메가 고속도로 위에서 찾았을 때는 비상계단이 없었다. 그러나 아오마메가 예상했던 대로 지상에서 고속도로 위로 향하는 루트는 존재하고 있었던 것이다. 아오마메가 먼저 올라가고 그 뒤를 따라 덴고가 지상으로 올라 갔다. 고속도로는 전과 마찬가지로 심하게 정체되고 있었다. 아오 마메는 엣소의 광고 간판에 그려진 호랑이의 모습이 뒤집혀 있다는 것을 알아차렸다. 10분 정도 뒤에 그들은 그곳을 지나는 빈 택시를 잡아탔다.

두 사람은 그날 밤, 아카사카에 있는 고층 빌딩에 방을 잡았다. 그 리고 아오마메와 덴고는 하나가 되었다. 새벽녘 가까이 둘은 프런 트로 가서 달이 보이는 높은 층의 방을 달라고 한다. 담당 직원은 친 절하게도 주니어 스위트룸의 키를 아오마메에게 건네주었다. 시간 이 지나도 달은 하나인 채이고 그 달은 평소에 보아 왔던 기억 속의 달이었다. 이곳이 어떤 세계인지 모르지만 아오마메는 여기에 머물 것을 결심한다. 그녀는 손을 내밀어 덴고의 손을 잡고 나란히 서서 빌딩 위에 뜬 달을 말없이 바라보았다.

13. 색채가 없는 다자키 쓰쿠루와 그가 순례를 떠난 해

발행일 2013년 4월 12일

출판사 문예춘추사(文藝春秋社)

장르 13번째 장편소설

등장인물

- 다자키 쓰쿠루(多崎つくる): 주인공. 36세. 나고야에서 고등학교를 나와 도쿄에 있는 대학의 공대에 입학. 졸업 후에 철도회사에서 역을 설계하는 일을 하고 있음.
- 사라(木元沙羅): 쓰쿠르의 애인. 쓰쿠루보다 2살 연상으로 여행사에 근무 중
- 아카마쓰 케이(赤松 慶): 쓰쿠루의 고등학교 친구 그룹 5명 중 한 명. 통상 '아카'라 불림. 나고야대학 경제학부를 졸업한 후에 사원 교육 아웃소싱 회사를 운영하고 있음.
- 오미 요시오(青海 悦夫): 쓰쿠루의 고등학교 친구 그룹 5명 중 한 명. 통상 '아오'라 불림. 나고야에 있는 사립대학의 경영학과 졸업 후 자동차 회사인 '렉서스'에서 자동차 딜러를 하고 있음.
- 시라네 유즈키(白根 柚木): 쓰쿠루의 고등학교 친구 그룹 5명 중 한 명. 통상 '시로'라 불림. 나고야의 음악대학을 졸업한 후에 집에서 피아노 레슨을 함. 쓰쿠루에게 성폭행을 당했다고 주장함.
- 구로노 에리(黒埜 惠理): 쓰쿠루의 고등학교 친구 그룹 5명 중 한 명. 통상 '구로'라 불림. 나고야의 사립 여자대학 영문과를 졸업

한 후에 도예를 배우기 위해 아이치 현립 예술대학 공예과에 재입학. 핀란드인 남편과 헬싱키에 거주 중

• 하이다(灰田 文紹): 쓰쿠르의 대학 친구. 쓰쿠르보다 2살 연하

줄거리

대학교 2학년 7월부터 다음 해 1월에 걸쳐 다자키 쓰쿠르는 거의 죽음만을 생각하면 살았다. 하지만 마지막 한 걸음을 내딛지 못했다. 그는 자살을 시도하지 않은 이유가 구체적인 죽음의 수단을 찾지 못해서라고 생각했다. 하지만 도대체 왜 그렇게까지 죽음의 문턱에까지 갈 수밖에 없었는지 그 이유는 잘 모른다. 물론 계기는 있었다. 그것은 고등학교 때 친하게 지냈던 네 명의 친구들로부터 아무 설명도 없이 갑자기 절교당했기 때문이다.

쓰쿠르를 포함한 다섯 명은 나고야시 교외에 있는 공립학교에서 같은 반이었는데 남자가 셋, 여자가 둘이었고 1학년 여름방학 때 봉사활동을 하다가 친해졌다. 이들에게는 공통점이 있었는데 모두 중상류 가정에서 자랐고 부모님은 베이비붐 세대로 아버지는 전문직이거나 대기업 사원이었다. 또한 다자키 쓰쿠르를 제외한 다른 네 명의 이름에는 색깔이 들어 있었다. 아카마쓰(赤松)는 빨강, 오미(青海)는 파랑, 시라네(白根)는 하양, 구로노(黒埜)는 검정 색을 뜻하는 한자가 들어 있었고 서로를 아카, 아오, 시로, 구로라는 색깔로 부르게 되었다. 이름에 색이 들어가지 않은 쓰쿠르만 그냥 쓰쿠르로 불렸다.

아카는 머리가 좋고 지기 싫어하는 성격이었다. 아오는 럭비부

포워드로 차분히 공부하는 성격은 아니었지만 성격이 활달해서 모두가 호감을 가졌다. 시로는 옛날 일본 인형같이 생긴 단정한 얼굴에 키도 크고 호리호리한 몸매로 모델 같았다. 구로는 용모가 평균보다 약간 위 정도지만 표정에 생기가 넘치고 애교가 많았는데 자립심이 강하고 터프한 성격에 말도 빠르고 머리 회전도 빨랐다. 다섯 명은 가능한 같이 행동하고 흐트러짐이 없는 조화로운 공동체를 유지하며 지냈다. 고등학교를 졸업하고 네 명의 친구들은 나고야에 있는 대학으로 진학했지만 쓰쿠루는 역을 만들고 싶어서 그 분야의 권위자가 있는 도쿄의 사립대학으로 진학했다. 그래도 쓰쿠루는 방학이 되면 나고야로 내려와 친구들과 유쾌한 시간을 보냈다.

사건이 일어난 것은 대학교 2학년 여름방학 때였다. 언제나처럼 짐을 챙겨 고향으로 내려온 쓰쿠루가 네 명의 친구에게 전화를 걸지만 아무하고도 연락이 닿지 않았다. 그다음 날도 그다음 날도 쓰쿠루는 네 친구의 집에 전화했지만 아무도 없었다. 뭔가 이상하다고 느끼던 그때 아오한테 전화가 와서는 앞으로 아무한테도 전화하지 말라고 했다. 쓰쿠루가 그 이유를 물어봤지만 아오는 말할 수 없다, 스스로 생각해 보면 알 수 있을 것이라고 하며 전화를 끊었다.

그렇게 친구들로부터 일방적으로 절교를 당한 쓰쿠르는 6개월 동안 죽음의 문턱을 드나들며 몸무게도 7킬로그램이나 빠졌고 겉모습만 살아 있지 사실은 죽은 거나 마찬가지 상태로 살았다. 그래도 다시 마음을 다잡고 규칙적인 생활을 하면서 원래 자신의 모습으로 돌아가고자 노력했다.

그 무렵 학교에서 새 친구가 생겼는데 물리학과 학생으로 쓰쿠루보다 두 살이 적었고 이름에 회색이 들어간 하이다 후미아키라는 남자로, 형제가 없고 친구도 없고 개와 클래식 음악을 좋아했다. 그는 기숙사에 사는데 음악을 들을 수 있는 환경이 아니라서 늘 CD 몇 장을 들고 쓰쿠루의 집에 왔고 가끔은 자고 가기도 했다. 그날도 하이다는 쓰쿠루를 찾아와 자기 아버지의 젊은 시절의 에피소드를 이야기하다가 쓰쿠루네 집에서 잤다. 그런데 자고 있던 쓰쿠루가 어둠 속에서 눈을 떠보니 하이다가 어두운 방구석에서 침대에서 자고 있는 쓰쿠루를 내려다보고 있는 것이었다. 꿈인지 현실인지 구분이 안 가는 상황에서 쓰쿠르는 다시 잠에 빠지는데 꿈속에서 시로와 구로가 나타나 자신을 애무하고 자신은 시로와 관계를 가진다. 그런데 마지막 순간 둘은 사라지고 그 자리에는 하이다가 있었다. 혼란스러운 상태로 일어나보니 하이다는 아무 일도 없었다는 듯이 커피를 끓이고 있었다. 그리고 그는 다음 해 2월, 쓰쿠루를 떠나 고향인 아키타로 돌아갔다.

이 16년 전의 이야기를 쓰쿠르는 여자친구인 사라에게 이야기한다. 사라는 뭔가 오해가 있었을지도 모르니까 이유를 물어보고 진실을 확인해야 한다고 충고하며, 그 네 명의 친구들의 이름과 주소, 옛날 전화번호를 알려달라고 한다. 그리고 닷새 뒤에 쓰쿠루를 만나 그들의 근황에 대해 알려 주는데, 모두가 대학을 졸업하고 자기 일을 가지고 살아가고 있었다. 단 한 명 6년 전에 죽은 시로를 제외하고.

5월 말에 쓰쿠루는 휴가를 내어 나고야로 가서 먼저 아오를 만난다. 그는 렉서스 자동차의 딜러를 하고 있었는데 6년 전에 결혼해서

세 살짜리 아들이 있었고 부인이 둘째를 임신 중이라고 했다. 살아
가는 이야기를 하다가 쓰쿠루는 16년 전의 그 사건에 대해 물어본
다. 그때 친구들이 쓰쿠루를 그룹에서 추방하기로 한 이유가 무엇
이냐고 묻자, 놀랍게도 시로가 쓰쿠루에게 강간당했다고 말했기 때
문이라고 했다. 시로가 유명한 피아니스트의 콘서트를 보러 도쿄에
왔다가 쓰쿠루의 집에서 자게 되었는데 그때 억지로 당했다고 했다
는 것이다. 하지만 쓰쿠루에게는 그건 기억이 전혀 없었다. 쓰쿠루
는 설혹 시로가 그렇게 말했다고 해도 자기에게 왜 확인을 안 했느
냐고 묻자 그 당시 시로가 몹시 흥분해 있었고 어쨌든 시로를 달래
는 게 우선이었다, 그리고 구로가 시로 편을 들며 쓰쿠루를 배제하
자고 제안했다는 것이다. 그러면서 자세한 사정은 구로가 가장 잘
알고 있을 것이라고 덧붙인다.

　다음 날 오전 쓰쿠루는 아카를 찾아간다. 그는 사원 교육 아웃소
싱 기업을 운영하고 있었고 결혼은 하지 않았다. 쓰쿠루는 시로에
대해 어렵게 이야기를 꺼낸다. 아카는 시로가 재능이 많은데 비참
하게 죽었다며 안타까워하면서 쓰쿠루에 대해서는 원래 그런 일을
할 인간이 아니라고 자신은 믿고 있었다고 덧붙였다. 그리고 아마
도 시로가 쓰쿠루를 좋아했는데 쓰쿠루가 도쿄로 가버렸기 때문에
실망하고 분노해서 그랬을지도 모른다고 했다.

　쓰쿠루는 도쿄로 돌아와서 사라를 만나 친구들을 만난 이야기를
전하고 며칠 뒤에 핀란드로 구로를 만나러 간다. 구로의 가족은 여
름휴가를 떠나 헤멘린나라는 곳에 가 있었다. 쓰쿠르는 다음 날 렌
트카를 빌려 별장으로 찾아간다. 구로는 아이들과 산책하러 나가

있었고 집에는 남편 에르바이트만 있었다. 둘은 인사하고 자연스럽게 핀란드로 오게 된 경위에 대해 이야기하게 되었다. 남편 이야기로는 구로는 스무 살 무렵부터 도자기에 관심이 있어서 대학을 졸업한 후에 아이치 예술대학 공예과에 다시 입학했고, 거기서 지금의 남편을 만나 8년 전에 나고야에서 결혼식을 올리고 핀란드로 건너왔다고 한다.

조금 후에 구로가 돌아와 둘은 16년 만에 재회한다. 그동안 살아온 이야기를 하다가 쓰쿠루는 시로 이야기를 꺼낸다. 구로는 처음부터 말이 안 되는 이야기였다고 하며 자신은 믿지 않았다고 한다. 하지만 시로가 정신적으로 심각한 문제를 안고 있었기 때문에 그녀를 보호해야 했다고, 시로는 임신을 했지만 유산을 하고 그 뒤로 대학을 그만두고 집에 틀어박혀 거식증에 걸렸고 다시는 임신하고 싶지 않아서 자궁을 들어내려고도 했다는 것이다. 시로가 설득해서 겨우 대학에 복학은 했지만 모든 것에 흥미를 잃은 상태였고 혼자 하마마쓰로 가서 살다가 아파트에서 옷끈 같은 것에 목이 졸려 죽었는데 사건의 범인은 찾지도 못했다고 한다.

이야기가 끝나자 구로는 시로가 자주 피아노로 연주하던 리스트의 '순례의 해' 중 '르 말 뒤 페이'를 튼다. 쓰쿠루는 그때 비로소 모든 것을 받아들일 수 있게 되었다. 그리고 구로에게 이렇게 말한다. "나는 희생자이기만 한 게 아니라 동시에 나도 모르는 사이에 주위 사람들에게 상처를 줬을지도 몰라." 그러자 구로는 쓰쿠루가 색채가 없는 게 아니고, 정말 멋지고 색채가 넘친다면서 소중한 사람을 놓치지 말라고 충고한다.

도쿄로 돌아온 쓰쿠루는 새벽 4시에 사라에게 전화를 걸어 사랑한다고 고백한다. 사라는 사흘만 기다려달라고 한다. 약속 전날 저녁 일을 마치고 집에 들어온 쓰쿠루는 사라의 전화번호를 누르고 벨이 세 번 울리자 끊어버린다. 내일까지 기다리자고 다짐하며. 그는 사라를 갈구했다. 그렇게 마음으로 누군가를 원한다는 건 멋진 일이라고 생각하며 잠들었다.

발행일 2017년 2월 4일

출판사 신초사(新潮社)

장르 14번째 장편소설

등장인물

- 나(私): 36세. 초상화가. 아내와 이혼 후 오다와라(小田原)시 교외의 산속에 있는 아마다 도모히코의 아틀리에에서 살면서 초상화를 그리고 있음.

- 유즈(柚): 나의 아내. 건축사무소에 근무 중. 6년간 나와 살다가 이혼

- 멘시키(免色 涉): 54세. 나의 집 근처의 고급 저택에 사는 남자. IT 관련 회사를 운영하다가 그만두고 현재는 집에서 인터넷으로 주식 거래를 하고 있음.

- 고미치(小径): 나보다 세 살 아래의 여동생으로 12세 때 선천성 심장질환으로 사망. 통상 '고미'라 불림.

- 아마다 마사히코(雨田 政彦): 나의 대학 동창으로 광고대리점에 근무하는 그래픽 디자이너

- 아마다 도모히코(雨田 具彦): 92세. 마사히코의 아버지로 저명한 일본화가. 「기사단장 죽이기」라는 그림의 저자. 현재는 인지증으로 이즈(伊豆)의 요양시설에 입원 중

- 마리에(秋川 まりえ): 13세. 어릴 때 엄마를 여의고 고모와 살고 있

음. '나'가 가르치는 그림 교실의 학생

• 아키카와 쇼코(秋川 笙子): 마리에의 고모. 도쿄에서 비서 일을 하다가 그만두고 현재는 마리에를 돌보며 살고 있음.

줄거리

1부 – 현현하는 이데아

'나'는 그해 5월부터 이듬해 초까지 좁은 골짜기 어귀 근처의 산 위에 살았다. 당시 '나'는 아내와 결혼생활을 끝내고 이혼했다가 9개월 후에 다시 합치게 되었다. '나'는 지금 그 9개월 남짓의 시간 동안에 일어난 일들을 떠올리며 이 글을 쓰고 있다.

산 위의 그 집을 빌려준 것은 미대 동기인 아마다 마사히코인데 그는 광고회사에서 그래픽 디자이너로 일하고 있다. 그는 '나'가 아내와 이혼한 후에 집을 나와 갈 곳이 없다는 것을 알고는 자기 아버지가 쓰던 집이 비어 있다며 거기에 살 것을 제안해 주었다. 그의 아버지는 아마다 도모히코라는 저명한 일본화가로 부인이 죽고 난 후에 오다와라 교외의 산속에 있는 아틀리에 겸 집에서 10년 정도 살다가 최근에 치매 증세가 있어서 이즈고원에 있는 고급 요양소에 입원해 있다.

'나'는 미대 재학 시절에 추상화를 그렸는데 그것만으로는 먹고 살기가 힘들어서 졸업 후에는 초상화 주문을 받아 생활비를 벌고 있었다. 이것은 단지 생업을 위해서 마지못해서 하는 것이었는데 1년 정도 그 일을 하다 보니 '나'의 초상화는 생각보다 높은 평가를 받았다. 그렇게 해서 신인이나 다름없는 '나'에게 일이 끊이지 않고 들어오면서 보수도 꽤 올랐다. '나'가 초상화를 그리는 데는 일정한 방식이 있다. 주문을 받으면 우선 고객과 면담을 한다. 그리고 고객의 스냅 사진을 대여섯 장 받고 내가 가진 소형 카메라로 각기 다른 각도의 얼굴 사진을 몇 장 찍는다. 그리고 그 사진들을 바탕으로 초상화 작업에 들어간다. 그렇게 해서 초상화 전문 화가가 된 나는 미술 비즈니스 전문 에이전시에 소속되어 유리한 조건으로 일하게 되었다.

지난 3월 중순 어느 일요일 오후, 아내는 '나'에게 이유는 묻지 말고 이혼해 달라고 했다. 그다음 달이면 우리는 결혼 6주년이 될 참이었다. 아내는 사귀는 사람이 있고 게다가 그 사람과 잤다고 했지만 '나'는 자세하게 물어보고 싶지 않았고, 그녀가 원하는 대로 이혼해 주기로 했다.

'나'가 아내를 만난 건 서른 살이 될 무렵이었다. 그녀는 2급 건축사 자격증이 있었고 긴 머리에 연한 화장, 온화해 보이는 얼굴이었는데 '나'는 그녀에게 한눈에 반했다. 특별히 눈에 띄는 타입도 아니었는데 왜 그렇게 보자마자 그녀에게 끌렸는지를 생각해보니 그녀가 죽은 여동생과 닮아서 그랬던 것 같다. 외모가 닮은 건 아니지만 눈의 움직임이 비슷했다. 우리는 몇 번의 데이트를 했고 반년 지나서 결혼했다.

이혼 후 집을 나온 '나'는 빨간색 푸조 205에 짐을 싣고 무작정 달려 고속도로를 타고 북쪽으로 향했다. 니가타에서 아키타로 갔다가 아오모리에서 홋카이도로 넘어갔다. 그 뒤 3주 동안 홋카이도를 돌아다니다가 4월 말에 홋카이도를 떠나 아오모리에서 이와테, 미야기로 내려왔다.

5월에 도호쿠 지방을 가로질러 도쿄로 돌아가려고 했는데 이와키 시에 들어섰을 때 푸조의 시동이 걸리지 않아 차를 버리고 열차를 타고 돌아왔다. 그렇게 도쿄로 돌아온 뒤에 아마다 마사히코에게 머물 곳을 부탁했던 것이다. 그 며칠 뒤에 '나'는 담당 에이전트에게 전화해서 초상화 그리는 일을 그만두겠다고 말한다. 그리고 그 다음 주부터 오다와라역 앞에 있는 문화센터의 그림 교실에서 수요일과 금요일에 그림을 가르치게 되었는데 그곳에서 알게 된 유부녀와 일주일에 두 번 정도 성적인 관계를 갖게 된다.

5월이 끝나갈 무렵 나는 일찍이 이 집에 살던 아마다 도코히코라는 화가에 대해 알고 싶어졌다. 그는 처음에는 서양화를 그리다가 일본화가로 전향했는데 가장 애호한 것은 7세기 초 쇼토쿠 태자의 시대였다. 구마모토의 유복한 가정에서 자란 그는 도쿄 미술대학을 졸업한 후에 1936년 말에 빈으로 유학을 떠났다가 1939년 초 2차 세계대전 발발 전에 여객선을 타고 귀국했다.

'나'가 사는 집에서 오른쪽으로 비스듬히 건너편에는 유난히 눈길을 끄는 크고 모던한 집이 있었다. 흰색 콘크리트와 파란색 필터 글라스를 사용한 그 집은 무척 세련되고 고급스런 저택이었다. 누군가 가끔 테라스에 나오기도 하지만 멀어서 남자인지 여자인지 구분이 안 갔다. 그리고 이제부터 '나'가 할 이야기는 바로 그 맞은 편 저택에 사는 수수께끼의 이웃과 아마다 도모히코가 그린 「기사단장 죽이기」라는 제목의 그림에 대해서이다.

'나'가 그 그림을 발견한 것은 순전히 우연이었다. 한밤중이면 종종 침실 천정에서 바스락거리는 소리가 들리곤 했는데 그것은 쥐나 다람쥐 소리와는 확연히 다른 것이었다. '나'가 그 소리를 따라가 보니 그것은 손님방 안쪽에 붙어 있는 붙박이장 천장에서 지붕 밑으로 이어지는 문 있는 곳에서 나고 있었다. 사다리를 타고 올라가 문을 밀어 올리고 회중전등으로 안을 비추어 보자 들보 위 어둠 속에 수리부엉이가 잠들어 있는 것이 보였다. 아마도 밤에 이곳으로 와서 쉬는 모양인데 들락날락하는 소리가 내 잠을 깨운 모양이다.

수리부엉이를 확인한 '나'는 조심스럽게 아래로 내려오다가 문 옆에 커다란 꾸러미가 있는 것을 발견한다. 그것은 가로 1미터 50센티, 세로 1미터 정도의 포장지로 단단히 싸여 있었고 몇 겹이나 되는 끈에 묶여 있었다. 끈에는 명함 크기의 종이가 달려 있었는데 거기에는 파란 볼펜으로 '기사단장 죽이기'라고 쓰여 있었다.

며칠을 고민하다가 그림을 풀어 보니 그것은 아스카 시대를 배경으로 한 일본화로 노인과 청년이 검을 들고 싸우고 있는 장면이었다. 칼을 맞은 노인의 가슴에서 새빨간 피가 솟구치고 있었고, 그에 반해 청년 쪽은 냉혹한 눈초리로 상대방을 똑바로 응시하고 있다. 그리고 그들 옆에서 싸움을 지켜보는 이들이 몇 명 있었는데 기품 있는 흰옷을 입은 여자는 놀란 입을 손으로 가리고 있었고, 또 한 사람 젊은 남자는 하인인 듯 작달만한 키에 수수한 옷차림을 하고 있으며 오른손을 허공에 뻗고 있었다. 그리고 또 한 사람 아주 기묘한 목격자가 마치 본문에 붙어 있는 각주처럼 그림의 왼쪽 아랫부분에 그려져 있었는데, 기괴한 모습으로 땅에 붙은 뚜껑을 반쯤 밀어 올리고 고개를 내밀어 이 싸움을 바라보고 있었다. '나'는 이 그림이 모차르트의 오페라 '돈 조반니'를 일본의 아스카 시대로 번안한 것이라는 것을 알아내고 다만 '돈 조반니'에는 없는 그 기괴한 남자에게 '긴 얼굴'이라는 이름을 붙였다.

여름이 끝나갈 무렵 에이전트에게 전화가 와서 보수가 압도적으로 훌륭하니 초상화 하나를 그려달라고 한다. 다만 '나'가 원래 그리던 방식과 달리 고객을 직접 모델로 세워서 그려 달라는 조건이 달려 있었는데 그 모델은 우리 집 근처에 살고 있는 사람이라고 한다. '나'가 그 조건을 수락하자 그다음 주 화요일에 은색 재규어 스포츠 쿠페를 타고 의뢰인이 왔다. 그는 고급스런 옷차림의 중년 남성으로 청결함이 흐르는 사람이었는데 머리카락이 온통 백발이었다.

그는 자신을 '멘시키'라고 했는데 이 성은 아주 희귀한 것이었다. 그리고 그는 자기가 사는 곳을 알려 주었는데 그 집은 '나'가 언제나 테라스에서 바라보며 궁금하게 생각했던 그 흰색 콘크리트 저택이었다. 그는 '나'가 그리고싶은 대로 자신의 초상화를 그려 달라고 주문한다. 그가 돌아가자 '나'는 아마다 마사히코와 유부녀 여자친구에게 멘시키라는 인물에 대해 조사해 달라고 부탁하지만 소득은 없었다. 금요일에 다시 나를 찾은 멘시키는 한때 IT 관련 회사를 설립해서 운영하다가 주식을 매각하고 그 돈을 금융기관 몇 곳에 분산해 두고 환율 변동에 따라 이익을 얻어 살고 있다고 했다.

'나'의 여동생은 '나'가 열다섯 살 때 죽었다. 그때 여동생은 열두 살이었는데 선천적인 심장질환을 앓고 있었고 하굣길에 전철역 계단을 오르다가 의식을 잃고 쓰러졌다. 동생이 죽고 우리 가족은 완전히 달라졌고 '나'는 한동안 동생의 그림을 열심히 그렸다. '나'는 죽을 때까지 그녀를 잊지 못할 것이다. 동생이 죽고 '나'는 폐쇄공포증이 생겼다. 동생이 관속에 들어가 화장터로 향하는 모습을 보고 생긴 것이다. 그 후 엘리베이터나 밀폐되고 좁은 장소는 가지도 못할뿐더러 잠수함이나 탱크가 나오는 영화도 볼 수 없게 되었다. 여동생의 존재가 소멸하면서 그때까지 유지되던 균형이 완전히 깨져 버렸다.

어느 날 밤 한밤중의 정적이 '나'를 깨웠다. 시간은 새벽 1시 45분. 여느 때와 달리 지나치게 조용했다. 가을밤에 울리는 벌레 소리도 하나 들리지 않는 이상한 정적 속에 뭔가 딸랑딸랑하는 방울 소리가 일정한 간격으로 들리기 시작했다. '나'는 그 수수께끼 같은 소리가 무엇인지 궁금해서 회중전등을 들고 밖으로 나갔다. 소리를 따라가 보니 집 뒤편 잡목림 속에 있는 낡은 사당 뒤쪽에 쌓아 놓은 돌무덤 아래에서 나는 것 같았다. 그 아래에 누군가 갇혀서 방울 같은 것을 흔들고 있는 모양이다. 다음 날은 더 심하게 들렸고 '나'는 그 소리를 멈추기 위해 뭔가 해야 한다고 생각한다.

다음 날 초상화를 그리러 온 멘시키에게 '나'는 지난밤의 일을 이야기하는데 그는 그날 저녁 12시 30분에 우리 집에 왔고 우리는 커피를 마시면서 이런저런 이야기를 나누었다. 멘시키는 '나'에게 아이가 있는지 물으며 자신은 지금까지 결혼한 적은 없지만 15년 전에 한 여자와 관계를 맺은 적이 있고, 그 뒤에 그녀는 다른 남자와 결혼해서 그 일곱 달 뒤에 딸을 낳았는데 그 아이가 자신의 아이일지도 모른다고 했다. 그리고 그녀는 멘시키 앞으로 유서를 남기고 7

년 전에 세상을 떠났는데 그 유서의 내용은 그날 멘시키와 관계를 가진 것은 철저하게 자신이 의도한 것이었으며 자신의 의도를 이해하고 용서해 달라는 것이었다. 딸아이의 이름은 마리에이고 현재는 고모와 같이 살고 있으며 중학교 1학년이라고 한다.

이야기를 하는 도중에 방울 소리가 울리기 시작해서 우리는 돌무덤으로 향했다. 멘시키는 방울 소리가 아니라 징 소리라고 하며 전문가를 동원하여 돌을 치우자고 한다. 물론 비용은 자신이 부담한다는 조건으로. '나'는 아마다 마사히코에게 이 이야기를 전하고 그에게 허락을 받아낸다. 비가 내리는 수요일 아침부터 인부들이 와서 돌 치우기 작업이 시작되어 정오 전에 다 걸어 냈는데 가장 밑바닥에는 가로세로 2미터나 되는 큰 돌이 놓여 있었다. 그것까지 다 치우고 나니 구덩이가 나왔다.

멘시키는 사다리를 타고 2미터 50센티미터쯤 되는 흙바닥으로 내려가 바닥에 놓여 있는 방울을 들고 올라온다. 멘시키는 어떤 승려가 구덩이 안에서 이 방울을 울리고 염불을 외우다가 숨을 거두었을 것이라고 한다. 만약 그렇다면 등신불이 있어야 할 텐데 그럼 등신불은 어디로 간 걸까? 여전히 수수께끼를 남겨놓은 채 '나'는 가져온 방울을 작업실의 선반 위에 놓는다. 며칠 뒤에 멘시키는 석실에 들어가 뚜껑을 덮은 채 한 시간 정도 있다가 올라왔다. 더 있는 것은 너무 위험하다고 하면서. 그날 '나'는 완성된 멘시키의 초상화를 건네주었는데 멘시키는 상당히 만족해했고 감사 인사로 저녁 식사에 초대했다.

며칠 후 한밤중에 다시 방울 소리가 들려 잠에서 깬 '나'는 작업실로 향한다. 불을 켜고 보니 작업실에는 아무도 없고 방울도 제자리에 있었다. 불을 끄고 나오려는 순간 '나'는 소파 위에 뭔가 낯선 물체가 있다는 것을 알아챈다. 60센티미터 정도의 조그만 인간이었는데 알고 보니 그는 '기사단장'이었다. 아마다 도모히코의 그림 '기사단장 죽이기' 안에 있던 그 '기사단장'이 그림에서 빠져나온 것 같이 똑같은 모습이었다. '기사단장'은 놀라서 꼼짝도 못 하고 서 있는 '나'에게 자신은 그림에서 빠져나온 것이 아니고, 급한 대로 그 인물의 모습을 차용한 것이며 그저 이데아일뿐이라고 설명한다. 좁은 구덩이에서 있던 자신을 꺼내줘서 고맙다고 했다.

다음 날 아침에 일어난 '나'는 아마다 도모히코의 '기사단장 죽이기' 그림을 바라보고 있는데 '기사단장'이 나타났다. 자신도 멘시키의 집으로 갈 건데 다만 자신의 모습은 '나'한테만 보일 뿐 다른 사람한테는 안 보인다는 사실을 알려주면서 절대 자신에게 말을 걸지 말라고 당부한다. 멘시키의 차가 '나'를 데리러 왔다. 물론 '기사단장'도 함께 갔다. 집에 도착하자 멘시키는 '나'를 데리고 집 구경을 시켜주었다. '나'가 그린 그의 초상화는 서재 안에 있었다. 이어서 식당으로 자리를 옮기면서 '나'는 멘시키에게 기사단장이 이미 와 있을 거라고 말해준다.

식사하면서 멘시키는 자신이 구덩이에 들어가야 했던 이유에 대해 설명한 뒤에 테라스에 보여 주고 싶은 것이 있다며 안내한다. 따라가 보니 NATO에서 쓰는 군용 망원경이 있었고 그는 어느 집을 보여 주며 그곳에 자기가 보고 싶은 것이 있다고 하는데 그것은 다름 아닌 자기 딸일지도 모르는 소녀였다. 그리고 그 소녀를 보기 위해 이 집을 거금을 들여 매입한 것이고, 그녀는 이미 '나'가 알고 있는 아이라고 덧붙인다. 그 소녀는 다름 아닌 바로 '나'의 그림 교실에 다니고 있는 아키카와 마리에였다. 그는 그녀가 모델이 되기 위해 필요한 사전 작업과 비용 등은 모두 자신이 지불한다고 하면서 그 소녀의 초상화를 그려 달라고 간곡하게 부탁했다. 식사를 마치고 돌아오는 차 안에서 '나'가 혼란스러워하자 '기사단장'은 눈에 보이는 게 현실이고 일단 두 눈을 똑바로 뜨고 바라보라고 충고한다.

이틀 후 작업실에서 '나'는 '기사단장 죽이기' 그림을 보면서 여동생이 살아 있으면 얼마나 좋을까 하고 생각한다. 그러다가 문득 '나'는 '나'와 아내 사이의 문제가 '나'가 무의식적으로 아내에게 죽은 여동생의 대역을 요구한 탓일지도 모른다고 생각한다. 아내와 결혼할 때 처갓집의 반대가 심했다. 특히 엘리트인 은행 지점장 장인은 둘의 결혼이 기껏해야 4, 5년밖에 더 가겠냐고 비아냥거렸는데 지금 장인은 아마 회심의 미소를 지을 것이다. 그렇게 결혼과 이혼에 대한 생각을 하다가 '나'는 신기하게도 멘시키에 대해 다른 사람에게 느껴본 적이 없는 친밀함을 느끼게 된다. 우리 둘 다 손에 쥐고 있는 것, 장차 손에 넣을 것이 아니라 오히려 잃어버린 것, 지금은 손에 없는 것을 동력 삼아 살아가고 있기 때문이다.

며칠 뒤 저녁 멘시키한테 연락이 와서 마리에가 모델 서는 것을 허락했다고 전해 왔다. 나는 그녀를 그리는 데 동의하면서 다만 '나'가 자발적으로 그리게 해달라고 요구한다. 며칠 뒤에 마리에가 고모와 함께 우리 집에 찾아온다. 그녀는 작업실 이곳저곳을 둘러보다가 '기사단장 죽이기' 그림을 뚫어지게 바라보았다. 드디어 그림 작업이 시작되자 그녀는 자기 가슴이 너무 작은데 고모 가슴은 크고 예쁘다는 말을 한다. 자신은 가슴이 신경 쓰여 매일 그 생각만 한다고 하며 '나'의 사생활에 대해 아무렇지도 않게 질문하고 '나' 또한 그에 대해 스스럼없이 대답한다. 그림 그리기를 마치자 멘시키가 전화를 걸어와 다음 주에 마리에와 작업하고 있을 때 방문하고 싶다고 했다. '기사단장'은 거의 2주 동안 모습을 드러내지 않았다.

2부 - 전이하는 메타포

일요일 10시에 마리에는 고모와 같이 우리 집으로 와서 '나'와 같이 작업실로 들어갔다. 그러다 보니 마리에의 눈이 멘시키와 비슷한 데가 있었다. 아무튼 그 눈의 특수한 반짝임을 화폭에 담아야 한다. '나'는 마리에에게 엄마를 기억하는지 물었지만 그녀는 너무 갑작스러운 죽음이라 기억나지 않는다고 했다. 아울러 '기사단장 죽이기' 그림에 대해 어떻게 생각하는지 묻자 뭔가 호소하는 듯하다고 했다.

그림 그리기를 마치자 '나'는 두 사람에게 간단히 식사하고 가라고 권한다. 샐러드와 파스타를 다 먹었을 무렵 멘시키가 찾아왔다. 고모와 마리에는 갑작스런 타인의 방문에 당황스러워했지만 '나'는 근처에 사는 분이니 소개시켜 드리겠다며 같이 커피를 들고 가라고 권한다. '나'는 자연스럽게 세 사람을 소개시키고 간단한 대화가 오가는 중에 멘시키는 마리에를 똑바로 바라보고 뭔가를 찾으려는 듯

했지만 못 찾은 것 같았다. 이번에는 멘시키가 다음 주 일요일에 고모와 마리에를 자기 집으로 초대하겠다고 한다. 마리에와 고모가 돌아가자 둘만 남은 상태에서 멘시키는 '나'에게 자신과 마리에의 공통점이 있는지를 물었고 '나'는 두 사람 모두 감정이 눈에 드러나는 것이 비슷하다고 설명했다. 그러자 멘시키는 그렇게 의식하지는 못했다고 하고 돌아간다.

멘시키가 돌아간 후 혼자서 저녁을 먹고 있는데 마리에가 찾아왔다. 그녀는 자기 집에서 여기까지 오는 비밀통로가 있는데 거기를 통해 왔다고 했다. 그리고 사당이 있는 잡목림을 지나오면서 지난 번에 파헤친 돌무덤을 봤는데 거기는 파면 안 되는 곳이었다고 설명한다. 이어서 멘시키에 대해 마음속에 뭔가를 감추고 있는 사람 같고 눈이 기묘하고 뭔가 꿍꿍이를 품고 있는 것처럼 보인다고 했다. 그리고 고모가 멘시키에게 호감을 느끼고 있는데 멘시키가 혹시 고모를 유혹하기 위해 집으로 초대한 건 아닐까 하고 묻는다. 아울러 오는 길에 사당 뒤쪽에서 방울 소리를 들었다고 한다. '나'는 서둘러 작업실로 가서 방울을 찾았지만 아무 데도 없었다.

그다음 날 나는 돌무덤으로 가서 사다리를 타고 바닥으로 내려가 본다. 저녁에 멘시키는 '나'에게 전화를 걸어와 아마다 도모히코에 대해 조사한 것을 알려 주었다. 아마다 도모히코는 1939년 초에 빈을 떠나 일본으로 왔는데 바로 그 전 해인 1938년에 나치 고관을 암살하려다 미수에 그친 사건에 연루되어 그는 강제 추방되고 애인은 처형되었다고 한다. 그런데 거기에다가 더해서 1937년 12월에 난징 학살사건이 발생했는데 그때 아마다 도모히코의 동생인 쓰구히코가 징병되어 실전 부대에 투입되었고 그 이듬해 제대하여 복학했지만 얼마 지나지 않아 자살했다는 것이다. 멘시키의 전화를 끊고 아마다 마사히코에게 전화를 걸어 오랜만에 만나기로 한다. 마사히코는 쓰구히코, 즉 그의 삼촌이 난징에서 잔인하게 포로를 처형할 수밖에 없었고, 그것이 삼촌을 괴롭혔고 결국 스스로 목숨을 끊었는데, 이것이 아버지인 도모히코에게 영향을 미쳐 빈에서 반 나치 지하 저항 조직에 가담했을 것이라고 덧붙였다.

그다음 주 일요일에 마리에와 고모가 와서 초상화 작업을 마치고 멘시키와 함께 그의 집으로 떠나고 나자 '기사단장'이 나타났다. '나'가 방울이 없어졌다고 말하자 그것은 그 장소에 공유되던 물건이라고 하고, 멘시키에게는 늘 어떤 의도가 있다고 했다. 그날 저녁 마리에와 고모를 자기 집으로 초대했던 멘시키는 그들을 보내고 '나'한테 감사 인사를 하러 들렀다.

그가 돌아가고 잠자리에 들었던 '나'는 한밤중에 '쿵' 하는 큰 소리를 듣고 잠에서 깬다. 새벽 두 시 조금 넘어서였는데 깜깜한 작업실 안에서 한 남자가 '기사단장 죽이기' 그림을 뚫어지게 보고 있었는데 그는 다름 아닌 아마다 도모히코였다. 현실적으로 그는 이즈의 요양병원에 입원해 있으니 이것은 유령, 아니 생령일 것이다. 그는 죽기 전에 자기 그림을 감상하기 위해, 혹은 재점검하기 위해 공간을 넘어 논리를 넘어 자기 집으로 돌아온 것이다. 그다음 날 전화로 아마사 마사히코에게 이 이야기를 하자 사람의 영혼은 마지막 순간에 가장 애착이 남는 곳을 찾아가는 법이니 아버지가 떠나실 때가 가까워진 것 같다고 말한다.

아마다 마사히코는 토요일 오후에 나를 찾아와 자고 가겠다고 하며 오랜만에 둘은 술을 마신다. 그 전부터 뭔가를 이야기하려다 말고 했던 마사히코는 아내 유즈를 몇 번 만났는데 아내가 만나는 사람이 사실은 자기 직장 동료이고 엄청 잘생긴 사람이라고 했다. 우연히 셋이서 식사를 했는데 둘이 그렇게 될 줄은 몰랐고, 아내보다 다섯 살 아래였는데 바로 연인 관계가 되었으며, 게다가 아내가 지금 임신 7개월째인데 아이를 낳을 생각이라는 말도 덧붙였다. 그리고 자기 동료와 '나'의 아내가 그런 사이가 된 사실을 알면서도 '나'에게 아무 말도 못 해줘서 미안하다고 했다. '나'는 괜찮다고 하며 대신에 마사히코의 아버지, 즉 아마다 도모히코를 만나게 해달라고 부탁한다.

다음 날 아침 일찍 일어난 '나'는 아내의 임신에 대해 생각한다. 7개월째이면 대략 4월에 임신한 건데 나는 그때 홋카이도를 떠돌고 있었으니 '나'의 아이가 아닌 것만은 확실하다. '나'는 여행 중에 적었던 일기를 꺼내서 확인해 보다가 4월 19일 '어젯밤 꿈'이라고 되어 있는 메모를 발견한다. 그러자 기억이 되살아났다. 그날 새벽에 '나'는 음란한 꿈을 꿨는데, 성적으로 아주 흥분 상태에 있던 '나'가 아내가 자고 있는 방에 들어가 그녀와 관계를 맺었다. 그녀는 계속해서 자고 있었고 '나'는 주체할 수 없을 만큼 많은 사정을 하고 정액이 그녀의 질에서 넘쳐 나와 시트를 축축이 적시는 꿈이었다. 요컨대 상상 속에서 아내를 강간한 것이다. 그 리얼한 성몽(性夢)은 '나'가 기억하는 한 난생처음 겪어 보는 감각이었다. 아내는 바로 그 날을 전후로 수태한 셈이다. 물론 '나'와 아내는 꿈속에서 관계를 한 것이고 그렇기 때문에 태어날 아이가 논리적으로는 '나'의 아이일 리는 없다. 하지만 그 생생한 꿈은 그저 꿈일 리가 없다. 뭔가에 반드시 연결되어 있을 것이다.

여느 때처럼 마리에의 초상화 작업을 마친 어느 일요일 오후, 일단 고모와 집으로 돌아갔던 마리에는 다시 우리 집에 와서 멘시키가 자기 집을 엿보고 있는 것 같다, 고모와 멘시키가 데이트를 하고 있다고 말한다. 그리고 지금 온 이유는 멘시키가 왜 고모에게 접근하는지 알고 싶어서라고 한다. '나'는 그녀를 비밀통로 근처까지 바래다주었는데 그녀는 사당 앞에 이르자 돌무덤 안을 들여다보고 싶다고 해서 보여 주었다.

다음 주 금요일에 그림 교실에 수업하러 갔는데 마리에는 보이지 않았고 그날 저녁 고모 아키카와 쇼코에게 전화가 걸려와 마리에가 학교에도 가지 않고 집에도 돌아오지 않았다고 한다. '나'는 전화를 끊고 멘시키에게 전화를 걸어 마리에 이야기를 하며 우리 집으로 와 달라고 부탁한다. 집에 도착한 멘시키는 구덩이에 가자고 해서 가는데 가서 보니 누군가 누름 돌을 조금 움직인 흔적이 보였다. 멘시키는 사다리를 타고 내려가 바닥에서 휴대전화 장식품인 펭귄 인형을 들고 올라오며 그것을 '나'에게 가지고 있으라고 한다. 고모에게 확인하니 그것은 마리에의 것이었다. 그날 멘시키는 우리 집에서 잤다. 마리에에게 뭔가 불길한 일이 일어나고 있음을 직감한 '나'가 잠들려고 하자 '기사단장'이 나타났다. 그는 오늘 오전에 누군가 전화로 어떤 제안을 하는데 거절하면 안 된다고 말했다.

다음 날 아침, 잠에서 깬 멘시키는 '나'에게 알려줄 것이 있다며 자신과 마리에의 고모가 상당히 친밀한 관계가 되었다고 고백한다. 그러면서 자신이 이것을 계획했던 건 아니라고 덧붙인다. 그런 와 중에 마사히코에게 전화가 와서 아버지 임종이 얼마 안 남았다며 '나'를 데리러 온다. '나'가 마사히코를 따라 요양소 병실로 가니 도 모히코는 깊은 잠에 빠져 있었다. 그 사이 마사히코는 아내 유즈 이 야기를 꺼냈다. 출산이 내년 1월 초순이고 핸섬한 남자친구의 아이 가 태어나길 기대한다고. 하지만 결혼할 생각은 없고 동거할 생각 도 없다고, 그렇기 때문에 마사히코는 '나'와 아내가 다시 시작할 가능성이 있지 않겠냐고 말했다.

도모히코가 깨어나자 마사히코는 '나'를 아버지에게 소개했다. 도모히코는 줄곧 나를 바라보고 있었고 '나'는 그간의 경위에 대해 설명했다. 그 사이에 마사히코가 급한 전화를 받으러 자리를 뜨고 '나'와 도모히코만 남았다. 그때 '기사단장'이 나타났다. 그러면서 '나'에게 도움을 주고 싶다고 한다. '나'가 마리에가 어디 있는지를 묻자 그는 '나'가 마리에를 찾아서 이 세계로 데려오라고 한다. 아 울러 '기사단장 죽이기' 그림처럼 칼로 자신을 찔러 죽이라고, 그것 이 아마다 도모히코가 그림을 통해 실현하려고 했던 것이고 그림으 로써 그가 구원받을 수 있다고 했다. 결국 '나'는 식칼로 '기사단장' 의 심장을 향해 찔렀다. 그러자 아마다 도모히코의 얼굴에서 고뇌 의 표정이 사라지고 깊은 혼수상태에 들어갔다.

'나'는 '기사단장'을 죽이고 난 뒤에 무언가 방 안에서 움직이고 있다는 것을 깨닫는다. 그것은 방의 한구석에 뚫린 구멍에서 고개 를 내밀고 있는 '긴 얼굴'이었다. 그는 주검이 된 기사단장을 멍하니 바라보고 있었다. 기사단장은 마리에를 구출하기 위해 자기 목숨을 버리면서까지 그림 '기사단장 죽이기'를 실현했고 드디어 '긴 얼굴'을 땅속에서 끌어냈다. '나'가 다가가도 긴 얼굴은 눈치채지 못했다. 그러나 '나'가 그의 옷자락을 잡자 정신을 차리고 구멍 속으로 도망치려고 했다. '나'는 있는 힘껏 그 몸뚱이를 지상으로 끌어올렸다. 그는 자신의 정체가 메타포라고 했다. '나'가 마라에의 행방을 묻자 모른다고 했다. 대신 그가 온 길을 알려달라고 하자 그곳은 메타포의 통로이며 길을 잘못 들으면 이중 메타포라는 고약하고 위험한 존재가 있어서 위험하다고 경고했다. 그래도 가겠다면 빛을 낼 만한 것을 가져가고 배를 타고 강물을 건너가면 그 뒤는 관련성에 따라 움직이는 세계가 나오는데 그건 직접 눈으로 확인하는 수밖에 없다고 설명한다.

'나'는 '긴 얼굴'을 풀어주고 메타포의 통로로 향한다. 한참을 가자 '긴 얼굴'의 말대로 강이 나왔는데 '나'는 그때 멘시키의 성이 와타루(건너다는 뜻)라는 사실을 떠올렸다. 선착장에는 키가 큰 남자가 기다리고 있었는데 그는 얼굴이 없었다. 그는 강을 건네주는 대신 대가를 치르라고 해서 '나'는 바지 주머니에 있던 플라스틱 펭귄 장식을 보여 준다. 그것은 멘시키가 돌무덤 바닥에서 찾아낸 것이었다.

강을 건너 오르막을 지나 울창한 숲이 나오고 환한 빛이 비치는 곳으로 나아가니 탁 트인 광장 같은 곳이 나왔다. 그리고 그 한복판은 가파른 절벽이고 그 중간에 동굴 입구가 있었다. 동굴 속에 들어갔더니 키 작은 '돈나 안나'가 기다리고 있었다. 그녀는 횡혈 입구까지만 안내하고는 '나' 혼자 거기로 들어가라고 했다. 그곳은 굉장히 좁은 구멍이라 '나'는 기다시피 몸을 구부려 상반신을 집어넣었다. 좁은 길은 한도 끝도 없이 이어졌고 돌아가려 하자 '돈나 안나'가 전진하라고 단호하게 말하며 마음이 멋대로 움직이지 않게 하라고 했다.

이번에는 죽은 여동생 '고미'가 마음은 기억 속에 있다며 손으로 만질 수 있는 어떤 것을 떠올려 보라고 한다. '돈나 안나'와 '고미'가 계속해서 나를 격려하며 앞으로 가라고 하지만 나중에는 길이 너무 좁아져 앞으로 나아갈 수 없는 지점에 도착한다. 몸을 비틀어 안으로 욱여넣고 있는 힘을 다 짜내어 나가자 갑자기 좁은 굴이 끝나고 '나'는 밑으로 추락한다. 주위는 깜깜했다. 회중전등을 켜서 주위를 살펴보니 그곳은 어떤 원형 공간 같았다. 갑자기 '나'는 그곳이 사당 뒤편의 돌구덩이라는 것을 알아챘다. 여기서 어떻게 나갈지 고민하며 둘러보니 사라졌던 방울이 거기에 있었다.

영문을 알 수 없는 일투성이다. '나'는 구덩이 속에서 아내 유즈를 생각했다. 그녀는 내년 1월에 아이를 낳는다. '나'와 이어지지 않은 새 생명이 이 세계에 등장하려 한다. 이 구덩이에서 나가면 아내부터 만나러 가야겠다. 그녀가 무엇을 원하는지 확인해 보고 싶다. 그렇게 마음먹으니 기분이 한결 나아졌고 '나'는 잠에 빠져들었다. 다시 일어난 '나'는 방울을 계속해서 흔들었다. 누군가가 구덩이를 가로막고 있는 판자를 들어냈고 햇빛이 바닥으로 쏟아졌다. '나'의 이름을 부른 것은 멘시키였다. 그는 마리에가 무사히 집으로 돌아왔고 찰과상 이외에는 별달리 다친 데 없다고 알려 주었다.

다음 날 아침 한동안 연락이 없던 유부녀 여자친구에게 전화가 와서는 이별을 통보해 왔다. '나'가 병문안하러 갔다가 아버지의 병실에서 갑자기 사라진 후 '나'를 많이 찾아다녔다는 친구 마시히코에게 전화해서 미안하다고 사과했다. 그리고 아내에게 전화해서 다음 주 월요일에 만나기로 약속한다. 오후 세 시에는 아키카와 쇼코가 마리에를 데리고 '나'를 찾아왔다가 마리에만 남겨 두고 돌아갔다. '나'는 동굴을 지나 구덩이 바닥에서 구조된 과정에 대해 마리에에게 이야기해 준다.

그녀는 실종된 나흘 내내 멘시키의 집에 있었다고 한다. 그녀는 멘시키가 왜 자기 집을 망원경으로 엿보는지 그 이유를 알고 싶어서 몰래 그 집으로 숨어들었다고 한다. 저택 입구까지 상당한 비탈길을 올라간 그녀는 택배회사 차량이 멘시키의 집 대문을 통과할 때 따라 들어갔다. 그리고 그녀는 테라스로 가서 망원경으로 자기 집 쪽을 보았다. 그런데 테라스에서 집 안으로 들어가기는 쉽지 않았다. 그녀는 깜빡 잠이 들었다가 멘시키가 외출하기 위해 차고 문을 여는 소리를 듣고 셔터가 닫히기 일보 직전에 몸을 밀어 넣었다.

그녀는 아무도 없는 집 내부를 천천히 돌아보았다. 거실을 돌아 서재로 갔다가 드레스룸과 손님방을 거쳐 마지막으로 원탁 테이블만 놓여 있는 방으로 들어갔다. 그곳 붙박이장에는 옛날 디자인의 여자 옷이 몇 벌 걸려 있었고 어느 옷이나 방충제 냄새가 났다. 아마 멘시키가 옛날에 사귀었던 여자가 입었던 것일 것이다. 그런데 그런 생각들에 사로잡혀 있을 때 갑자기 차고 문이 올라가는 소리가 났다. 멘시키가 돌아온 것이다. 그러자 테라스에 두고 온 신발이 생각났다. 가지러 가자니 들킬 거 같고 어떻게 해야 좋을지 몰라 심장이 빨라졌다.

그 순간 "거기 가만히 있으면 돼" 하고 키가 60센티미터쯤 되는 노인이 말했다. 자기 이름은 '기사단장'이라고 하며 도와주겠다고 한다. 그러면서 자기는 멘시키가 테라스로 나가는 것을 막을 테니 마리에는 붙박이장에 숨어 있으라고 한다. 때가 되면 데리러 온다는 말을 남기고 '기사단장'은 사라졌다. 밤은 점점 깊어가고 마리에는 '기사단장'만 기다리는데 좀처럼 오지 않았다. 그러는 사이에 멘시키가 방안으로 들어왔는데 그녀는 꽃무늬 원피스를 움켜쥐며 자기를 지켜달라고 기도했다. 멘시키는 붙박이장 문 앞에 한참을 가만히 서 있었다. 마리에는 옷이 자신을 지켜줄 거라고 믿었다. 멘시키는 문을 열려다가 말았다. 어쩌면 멘시키가 아닐지도 모른다. 그럼 누구지? 아무튼 그 남자는 그 방을 나갔다.

정신을 차려보니 '기사단장'이 눈앞에 나타나 멘시키가 샤워를 하고 있으니 이 방에서 나가 지하 2층의 도우미 방으로 옮기라고 한다. 그 안에는 화장실도 냉장고도 있으니 며칠 동안 안심하고 있을 수 있다고 하면서. 마리에는 멘시키가 위험한 사람인지 묻자 '기사단장'은 사악한 인간은 아니지만 특별한 데가 있어서 그 결과 위험한 것을 불러들일 가능성이 있다고 설명해 준다. 그는 덧붙여서 소리 내지 말고 조용히 있다가 기회가 되면 나가라고 했다. 그 기회란 마리에가 스스로 알 수 있을 것이라며 가르쳐 주지 않았다.

그리고 화요일 아침에 청소업체 차가 들어오고 멘시키가 외출한 틈을 타 마리에는 현관으로 나와 대문을 통과해 밖으로 나왔다. 집에 돌아가서 뭐라고 변명할지를 궁리하다가 기억상실로 밀어붙이기로 한다. '나'는 마리에의 이야기를 듣고 아무한테도 말하지 말고 둘만 공유하기로 한다. '나'는 마리에를 멘시키의 집에서 지켜준 것이 바로 세상을 떠난 그녀의 어머니가 결혼 전에 입던 옷이라는 것을 알려주고 싶었지만 그럴 수 없었다.

'나'는 끝내 마리에의 초상화를 완성시키지 않았다. 왜냐하면 완성하면 멘시키가 무슨 수를 써서라도 그것을 손에 넣으려고 할 것이 틀림없기 때문이다. 그래서 미완성으로 남기기로 한 것이다. 마리에의 이야기에 따르면 멘시키와 고모는 교제를 계속하는 모양이다. 그는 이따금 '나'에게 전화를 걸어오지만 집으로 찾아오지는 않았다. '나'는 잘 모르겠다. 아무튼 그가 '나'를 이용했건 아니건 구덩이에서 구해 주었으니 감사하는 마음을 갖고 있다. '나'는 미완성 상태인 마리에의 초상화를 마리에에게 건네주었다.

'나'가 구덩이에서 구출된 그 주 토요일에 아마다 도모히코가 숨을 거두었다. 아주 편하게 입가에 미소까지 띠면서 갔다고 한다. '나'는 아내를 만났다. 그 남자와는 결혼할 생각이 없고 그 남자와 산 적도 없이 혼자서 줄곧 살고 있다고 했다. 그리고 '나'가 보낸 이혼 서류를 아직 제출하지 않아 법적으로는 우리가 부부라고 했다. 그렇기 때문에 태어날 아이도 법적으로는 '나'의 아이라고 했다. 나는 생물학적으로 그 남자의 아이가 아니냐고 묻지만 그녀는 간단히 그렇게 말할 수 없다고 하며 누구 아이인지 확실히 모르겠다고 한다. 아울러 그 남자와 관계할 때는 철저하게 피임을 했는데도 임신이 되어 버린 거라고 했다. '나'는 아내에게 다시 돌아가서 다시 새로 시작하고 싶다고 하고 그녀 역시 같은 생각이라고 했다. '나'는 덧붙여 말한다. 그 아이는 '나'가 잠재적인 아버지일지도 모른다고, 멀리 떨어진 곳에서 '나'의 생각이 아내를 임신시켰을지도 모른다고.

아내와 다시 생활하고 몇 년이 지난 3월 11일 동일본 일대에 큰 지진이 일어났다. 그곳은 '나'가 한때 푸조를 몰고 돌아다녔던 곳이다. 텔레비전 화면에는 거대한 쓰나미가 집어삼켜 산산조각 나서 해체된 마을들의 잔해가 보였다. 후쿠시마에서는 바닷가의 원자력발전소 몇 곳이 멜트다운 상태에 빠졌다. 그 지역을 돌아다녔던 시기에 '나'는 결코 행복하지 않았다. 그러나 그 과정에서 몇 가지를 버리고 몇 가지를 얻었고 '나'는 그 전과 조금이나마 다른 인간이 되었다.

저녁 다섯 시가 되면 보육원으로 아이를 데리러 가는 것이 '나'의 일과이다. 아내는 건축사무소에 복귀했다. 딸아이의 이름은 '무로 (室)'이고 아내가 아이를 낳기 전에 꿈속에서 그 이름을 보고 지었다. 태어난 아이가 여자아이라는 사실이 기뻤다. 여동생 '고미'와 함께 어린 시절을 보낸 까닭에 주변에 어린 여자아이가 있으면 왠지 모르게 마음이 차분해졌다.

도호쿠 지방에서 지진이 일어난 지 두 달 뒤에 '나'가 살던 오다와라의 집이 화재로 무너졌다는 소식을 마사히코가 전화로 알려주었다. 그 소식을 듣고 '나'가 가장 먼저 생각한 것은 '기사단장 죽이기'였다. 아마 그 그림도 화재와 함께 소실되었을 것이다. 화재가 있고 얼마 지나지 않아 마리에가 전화를 걸어와서 우리는 불타버린 집에 대해 이야기를 했다. 그녀는 고등학교 2학년쯤 되었을 것이다. 그녀는 멘시키 집 안의 붙박이장에 있던 옷이 어떻게 되었는지 궁금하다고 했다. 자신을 지켜 주었기 때문이라고 했다.

'무로'가 누구 아이인지 아직 모른다. 유전자 검사를 해보면 되지만 그런 검사 결과를 알고 싶지 않다. 그 애의 아버지가 누구인지 판명되는 날이 오더라도 그게 무슨 의미가 있을까? '무로'는 법적으로 '나'의 딸이고 '나'는 어린 딸을 깊이 사랑한다. 그 아이의 아버지는 메타포로서의 '나', 이데아로서의 '나'이다. '나'는 '기사단장'과 '돈나 안나', '긴 얼굴'을 떠올리며 앞으로도 그들과 함께 앞으로의 인생을 살아갈 것이고, '나'의 딸은 그들이 준 은총의 선물이라 생각한다.

3부

무라카미 하루키 연보

무라카미 하루키 연보

연도	그 외
1949년 (0세)	• 1월 12일 교토(京都)시 후시미(伏見)구에서 아버지 무라카미 지아키(村上千秋)와 어머니 미유키(美幸) 사이에서 외동아들로 출생 • 국어교사인 아버지가 사립 고요(甲陽)학원 중학교 교사로 부임함에 따라, 얼마 후 효고(兵庫)현 니시노미야(西宮)시 슈쿠가와(夙川)로 이사
1955년 (6세)	• 4월 니시노미야(西宮) 시립 고로엔(香櫨園) 초등학교 입학
1961년 (12세)	• 4월 아시야(芦屋) 시립 세도(精道) 중학교 입학
1964년 (15세)	• 4월 효고(兵庫) 현립 고베(神戸) 고등학교 입학
1968년 (19세)	• 4월 1년간의 재수 끝에 와세다(早稲田)대학 제1문학부 영화연극과 입학 • 메지로(目白)의 사설 기숙사 와케이주쿠(和敬塾)에서 반년 정도 살다가 네리마(練馬)의 하숙으로 옮김
1969년 (20세)	• 미타카(三鷹)시의 아파트로 이사
1971년 (22세)	• 부인 요코(陽子)와 결혼 분쿄(文京)구 센고쿠(千石)에서 침구점을 하는 처갓집에서 처가살이 시작
1974년 (25세)	• 고쿠분지(国分寺)에 재즈 카페 '피터 캣' 개점. 가게 이름은 기르고 있던 고양이 이름을 따서 만듦
1975년 (26세)	• 3월 와세다(早稲田)대학 제1문학부 영화연극과 졸업. 졸업논문 테마는 「미국영화에 있어서의 여행의 사상(アメリカ映画における旅の思想)」
1977년 (28세)	• 카페 '피터 캣'을 시부야(渋谷)구 센다가야(千駄ヶ谷)로 옮김
1978년 (29세)	• 가게 근처 메이지진구(神宮)구장에서 야구 관전 중에 소설을 쓰겠다고 결심하고, 매일 밤 가게가 끝난 후 부엌 테이블에서 원고를 쓰기 시작 • '군조(群像) 신인상'에 응모

연도	출간	그 외
1979년 (30세)	•7월『바람의 노래를 들어라(風の歌を 聴け)』(講談社) 출간	•6월『바람의 노래를 들어라(風の歌を 聴け)』로 제22회 '군조(群像) 신인문학 상' 수상. 작가 데뷔 •『바람의 노래를 들어라』로 제81회 '아 쿠타가와(芥川)상' 후보에 오르지만 수 상 실패
1980년 (31세)	•6월『1973년의 핀볼(1973年のピンボ ール)』(講談社) 출간	•'피터캣'을 운영하며 작가 활동을 겸함 •『1973년의 핀볼』이 제83회「아쿠타가 와(芥川)상」후보에 오르지만 수상 실 패
1981년 (32세)	•5월『나의 잃어버린 도시 피츠제럴드 작품집(マイロストシティー フィッ ツジェラルド作品集)』(中央公論社) 번역 출간 •7월 무라카미 류(村上龍)와의 대담집 『Walk don't ran(ウォーク・ドント ・ラン)』(講談社) 출간 •11월 이토이 시게사토(糸井重里)와의 공저『꿈에서 만납시다(夢で会いまし ょう)』(冬樹社) 출간	•전업 작가가 되기로 결심하고 가게를 타인에 양도 후, 지바(千葉)현 후나바시 (船橋)시로 이사 •10월 홋카이도(北海道) 방문 •12월『바람의 노래를 들어라』가 후배 오모리 가즈키(大森一樹)에 의해 영화 화
1982년 (33세)	•10월『양을 둘러싼 모험(羊をめぐる冒 険)』(講談社) 출간	•11월『양을 둘러싼 모험(羊をめぐる冒 険)』으로 제4회 '노마(野間)문예 신인상' 수상 •마라톤 시작
1983년 (34세)	•5월 단편집『중국행 슬로보트(中国行き のスロウ・ボート)』(中央公論社) 출간 •7월 레이몬드 카버의 단편 『내가 전화 를 걸고 있는 장소(僕が電話をかけてい る場所)』(中央公論社) 번역 출간 •9월 단편집『캥거루 날씨(カンガルー 日和)』(平凡社) 출간 •12월 안자이 미즈마루(安西水丸)와의 공 저 『코끼리 공장의 해피엔드(象工場の ハッピーエンド)』(CBSソニー出版社) 출간	•첫 해외 여행 •12월 호놀룰루 마라톤 참가

연도	출간	그 외
1984년 (35세)	• 3월 이나코시 고이치(稲越功一)와의 공저 『파도의 그림, 그의 이야기(波の絵、彼の話)』(文藝春秋) 출간 • 7월『반딧불이, 헛간을 태우다, 그 밖의 단편(螢・納屋を焼く・その他の短編)』(新潮社), 『무라카미 아사히당(村上朝日堂)』(若森出版企画) 출간	• 여름 6주간 미국 여행

1985년 (36세)	• 6월*『세계의 끝과 하드보일드 원더랜드(世界の終りとハードボイルド・ワンダーランド)』(新潮社) 출간
	  ★ 레이몬드 카버의 단편『밤이 되면 개구리는(夜になると蛙は…)』(中央公論社) 번역 출간
	  ★ 단편집「회전목마의 데드히트(回転木馬のデッド・ヒート)」(講談社) 출간
	• 11월 C.V. 올즈버그의 그림책 번역집『서풍호의 조난(西風号の遭難)』(河出書房新社) 출간
	• 12월 사사키 마키(佐々木マキ)와의 공저『양남자의크리스마스(羊男のクリスマス)』(講談社) 출간
		• 10월『세계의 끝과 하드보일드 원더랜드』로 제21회 '다니자키 준이치로(谷崎潤一郎)상' 수상

1986년 (37세)	• 4월 단편집『빵집 재습격(パン屋再襲撃)』(文藝春秋) 출간 • 6월『무라카미 아사히당의 역습(村上朝日堂の逆襲)』(朝日新聞社) 출간 • 11월『랑겔한스 섬의 오후(ランゲルハンス島の午後)』(光文社) 출간	• 2월 가나가와(神奈川)현 오이소(大磯)町로 이사 • 3월 아스카 히나마쓰리(明日香ひな祭り) 마라톤 참가 • 10월 그리스, 로마 여행 시작 • 11월 그리스 미코노스섬으로 옮김

387

연도	출간	그 외
1987년 (38세)	• 1월 『THE SCARP 추억의 1980년대(THE SCARP 懐かしの一九八〇年代)』(文藝春秋) 출간 • 6월 『해 나오는 나라의 공장(日出る国の工場)』(平凡社) 출간 • 7월 폴 세로의 단편 『세계의 끝(ワールズ・エンド)』(文藝春秋) 번역 출간 • 9월 『노르웨이의 숲(ノルウェイの森)』(講談社) 출간 • 11월 C.D.B 브라이언의 『위대한 데스리프(偉大なデスリフ)』(新潮社) 번역 출간 • 12월 C.V. 올즈버그의 그림책 『급행「북극호」(急行「北極号」)』(河出書房新社) 번역 출간	• 1월 이탈리아 시칠리섬 팔레모로 옮김 • 2월 로마로 옮김 • 4월 5월까지 그리스의 미코노스, 크레타 여행 • 6월 일본에 일시 귀국 • 9월 로마로 돌아감 • 10월 국제 아테네 평화마라톤 참가
1988년 (39세)	• 3월 트루먼 카포티의 『할아버지의 추억(おじいさんの思い出)』(文藝春秋) 번역 출간 • 4월 『더 스콧 핏츠제럴드 북(ザ・スコット・フィッツジェラルド・ブック)』(TBSブリタニカ) 출간 • 11월 『댄스 댄스 댄스(ダンス・ダンス・ダンス)』(講談社) 출간	• 2월 영화 「숲의 저쪽(森の向う側)」 개봉(원작: 『흙 속의 그녀의 작은 개(土の中の彼女の小さな犬)』)<감독: 노무라 게이치(野村恵一)> • 3월 런던으로 • 4월 일본에 귀국 후 자동차 운전면허 취득 • 8월 로마로 돌아가 사진작가 마쓰무라 에이조(松村映三)와 그리스, 터키일대를 21일간 동행 취재
1989년 (40세)	• 7월 *『무라카미 아사히당 야호!!(村上朝日堂はいほ!!)』(文化出版) 출간 • * 레이몬드 카버의 『사소하지만 도움이 되는 것(ささやかだけれど、役に立つこと)』(中央公論社) 번역 출간 • 9월 *C.V. 올즈버그의 그림책 『이름 없는 사람(名前のない人)』(河出書房新社) 번역 출간 • * 트루먼 카포티의 『어느 크리스마스(あるクリスマス)』(文藝春秋) 번역 출간 • 10월 팀 오브라이언의 『핵무기 세대(ニュークリア・エイジ)』(文藝春秋)번역 출간	• 4월 그리스의 로도스 여행 • 7월 독일 남부, 오스트리아를 차로 여행 • 10월 귀국 후 바로 뉴욕으로 • 12월 후지오야마(富士小山) 20킬로 레이스 참가

연도	출간	그 외
1990년 (41세)	• 1월 『TV피플(TVピープル)』(文藝春秋) 출간 • 5월부터 이듬해 7월에 걸쳐 『무라카미 하루키 전작품(村上春樹全作品) 1979~1989』 전8권(講談社) 출간 • 5월 『레이몬드 카버 전집3 대성당(レイモンド・カーヴァー全集3 大聖堂)』(中央公論社) 번역 출간 • 6월 부인 요코(村上陽子)와 그리스, 이탈리아 여행 체험을 담은 『먼 북소리(遠い太鼓)』(講談社) 출간 • 8월 *『우천염천(雨天炎天)』(新潮社) 출간 *『레이몬드 카버 전집2 사랑에 대해 말할 때 우리들이 말하는 것(レイモンド・カーヴァー全集2 愛について語るときに我々の語ること)』(中央公論社) 번역 출간 • 10월 팀 오브라이언『진짜 전쟁 얘기를 하자(本当の戦争の話をしよう)』(文藝春秋) 번역 출간 • 11월 C.V.올즈버그의 그림책 『해리스 버틱의 비밀(ハリス・バーデックの謎)』(河出書房新社) 번역 출간	• 1월 귀국 • 2월 오우메(青梅) 마라톤 참가 • 3월 * 오다와라(小田原) 하프 마라톤 참가 * 오가사 가케가와(小笠・掛川) 마라톤 참가 • 12월 후지오야마(富士小山) 20킬로 레이스 참가
1991년 (42세)	• 2월 『레이몬드 카버 전집1 부탁이니 조용히 해 줘(レイモンド・カーヴァー全集1 頼むから静かにしてくれ)』(中央公論社) 번역 출간 • 12월 C.V.올즈버그의 그림책 『백조호(白鳥湖)』(河出書房新社) 번역 출간	• 1월 * 다테야마 와카시오(館山・若潮) 풀 마라톤 참가 * 뉴저지주 프린스턴대학 객원연구원으로 도미 • 4월 보스턴 마라톤 대회 참가 • 11월 뉴욕 시티 마라톤 대회 참가
1992년 (43세)	• 9월 『레이몬드 카버 전집4 불꽃(レイモンド・カーヴァー全集4 ファイアズ)』(中央公論社) 번역 출간 • 10월 『국경의 남쪽, 태양의 서쪽(国境の南、太陽の西)』(講談社) 출간	• 1월 프린스턴대학 객원교수로 '현대일본문학 세미나' 과목 담당 • 3월 뉴저지주의 먼마우스 하프 마라톤 참가 • 4월 보스턴 마라톤 대회 참가 • 7월 한 달간 멕시코 여행

연도	출간	그 외
1993년 (44세)	• 6월 C.V. 올즈버그의 그림책 『마법의 빗자루(魔法のホウキ)』(河出書房新社) 번역 출간 • 11월 어슐러 르 귄(Ursula Kroeber Le Guin)의 『돌아온 하늘을 나는 고양이(帰ってきたそら飛び猫)』(講談社) 번역 출간	• 7월 매사추세츠주 캠브리지의 터프츠(Tufts)대학으로 이적 • 12월 후지오야마(富士小山) 20킬로 레이스 참가
1994년 (45세)	• 1월 오가와 다카요시(小川高義)와의 공저 『Sudden Funtion 초단편소설 70』(文春文庫) 출간 • 2월 ＊『슬픈 외국어(やがて哀しき外国語)』(講談社) 출간 ＊『태엽 감는 새 연대기(ねじき鳥クロニクル)』제1부 「도둑까치(泥棒かささぎ)편」, 제2부 「예언하는 새(予言する鳥)편」(新潮社) 출간 • 3월 『레이몬드 카버 전집6 코끼리/폭포에의 새로운 작은 길(レイモンド・カーヴァー全集6 象/滝への新しい小径』(中央公論社) 번역 출간	• 3월 뉴베드포드(New Bedford) 하프마라톤 참가 • 4월 ＊ 터프츠대학에 객원교수로 와 있던 가와이 하야오(河合隼雄)와 대담 ＊ 보스턴 마라톤 대회 참가 • 6월 몽고 여행. 중국 측 노몬한, 몽고의 울란바토르에서 하루하(ハルハ)강 동쪽 전쟁터 취재
1995년 (46세)	• 6월 『무라카미 아사히당 초단편소설 밤의 거미원숭이(村上朝日堂 超短篇小説 夜のくもざる)』(平凡社) 출간 • 8월 『태엽 감는 새 연대기(ねじまき鳥クロニクル)』「제3부 새잡는 남자(鳥刺し男)편」 출간	• 3월 일시 귀국 후 '지하철 사린(サリン) 사건'에 대해 알게 됨 • 6월 사진작가 마쓰무라 에이조(松村映三)와 자동차로 캘리포니아까지 대륙횡단 여행 후 하와이 거쳐 귀국 • 9월 고베(神戸)시와 아시야(芦屋)시에서 자작 낭독회 개최 • 11월 국립 로드레이스 10킬로 참가 • 12월 후지오야마(富士小山) 20킬로 레이스 참가

연도	출간	그 외
1996년 (47세)	• 1월 빌 클로우의 『안녕 버드랜드―어느 재즈 뮤지션의 회상(さようならバードランド―あるジャズ・ミュージシャンの回想)』(新潮社) 번역 출간 • 5월 『무라카미아사히당(村上朝日堂) 저널 소용돌이 고양이를 발견하는 법(うずまき猫のみつけかた)』(新潮社) 출간 • 10월 마이클 길모어 『내 심장을 향해 쏴라 (心臓を貫かれて)』(文藝春秋) 번역 출간 • 11월 단편집 『렉싱턴의 유령(レキシントンの幽霊)』(文藝春秋) 출간 • 12월 『무라카미 하루키, 가와이 하야오를 만나러 가다(村上春樹,河合隼雄に会いにい』(岩波書店) 출간	• 1월~11월에 걸쳐 '지하철 사린 사건'의 피해자 62명 인터뷰 • 1월 다테야마 와카시오(館山・若潮) 풀 마라톤 참가 • 2월 『태엽 감는 새 연대기』로 제47회 '요미우리(読売)신문 문학상' 수상 • 4월 오가사 가케가와(小笠・掛川) 풀 마라톤 참가 • 6월 * 살로마호 100킬로 울트라 마라톤 완주 * 인터넷에 홈페이지 오픈. 홈페이지 이름은 '무라카미 아사히당(村上朝日堂)' • 12월 크리스마스 마라톤 참가
1997년 (48세)	• 3월 '지하철 사린 사건' 피해자 인터뷰를 정리한 논픽션 『언더그라운드(アンダーグラウンド)』(講談社) 출간 • 6월 『무라카미 아사히당은 어떻게 해서 단련되었나(村上朝日堂はいかにして鍛えられたか)』(朝日新聞社) 출간 • 10월 『젊은 독자를 위한 단편소설 안내(若い読者のための短篇小説案内)』(文藝春秋) 출간 • 12월 『재즈의 초상(ポートレイト・イン・ジャズ)』(新潮社) 출간	• 1월 다테야마 와카시오(館山・若潮) 풀 마라톤 참가 • 4월 보스턴 마라톤 대회 참가 • 9월 무라카미(村上) 국제 트라이애슬론 대회 참가
1998년 (49세)	• 4월 『근경・변경(近境・辺境)』(新潮社) 출간 • 5월 마쓰무라 에이조(松村映三)와의 공저 『근경・변경(近境・辺境) 사진편』(新潮社) 출간 • 6월 안자이 미즈마루(安西水丸)와의 공저 『푹신푹신(ふわふわ)』(講談社) 출간 • 10월 *『CDROM판 꿈의 서프 시티(夢のサーフシティー)』(朝日新聞社) 출간 * 마크 스트랜드의 『개의 인생(犬の人生)』(中央公論社) 번역 출간 • 11월 『약속된 장소에서(約束された場所で)』(文藝春秋) 출간	• 7월 하와이의 틴맨 트라이애슬론 참가 • 11월 뉴욕 시티 마라톤 참가

연도	출간	그 외
1999년 (50세)	• 4월 『스푸트니크의 연인(スプートニクの恋人)』(講談社) 출간 • 5월 그레이스 베일리의 『마지막 순간의 굉장히 큰 변화(最後の瞬間のすごく大きな変化)』(文藝春秋) 번역 출간 • 12월 『만약 우리의 언어가 위스키라면(もし僕らのことばがウィスキーであったら)』(平凡社) 출간	• 3월 호놀룰루 바이애슬론 참가 • 5월 코펜하겐, 오슬론, 스톡홀름 등 북미 2주간 여행 • 7월 『약속된 장소에서』로 제2회 '구와바라 다케오(桑原武夫) 문예상' 수상
2000년 (51세)	• 2월 『신의 아이들은 모두 춤춘다(神の子どもたちはみな踊る)』(新潮社) 출간 • 7월 마이클 길모어의 『재즈 일화(ジャズ・アネクドーツ)』(新潮社) 번역 출간 • 8월 ＊『마타타비 아비타 타마(またたび浴びたタマ)』출간 ＊『그래, 무라카미 씨에게 물어보자(そうだ、村上さんに聞いてみよう)』(朝日新聞社) 출간 • 9월 레이몬드 카버의 『필요하면 전화해(必要になったら電話をかけ)』(中央公論社) 번역 출간 • 10월 『번역야화(翻訳夜話)』(文藝春秋) 출간	• 1월 ＊오이소(大磯)내에서 이사 • 다테야마 와카시오(館山・若潮) 풀 마라톤 참가 • 9월 시드니올림픽 취재 • 10월 뉴욕 시티 마라톤 참가
2001년 (52세)	• 1월 『시드니!(シドニー!)』(文藝春秋) 출간 • 3월 『스멜자코프 대 오다노부나가 가신단(スメルジャコフ対織田信長家臣団)』(朝日新聞社) 출간 • 4월 『재즈의 초상 2(ポートレイト・イン・ジャズ 2)』(新潮社) 출간 • 6월 『무라카미 라디오(村上ラヂオ)』(新潮社) 출간 • 9월 어슐러 르 귄(Ursula Kroeber Le Guin)의 『하늘을 달리는 제인-하늘을 나는 고양이이야기(空を駆けるジェーン―空飛び猫物語)』(講談社)를 번역 출간	• 11월 「100% 여자(100%の女の子)」「빵가게 습격(パン屋襲撃)」<감독 : 야마카와 나오토(山川直人)> DVD 출시

연도	출간	그 외
2002년 (53세)	• 6월 트루먼 카포티의 『생일의 아이들 (誕生日の子どもたち)』(文藝春秋)번역 출간 • 7월 레이몬드 카버의 『영웅을 구가하 지 않으리(英雄を謳うまい)』(中央公論 社) 번역 출간 • 9월 『해변의 카프카(海辺のカフカ)』(新 潮社) 출간	• 12월 호놀룰루 마라톤 참가
2003년 (54세)	• 4월 J.D. 샐린저의 『호밀밭의 파수꾼 (キャッチャー・イン・ザ・ライ)』(白水 社) 번역 출간 • 6월 『소년 카프카(少年カフカ)』(新潮社) 출간 • 7월 『번역야화 2 샐린저 전기(翻訳夜話 2 サリンジャー戦記)』(文藝春秋) 출간 • 11월 C.V. 올즈버그의 그림책 『화가 난 돌(いまいましい石)』(河出書房新社) 번역 출간	
2004년 (55세)	• 3월 팀 오브라이언의 『세계의 모든 7월 (世界のすべての七月)』(文藝春秋) 번역 출간 • 9월 *『어둠의 저편(アフターダーク)』 (講談社) 출간 * C.V. 올즈버그의 그림책 『두 마리의 나쁜개미(2ひきのいけないアリ)』(あす なろ書房) 번역 출간 • 11월 『동경 오징어 클럽 지구에서 멀어 지는법(東京するめクラブ地球のはぐれ 方)』(文藝春秋) 출간	

연도	출간	그 외
2005년 (56세)	• 2월 사사키 마키(佐々木マキ)와의 공저 『이상한 도서관(ふしぎな図書館)』(講談社) 출간 • 3월 『코끼리의 소멸 단편선집 1980~1991(「象の消滅」短篇選集 1980-1991)』(新潮社) 출간 • 6월 그레이스 페일리의 『인생의 사소한 번민(人生のちょっとした煩い)』(文藝春秋) 번역 출간 • 9월 『동경기담집(東京奇譚集)』(新潮社) 출간 • 11월 『의미가 없으면 스윙은 없다(意味がなければスイングはない)』(文藝春秋) 출간	• 9월 「토니 타키타니(トニー滝谷)」(감독: 이치카와 준(市川準))DVD 출시 • 2005~2006년 까지 하버드대 라이샤워 일본연구소에 Artist in residence로 초빙됨
2006년 (57세)	• 3월 『「이것만은 무라카미 씨에게 말해두자」하고 세상 사람들이 무라카미 하루키에게 던지는 330가지의 질문에 과연 무라카미 씨는 제대로 대답할 수 있을까?(『「これだけは、村上さんに言っておこう」と世間の人々が村上春樹にとりあえずぶっつける330の質問に果たして村上さんはちゃんと答えられるのか?)』(朝日新聞社) 출간 • 11월 *『「한 번 무라카미 하루키 씨로 해 볼까」하고 세상 사람들이 무라카미 하루키 씨에게 일단 던지는 490가지의 질문에 과연 무라카미 씨는 제대로 대답할 수 있을까(「ひとつ、村上さんでやってみるか」と世間の人々が村上春樹にとりあえずぶっつける490の質問に果たして村上さんはちゃんと答えられるのか?)』(朝日新聞社) 출간 • * 11월 스콧 피츠제럴드 『위대한 개츠비(グレート・ギャツビー)』(中央公論新社) 번역 출간 • 12월 『첫 문학 무라카미 하루키(はじめての文学 村上春樹)』(文藝春秋) 출간	• 3월 『해변의 카프카(海辺のカフカ)』로 제6회 '프란츠 카프카(フランツ・カフカ)상' 수상 • 9월 * 단편집 『장님 버드나무와 잠자는 여자(めくらやなぎと眠る女)』로 제2회 '프랭크 오코너 국제단편(フランク・オコナー国際短編)상' 수상 • *『해변의 카프카(海辺のカフカ)』로 제32회 '세계환상문학대상(世界幻想文学大賞)' 수상

연도	출간	그 외
2007년 (58세)	• 3월 레이몬드 챈들러의 『롱 앤 굿 바이(ロング・グッドバイ)』(早川書房) 번역 출간 • 10월 『달리기에 대해 말할 때 내가 하는 말(走ることについて語るときに僕の語ること』(文藝春秋) 출간 • 12월 와다 마코토(和田誠)와의 공저 『무라카미 송즈(村上ソングズ)』 출간	• 1월 2006년도 '아사히(朝日)상' 수상 • 9월 *제1회 '와세다대학 쓰보우치 쇼요 대상(稲田大学坪内逍遥大賞)' 수상 * 벨기에 리에쥬대학(en:University of Liège)에서 명예박사 학위 취득
2008년 (59세)	• 2월 트루먼 카포티의 『티파니에서 아침을(ティファニーで朝食を)』(新潮社) 번역 출간	• 6월 * 프린스턴대학에서 명예 박사학위 취득 * 캘리포니아대학 버클리 분교에서 제1회 '버클리 일본상' 수상
2009년 (60세)	• 4월 레이몬드 챈들러의 『안녕 사랑하는 사람이여(さよなら、愛しい人)』(早川書房) 번역 출간 • 5월 『1Q84』 BOOK1, 2(新潮社) 출간 • 11월 스콧 피츠제럴드의 『겨울의 꿈(冬の夢)』(中央公論新社) 번역 출간	• 2월 * '예루살렘(エルサレム)상' 수상 * 『1Q84』으로 제63회 '마이니치(毎日) 출판문화상' 수상 • 12월 스페인 정부로부터 '예술문학 훈장' 수여 받아 Excelentísimo Señor 대우를 받음
2010년 (61세)	• 3월 레이먼드 카버의 『beginners』(中央公論新社) 번역 출간 • 4월 『1Q84』 BOOK3(新潮社) 출간 • 9월 * 『꿈을 꾸기 위해 매일 아침 나는 눈을 뜹니다(夢を見るために毎朝僕は目を覚めるのです)』(文藝春秋) 출간 * 쉘 실버스타인의 『아낌없이 주는 나무』(あすなろ書房) 번역 출간 • 11월 사사키 마키(佐々木マキ)와의 공저 그림책 『잠(眠り)』(新潮社) 출간 • 12월 레이먼드 챈들러 『리틀 시스터』(早川書房) 번역 출간	• 1월 뉴욕의 오프 브로드웨이에서 『태엽 감는 새 연대기』가 연극으로 상영 • 3월 도쿄와 오사카에서 산토리 음악재단의 창설 40주년 기념 공연으로 오페라 『빵가게 대습격』이 독일어로 상연 • 『1Q84』로 '2010년 서점대상' 후보에 오름(10위) • 12월 영화 「노르웨이의 숲」 개봉

연도	출간	그 외
2011년 (62세)	• 1월 『무라카미 하루키 잡문집(村上春樹雑文集)』(新潮社) 출간 • 7월 『커다란 순무, 어려운 아보카도 무라카미 라디오2(大きなかぶ、むずかしいアボガド村上ラヂオ2)』(マガジンハウス) 출간 • 9월 제프 다이어의 『그러나 아름다운(バット・ビューティフル)』(新潮社) 번역 출간 • 11월 『오자와 세이지 씨와 음악에 대해 이야기하다(小澤征爾さんと、音楽について話をする)』(新潮社) 출간	• 6월 '카탈루냐 국제상' 수상
2012년 (63세)	• 4월 마르셀 서루의 『먼 북쪽(極北)』(中央公論社) 번역 출간 • 7월 『샐러드를 좋아하는 사자(サラダ好きなライオン 村上ラヂオ3)』(マガジンハウス) 출간 • 12월 레이몬드 챈들러의 『깊은 잠(大いなる眠り)』(早川書房) 번역 출간	• 5월 하와이대학에서 명예박사 학위 수여받음 • 7월 '국제교류기금상' 수상 • 9월 『오자와 세이지 씨와 음악에 대해 말하다(小澤征爾さんと、音楽について話をする)』로 '제11회 고바야시 히데오(小林秀雄賞)상' 수상
2013년 (64세)	• 2월 그림책 『빵가게를 습격하다(パン屋を襲う)』(新潮社) 출간 • 4월 『색채가 없는 다자키 쓰쿠루와 그가 순례를 떠난 해(色彩を持たない多崎つくると、彼の巡礼の年)』(文藝春秋) 출간	* 『1Q84』가 '국제 IMPAC 더블린 문학상' 후보에 오름
2014년 (65세)	• 11월 그림책 『도서관 기담(図書館奇譚)』(新潮社) 출간 • 12월 레이몬드 챈들러의 『원점회귀(プレイバック)』(早川書房) 번역 출간	• 8월 에딘버러 국제 북페스티벌 참가 • 11월 독일의 웰트지로부터 '웰트문학상' 수상 • 『코끼리의 소멸(象の消滅)』이 '노이슈타트 국제문학상' 후보에 오름

연도	출간	그 외
2015년 (66세)	• 4월 다그 솔스타의 『Novel 11, Book 18』(中央公論新社) 번역 출간 • 7월 『무라카미 씨가 있는 곳(村上さんのところ)』(新潮社)일반 서적 발간 및 일본 최초의 전자서적 『무라카미 씨가 있는 곳(村上さんのところ) 완결판』발매 개시 • 9월 『직업으로서의 소설가(職業としての小説家)』(スイッチ・パブリッシング) 출간 • 11월 『라오스에 대에 뭐가 있는데요(ラオスにいったい何があるというんですか)』(文藝春秋) 출간	• 1월 기간 한정 사이트 '무라카미 씨가 있는 곳' 개설
2016년 (67세)	• 4월 카슨 매컬러스의 『결혼식 멤버(結婚式のメンバー)』(新潮文庫) 번역 출간	• 10월 '안데르센 문학상' 수상
2017년 (68세)	• 2월 『기사단장 죽이기(騎士団長殺し)』 제1부 「현현하는 이데아」편, 제2부 「전이하는 메타포」편(文藝春秋) 출간 • 3월 『무라카미 하루키 번역 전작업(村上春樹翻訳(ほとんど)全仕事)』(中央公論新社) 출간 • 4월 가와카미 미에코(川上未映子)와의 공저 『수리부엉이는 황혼에 날아오른다(みみずくは黄昏に飛び立つ)』(新潮社) 발간 • 5월 존 니콜스의 『알을 못 낳는 뻐꾸기(卵を産めない郭公)』(新潮文庫・村上氏ばた翻訳堂) 번역 출간 • 7월 그레이스 페일리의 『그날 이후(その日の後刻に)』(文藝春秋) 번역 출간 • 12월 레이먼드 챈들러의 『호수의 여인(水底の女)』(早川書房) 번역 출간	• 4월 시바타 모토유키와 토크 콘서트 '진짜 번역 이야기를 하자' 개최

연도	출간	그 외
2018년 (69세)	• 1월 엘모어 레너드의 『옹브레(オンブレ)』(新潮文庫) 번역 출간 • 11월 존 치버의 『거대한 라디오/헤엄치는 사람(巨大なラジオ・泳ぐ人)』(新潮社) 번역 출간 • 12월 토비 리들의 그림책 『내 삼촌의 당나귀(私のおじさんのロバ)』(あすなろ書房) 번역 출간	• 8월 '무라카미 라디오'의 DJ 시작 • 11월 와세다대학에서 도서 기증 기자회견
2019년 (70세)	• 5월 시바타 모토유키(柴田元幸)와의 공저 『진짜 번역 이야기를 하자(本当の翻訳の話をしよう)』(スイッチ・パブリッシング) 발간 • 8월 도널드 L 매긴의 『스탄 게츠 음악을 살다(スタン・ゲッツ音楽を生きる)』(新潮社) 번역 출간	• 2월 프랑스 파리의 콜린극장에서 「해변의 카프카」가 연극으로 상연 • 6월 「무라카미 하루키 JAM」 개최 • 10월 이탈리아의 '랏테스 그린쳐네문학상' 수상

하루키의 삶과
작품세계

초판 1쇄 인쇄 2021년   7월   1일
초판 1쇄 발행 2021년   7월   9일

지은이   조주희
펴낸이   박정태
편집이사   이명수   출판기획   정하경
편집부   김동서, 위가연
마케팅   박명준, 이소희   온라인마케팅   박용대
경영지원   최윤숙

펴낸곳   북스타
출판등록   2006. 9. 8 제313-2006-000198호
주소   파주시 파주출판문화도시 광인사길 161 광문각 B/D
전화   031-955-8787   팩스   031-955-3730
E-mail   kwangmk7@hanmail.net
홈페이지   www.kwangmoonkag.co.kr
ISBN   979-11-88768-41-7 03800
가격   18,000원